Du même auteur chez Hugo & Cie :
Fixed on You tome 1
Forever with You tome 3, à paraître en janvier 2016

Pour la version française :
Photo de couverture : © Kevin Dodge/Masterfile/Corbis
Graphisme : Ariane Galateau

Ouvrage dirigé par Caroline de Hugo
Collection dirigée par Hugues de Saint Vincent

Département de Hugo & Cie
38, rue La Condamine, 75017 Paris
www.hugoetcie.fr

ISBN : 9782755617535
Dépôt légal : novembre 2015
Imprimé en France par Corlet - N° 175050

NEW ROMANCE

LAURELIN PAIGE

FOUND IN YOU

TOME 2 (FIXED ON YOU)

Roman

Traduit de l'anglais (États-Unis)
par Robyn Stella Bligh

Hugo Roman

CHAPITRE UN

J'étais immobile, perdue dans mes pensées, devant la porte d'entrée d'un gratte-ciel situé sur Park Avenue, les yeux rivés sur le nom gravé dans la pierre. *The Bowery*. Jordan, le chauffeur, était déjà reparti, pensant probablement que j'étais en sécurité avec le portier qui m'avait ouvert la porte.

Tout cela était bien réel. J'avais fait un grand pas. Un pas de géant. Personne n'avait jamais occupé une telle place dans la vie de Hudson. J'étais contente, excitée même. Je l'aimais. Mais est-ce que je le connaissais vraiment ? Pouvais-je l'aimer en sachant si peu de choses sur lui ? Après tout, je ne connaissais son adresse que depuis deux minutes, depuis que son chauffeur m'y avait déposée... Et qu'allais-je trouver dans cet immeuble ? Qu'est-ce qui se cachait derrière le masque de Hudson Pierce ?

J'avais beau avoir l'impression d'avoir entraperçu le véritable Hudson Pierce, et d'être – a priori – la seule personne à avoir eu cette chance, en fait j'avais à peine gratté la surface de son personnage. J'avais encore tellement de choses à découvrir au sujet de ce jeune businessman surdoué qui avait pris mon cœur en otage !

Je savais que Hudson avait des secrets. Il avait déjà cessé ses jeux de manipulation avant de me rencontrer, mais il était bien possible que ses anciennes habitudes refassent surface. Tout comme les miennes, d'ailleurs.

Et cette peur-là était la pire de toutes – la peur de retomber dans mes mauvaises habitudes. J'avais détruit tant de relations en harcelant les autres avec mes crises de jalousie totalement infondées. J'étais certaine que cela me détruirait de foutre celle-là en l'air. Heureusement, jusqu'à présent, j'avais l'impression de maîtriser la situation avec Hudson. Seul le temps pourrait me le confirmer.

Le portier m'observait d'un air inquiet : devait-il continuer à tenir la porte à cette folle à l'air totalement perdu ?

Je cherchai à le rassurer en lui souriant.

– J'ai juste besoin d'une minute.

Il me retourna mon sourire en hochant la tête, avant de refermer la porte.

Je pris une profonde inspiration, levai les yeux en direction du dernier étage, celui de l'appartement de Hudson – mon Dieu, je ne savais même pas quelle était sa fenêtre. Était-il réveillé ? M'observait-il depuis là-haut ? Pouvait-il me voir, plantée là, en train de paniquer ?

Il m'avait prévenue qu'il dormirait quand j'arriverais. Toutefois, il était possible qu'il m'ait attendue, et je ne voulais pas qu'il puisse penser que j'avais le moindre doute. Car je n'avais pas de doutes. Pas à son sujet. Si j'en avais, c'était à *mon* sujet. Je me demandais si j'étais capable de réussir cette relation. Cependant, en me concentrant sur mes espoirs plutôt que sur mes doutes, je me rendais bien compte qu'ils étaient superficiels. Et que j'espérais de tout mon cœur avoir enfin une histoire sérieuse, sans me laisser dominer par mes peurs et mes mauvaises habitudes.

Le portier me sourit de nouveau lorsque je fis un pas vers lui, et il m'ouvrit la porte. À l'intérieur, un homme était assis derrière un bureau, devant les ascenseurs.

– Mademoiselle Withers ? demanda-t-il avant que j'aie eu le temps de me présenter.

Je n'aurais pas dû être surprise, Hudson m'avait prévenue qu'il laisserait une clef au bureau du concierge pour moi. À trois heures et demie du matin, à qui d'autre que moi pouvait-il bien avoir affaire ?

Je hochai la tête.

– Monsieur Pierce vous a laissé cette clef. Les deux ascenseurs vous déposeront au penthouse. Tournez simplement la clef dans le tableau en entrant.

– Merci.

Les portes s'ouvrirent dès que j'appuyai sur le bouton. J'entrai dans l'ascenseur. Je tournai la clef dans le tableau d'une main tremblante, soulagée de ne plus être dans le champ de vision du concierge. Je gagnai rapidement le penthouse, mais toutefois pas assez vite à mon goût. Ma nervosité avait subitement été relayée par une envie folle de voir Hudson. D'être chez lui, dans ses bras. La minute que mon trajet avait duré jusqu'au dernier étage du gratte-ciel m'avait parue interminable.

Les portes de l'ascenseur s'ouvrirent sur un vestibule. Je sortis et tournai dans la seule direction possible, pour aboutir à un petit hall. Tout était plongé dans un profond silence, à part le tic-tac d'une horloge. Seules quelques petites lampes étaient allumées. J'imaginai que les chambres devaient être à gauche, car j'apercevais un grand salon avec des baies vitrées immenses sur la droite.

J'avais beau avoir vraiment hâte de rejoindre Hudson, je me faufilai dans le salon, fascinée par cette vue magnifique. Mais avant que je n'arrive à la fenêtre, une lampe s'alluma. Hudson était assis là, dans un fauteuil.

Je restai bouche bée en le découvrant là, vêtu d'un simple boxer. Mon regard s'arrêta quelques instants sur son torse sculptural et mon cœur se mit aussitôt à battre la chamade. Puis je croisai son regard métallique, à peine visible dans la pénombre, derrière sa mèche brune. Je ne l'avais jamais vu en boxer auparavant. J'avais vraiment raté quelque chose. Je fus à nouveau frappée par le peu que je savais sur lui, sans inquiète pour autant cette fois-ci. Au contraire, j'étais excitée à l'idée de tout ce que j'avais encore à découvrir à son sujet. J'étais prête à plonger tête baissée dans cette aventure.

Toutefois, mon excitation n'atténuait pas mon malaise. J'entrais en territoire inconnu, je ne savais pas comment réagir. Est-ce que Hudson ressentait la même chose ?

Je gardai mon sac serré contre moi. Ma main triturait le tissu bleu de ma robe. Le genre de robe à la fois chic et sexy que je portais toujours au Sky Launch, la boîte de nuit où je travaillais en tant qu'assistante manager. La boîte dont Hudson était le propriétaire. L'endroit où nous nous étions rencontrés.

Je me souvins soudain de la première fois où je l'avais croisé, assis au bar du club, à quel point j'avais été séduite. J'avais tout de suite compris que j'aurais dû le fuir comme la peste, mais je ne l'avais pas fait. Et j'en étais heureuse.

Et maintenant, comme ce premier soir, il me faisait un effet dingue. Je souris timidement avant d'oser rompre le silence.

– Tu ne dors pas ?

– Je me suis dit que ce serait plus sympa de t'attendre, pour que tu ne te sentes pas perdue.

– Mais il faut que tu dormes...

L'agenda du directeur de Pierce Industries, cette firme valorisée à plusieurs milliards de dollars, et le mien étaient difficilement compatibles. C'était stupide de le rejoindre chez lui au milieu de la nuit quand il devait se lever à six heures du matin. Comment diable nos modes de vie pourraient-ils s'accorder ?

Non, je ne devais pas penser ainsi. Ce n'était qu'une excuse pour m'empêcher d'être heureuse. Et Hudson et moi avions mérité d'être enfin heureux tous les deux.

L'objet de tous mes désirs se leva, s'avança vers moi et m'ôta mon sac des mains.

– J'ai déjà dormi. Je suis tout fait réveillé.

Il avait suffi qu'il me frôle pour calmer mon malaise et faire battre mon cœur plus vite. Voilà l'effet que Hudson avait sur moi. Il me troublait et me surprenait de la façon la plus délicieuse qui soit.

Il posa mon sac sur la table basse.

Il ne me touchait plus. Mon stress redoubla, et je ne trouvai rien à dire, à part des banalités sans intérêt.

– C'est la première fois que j'entre dans un penthouse, si on ne compte pas le loft.

Le loft au-dessus du bureau de Hudson, là où il m'avait baisée jusqu'à m'en faire perdre la tête. Dieu merci, dans la pénombre, il ne put pas me voir rougir.

– C'est magnifique, H.

– Tu n'as encore rien vu.

Il ne réagit pas au surnom absurde dont je l'avais affublé. Peut-être s'y habituait-il enfin.

– Mais pour le peu que j'en vois...

Je balayai la pièce spacieuse du regard, notant le raffinement de l'architecture et le chic de la décoration.

– C'est splendide.

– Je suis ravi que ça te plaise.

– Ce n'est pas du tout ce à quoi je m'attendais. Ça n'a rien à voir avec le loft. Je pensais que ce serait plus semblable.

Dans le loft, tout était noir, et en cuir. Très viril et imposant. L'endroit était blanc et lumineux – malgré la pénombre.

– Alayna.

L'entendre prononcer mon prénom me fit frissonner. Comment se faisait-il qu'il produise un tel effet sur moi ? Comment parvenait-il à m'allumer avec un simple mot ?

– Les meubles sont différents, aussi.

J'étais nerveuse, du coup je parlais pour retarder le contact qui allait avoir lieu entre nous dès que je lui céderais. J'avançai jusqu'au canapé blanc, et je me mis à caresser son accoudoir du bout du doigt.

– C'est Celia qui a décoré cet endroit aussi, non ?

– Effectivement, répondit-il la gorge nouée.

Celia Werner était son amie d'enfance et son ex-fiancée. Enfin, pas vraiment, mais presque. Pourquoi donc avais-je parlé d'elle ? C'était comme si j'essayais déjà de tout gâcher. Celia avait été une source permanente de conflits entre nous depuis que Hudson m'avait engagée pour convaincre sa mère que nous sortions ensemble. Sophia Pierce, certaine que son fils était incapable d'aimer, pensait qu'un mariage entre Hudson et la fille de ses meilleurs amis était la meilleure solution. Car même s'il n'était pas amoureux d'elle, Celia arriverait à le contrôler – à s'assurer qu'il ne retombe pas dans ses addictions.

Sauf qu'il s'avéra que Hudson était capable d'aimer.

Pendant notre stratagème, il était tombé amoureux de moi.

Pourtant Hudson et Celia étaient liés par une amitié profonde qui me rendait jalouse. Pour gagner encore un peu de temps, je marchai jusqu'aux baies vitrées.

– La vue est...

– Alayna.

J'appuyai mon visage contre la vitre et je scrutai la rue tout en bas.

– ... incroyable.

Hudson s'avança derrière moi et je sentis sa chaleur dans mon dos alors même qu'il ne m'avait pas touchée.

– Alayna, regarde-moi.

Lentement, je me tournai vers lui.

Il souleva mon menton pour m'obliger à le fixer dans les yeux.

– Tu es nerveuse. Ne le sois pas. Je suis content que tu sois là.

Ses paroles étaient le réconfort dont j'avais besoin. Mon anxiété céda la place à une vague de sérénité, comme une couverture éteignant un feu.

– Tu es sûr ? lui demandai-je. J'avais encore besoin qu'il me rassure. Tu n'as jamais amené de femme ici, c'est bien ça ? Tu ne trouves pas ça un peu bizarre ?

Son pouce caressa ma joue et ma peau se mit à picoter à son contact.

– C'est nouveau parce que je n'ai jamais emmené de femme ici. Mais ce n'est pas bizarre. Et je suis certain d'avoir envie que tu sois ici avec moi.

J'étais folle de joie qu'il me confirme que j'étais la première qu'il invitait – la première femme à qui il ferait l'amour chez lui.

– Moi aussi. Je veux dire, moi aussi je suis sûre de vouloir être ici.

Mon visage s'embrasa sous son regard. J'aurais pu me perdre dans ses yeux à jamais, et c'était bien ce qui m'inquiétait.

En cherchant un moyen de ne pas m'y perdre immédiatement, je tournai la tête vers la pièce contiguë.

– C'est quoi, là-bas ? C'est la salle à manger ?

– Je te ferai visiter demain matin.

Il posa son autre main sur ma joue pour me tenir le visage, m'obligeant à le regarder de nouveau.

– Une visite demain matin, je répétai. Mais pas maintenant.

Et voilà. Ça y était, j'étais perdue.

– Non, pas maintenant. Maintenant, je veux te souhaiter la bienvenue.

Sa bouche s'écrasa sur la mienne et déclencha chez moi des sensations indescriptibles. Il se mit à sucer mes lèvres, sa langue glissa dans ma bouche et caressa langoureusement la mienne. J'en perdis l'équilibre et je dus jeter mes bras autour de son cou pour ne pas tomber.

Il passa une main autour de ma taille pour m'attirer à lui. Je sentais son pénis dur contre ma cuisse, sous le tissu léger de son boxer. Son autre main plongea dans mes cheveux. Je pressai mes seins contre lui, je mourais d'envie de le sentir, avec chaque partie de mon corps.

Sous nos baisers, Hudson poussa un gémissement rauque et vibrant. Le désir qui chatouillait mon ventre augmenta d'un cran. Je me déplaçai pour pouvoir mieux me serrer contre lui, en passant ma jambe autour de sa taille.

– Il y a tout de même une pièce que je veux te montrer dès ce soir, dit-il sans interrompre notre baiser.

– J'imagine que c'est ta chambre.

– Absolument.

Je me sentis soudain soulevée de terre, puis emportée vers le hall d'entrée. Son geste reflétait parfaitement l'effet qu'il avait généralement sur moi. Avec lui, j'étais comme une branche flottant au gré du vent et du courant dans une rivière qui coulait vers l'océan. Hudson était ce courant qui m'emportait dans la direction qu'il avait choisie. Je n'avais d'autre choix que de me laisser faire.

Il m'avait promis qu'il ne chercherait pas à me manipuler, à exercer son contrôle sur moi. Or c'était une promesse qu'il ne pouvait tenir. Il me faisait perdre pied, qu'il le veuille ou non, et cela me convenait parfaitement.

Sans jamais rompre notre baiser, il me porta à travers le vestibule jusqu'au bout d'un couloir où il tourna à droite, dans ce qui devait être sa chambre. Concentrée sur lui, je remarquai vaguement qu'il me déposait sur un lit King-size aux draps gris pâle défaits d'un côté. Le côté gauche. Le côté de Hudson. À l'idée de pénétrer ainsi dans son intimité, dans le lit où il avait dormi quelques heures plus tôt, mon désir grimpa encore d'un cran. Je le voulais sur moi et dans moi, pas debout en train de me dévorer des yeux.

Mais je compris qu'il allait prendre son temps et que résister ne servirait à rien. En outre, je n'avais aucune raison de le faire. Bien qu'il soit dominant, il répondait toujours à mes désirs, il s'occupait toujours de moi mieux que personne. Et mon Dieu, il me connaissait par cœur – il savait ce qui me rendait folle, savait quand m'allumer et quand me baiser, même lorsqu'il se retenait.

Sa main glissa le long de ma jambe, jusqu'à ma cheville. Il défit la lanière de ma sandale à talon, infiniment lentement et délicatement, au point que je ne tins bientôt plus en place. Il fit pareil avec l'autre, puis se pencha sur moi et m'embrassa brièvement. Je cherchai à l'attirer pour prolonger ce baiser, mais il me résista.

– La dernière fois, ça a été trop rapide. Cette fois-ci, je veux te savourer.

La dernière fois avait effectivement été brève et pleine de tension. Nous étions au beau milieu d'une dispute, et nous avions étrenné le nouveau canapé dans le bureau du Sky Launch. Je n'avais rien à redire à ça – être savourée me paraissait tout à fait délicieux.

Il parcourut mon corps jusqu'à l'ourlet de ma robe en traçant une ligne de baisers humides. Les yeux brillants d'un éclat malicieux, il remonta ensuite ma jupe autour de ma taille et embrassa le centre de mon désir.

Le gémissement qui m'échappa le fit rire doucement. Ses doigts glissèrent sous le tissu de mon string, l'enlevèrent et le jetèrent par terre. Il passa ma jambe par-dessus son épaule et sa bouche revint me lécher et me sucer.

J'étais déjà folle de plaisir lorsqu'il me pénétra avec deux doigts, me caressant et me fouillant jusqu'à déclencher un orgasme avec une facilité étonnante. Je frissonnais et tressaillais encore qu'il remontait déjà sur moi pour prendre encore goulûment possession de mes lèvres.

Je l'entendais gémir légèrement tandis qu'il me dévorait. Je sentais mon goût sur sa langue et sa queue contre ma cuisse – une minute et demie plus tard, mon bas-ventre se contractait une nouvelle fois, prêt pour un nouvel orgasme. J'avais besoin de le toucher. Ma main trouva son sexe. Je le branlai à travers son boxer.

Ses lèvres quittèrent les miennes. De l'autre main, je tirai sur son bras pour qu'il roule sur le côté, tout en continuant de le caresser.

– Un boxer ? Tu en mets souvent ?

– Pour dormir.

– J'aime beaucoup. Je ne t'avais jamais vu en boxer.

Ma main glissa dans son short. J'étais émerveillée, comme chaque fois que je sentais la peau douce et chaude de sa verge épaisse.

– Parce que quand je dors avec toi... Il s'interrompit lorsque ma main saisit son gland. Je ne porte rien du tout.

– Eh bien je préfère ça.

Ce fut à mon tour de baisser son boxer le long de ses cuisses musclées, sans quitter des yeux sa splendide érection.

Dès que son boxer atterrit par terre, il m'attira à nouveau contre lui.

– Moi aussi j'aime bien quand tu es à poil.

Ses mains soulevaient déjà ma robe par-dessus ma taille.

– J'en ai besoin.

– Ce n'est pas moi qui vais te contredire !

Je m'assis pour l'aider à faire passer ma robe par-dessus ma tête. Il la jeta au loin, glissa ses mains dans mon dos, ouvrit mon soutien-gorge et libéra ma poitrine. Il s'allongea sur moi. Une seconde, son pénis frôla l'entrée de mon sexe, puis il plongea en moi, me pénétrant, m'étirant, me remplissant comme lui seul savait le faire.

Il roula sur le côté en m'entraînant avec lui. Je passai mes jambes autour de sa taille pour qu'il me pénètre plus profondément. Il avait voulu prendre le temps de me savourer, mais il devait avoir changé d'avis depuis, ou alors il ne pouvait plus se retenir, car il se déchaîna bientôt avec des va-et-vient rapides. À chaque coup de bassin, il atteignait un point sensible qui me rendait folle. Il me déclencha bientôt un nouvel orgasme qui fleurit dans mon bas-ventre et contracta mes cuisses, avant de poursuivre sa course à travers tout mon corps, jusque dans mes orteils.

Hudson accéléra le rythme de ses coups de boutoir, jusqu'à l'explosion de sa propre jouissance. Il s'effondra sur moi en gémissant, me prit dans ses bras avant de couvrir mon visage de baisers, un geste de tendresse inhabituel pour l'homme méfiant que j'avais appris à connaître et à aimer. Je fondis devant tant de douceur.

– Est-ce que je t'ai dit que j'étais sacrément content que tu sois là ? demanda-t-il en ponctuant chacun de ses mots par un baiser.

Pour moi, c'était capital de l'entendre prononcer ces paroles. Je savais que c'était sa façon de me dire « Je t'aime ». Il ne me l'avait pas encore dit car c'était un sentiment nouveau pour lui, et je ne lui en voulais pas. Mais il avait admis que nos sentiments mutuels étaient bien de l'amour quand je lui avais annoncé que je savais qu'il m'aimait, et il n'avait pas paniqué lorsque je lui avais dit que c'était réciproque.

Toutefois, je n'étais pas naïve au point de croire qu'il allait dessiner des cœurs partout et me couvrir de roses quotidiennement. Nous progressions peu à peu. Réussir à exprimer ce qu'il ressentait pour moi était déjà un grand progrès.

Je passai ma main dans ses cheveux, il m'embrassa dans le cou.

– Oui, tu l'as dit. Mais de toute façon, je crois que je l'aurais deviné, dis-je en jouant des sourcils pour être sûre qu'il comprenne que je faisais référence à notre partie de jambes en l'air. Cela dit, tu peux me le redire autant de fois que tu veux. *Et d'autant de manières que tu veux*, poursuivis-je dans ma tête.

Il continuait à couvrir ma poitrine de baisers. Apparemment, nous étions déjà sur le point de remettre le couvert.

– Je suis heureux que tu sois là, ma belle.

Il tira mon téton entre ses dents avant d'en apaiser le pincement d'un coup de langue.

J'inspirai profondément, en savourant ce mélange de douleur et de plaisir pendant qu'il recommençait avec mon autre sein. Le surnom qu'il m'avait donné, *ma belle*, il me l'avait donné la première fois il y avait presque deux semaines, quand nous avions couché ensemble. C'était incroyable qu'on se connaisse depuis si peu de temps. Je l'avais rencontré au club à peine une semaine avant notre première partie de jambes en l'air – quand j'ignorais encore qu'il était *le* Hudson Pierce. J'avais l'impression que cela faisait une éternité. J'avais été touchée qu'il me donne un surnom aussi vite. Mais peut-être cela n'avait-il pas la même valeur pour lui que pour moi.

Ma curiosité reprit le dessus.

– Pourquoi m'as-tu donné ce surnom ?

Il répondit sans lever la tête de ma poitrine.

– Parce que tu l'es.

– Mais tu me l'as donné dès le début, on ne se connaissait pas encore.

Il se redressa sur son coude et appuya sa tête sur sa main.

– Ce n'est pas vrai. Je t'ai cernée tout de suite, dès la première fois que je t'ai vue.

Pendant une seconde je crus qu'il parlait de la nuit au bar – la première fois où *je* l'avais vu. Puis je me souvins qu'il m'avait vue environ deux semaines avant, lorsque je terminais mon MBA et qu'il avait assisté au colloque où j'avais présenté mon projet. Je ne l'avais appris que plus tard et il ne m'en avait presque rien dit.

Je me redressai sur mes coudes, impatiente qu'il poursuive.

– Tu étais sur l'estrade à Stern, dit-il en caressant la courbe qui allait de ma poitrine à ma hanche. Quand tu as commencé ta présentation, tu étais nerveuse. Il t'a fallu quelques minutes pour trouver ton rythme. Mais une fois lancée, tu étais magnifique. Et tu n'en étais absolument pas consciente. Il était évident que tu n'avais pas imaginé que la salle puisse être remplie de gens prêts à t'embaucher si seulement tu leur adressais la parole. Dieu merci, tu ne l'as pas fait. Parce que je les ai observés et j'ai su tout de suite. Ils avaient compris que tu étais brillante. Que tu étais douée pour les affaires. Mais pas un seul d'entre eux n'a vu ce que tu étais intérieurement. Belle. Magnifique.

Mes yeux se mirent à me piquer. Personne ne m'avait jamais décrite de la sorte, personne ne s'en était jamais donné la peine. Ni mes parents, avant qu'ils ne meurent, ni mon frère, Brian, ni aucun des hommes avec qui j'étais sortie et avec qui j'étais devenue parano. Personne.

– Je t'aime, Hudson.

Cela m'échappa, sans que je me soucie un instant de le voir paniquer, comme la première fois où je lui avais fait part de mes sentiments. Je n'aurais pas pu me retenir de prononcer ces paroles, même si je l'avais voulu. À présent, je les avais sur le bout de la langue en permanence. Si notre relation devait perdurer, il allait bien falloir que nous nous y habituions, l'un comme l'autre.

En un éclair, il me sauta dessus. Il passa un bras sous ma nuque et effleura mon nez avec le sien.

– Tu peux me le redire autant que tu veux, dit-il en répétant ce que je venais de lui dire.

– J'en ai bien l'intention, répondis-je, mais mes paroles se perdirent quand il m'embrassa à pleine bouche. Nos langues, nos mains, chaque partie de nos corps prirent alors le relais. Il n'était plus nécessaire de parler pour exprimer nos sentiments.

CHAPITRE DEUX

Le lendemain matin, je fus réveillée par un mouvement dans la chambre. En ouvrant les yeux, je découvris Hudson qui ajustait sa cravate devant le miroir de l'armoire, dos à moi. Il n'avait pas encore enfilé sa veste de costume et j'avais une vue splendide sur ses fesses fermes. Mon Dieu, ce type était aussi beau habillé qu'à poil.

Il croisa mon regard dans le miroir et un léger sourire se dessina sur ses lèvres.

– Bonjour.

– Bonjour. Je profite de la vue.

– Moi aussi.

Je rougis et remontai le drap pour couvrir mes seins nus. Pourquoi faisait-il tellement jour dans cette pièce ?

– Quelle heure est-il ? demandai-je en cherchant un réveil que je ne trouvai pas.

– Il est presque onze heures.

Il finit d'ajuster sa cravate – une cravate argentée qui faisait ressortir la couleur de ses yeux – et ouvrit un tiroir d'où il sortit une paire de chaussettes.

Onze heures ? Hudson avait l'habitude de partir au travail avant huit heures du matin.

– Pourquoi es-tu encore là ? Tu n'aurais pas dû avoir déjà gagné un demi-million de dollars à cette heure-ci ?

– Un demi-milliard, pour être plus exact, dit-il sérieusement en s'asseyant sur le lit à côté de moi. Mais ils n'ont pas besoin de moi pour ça. J'ai annulé mes rendez-vous.

– Quand ça ?

Le voir enfiler ses chaussettes me ravissait. Pis, ça m'excitait. Ce n'était pas vraiment normal, si ?

– Hier soir. Avant que tu arrives.

– Bien joué.

Il m'avait invitée chez lui avant que je ne commence mon service au Sky Launch. J'y avais pensé toute la soirée, sans rien pouvoir préparer puisque j'étais déjà au travail. Je n'avais ni vêtements de rechange, ni brosse à dents. Jamais je n'aurais imaginé que Hudson profiterait de mon absence pour préparer ma venue. Cela dit, c'était assez logique, puisqu'il prévoyait toujours tout dans les moindres détails.

On ne s'était pas endormis avant six heures du matin, après avoir fait l'amour deux fois. Il avait bien fait d'annuler ses rendez-vous.

Je bâillai et étirai mes bras par-dessus ma tête. Le drap glissa sous mes seins. Hudson se leva et se mit à me dévorer des yeux, un sourire gourmand aux lèvres.

– Putain, Alayna, tu me donnes envie d'annuler tous mes rendez-vous. Je ne peux pourtant pas prendre mon après-midi.

Je souris jusqu'aux oreilles.

– Désolée.

Bien entendu, je ne l'étais pas le moins du monde, Hudson parvenait à me faire mouiller d'un simple regard. J'étais flattée d'avoir le même effet sur lui.

– Euh, je dois me lever, ça ne va pas trop te distraire ?

Il cligna des yeux, puis il se dirigea vers un dressing dont il revint, une robe de chambre couleur crème à la main.

– Tiens.

Je pris le peignoir, mais je ne l'enfilai qu'une fois debout.

– Tu es une femme sans pitié, dit-il en me regardant m'habiller.

– Et tu adores ça.

Sans me répondre, il fit un signe de tête en direction d'une porte fermée.

– La salle de bain est par là. Il doit y avoir des brosses à dents neuves dans l'un des tiroirs. Utilise ce dont tu as besoin.

– Merci.

J'avançai vers lui et je l'embrassai sur la joue avant de me diriger vers la salle de bain.

Nous n'avions pas passé des heures à nous câliner et à nous embrasser comme lorsque nous étions à Mabel Shores, la maison de campagne de ses parents dans les Hamptons. Mais Hudson était doué pour tout compartimenter et il pouvait parfois se montrer un peu distant. Ce matin, il était concentré sur son travail, mais je ne pouvais pas vraiment me plaindre, il s'était montré plutôt accueillant.

Je trouvai tout de suite une brosse à dents dans le tiroir. D'ailleurs, le tiroir était *rempli* de brosses à dents. Pourquoi un tel stock ? Était-ce pour être toujours prêt, au cas où il devrait en changer ? Peut-être pensait-il que les brosses à dents étaient jetables. Après tout, c'était le genre de geste qu'il pouvait se permettre.

Ou bien y avait-il des gens qui dormaient ici, parfois ? Des femmes, pour être plus précise.

J'aurais pu stopper ma parano, quand je remarquai un déodorant au parfum floral à côté d'un des lavabos, ainsi qu'un soin de jour pour femme et une crème pour le corps.

Et la robe de chambre – celle que je portais en ce moment – d'où venait-elle ?

Un frisson me parcourut l'échine. Je resserrai les pans de mon peignoir, qui appartenait sans doute à quelqu'un d'autre. Une autre femme. *Une autre femme dans la vie de Hudson.*

Bon. Respire. Pas de panique. Peut-être y avait-il eu une autre femme dans ce penthouse. Ce n'était pas la fin du monde. Ce n'était pas génial, bien sûr, mais il n'y avait pas de quoi en faire un drame. Seulement... j'aurais préféré qu'il ne me mente pas.

Pourquoi diable m'avait-il menti ?

J'ouvris la crème hydratante et la fourrai sous mon nez. Cette odeur fraîche me rappelait quelque chose, je la connaissais. Le parfum de Celia ?

Non, je devenais ridicule. Et parano.

Mais cette prise de conscience n'atténuait pas pour autant la nausée qui montait en moi, ni la colère qui fouaillait mes entrailles. Je connaissais trop bien ce sentiment. Il avait précédé la plupart de mes débordements. Je ne voulais retomber là-dedans à aucun prix.

Il fallait que je me calme ; que je gère la situation de façon constructive. Je me forçai à compter jusqu'à dix, et entre chaque chiffre, je répétai le mantra que j'avais appris en thérapie de groupe : si tu as des doutes, parles-en. *Un, si tu as des doutes, parles-en. Deux, si tu as des doutes, parles-en.*

Ouais. Plus facile à dire qu'à faire.

Quatre, si t'as des putains de doutes... Je me sentais toujours aussi mal.

Je savais que j'avais tendance à agir ainsi lorsque j'étais en couple. Je tirais des conclusions hâtives, souvent sans fondement et totalement fausses. Selon moi, si mon homme rentrait tard du boulot, c'est qu'il y avait nécessairement une autre femme. S'il recevait un coup de fil étrange, c'est qu'il me trompait. Je n'avais jamais posé la question directement à mes anciens petits copains. Je supposais le pire et je les accusais.

Mais pas cette fois. Cette fois ce serait différent. Même si tout semblait indiquer que Hudson m'avait menti, je devais l'affronter et lui poser la question.

Je me lavai la figure et je me tartinai de crème hydratante pour repousser l'échéance, en espérant que ma colère retombe. Lorsque je me sentis plus sereine, je sortis de la salle de bain en emportant les pots de crème comme preuves.

Certes, sortir des preuves impliquait une confrontation, plutôt qu'une discussion. Mais tant que je ne les lui jetais pas à la figure, c'était déjà un progrès...

Hudson n'était pas dans la chambre. Je traversai l'appartement jusqu'à ce que je le trouve dans la cuisine. Il avait enfilé sa veste et se tenait debout devant la table, plongé dans son journal.

Il leva les yeux en me voyant arriver.

– Je t'ai préparé...

– Pourquoi tu as tous ces trucs ? m'écriai-je en lui coupant la parole, et en espérant que ma question ne lui semblerait pas accusatrice.

– Quels trucs ?

– Ça, répondis-je en posant les crèmes sur la table devant lui. Enfin, peut-être ne les posai-je pas avec la plus grande délicatesse. Et pourquoi t'as des dizaines de brosses à dents ? Et un peignoir de femme ?

Il cligna des yeux et avala une gorgée avant de répondre.

– Ah mais, je n'ai pas qu'un peignoir ! J'ai plusieurs vêtements pour femme dans l'autre dressing de ma chambre.

– Ça ne m'aide pas du tout, ce que tu dis, je crachai alors que la panique que j'avais réprimée jusque-là refaisait surface, en me nouant la gorge. Tu m'as dit que tu n'avais jamais emmené de femme ici, avant moi.

– Est-ce que tu serais jalouse, ma belle ?

Son regard amusé déchaîna ma colère.

– Je suis plus que jalouse, H ! J'ai d'énormes doutes. Tu sais, ce n'est pas une bonne façon de commencer une relation sérieuse. Si tu as déjà amené une femme ici, si je porte le peignoir de quelqu'un d'autre, j'ai le droit de le savoir.

Je ne quittai pas son regard. Il posa lentement sa tasse sur la table et se retourna pour me faire face.

Je m'appuyai contre une chaise pour ne pas vaciller et je me préparai à écouter ses excuses. Sa réponse – s'il me disait la vérité et que je décidais de le croire – pouvait soit tout détruire entre nous, soit nous rendre plus forts.

– Tout ça est à toi, Alayna.

– Quoi ? m'écriai-je, toute surprise.

– Je les ai achetés pour toi. Sauf les brosses à dents : ma femme de ménage les stocke pour que j'en aie toujours quand je pars en voyage. En revanche, les vêtements et les produits de beauté sont pour toi.

Pour moi ?

Non, c'était impossible. Je déglutis.

– Tu les as achetés quand ?

Avait-il déjà prévu que je viendrais avant même de m'avoir invitée ? Ou est-ce que ça faisait partie de la mise en scène destinée à tromper sa mère, si jamais elle décidait de fouiller son placard pour vérifier que nous vivions bien en couple ?

– Hier soir, quand je suis parti du club.

Hier soir.

– Mais il était presque huit heures.

Il était parti quand j'avais commencé mon service. Il n'avait pas pu avoir le temps d'acheter toutes ces choses.

– Mais comment tu as...

– Je comprends que ça paraisse étrange, me coupa-t-il. Mais si tu regardes, il y a probablement encore l'étiquette sur le peignoir. Il passa sa main dans mon col et tira dessus pour me montrer l'étiquette de prix.

– Oui, tu vois ? insista-t-il.

Prix qui, au passage, était exorbitant pour un peignoir.

Je regardai de nouveau les pots de crème sur la table. Ils étaient pleins, comme neufs. Je ne l'avais pas remarqué dans ma colère. Cependant, j'avais encore des questions à lui poser.

– Pourquoi ? Comment... ?

– Pourquoi ? Parce que je ne voulais pas que tu n'aies rien à te mettre aujourd'hui et que tu aies à parcourir le fameux *walk of shame* [1]. Et j'ai pensé que tu voudrais te démaquiller et te laver le visage, et cætera. Pour ce qui est du *comment*... j'ai mes fournisseurs.

Je me passai la main dans les cheveux.

– Tu as tes fournisseurs.

La tension dans mes épaules se relâcha légèrement. Il m'avait laissée au club, puis il s'était préparé. Comme

---

1. Jeu de mots courant dans les facs aux États-Unis, issu du *walk of fame* hollywoodien. Le *walk of shame* (marche de la honte) est le trajet que l'on doit effectuer le lendemain matin entre l'appartement de son partenaire sexuel et le sien.

il le faisait toujours. Il avait annulé ses rendez-vous de la matinée. Il m'avait acheté des vêtements. Même à une heure aussi tardive, Hudson avait réussi à tout prévoir. Parce qu'il en avait les moyens. Du personnel.

– Mirabelle ? demandai-je. La sœur de Hudson, Mira, possédait sa propre boutique. Elle connaissait ma taille et savait ce qui m'allait.

– Oui, dit-il en penchant la tête sur le côté. Mais pas seulement.

Pas seulement. Après tout, la dernière fois que j'avais laissé mon string dans son loft, il l'avait fait laver et livrer en quelques heures à peine. Et il y avait aussi Jordan, toujours disponible pour me déposer et me récupérer au gré de mes envies. Je savais qu'il avait des gens à son service, ce n'était pas une surprise.

– Ah.

Une vague d'émotions totalement différentes m'envahit au fur et à mesure que les morceaux du puzzle s'assemblaient. J'étais soulagée de savoir que ma jalousie était infondée, et ravie de voir tout ce que Hudson avait fait pour se préparer à m'accueillir. J'étais également touchée de savoir qu'il était sérieux lorsqu'il m'avait affirmé qu'il voulait que notre relation réussisse. Après tout, faire de tels préparatifs, c'était une véritable preuve de sérieux, non ?

Cependant, j'étais gênée, également. J'avais honte d'avoir surréagi, même si je n'étais pas devenue complètement hystérique, comme par le passé. Mais ce travers ne me quitterait jamais complètement et j'avais peur que Hudson ne s'en aperçoive.

Je baissai les yeux sur mes mains qui trituraient nerveusement la ceinture de la robe de chambre.

– Ça doit être chouette d'avoir ses propres fournisseurs, je marmonnai. Moi aussi j'aimerais bien en avoir.

Mes paroles étaient complètement creuses, mais je ne savais pas quoi dire d'autre.

Hudson souleva mon menton pour me regarder.

– Moi, la seule chose que je veux, c'est toi.

Son expression m'indiquait qu'il ne semblait pas être énervé par ma réaction. Les autres hommes, eux, avaient tout de suite pris peur lorsque je leur avais jeté ce genre d'accusations au visage. Mais pas Hudson. Il n'avait pas du tout l'air effrayé, il avait l'air presque excité par ma parano.

– Tu m'as déjà.

Il prit la ceinture de mes mains et en défit le nœud.

– Je te veux *tout de suite*, dit-il en palpant mon sein.

– Ah, tu me *veux*...

– Tu as tout compris.

Il me retourna dos à la table et, posant sa main à plat entre mes seins, il me poussa à m'asseoir dessus. Un instant, j'eus peur de renverser les tasses du petit déjeuner ou de casser la vaisselle.

– Maintenant !

Au diable le café et la vaisselle.

Hudson me fit reculer davantage, balayant les pots de crème du revers de la main. J'étais allongée devant lui. Mon peignoir ouvert révélait mes parties intimes.

Son regard devint plus insistant, au fur et à mesure qu'il caressait mon ventre, remontant sur mes seins avant de descendre, toujours plus, jusqu'à toucher mon sexe.

– Je pourrais admirer ta chatte toute la journée, dit-il en me pénétrant avec deux doigts.

– Pourquoi, tu dois aller quelque part ? le titillai-je d'une voix rauque et pressante qui ne me ressemblait pas.

Mais pourquoi est-ce que je disais ça ? Je ne voulais pas qu'il parte, je ne voulais pas qu'il arrête. *Mon Dieu je vous en supplie, faites qu'il ne s'arrête pas.*

– J'ai un rendez-vous et il va falloir qu'on fasse vite, dit-il d'une voix sourde, en ouvrant sa braguette. Mais je ne pars pas d'ici avant une partie de jambes en l'air matinale.

Je me redressai sur mes coudes et regardai Hudson baisser son pantalon et son caleçon sur ses cuisses, pour libérer son sexe en érection. Un spectacle dont je ne me lasserais jamais. Et qui m'appartenait. Rien qu'à moi.

Une autre inquiétude absurde surgit à mon esprit.

– Ta femme de ménage ne va pas nous surprendre ?

– Elle vient le mardi et le vendredi. Et si je ne m'abuse, on est mercredi, dit-il en empoignant mes chevilles pour me faire plier les jambes. Mais sérieusement, si elle nous surprenait, tu en aurais quelque chose à faire ?

Il me pénétra brusquement.

– Non ! m'écriai-je.

À cet instant, rien ne m'importait plus en dehors de cet homme devant moi. L'homme qui était en moi. Celui qui avait envie de moi, qui me voulait chez lui, dans son lit. Qui voulait que je fasse partie de sa vie malgré tous mes défauts.

Hudson se retira avant de me pénétrer de nouveau, encore et encore, faisant avancer et reculer la lourde table à chaque coup de reins. Il accéléra la cadence. Il était apparemment sérieux en disant qu'il fallait *qu'on fasse vite*. Et à ce rythme, il allait effectivement jouir très vite.

Il serra plus fort mes chevilles et replia mes jambes sur ma poitrine de façon à pouvoir me pénétrer plus profondément.

– Touche-toi, ma belle, m'ordonna-t-il d'une voix tendue qui révélait l'effort qu'il lui fallait faire pour ne pas jouir tout de suite. Je veux qu'on prenne notre pied ensemble.

Sans hésiter, je me mis à masser mon clitoris au rythme de ses allers-retours. J'avais déjà fait cela – me masturber pour lui. À voir la vitesse à laquelle ça le faisait jouir, ça devait énormément l'exciter.

C'était électrisant pour moi, aussi, de lire le plaisir sur son visage, de sentir ses mouvements s'accélérer alors que j'ondulais et gémissais sous mes propres caresses. Rien n'était plus excitant, et je sentais déjà mon sexe se contracter autour du sien.

– C'est ça, Alayna. Putain, c'est... ça... gémit-il d'une voix enrouée, le visage contracté. Et il me pénétra plus fort encore en jouissant.

Ma main retomba sur la table et tous mes muscles se relâchèrent. Il me sourit puis se retira.

– Alors, c'était comment ?

Il connaissait parfaitement la réponse – ce pervers voulait me l'entendre dire.

– Tu peux me dire bonjour comme ça tous les jours, répondis-je en souriant.

– J'adorerais te dire bonjour comme ça chaque matin.

Il attrapa un rouleau de sopalin sur le plan de travail derrière lui. Je fis semblant de ne pas remarquer ce qu'il venait de dire. Je refusai toujours de le regarder lorsqu'il s'essuya puis remonta son pantalon.

Il haussa les sourcils et eut un geste du bras vers moi. Pendant un instant, je crus qu'il avait lu dans mes pensées – s'il voulait être avec moi tous les matins, ça impliquait que l'on vive ensemble. C'était trop tôt, même si pour moi rien n'était jamais trop tôt, puisque je développais toujours mes obsessions malsaines et que je m'accrochais comme une folle à tous les mecs. J'étais incapable de gérer ce genre de proposition.

J'ai alors réalisé qu'il me demandait simplement si j'avais besoin du sopalin.

– Je vais prendre une douche.

Merde, il ne m'avait pas dit que je pouvais rester.

– Enfin, si ça ne te gêne pas ?

Était-ce déplacé de lui demander de rester chez lui quand il partait bosser ? Jusqu'à présent, c'était ce que j'avais prévu de faire.

Hudson me tendit la main pour m'aider à descendre de la table. Il passa ses bras autour de ma taille, attrapa la ceinture de mon peignoir et la noua.

– Bien sûr que non ça ne me gêne pas. Je veux que tu restes. J'avais prévu que tu resterais.

Ce qui signifiait que j'allais probablement trouver du shampoing et de l'après-shampoing dans la douche.

Le téléphone de Hudson se mit à vibrer. Il le sortit de la poche de sa veste pour lire le message.

– Mon chauffeur est en bas. Apparemment j'ai déjà utilisé le temps que j'avais prévu pour te faire visiter l'appartement.

– Oups, dis-je en haussant les épaules.

– Il va falloir que tu le visites toute seule, continua-t-il en se lavant les mains dans l'évier.

– Tu es en train de me donner la permission de fouiller ? Parce que c'est ce que j'ai compris, et tu ne t'en rends peut-être pas compte, mais je *suis* du genre à fouiller.

Il éclata de rire.

– Je n'en doute pas une seconde. Je n'ai rien à cacher. Fouille autant que tu veux. Tu peux utiliser la salle de sport, faire une sieste, il y a de quoi manger dans le frigo. Vas-y, sers-toi, fais ce que tu veux. Tu commences à huit heures ce soir ?

– Oui.

Cela faisait un moment que je n'étais plus étonnée que Hudson connaisse toujours parfaitement mes horaires. D'habitude, c'était le genre de choses que je faisais, *moi* : je mémorisais l'emploi du temps d'un mec et je cherchais à connaître tous les détails de sa vie. C'était agréable d'être à mon tour l'objet de telles attentions.

– Parfait. Je ferai en sorte d'être de retour à la maison pour six heures.

À la maison. Il avait dit ça comme si cet appartement était à nous deux, pas seulement à lui. Un nouveau pincement me noua le ventre.

– On mangera ensemble avant que tu partes.

– J'espère que tu ne t'attends pas à ce que je fasse à manger.

– Ne sois pas bête, je demanderai à ma cuisinière de venir, répondit-il.

Je hochai la tête, ne sachant comment réagir face à la facilité avec laquelle Hudson acceptait notre relation.

– Ah, et les livres pour la bibliothèque devraient arriver aujourd'hui. Il y a un interphone là, poursuivit-il en désignant un boîtier à côté des interrupteurs. Il y en a un dans le couloir près des ascenseurs, et encore un autre dans la chambre. Quand le concierge sonnera, tu n'auras qu'à accepter la livraison et il fera monter le livreur.

– Pas de problème. *Il me confiait son appartement et ses livraisons ? Tu parles d'un pas de géant !* Attends, quels livres ?

– Ah oui, j'ai commandé des livres, comme tu as dit que c'était ce que tu préférais dans la bibliothèque.

– Ah, oui...

Cela avait fait partie de notre petite comédie. Sa mère ne croyait pas que j'avais déjà été invitée au penthouse de Hudson, et bien sûr, elle avait raison. Elle avait voulu me piéger en me demandant quelle était ma pièce préférée, et j'avais répondu que j'aimais la bibliothèque. Comme je lisais énormément, cette réponse m'avait paru naturelle. Du coup, j'avais parlé de ma passion pour les livres à Sophia.

Mais, apparemment, il n'y en avait aucun dans la bibliothèque de Hudson.

En tout cas, pas à l'époque.

– À ce propos, j'ai encore l'impression de m'être fait piéger par ta mère. Mais au fait, quand est-ce que tu as trouvé le temps de les commander ?

Cette conversation avait eu lieu le dimanche, lorsque nous étions dans les Hamptons avec ses parents. C'était le jour où j'avais avoué à Hudson que j'étais en train de tomber amoureuse de lui. Le lendemain, il m'avait laissée seule avec sa famille pour essayer de sauver Plexis, une de ses entreprises.

– Je les ai commandés lundi soir depuis mon hôtel. Après le deal avec Plexis.

Je discernai une pointe de déception dans sa voix. Et cette déception reflétait celle que je ressentis soudain.

– Qu'y a-t-il ?

J'avais envisagé un instant de ne rien dire, mais le mantra *parles-en* m'était revenu à l'esprit.

– C'est bête, mais j'étais persuadée que tu ne m'avais ni appelée ni écrit parce que tu n'avais pas eu le temps. Mais apparemment, tu as trouvé le temps de commander des livres.

Hudson m'avait laissée dans les Hamptons sans me donner de nouvelles en dehors d'un minuscule sms. Il ne m'avait appelée et n'avait cherché à me joindre que plus de vingt-quatre heures plus tard. J'avais cru que c'était fini entre nous et j'en avais eu le cœur brisé. Or j'apprenais qu'il avait commandé des livres au lieu de m'appeler ?

– Mais comme j'ai dit, c'est bête.

Hudson me prit dans ses bras.

– À l'époque, j'essayais de ne pas te céder, Alayna. Mais je n'arrivais pas à dormir. Parce que je n'arrêtais pas de penser à toi, dit-il en déposant un baiser sur mes sourcils froncés. Allez, dis-moi, qu'est-ce qui se passe dans ta tête ?

– C'est juste que...

Comment expliquer toutes les émotions que j'avais ressenties depuis que nous étions réveillés ? Et surtout cette peur grandissante qui me nouait le ventre ; la peur que tout cela ne soit trop beau pour être vrai.

Je pris une inspiration en tremblant.

– Tu as radicalement changé, Hudson. Pour ce qui est de notre relation. Il y a douze heures, tu refusais que ce soit plus qu'une histoire de sexe. Et maintenant... Qui es-tu ?

Cela me faisait peur. Cela me faisait douter de ses sentiments et je me demandais s'il jouait avec les miens.

Il prit mon visage entre ses mains, plongea son regard dans le mien.

– Ne fais pas ça. Je suis sérieux.

Il écarquilla les yeux, s'assurant que j'étais avec lui. Et je l'étais.

– Je suis le même, Alayna. Je suis un homme qui cherche à accomplir le plan qu'il a choisi. J'étais persuadé que je ne pourrais pas t'avoir. Du coup, je n'ai jamais essayé de t'avoir.

– Mais maintenant, si, dis-je sur un ton qui l'incitait à poursuivre son raisonnement. Car j'avais besoin de mieux comprendre.

– Oui. Et je suis décidé à faire aboutir ce nouveau plan, autant que je l'étais pour l'ancien. Plus, même, car celui-là n'était qu'un compromis. Je sais désormais que j'aurais dû choisir celui-ci dès le début. C'est un bien meilleur plan.

Ma gorge se serra.

– Un plan avec un plus grand potentiel, dis-je à voix basse.

– Un potentiel immense. Il ouvrit la bouche et se pencha pour m'embrasser avec une douceur et une tendresse infinies. Mais son baiser s'arrêta bien trop tôt.

– Je dois partir. On reprendra cette discussion plus tard.

– Avec plaisir.

Je l'accompagnai dans le hall et je le regardai prendre son attaché-case dans le placard. Puis il m'embrassa sur le front et monta dans l'ascenseur. Nous nous regardâmes, debout, jusqu'à ce que les portes se referment.

Dès qu'il fut parti, je m'appuyai de tout mon poids contre le mur du vestibule. Mon Dieu, tout cela était-il vraiment en train d'arriver ? Allais-je vraiment faire comme chez moi dans le penthouse de mon copain milliardaire ? J'avais l'impression d'être Cendrillon. Ou Julia Roberts, dans *Pretty Woman*. Hudson me voulait-il *vraiment* dans sa vie, ou étais-je devenue folle ?

J'étais folle. Follement heureuse.

Je poussai un cri de joie aigu et je courus me jeter sur le canapé du salon. Je fermai les yeux et repensai aux événements de la matinée : le réveil dans le lit de Hudson, la baise sur la table de la cuisine. Mais plus encore à ce qu'il m'avait dit.

J'adorerais te dire bonjour comme ça tous les matins.

À la maison pour six heures.

Je n'arrivais pas à dormir. Je n'arrêtais pas de penser à toi.

Un potentiel immense.

Après quelques minutes passées à sourire si fort que j'en eus mal aux joues, mes doutes refirent lentement surface, comme toujours. Était-il possible que Hudson ait changé de façon aussi radicale en l'espace d'une nuit ? Ou bien étais-je un nouveau jeu pour lui ? Peut-être ne se rendait-il pas compte qu'il me manipulait ?

Ou peut-être que, comme moi, il ne savait pas comment faire marcher une relation et qu'il faisait ce qu'il pensait devoir faire, au risque d'aller trop vite.

Peut-être que tout cela était sincère... Après tout, je ressentais la même chose, moi aussi. J'avais envie d'être avec lui tous les jours, tout le temps. J'étais prête pour un tel engagement alors que je n'aurais pas dit cela deux jours plus tôt.

Cependant, j'avais toujours fonctionné ainsi : en fonçant tête baissée sans réfléchir.

Peut-être que Hudson était pareil.

Je m'assis et balayai la pièce du regard. J'étais sérieuse lorsque je lui avais dit que j'étais du genre à fouiller. D'habitude, c'était la première chose que je faisais. Mais pour l'instant, je n'en ressentais pas le besoin. En revanche, j'avais envie de prendre une douche et de m'habiller. J'étais encore toute poisseuse de nos ébats de la veille et de ce matin.

Je retournai dans la chambre et remarquai une porte qui menait à la bibliothèque et à une autre chambre. Dans la chambre de Hudson, j'entrai dans le dressing qui était presque vide, à l'exception d'une des penderies dans laquelle je trouvai des robes, plusieurs shorts, des jeans, des pantalons de yoga, ainsi qu'une rangée de débardeurs. Un des tiroirs était mal refermé. Lorsque je l'ouvris, j'y trouvai des strings, des soutiens-gorge ainsi qu'un négligé.

Un soupir de contentement m'échappa. J'entrai dans la salle de bain et remarquai pour la première fois une porte fermée sur ma droite. J'y passai la tête pour découvrir un autre dressing, rempli des vêtements de Hudson. Je l'inspectai, promenant ma main le long des rangées de costumes. Était-il puéril de ma part d'adorer regarder ainsi ses vêtements ? Je trouvais cela personnel, intime – comme si, en me tenant au centre de son dressing, j'étais au centre de sa vie. Je tournai sur moi-même, savourant cette métaphore. Je me sentais délicieusement bien. Je me sentais à ma place.

Ma douche fut longue et bouillante. Dans mon studio, je n'aurais plus eu d'eau chaude depuis longtemps. Je m'enveloppai dans une épaisse serviette de bain et j'en enroulai une deuxième autour de ma tête, puis je sortis de la salle de bain pour choisir des vêtements dans mon dressing.

Mon dressing.

Mais en arrivant dans la chambre, j'entendis des voix dans l'entrée ainsi que le claquement de talons sur le sol en marbre du vestibule.

Ce ne pouvait être la femme de ménage – non seulement elle ne devait pas venir aujourd'hui, mais en plus elle aurait été seule. Et elle ne porterait pas de talons aiguilles. Peut-être que Hudson avait oublié de me prévenir de quelque chose, peut-être que sa mère devait lui rendre visite ? Mon Dieu, ce serait le meilleur moyen de foutre en l'air toute ma bonne humeur.

Je me mordis les lèvres. Mon téléphone était dans mon sac, qui était dans le salon, donc je ne pouvais ni appeler Hudson, ni lui envoyer de message. Je regardai l'interphone. Devais-je appeler la sécurité ? Ceux qui étaient là avaient forcément été autorisés à monter, donc ils avaient une clef.

Vus les talons aiguilles et le son de la voix, il s'agissait bien d'une femme.

Je me plaquai contre le mur et je passai la tête par la porte pour regarder dans le couloir. Une femme me tournait le dos. Elle était vêtue d'une robe bleu ciel très légère et elle ordonnait à des hommes de déposer les cartons dans la bibliothèque. Ses cheveux blonds, attachés dans un chignon bas sur la nuque, la trahirent. Je ne pouvais plus douter de son identité.

C'était la femme avec qui Hudson avait grandi. Celle que Hudson avait protégée en prétendant l'avoir mise enceinte. Celle que Sophia voulait que Hudson épouse.

Celia Werner.

CHAPITRE TROIS

Un des livreurs m'aperçut et fit un signe dans ma direction. Je me mis à paniquer quand Celia tourna la tête. Je reculai pour me cacher dans la chambre, mais elle m'avait déjà vue.

– Laynie ?

Merde, merde, merde. Je ne voulais pas la voir, je ne voulais pas qu'elle me voie, bon sang.

J'entendis ses talons claquer dans le couloir qui menait à la chambre.

– Alayna, c'est toi ?

Elle passa la tête par la porte pour me découvrir plaquée contre le mur, toujours enveloppée dans ma serviette.

– Salut.

– Waouh, dit-elle en souriant et en m'examinant de la tête aux pieds. Je ne m'attendais pas à tomber sur toi.

C'était ridicule. Je me comportais comme si elle venait de me prendre en flagrant délit, or ce n'était pas le cas.

J'avais le droit d'être ici et, pour autant que je sache, Celia, elle, ne l'avait pas.

Je me redressai et fit un pas de côté.

– Je ne m'attendais pas à te voir non plus. Hudson ne m'a pas dit que c'était toi qui livrerais les bouquins.

Celia secoua la tête.

– Il ne le savait pas. Il les a commandés par le biais de mon entreprise et comme je n'avais pas de rendez-vous aujourd'hui, je me suis dit que j'allais m'assurer qu'ils arrivent en bon état.

– Tu as une clef, alors, dis-je d'une voix pathétique que je détestai.

Honnêtement, c'était la seule chose à laquelle je pensais. Mais c'était idiot. Après tout, j'en avais une, moi aussi.

Elle s'appuya contre l'encadrement de la porte.

– Oui. Depuis que je me suis occupée de la déco. Comme on la réactualise en permanence ici et là, on s'est dit qu'il serait plus simple.

Son regard s'arrêta sur le lit défait et les draps emmêlés. Lorsqu'il revint sur moi, elle avait un large sourire.

– J'ai sonné avant de monter et personne n'a répondu.

– J'étais sous la douche.

– C'est ce que je vois.

Elle me lança un clin d'œil, et je devinai qu'elle avait compris pourquoi j'étais là.

Eh bien tant mieux. Au moins je ne me sentirais pas coupable lorsque je lui expliquerais la situation. Hudson et moi étions ensemble, désormais. Le mariage arrangé de Celia et Hudson était tombé à l'eau. C'était moi qu'il avait choisie. Point à la ligne.

Sauf que cette conversation s'était tenue dans ma tête – certaines choses méritaient probablement d'être dites à voix haute.

Celia semblait penser la même chose.

– Écoute, laisse-moi finir avec les livreurs, comme ça tu as le temps de t'habiller. Je crois qu'on a des choses à se dire, toi et moi.

Elle referma la porte derrière elle. Je soupirai bruyamment. Je ne savais pas pourquoi j'étais si angoissée que Celia soit là. Elle n'était pas une menace, pourtant, au fond de moi, elle me *semblait* en être une. Je l'avoue, j'avais été jalouse d'elle depuis le début. C'était la meilleure amie de Hudson, elle le connaissait mieux que quiconque. Il se confiait à elle, il partageait ses secrets. Elle était la seule à savoir que Hudson et moi faisions semblant d'être en couple.

Hudson m'avait assuré qu'ils étaient amis, et rien d'autre. Il fallait que je le croie si je ne voulais pas être rongée par la jalousie. Et puis, toute cette mascarade avait été mise sur pied afin que les parents de Hudson et de Celia abandonnent l'idée de les caser ensemble. S'il avait existé quelque chose entre eux, pourquoi me mettre au milieu ?

J'avais découvert la veille seulement que Werner et Sophia Pierce voulaient jouer aux entremetteurs avec leurs enfants parce qu'ils pensaient que Celia et Hudson étaient sortis ensemble par le passé. Ils croyaient que Hudson était le père du bébé que Celia avait perdu. Mais ce n'était pas lui et ils n'avaient jamais été en couple. La vérité était bien pire. Hudson avait manipulé Celia en faisant en sorte qu'elle tombe amoureuse de lui. Par sa faute, elle avait plongé dans la dépression et la drogue. Ainsi, lorsqu'elle était tombée enceinte, il s'était senti responsable, et il avait prétendu qu'il était le père de son enfant.

D'une certaine façon, Hudson était responsable. Mais il n'était plus le même. Il ne méritait pas que ses erreurs le poursuivent toute sa vie. Je me devais de raisonner ainsi, puisque c'était pareil pour *mes* propres erreurs.

Les gens comme nous, ceux qui souffrent au point de faire subir leur souffrance à leur entourage, méritent eux aussi d'être heureux. On ne peut pas passer sa vie à essayer de se faire pardonner ses erreurs passées, n'est-ce pas ?

Je remisai ces pensées coupables dans un coin de ma tête et je me dépêchai d'enfiler une robe que je pourrai porter pour aller travailler. Je relevai mes cheveux mouillés en chignon, pris une profonde inspiration et ouvris la porte.

Les livreurs étaient déjà partis. Celia était en train d'aligner les cartons contre le mur, dans la bibliothèque. Il y en avait bien plus que je ne pensais.

– Mince, il a sorti le grand jeu on dirait.

Celia releva la tête.

– Comme d'habitude. Cela dit, comme tu as dû le remarquer, il y a beaucoup d'étagères à remplir.

Je découvrais la pièce pour la première fois. Un grand bureau en acajou était placé devant un mur de baies vitrées. Deux fauteuils et un canapé formaient un coin lecture au centre de la pièce. Sur le mur de droite, une magnifique cheminée était surmontée d'un écran plat. Tous les autres murs étaient recouverts d'étagères. Des rangées et des rangées d'étagères : le rêve de tout bibliophile. Mais, mis à part un minuscule espace à côté du bureau, la pièce ne comportait pas un seul livre.

– Euh, ouais, ces livres sont loin d'être suffisants pour tout remplir.

– Il en a commandé d'autres, ceux-ci sont ceux que nous avions en stock. Le reste devrait arriver dans les prochains jours. Et, oui, il lui restera encore beaucoup de place. Tu vas peut-être pouvoir l'aider à remplir le reste.

Essayait-elle de me faire parler de Hudson et de l'évolution de notre relation ?

Quoi qu'elle veuille savoir, elle allait devoir me le demander. Je lui répondis par un simple « peut-être » avant de l'aider à pousser les cartons contre le mur, tout en les comptant. Il y en avait vingt-sept au total. Eh bien, je savais comment occuper mon après-midi ! J'en étais absolument ravie.

Je poussai le dernier carton contre les autres. Lorsque je me retournai, Celia m'observait, les bras croisés et les sourcils froncés.

– Alors, toi et Hudson...

– Ouais, c'est dingue, non ?

Celia avait toujours été gentille avec moi, pourquoi est-ce que j'étais tellement mal à l'aise ?

– Alors c'est vrai ? Vous êtes *vraiment* ensemble ?

– Oui, on ne fait plus semblant. C'est sérieux maintenant.

Je me sentis tout chose en prononçant ces mots. Jusqu'à présent, j'avais toujours exagéré en prétendant qu'une relation était sérieuse. Était-ce une exagération cette fois-ci encore ?

Non. Je n'exagérais pas. Tout cela était bien réel.

– Depuis quand ? demanda-t-elle d'un ton intéressé. Je l'ai vu lundi et il ne m'a pas dit que les choses avaient changé entre vous, même si je dois avouer qu'il m'a paru un peu triste. J'ai supposé qu'il était de mauvaise humeur à cause du boulot, mais maintenant que je te vois ici, je me dis qu'il devait être triste à cause de toi.

Celia avait emmené Hudson à l'aéroport pour qu'il puisse régler le problème urgent qu'il avait avec Plexis.

– Ça date d'hier. Quand il est rentré de Cincinnati, on s'est un peu disputés et puis...

Je réalisai soudain pourquoi j'étais tellement mal à l'aise. Bien que Celia et Hudson n'aient jamais été ensemble, elle croyait avoir été amoureuse de lui. Si je n'avais aucune raison d'être jalouse, elle avait toutes les raisons de l'être de moi.

– ... Est-ce que... c'est bizarre pour toi de parler de ça ?

– Bizarre ? Pourquoi ? demanda-t-elle, puis son visage sembla se détendre lorsqu'elle comprit.

– Ah, il t'a dit.

– Oui...

Je n'étais pas sûre qu'elle apprécie que je sois au courant de quelque chose de si personnel à son sujet.

– Je suis désolée, je ne voudrais pas te mettre mal à l'aise.

– Non, pas du tout ! Je suis juste surprise, il n'en avait jamais parlé à personne. Je ne sais même pas s'il l'a dit à son psy, continua-t-elle en s'arrêtant un instant pour mordiller sa lèvre.

– Qu'est-ce qu'il t'a dit, exactement. À moins que ça te dérange de me le dire ?

– Bien sûr que non, ce serait injuste de ma part, mais on peut s'asseoir d'abord ?

Peut-être qu'en étant assise, j'aurais moins l'impression d'être dans une confrontation avec elle.

Elle hocha la tête et je m'assis face à elle, ramenant mes jambes sous mes fesses.

– Eh bien, euh... Il m'a expliqué comment, euh... Il a fait en sorte que tu tombes amoureuse de lui pour ensuite coucher avec ta meilleure amie. Il m'a dit que pour lui, ce n'était qu'un jeu. Ça explique que tu saches comment il se comportait avec les femmes.

C'est Celia qui m'avait révélé les manipulations de Hudson.

– Ouaip, je parlais d'expérience.

Sa voix n'était plus aussi enjouée, mais rien ne semblait indiquer qu'elle souffrait d'en parler, ce qui m'encouragea à continuer.

– Et il m'a parlé du bébé.

Je vis sa poitrine tressauter avant qu'elle ne réponde.

– Qu'est-ce qu'il t'a dit ?

– Que comme tu ne savais pas qui était le père, il a prétendu que c'était lui. Pour que tu ne sois pas rejetée ou déshéritée. Parce qu'il se sentait responsable de ta situation.

Rien de ce que je disais n'était nouveau pour Celia, puisqu'elle l'avait vécu, mais je me sentais tout de même coupable de lui répéter ce que Hudson m'avait confié.

D'un autre côté, je voulais en savoir davantage sur le passé de Hudson, mais c'était presque impossible de le faire parler. L'arrivée inattendue de Celia était l'occasion rêvée d'en apprendre plus.

– Hmm, eh bien, c'est à peu près tout, en fait, dit-elle en tapotant son genou avec ses ongles couleur pêche. Il est idiot, il n'avait pas à se sentir responsable de quoi que ce soit. J'étais déjà adulte. Je peux assumer ce que j'ai fait. Il ne se sent plus coupable, si ?

– Si, je crois que si.

Je ne le *croyais* pas, je le *savais*. C'était la raison pour laquelle il était si distant, la raison pour laquelle il avait eu tant de mal à me laisser l'approcher. À cause de sa mère, ou de son psy, il était persuadé qu'il était incapable de s'attacher à quiconque, et que les choses horribles qu'il avait fait subir à des femmes comme Celia en étaient la preuve. Le fait qu'il ait pu manipuler son amie et lui faire autant de mal lui prouvait qu'il était un monstre. Parce qu'une personne normale n'aurait jamais agi de la sorte.

Selon moi, le fait qu'il soit traumatisé à ce point par ce qu'il avait fait subir à Celia était la preuve même du contraire, c'est-à-dire qu'il était justement capable d'avoir des sentiments. Cela ne faisait pas de lui un homme sans cœur, mais un être humain, tout simplement.

– C'est ridicule, dit Celia en levant les yeux au ciel. Il faut vraiment qu'il se reprenne, ça fait presque dix ans maintenant, c'est du passé.

J'étais d'accord avec elle sur ce point. Peut-être qu'en étant enfin aimé, il parviendrait à passer à autre chose.

En revanche, je n'étais toujours pas sûre que Celia ait tourné la page.

– Alors tu ne ressens plus rien pour Hudson ?

Je n'avais aucun mal à imaginer qu'une personne en aime une autre sans que cela soit réciproque, et ce pendant des années, parce que c'était le genre d'obsession dont j'étais capable. Je n'avais passé le cap que grâce à des années de psychothérapie. Celia n'avait pas les mêmes problèmes que moi, mais il arrivait souvent qu'une fille tombe amoureuse de son ami sans qu'il se soit rien passé entre eux. Après tout, c'était un thème récurrent de la littérature classique.

Du coup, du point de vue de Celia, est-ce que ça faisait de moi la méchante, dans l'histoire ?

J'en faisais probablement une tonne pour rien, comme d'habitude.

Celia se pencha vers moi et posa sa main sur la mienne par surprise.

– Si, bien sûr que j'ai des sentiments pour lui, Laynie. C'est mon meilleur ami. Je l'aime depuis toujours, c'est-à-dire avant même que je sache parler. Mais je ne suis pas *amoureuse* de lui. Je ne crois pas l'avoir jamais été, d'ailleurs. Il m'a manipulée et j'ai pensé que... enfin, bref. Je ne le suis plus. Pourtant ma mère te dira le contraire, mais elle ne croit que ce qu'elle veut. Si j'étais amoureuse de lui, j'aurais fait en sorte que cette histoire de mariage arrangé fonctionne, au lieu d'encourager cette comédie avec toi.

– Oui, ça paraît logique.

J'enlevai la main de la sienne avant que cela ne devienne gênant pour moi ; je n'étais pas du genre tactile.

– Alors ça ne te dérange pas que nous soyons ensemble, lui et moi ?

– Que ça me dérange ? Je suis ravie pour lui ! Pour vous deux, en fait. Pour être honnête, je commençais à penser que Sophia avait raison et qu'il était incapable d'aimer, parce qu'il n'avait jamais semblé intéressé par qui que ce soit. Sauf quand il voulait manipuler une fille, je veux dire. Et je trouvais ça vraiment triste. Je suis *ravie* du changement !

J'aurais voulu être aussi *ravie* qu'elle. Mais le fait qu'elle mentionne le passé de Hudson avait réveillé mes craintes.

– J'ai dit quelque chose qu'il ne fallait pas ?

Elle avait dû lire de l'inquiétude sur mon visage. Je n'ai jamais été très douée pour mentir.

– Non, rien.

Il valait probablement mieux que je me taise. Mais Celia était la seule personne à qui je pouvais parler. La seule qui me comprendrait et qui pourrait m'aider.

Je ramenai mes genoux sous mon menton.

– C'est juste que... J'ai peur que ce soit trop beau pour être vrai, et du coup je m'inquiète d'être... enfin qu'il soit...

– Qu'il te manipule aussi ?

– Oui, dis-je en la regardant dans les yeux. Elle hocha la tête et fronça les sourcils.

– Oui, forcément, c'est normal que tu te poses la question.

Ce n'était pas le réconfort que j'attendais.

– Je ne dis pas que tu devrais t'inquiéter, s'empressa-t-elle d'ajouter. Mais à ta place, je me poserais la question. Surtout en connaissant son passé, et parce que cette mise en scène avec toi, et maintenant votre *relation*, c'est complètement différent de tout ce qu'il a vécu auparavant.

– Tu le connais, toi. Qu'est-ce que tu en penses ?

Mon Dieu, mes lèvres avaient tremblé en posant cette question. J'étais vraiment pathétique.

Elle tapota de nouveau son ongle sur son genou.

– Je ne pense pas qu'il te manipule. Vraiment, je ne le crois pas. Il a été suivi, et ça fait bientôt deux ans qu'il n'y a pas eu de problème.

Je lui demanderai plus tard de quel problème elle parlait. Mais ce n'était pas le sujet du moment.

– Je suppose qu'il pourrait avoir fait une rechute, mais... Elle sembla se perdre dans ses pensées. Qu'est-ce qu'il t'a dit, à toi ?

– Qu'il voulait être avec moi. Qu'il s'engageait à faire en sorte que ça fonctionne entre nous.

Bien sûr, il m'avait dit d'autres choses que je ne voulais pas lui confier.

Celia se rapprocha de moi, comme si nous étions dans un restaurant bondé et qu'elle voulait me confier un secret.

– Laisse-moi t'expliquer comment Hudson manipule les femmes. Il ne ment pas. Jamais. C'est ce qui rend sa méthode brillante. Il ne te dit jamais rien que tu pourrais lui renvoyer à la figure plus tard. Il dit la vérité, mais il s'arrange pour que tu t'imagines plus que ce qu'il ne dit vraiment. Il te fait croire qu'il t'offre tout ce dont tu rêves, sans jamais l'énoncer. Tu vois ce que je veux dire ?

– Je crois.

En y réfléchissant, je voyais exactement ce qu'elle voulait dire. Hudson choisissait ses paroles avec tant de précaution qu'il était parfaitement concevable qu'il s'arrange pour avoir toujours le dessus. C'est ce qui faisait de lui un si bon businessman.

– Donc, s'il t'a dit ce genre de choses, à ta place, je le croirais, me rassura Celia. Et il n'a jamais, jamais, emmené de femme ici auparavant. Tout le monde le sait. Même Sophia. Il n'a jamais voulu qu'une femme puisse le retrouver après qu'il lui ait, enfin... tu vois, après qu'il lui ait brisé le cœur.

C'était parfaitement logique. Un manipulateur ne voulait pas que ses victimes puissent s'immiscer dans sa vie privée. J'avais ressenti la même chose quand j'avais eu peur de m'attacher à lui : je ne voulais pas savoir où il vivait, pour que je ne puisse pas le harceler.

Celia m'observait en guettant mes réactions. J'avais l'impression qu'elle voulait en dire plus, sans savoir comment s'y prendre.

– Est-ce qu'il t'a dit ce que... ce qu'il ressentait pour toi ?

– Oui. *Enfin...*

Non. Mais il l'avait sous-entendu. D'ailleurs, en y repensant, je ne savais plus vraiment ce qu'il m'*avait* dit, et mon angoisse refit surface.

– Je veux dire, il a dit certaines choses, mais il ne m'a pas dit qu'il m'aimait.

Mais je savais que c'était ce qu'il avait voulu dire, non ?

Celia sourit.

– Je ne pense pas qu'il ait déjà dit à quelqu'un qu'il l'aimait. Pas même à sa mère. Donc ça pourra prendre du temps. Ou peut-être que ça n'arrivera jamais. N'interprète pas son silence comme un signe de quoi que ce soit, dit-elle en se redressant. Je ne pense pas que tu aies à t'inquiéter. Je crois qu'il est sincère.

Elle frappa dans ses mains.

– Youpi ! Hudson Pierce à une petite copine ! Enfin ! C'est super excitant !

– Ouais, c'est excitant, dis-je en me sentant soudain plus détendue. Super excitant !

Car rien de tel ne m'était jamais arrivé. Je n'avais jamais été en couple avec quelqu'un dans une relation équilibrée. Lorsque je pensais avoir rencontré l'amour de ma vie, je détruisais la relation en faisant des crises de jalousie avant même qu'il n'ait eu le temps de savoir s'il ressentait la même chose pour moi. Et les quelques fois où j'avais cru être amoureuse, sans doute avais-je été plus amoureuse à *l'idée* que quelqu'un soit amoureux de moi. J'avais compris en thérapie de groupe que c'était la raison pour laquelle je m'accrochais au moindre signe, parce que je voulais désespérément me sentir aimée.

Mais cette fois-ci, je n'étais pas désespérée, je ne m'accrochais à rien, et je n'étais pas du tout obsédée.

Je fis un grand sourire à Celia.

– Tu n'imagines pas à quel point ça me fait du bien de parler de lui à quelqu'un. Merci beaucoup, Celia.

– J'imagine. Il n'y a pas de souci. On remet ça quand tu veux. Et comment se passent les choses avec Sophia ? ajouta-t-elle.

– Je n'en sais rien.

À vrai dire, je m'en contrefichais. Sophia et moi ne serions jamais amies. Sûrement pas tant qu'elle chercherait à m'humilier et qu'elle me traiterait comme une traînée. Ni tant qu'elle s'obstinerait à nier les côtés positifs de la vie de Hudson.

– Je l'ai envoyée paître la dernière fois que je l'ai vue. J'espère ne pas la recroiser de sitôt.

– Ah. Alors tu n'as pas prévu de la revoir ? Je veux dire, pour lui montrer que vous êtes vraiment en couple, et cætera ?

Elle semblait surprise. Peut-être était-ce surprenant, en effet, après tous les efforts que Hudson avait faits pour me présenter à sa mère quand nous n'étions pas encore ensemble.

– Non, Dieu merci. Je crois que Hudson a abandonné l'idée de la convaincre de quoi que ce soit. Et ça me convient parfaitement.

– Tu m'étonnes. Qui a besoin d'elle, de toute façon ? Pas moi, en tout cas. Celia, en revanche...

– Vous semblez bien vous entendre toutes les deux.

On avait déjà abordé tous les autres sujets sensibles, je pouvais bien lui parler de Sophia.

– Eh bien, je pense qu'il faut toujours garder ses amis près de soi, et ses ennemis plus près encore. Dans mon cas, ça fonctionne plutôt bien.

– Il semblerait que oui, en effet, elle t'adore, dis-je sur un ton qui pouvait passer pour de la jalousie, ce qui était ridicule, puisque je détestais Sophia Pierce.

– Elle m'adore parce qu'elle adore ma mère. Et puis, elle pense que si j'étais avec Hudson, elle aurait un accès illimité à la vie privée de son fils. Comme si j'allais tout lui raconter ! Je l'ai enfumée, voilà tout.

– Alors, il ne me reste plus qu'à l'enfumer moi aussi, si je veux me la mettre dans la poche ?

– Peut-être, dit Celia d'un air pensif en fronçant les sourcils avant de hocher la tête. Non mais sérieusement, oublie-la, elle n'en vaut pas la peine. Est-ce que tu es au courant de la fois où – (la pendule se mit à sonner un coup).

– Oh mon Dieu, il est déjà treize heures ? s'écria-t-elle en regardant sa montre. Mince, j'ai des tonnes de choses à faire cet après-midi. Il faut j'y aille. Je suis désolée de partir comme ça ! C'était super de te parler, conclut-elle en se levant et en lissant sa robe.

– Oui, c'était super.

J'avais du mal à l'admettre, mais j'étais déçue de la voir partir. Elle était sur le point de me raconter une anecdote qui concernait Hudson. Elle avait tant de choses à m'apprendre, qui pouvaient m'aider à mieux le comprendre. Grâce à elle, je me sentais déjà beaucoup mieux. J'avais beaucoup à gagner à bavarder avec elle.

– On devrait aller boire un café un de ces quatre, s'exclama Celia, au moment même où l'idée me traversait l'esprit. Tiens, dit-elle en sortant une carte de visite de son sac. Voilà mon numéro de portable. Appelle-moi ! Prenons un café, demain, peut-être ?

– Avec plaisir.

Je pris la carte et y jetai un coup d'œil.

Celia Werner, Décoratrice d'Intérieur – Professionnels, Particuliers.

– Super. Appelle-moi demain matin, alors. Ah, et si je ne réponds pas, insiste. J'ai la fâcheuse manie de laisser mon téléphone n'importe où, mais si tu appelles plusieurs fois d'affilée, je finirai par te répondre. Et je retrouverai mon téléphone !

Sa méthode farfelue me fit sourire.

– Parfait.

– Super ! À demain alors. Embrasse Hudson pour moi.

Elle se dirigea vers la porte de la bibliothèque mais elle s'arrêta et se retourna.

– Tu sais, il était vraiment temps que Hudson ait quelqu'un de bien dans sa vie. Je suis heureuse que ce soit quelqu'un qui l'aime et le comprenne.

Ses paroles auraient pu sembler un peu exagérées, mais elle avait suffisamment de classe pour se permettre ce genre de déclaration.

– Merci. En effet, je le comprends.

Probablement plus qu'il ne s'en doutait, d'ailleurs.

– Je sais, ça se voit. Il m'a raconté certaines choses à ton sujet. J'espère que ça ne te dérange pas.

Peut-être faisait-elle référence aux hommes que j'avais harcelés par le passé. C'était horriblement gênant. J'avais même enfreint une injonction de ne plus approcher un de mes ex, ce qui m'avait valu un casier judiciaire qui avait été enterré grâce à Hudson et à mon frère avocat. Mais cela ne changeait rien au fait que cela s'était bel et bien produit. Le pire, c'était que ce n'était *qu'un* détail parmi une longue liste d'actions totalement stupides.

J'aurais dû être humiliée d'apprendre qu'elle était au courant, mais, grâce aux bienfaits que me prodiguait ma relation avec Hudson, je n'étais pas gênée.

– Non, bizarrement, ça ne me dérange pas.

– Tant mieux, dit-elle en souriant. Et bien sûr, je n'en dirai rien. Mais je suis contente de le savoir. Je pense que vous allez bien ensemble parce que vous avez un passé difficile tous les deux. Et je suis de votre côté.

– Merci. Vraiment.

– Bon. Il faut que je file. Bonne chance !

Je restai debout dans la bibliothèque à repenser à la visite de Celia. Puis j'enregistrai son numéro dans mon téléphone. Dans ma hâte de boire un café avec elle, je devenais un peu nerveuse. J'avais beau savoir qu'elle me serait d'une grande aide, j'étais certaine que cela ne plairait pas à Hudson que je la voie. Et il aurait raison. Si je voulais connaître son passé, je devais le lui demander, à *lui*.

Mais ce n'était qu'un café, ça ne pouvait pas prêter à conséquence !

Je déciderai d'y aller ou pas le lendemain matin.

Je regardai de nouveau les cartons et pris le parti de commencer à ranger les livres. Hudson m'avait dit de faire comme chez moi, et ça m'éviterait de fouiller ses placards. Même s'il m'en avait donné la permission, ce n'était pas un comportement très sain.

Je pris un coupe-papier dans un des tiroirs du bureau et je m'agenouillai à côté d'un des cartons. Je l'ouvris et y découvris Molière, puis Shakespeare, et plusieurs œuvres d'auteurs classiques, allant de Dante à Dickens. Accroupie, je regardai les étagères tout en réfléchissant au type de classement que j'allais faire.

Ma bibliothèque.

Hudson n'avait pas dit que c'était la mienne, mais je ne pouvais pas l'imaginer autrement. J'adorais les livres ; les histoires qu'ils renfermaient. J'aimais les sentir entre mes doigts, j'aimais leurs pages soyeuses, tous ces mots réunis en un seul endroit. Hudson n'avait aucun penchant pour les livres papier. Ces étagères vides en étaient la preuve. Il lisait tout en version électronique. Ces livres étaient *mes* livres. Je les avais déjà adoptés, et j'étais certaine que Hudson ne m'en voudrait pas. Il ne les avait commandés que pour tromper sa mère, même si Sophia ne devait pas venir dans ce penthouse bien souvent.

Parmi les nombreux mensonges que nous avions faits à Sophia, il y avait celui de mon installation chez Hudson. Est-ce que ça resterait un mensonge bien longtemps ?

Non, je ne pouvais pas savoir. Comme je m'en étais fait la réflexion plus tôt, nous n'étions pas prêts. Il était trop tôt pour y penser.

Mais était-ce vraiment mal de l'envisager quelques secondes ? D'imaginer vivre avec lui dans son penthouse ? Voire même plus encore ? De diriger le Sky Launch aux côtés de Hudson ? Soudain, je me mis à imaginer des bagues de fiançailles, des robes blanches et des demoiselles d'honneur. Était-ce mal de penser à ça ?

Oui. C'était mal. Je devais tout de suite cesser, pour ne pas retomber dans mes obsessions. Je devais m'occuper l'esprit autrement.

J'essayai de me concentrer sur mes rangements, mais mon cerveau continuait à gamberger. Ce fut à ce moment-là qu'une idée lumineuse me vint à l'esprit. Je laissai tomber les livres et allai chercher mon téléphone pour appeler Jordan. J'avais besoin qu'il me conduise quelque part.

* * *

– Des enterrements de vie de jeune fille ? répéta David Lindt en faisant pivoter son fauteuil de gauche à droite.

Je n'étais pas certaine de le trouver au Sky Launch de si bonne heure, mais j'avais eu de la chance. Il dirigeait le club et, comme Hudson lui avait confié la responsabilité de la gestion, c'était avec lui que je devais discuter de mes idées.

J'étais donc arrivée au club six heures plus tôt que d'habitude.

– Oui, les « EVJF ».

– Tu es sérieuse ? C'est ça ta grande idée ?

– Allez, avoue ! C'est génial !

Je levai les bras en l'air pour montrer mon enthousiasme. Mon idée, pourtant brillante, ne semblait pas l'avoir convaincu.

– C'est la saison des mariages. Et nos bulles sont des endroits *parfaits* pour fêter ce genre d'événement. Elles offrent une certaine intimité, tout en permettant à leurs occupants d'être dans une boîte de nuit. Et tu sais aussi bien que moi ce qui se passe dans ces bulles.

Les bulles étaient, selon moi, l'atout phare du Sky Launch. Ces dix pièces rondes faisaient tout le tour du deuxième étage, et chacune possédait sa propre porte de façon à garantir l'intimité des occupants. Ou plutôt, une *impression* d'intimité. En vérité, ce n'était qu'une illusion, car les pièces possédaient une grande fenêtre qui donnait sur la piste de danse du premier étage, et, de la bulle d'en face, n'importe qui pouvait voir ce qui se passait à l'intérieur. Il s'y déroulait souvent des « événements » classés X.

Pourtant, depuis que je travaillais ici, les bulles n'avaient jamais été suffisamment mises en avant, selon moi. J'avais obtenu ma promotion en partie parce que j'avais promis de trouver des moyens de mieux les vendre. Y organiser des EVJF était une idée en or.

Cependant, David ne semblait pas partager mon enthousiasme.

– On y a déjà organisé des EVJF. Pas beaucoup, certes, mais quelques-uns.

– Et ça s'est toujours bien passé, non ?

– Les clients étaient contents.

Il se mit à grimacer en réfléchissant, c'était un de ses tics habituels. Je me suis demandé ce qui avait bien pu m'attirer chez lui.

La réponse, c'était que je ne l'avais jamais été. Pas vraiment. David m'avait semblé être une option sans risque pour moi, qui avais trop peur de draguer les hommes qui me plaisaient vraiment. Je m'étais même imaginé que nous pourrions avoir un avenir ensemble. Je pensais que, avec un homme comme David, mes problèmes obsessionnels seraient résolus. Après tout, sans sentiments, il n'y avait aucun risque.

Et puis, il était plutôt mignon. On n'avait jamais couché ensemble, mais il m'excitait.

Pourtant j'avais laissé tomber David et la sécurité qu'il représentait dès que j'avais rencontré Hudson. Je m'étais jetée à l'eau malgré les complications que cela pouvait entraîner. Et je ne le regrettais pas une seule seconde.

David le regrettait, lui. Il aurait aimé que ça devienne plus sérieux entre nous et il me l'avait dit la veille seulement.

Il connaissait désormais mes sentiments pour Hudson. Il savait à qui mon cœur appartenait.

Il se mit à mâchouiller le bout de son stylo. Puis, sans l'ôter de sa bouche, il me demanda :

– Comment penses-tu attirer les clients pour ça ?

– Grâce à un bon marketing.

Le marketing avait été ma matière dominante de MBA, j'avais hâte de mettre en application ce que j'avais appris. C'était justement cette expertise que je voulais apporter au club.

– On n'a jamais ciblé de marché spécifique pour ces bulles. Elles sont sous-utilisées. Elles prennent de la place pour rien. Si on offrait un deal complet aux futures mariées, je pense qu'on pourrait attirer pas mal de clientes.

– Ouais, je vois le potentiel. *(Enfin !)* Quelle est ta stratégie ?

– Il va me falloir du temps pour mettre tout ça en place, mais je pense prévoir quelques réunions avec des organisateurs de mariages. Si je leur offre un bon prix, ils en parleront à leurs clientes. En contrepartie, on pourrait peut-être leur offrir un pourcentage des frais de réservation. Mais d'abord, je dois mettre sur pied des packages avec petits fours, ardoise au bar et cætera.

Derrière moi, mon téléphone m'annonça que j'avais reçu un sms. Il s'était éteint pendant que Jordan me conduisait au club, après que j'eus prévenu Hudson que je m'y rendais. Heureusement, j'avais un chargeur au bureau, je l'avais branché dès mon arrivée.

– Alors, tu en penses quoi ? demandai-je tout en allant chercher mon téléphone.

– Je pense que c'est une très bonne idée. Allons-y.

Je lui souris d'un air triomphal avant de lire le message.

J'ai fait venir ma cuisinière. Tu seras quand même à la maison pour dîner ?

Je ne raterais ça pour rien au monde, répondis-je, déjà tout émoustillée qu'il utilise à nouveau le mot « maison » comme si elle m'appartenait aussi.

– C'est Pierce ?

La question de David me fit redescendre sur terre.

– Oui, c'est Hudson.

– Une bonne nouvelle ?

– Tout va bien.

Je laissai le téléphone en charge et je retournai m'asseoir.

– Je le retrouve pour dîner. Ne t'en fais pas, je serai de retour pour le début du service.

– À ce propos, je voulais te parler d'un changement d'horaires, dit David en se levant et en contournant son bureau avant de s'y s'appuyer. J'ai voulu te promouvoir pour que tu t'occupes justement de ce genre de choses. On a suffisamment de responsables au bar, et s'il nous fallait quelqu'un d'autre, ce qui sera le cas si tes projets nous ramènent du monde – ce dont je ne doute pas –, Sasha serait prête à passer manager. Ce que tu apportes au Sky Launch, c'est ton sens des affaires. J'ai besoin de toi pour ça, Laynie. Moi, je n'ai pas ce type de compétences.

– Où tu veux en venir ? lui demandai-je en fronçant les sourcils.

– Ce que je veux dire, c'est que tu peux faire ton propre planning. Tu dois faire quarante heures par semaine, ce qui ne sera pas un problème pour toi qui es accro au boulot. Mais tu peux les faire quand tu veux. Prévois tes réunions avec les organisateurs de mariages. Et j'aimerais aussi qu'on réfléchisse à ton idée d'ouvrir plus longtemps et d'offrir d'autres services à la clientèle. Tout ça va prendre du temps à mettre au point, et ce sera en journée. Tu devras rencontrer des cuisiniers et embaucher des extra. Ça va être beaucoup de boulot.

J'écarquillai les yeux, j'étais sidérée.

– Tu es sérieux ? Je veux dire, j'ai le droit de faire tous ces trucs géniaux *et* de choisir mes horaires ?

Ce job était sur le point de devenir le boulot de mes rêves. J'avais eu raison de tenir tête à Brian, toutes les fois où nous nous étions disputés à propos de mes études et de mon avenir que je « jetais par la fenêtre » en refusant les offres des plus grandes entreprises américaines.

– Oui, je suis sérieux. Je ne plaisante pas avec ce genre de choses. Tu peux commencer par prendre ta soirée pour te reposer.

– Ne sois pas bête. Tu ne peux pas tenir le bar tout seul.

– Élise te remplace, j'ai déjà tout prévu.

Bien sûr, Élise ne refuserait jamais de travailler pour me remplacer. Elle était ma seule amie à New York. Géniale et rêveuse, elle était tout ce que je n'étais pas : libre et relax. Et elle savait flirter sans avoir à craindre de trop s'attacher. Nous étions de parfaites opposées, mais elle me comprenait mieux que personne, et elle était plus gentille avec moi que je ne le méritais.

– Elle m'a déjà remplacée pendant tout le week-end quand j'étais dans les Hamptons. Je ne peux pas lui demander de faire ça.

– Elle s'est portée volontaire. On a embauché cette nouvelle serveuse et Élise tient à ce qu'elle soit *formée correctement*. Ce sont ses mots, pas les miens. Et si tu prévois des réunions dès demain, il va falloir que tu t'habitues à ne pas dormir pendant la journée. Pour l'instant, tu ressembles un peu à un vampire. Un vampire bronzé, certes, mais néanmoins un vampire, dit-il en regardant mes jambes.

J'éclatai de rire, essayant de cacher mon malaise face au désir que je lisais dans son regard. Je me levai pour être à sa hauteur. Et pour éviter qu'il n'ait une vue sur mon décolleté plongeant.

– Merci, David. Merci, merci, merci ! Je suis...

Aucun mot ne pouvait exprimer toute ma gratitude.

– Juste, merci.

– Tu le mérites, dit-il en se redressant et en laissant tomber les bras le long de son corps. Un câlin pour fêter ça ?

– Ça m'a valu des ennuis, la dernière fois.

Hudson était entré dans le bureau au mauvais moment et ça l'avait rendu fou de rage. Il n'était pas du genre à partager. J'avais réussi à le calmer et à le convaincre que notre geste était innocent, ce qui était le cas en ce qui me concernait. Cependant, Hudson pensait qu'il y avait autre chose entre David et moi. Et je n'avais pas osé lui avouer la vérité. David et moi *avions* été plus que collègues et copains. Mais tout ça n'était rien à côté de ce que je ressentais pour Hudson. Ça n'avait pas la moindre importance.

– Si on se serrait plutôt la main ?

Il hocha la tête et prit ma main. Il la tint plus longtemps que nécessaire et caressa ma peau avec son pouce, ce qui me donna la chair de poule.

Je retirai ma main en espérant qu'il n'avait rien remarqué. Bien que je ne ressente plus rien pour lui, mon corps n'avait pas encore perdu ses réflexes. David était un peu quelconque, mais néanmoins attirant. Il avait les yeux bleus et des cheveux blonds et bouclés. Il faisait de la musculation, même s'il était un peu enrobé. En fait, il n'était pas mon genre. J'avais frissonné uniquement par habitude. Mais ça avait suffi à me faire culpabiliser. Je savais qu'il aurait fallu que j'avoue à Hudson mon aventure avec David. Je l'avais accusé de faire des secrets, et je faisais exactement la même chose. C'était mal, et je ne l'ignorais pas.

Pourtant, je savais que je ne lui dirais rien, car il m'aurait probablement empêchée de continuer à travailler avec David. Et si quelqu'un le mettait au courant, mon silence jouerait en ma faveur. Je lui expliquerais que je n'avais rien dit, tout simplement parce qu'il n'y avait rien à dire. Ce qu'il comprendrait, bien sûr.

Peut-être qu'en me répétant ce truc assez souvent, je finirais par y croire...

CHAPITRE QUATRE

Les portes de l'ascenseur du penthouse s'ouvrirent, Hudson m'accueillit avec un baiser tendre et passionné.

– Eh bien, bonjour toi !

– Tu es en retard, répondit-il tout en m'embrassant.

– Et ?

– Je me suis inquiété.

Sa bouche se posa sur ma joue, avant de s'aventurer vers mon oreille. J'écarquillai les yeux de surprise et de plaisir, lorsqu'il se mit à titiller un point sensible, juste en dessous du lobe.

– Qu'il me soit arrivé quelque chose ?

– Que tu ne viennes pas.

Je l'obligeai à se reculer pour pouvoir plonger mes yeux dans les siens.

– Pour quelle raison, Hudson Alexander Pierce, est-ce que j'aurais envie de te poser un lapin ? Tu n'as pas encore compris que je suis du genre qui s'accroche ?

Il se rapprocha pour pouvoir frotter son nez contre le mien.

– Tu es une femme intelligente – ça fait *des semaines* que tu aurais dû me poser un lapin.

– Alors heureusement que je ne réfléchis pas toujours à ce que je fais.

– Heureusement pour moi, oui.

Il prit mon sac et le rangea dans le placard, entrelaça ses doigts entre les miens et me guida vers le salon.

– Devine quoi ? lui dis-je en admirant le mouvement de ses muscles dorsaux sous sa chemise.

– Tu ne travailles pas ce soir.

Je m'arrêtai net et je lâchai sa main.

– Comment se fait-il que tu saches toujours tout ?

– Je ne sais pas tout, dit-il en se retournant pour m'offrir son plus beau sourire. Mais je fais un effort en ce qui te concerne. David m'a appelé cet après-midi pour me demander si j'étais d'accord pour que tu choisisses toi-même tes horaires.

– Et tu lui as répondu "Bien sûr ! Comme ça je pourrai adapter mon emploi du temps à celui d'Alayna, et nous pourrons nous envoyer en l'air à tout bout de champ", dis-je avant d'éclater de rire au son de ma pitoyable imitation de Hudson.

– Je me suis contenté de dire que c'était une bonne idée, mais je pensais exactement à ce que tu viens de dire.

Je regagnai ses bras, il me taquina en effleurant ma bouche avec la sienne sans jamais la toucher vraiment.

– Je t'aime.

Il resserra son étreinte.

– J'espère que tu ne m'aimes pas uniquement parce que je peux changer tes horaires de travail.

– Pas du tout. Crois-moi !

Cette fois-ci je l'embrassai à pleine bouche et, lorsqu'il rompit le baiser, ses yeux étaient voilés et pleins de désir.

– Le dîner est prêt, ma belle.

Il me conduisit dans la salle à manger où la table était dressée, avec un bouquet d'orchidées blanches au centre, deux bougies allumées et une bouteille de vin déjà ouverte.

– Elles feraient meilleur effet s'il ne faisait pas aussi clair dans cette pièce, dit-il en désignant les bougies.

– C'est vrai que c'est vraiment horrible, ces grandes baies vitrées de penthouse qui laissent entrer autant de soleil, plaisantai-je. C'est ravissant, Hudson.

Nos regards se croisèrent et ne se quittèrent plus, perdus que nous étions l'un dans l'autre. Mon Dieu, à ce rythme, on était sûrs de manger froid ! Inutile de préciser que je mouillais déjà.

Je notai soudain une odeur de persil frais et je tournai la tête vers la cuisine.

– Où est ta cuisinière ? Elle t'a abandonné ?

– Pas du tout. Elle a préparé le dîner et elle est partie. Nos assiettes nous attendent dans le chauffe-plat. Je pensais pouvoir m'acquitter du service tout seul, dit-il en tirant une chaise et en m'invitant à m'asseoir.

– Chéri, je n'ai jamais été mieux servie que par toi, susurrai-je sans le quitter des yeux.

– On se calme, dit-il en tapotant mon nez avec son index. D'abord on mange. Il me faut de l'énergie pour pouvoir te suivre. Mais si tu es sage, tu auras peut-être droit au dessert.

– Un dessert coquin, j'espère.

– Inutile d'espérer, ma belle.

Hudson nous servit un verre de vin blanc, puis il disparut dans la cuisine et revint quelques minutes plus tard avec deux assiettes. Pendant que nous nous racontions nos journées respectives, nos pieds n'arrêtaient pas de se caresser sous la table. Je lui parlai de mon idée d'organiser des EVJF au club, qui sembla lui plaire.

– Tu veux que je te mette en contact avec l'entreprise qui gère les événements de Pierce Industries ? Non pas que les EVJF soient leur domaine de prédilection...

– Non merci, ça va. J'ai déjà quelques rendez-vous cette semaine.

Il but une gorgée de vin. Je devinais qu'il allait être difficile pour lui de me laisser les rênes. Cependant, lorsqu'il reposa son verre, il semblait s'être fait à l'idée.

– N'hésite pas, si jamais tu changes d'avis.

Le repas fut délicieux : filet de poulet aux tomates séchées et aux artichauts, accompagné de riz au jasmin et de courgettes poêlées. J'avais passé l'après-midi à préparer mes rendez-vous et je n'avais pas déjeuné. En avalant la première bouchée, je me rendis compte à quel point j'avais faim.

– C'est super bon, Hudson, dis-je après avoir englouti la moitié du plat. Tu l'as dénichée où, ta chef ?

– Elle était seconde dans un de mes restaurants. Elle a eu quelques problèmes avec un autre membre de l'équipe, maintenant elle travaille pour moi.

– Tu parles de Fierce ?

– C'est ça.

Fierce était l'un des restaurants les plus prisés de New York. Le chef avait la réputation d'être un vrai dur à cuire. Je n'avais pas besoin de demander si son adjointe était partie à cause de lui.

Mon cerveau était encore branché sur le club. J'eus une idée.

– Tu crois qu'elle envisagerait de travailler au Sky Launch ?

– Mais du coup, qui viendrait nous préparer à manger ?

Je réprimai un ronronnement de plaisir lorsqu'il prononça « nous ».

– Juste pour des événements privés. Elle n'aurait pas besoin de travailler à plein temps.

– J'aime ta passion pour le travail, Alayna. Mais que dirais-tu d'oublier tout ça pour la nuit ? J'aimerais profiter des autres atouts de ma copine, son « sex-appeal » par exemple.

Cela suffit à me faire taire. C'était la première fois qu'il employait le mot copine en parlant de moi. Waouh, l'effet fut fulgurant : ma poitrine s'embrasa, puis la bouffée de chaleur se répandit dans tout mon corps et empourpra mes joues. *Copine.* J'étais la *copine* de Hudson Pierce !

Je poursuivis notre conversation en faisant semblant de ne rien avoir remarqué.

– En dehors du travail, tu as passé une bonne journée ? J'ai vu que les livres étaient arrivés, ça a été ?

Je hochai la tête en avalant une bouchée et je bus une gorgée de vin avant de répondre.

– Tout s'est bien passé. C'est Celia qui a livré les cartons.

Son visage ne trahit rien, mais je remarquai qu'il arrêta de mâcher pendant une seconde.

– Ah ?

Je savais que Hudson ne serait pas ravi que Celia débarque chez lui. Depuis qu'elle m'avait raconté ses tentatives de manipulation, il semblait avoir peur qu'elle ne m'en dise davantage. Je n'arrivais pas à lui faire comprendre que rien ne pourrait changer mes sentiments pour lui. Peut-être n'aurais-je pas dû lui parler de cette visite, mais je n'avais pas voulu lui mentir. Je lui avais déjà caché ma relation avec David – un secret suffisait bien.

La seule chose à faire était de le convaincre que Celia et moi pouvions être amies.

– Elle m'a fait peur, j'étais sous la douche quand elle a sonné. Comme je n'ai pas répondu, elle est montée toute seule.

Il fronça les sourcils.

– Il faut que je lui reprenne sa clef.

– Oui, ce serait une bonne idée, l'encourageai-je. Je n'ai pas aimé qu'elle puisse débarquer quand bon lui semblait. Mais ça n'a pas été si horrible que ça, finalement, H. On a juste discuté, assez agréablement.

– Je n'aime pas ça. Du tout, dit Hudson alors que les muscles de tout son corps se contractaient.

Je ne m'étais aperçue de sa possessivité qu'une ou deux fois auparavant. C'était à la fois effrayant et palpitant, et une giclée d'hormones inonda mes parties intimes.

Il n'avait pourtant aucun besoin de se montrer possessif.

– Ne panique pas, tout s'est bien passé.

– Je ne veux pas que vous passiez du temps ensemble. Souviens-toi que dans mon scénario vous n'êtes pas amies, insista-t-il en plantant sa fourchette dans l'air entre nous pour souligner ses paroles.

– C'est un peu injuste, Hudson. Je veux simplement être proche de toi et Celia est ta meilleure amie.

Il secoua la tête.

– Celia est ma *seule* amie. Ce n'est pas la même chose.

Je caressai son mollet avec mon pied, espérant le détendre.

– Elle n'a révélé aucun de tes secrets, Hudson.

– Ça, c'est toi qui le dis.

– Elle m'a seulement assurée qu'elle était contente que tu m'aies trouvée. Elle pense que tu mérites d'être avec quelqu'un.

Au lieu de se détendre, son expression devint plus sombre encore.

– En voilà un, de secret, dit-il en se rapprochant de moi et en parlant à voix basse. Un tellement gros secret que c'est un mensonge. Je ne te mérite pas : ni maintenant, ni jamais.

– Tais-toi, dis-je en levant les yeux au ciel. Tu mérites bien mieux que moi. Tu es mieux que moi, tout le monde le sait.

– Alayna... dit-il d'un ton menaçant.

– Et si, au lieu de se disputer à propos de qui mérite qui, on se mettait d'accord sur le fait qu'on va sacrément bien ensemble et qu'on en restait là ?

– Je ne veux pas que tu fréquentes Celia, répéta-t-il.

Mince, il était vraiment sérieux. Celia ne m'apprendrait rien sur Hudson si nous prenions juste un café. De quel droit pouvait-il me dire qui fréquenter ?

D'un autre côté, j'étais prête à faire des concessions pour que notre relation dure. Si c'était si important pour lui, alors...

– D'accord. Je ne la verrai pas. Mais je ne veux pas que tu la voies non plus.

– Je peux tout à fait accepter ce compromis.

– Ah bon ? répondis-je en essayant de ne pas avoir l'air trop surprise.

– Oui. Je la vois à peine, de toute façon. Dorénavant, ce sera avec toi.

– Marché conclu.

Après tout, c'était un plus grand sacrifice pour lui que pour moi – Celia n'était pas mon amie.

– Tant mieux, dit-il avec un éclat diabolique dans les yeux. C'est vrai qu'on s'entend très bien tous les deux.

– Tiens donc, qui devient coquin, maintenant ?

Il posa sa fourchette et regarda nos assiettes quasi vides.

– C'est l'heure du dessert.

– Garde ça en tête. Je reviens tout de suite.

J'essuyai ma bouche avec ma serviette et je me levai de table. On ne pouvait pas voir les toilettes depuis la salle à manger, j'espérais que Hudson pensait que c'est là que j'allais. En fait, je filai dans mon dressing me changer aussi vite que possible.

Puis je m'arrêtai devant le miroir de la salle de bain pour redonner un peu de volume à mes cheveux raides. Bon sang, j'étais super sexy ! Mon bustier remontait mes seins – déjà fermes – à des hauteurs vertigineuses. Je portais par-dessus un teddy en soie légère couleur corail, ouvert sur le devant, qui révélait mon string assorti et mon ventre plat. Mince, j'étais vraiment bonne.

Je me dirigeai d'un pas assuré vers la salle à manger, où la table avait été débarrassée. Hudson, dos à moi, était en train de se servir un verre au bar. Un peu gênée, je cherchai une pose de stripteaseuse, mais quand il se retourna, je n'avais réussi qu'à me déhancher et à poser une de mes mains sur ma taille.

Il écarquilla les yeux et faillit lâcher son verre.

– Putain, Alayna. Tu es tellement sexy. On avait dit coquin mais là, c'est scandaleux.

– Eh bien, merci !

Je marchai vers lui en me déhanchant. Son regard enfiévré ne quittait pas mon corps. Lorsque je fus à un mètre de lui, je saisis sa cravate et l'attirai vers moi. Il haussa les sourcils, surpris, et me laissa le guider vers sa chaise. Il s'assit.

Je me penchai en avant pour qu'il ne voie plus que mes seins. Ma main caressa ses cuisses, remontant jusqu'à sa taille pour défaire sa ceinture et ouvrir sa braguette.

– Qu'est-ce que tu fais ? demanda-t-il d'une voix rauque, les yeux rivés sur mes seins.

– Tu as servi le dîner. Je me suis dit que c'était à moi de m'occuper du dessert.

Je n'étais pas sûre qu'il me laisse diriger les opérations – c'était lui qui le faisait habituellement. D'ailleurs, il laissait rarement qui que ce soit prendre les rênes, dans quelque domaine que ce soit. Mais je ne lui demandais pas sa permission.

Je tirai sur sa ceinture et attendis sa réaction. Après une seconde d'hésitation, il se soumit et leva le bassin pour que je puisse baisser son pantalon et son caleçon. Je les descendis juste assez pour libérer son sexe, déjà dur.

– Putain, Hudson, dis-je en prenant sa verge dans ma main. Tu parles d'un scandale.

Sans le lâcher, je m'agenouillai devant lui, j'écartai ses cuisses et m'installai entre ses jambes.

Je me penchai en avant et je frottai mes seins contre son pénis. Il expira bruyamment et je recommençai, en promenant mes ongles sur son torse, par-dessus sa chemise. Je continuai à caresser son sexe entre mes seins, qu'il ne quittait pas des yeux.

– Tu es si belle, Alayna, dit-il d'une voix rauque, comme s'il perdait le contrôle. Tellement belle.

– Toi aussi, Hudson.

Cette fois-ci, je passai mes mains sous sa chemise pour lui griffer la peau, sans cesser de le masturber avec mes seins.

– Est-ce que tu aimes baiser mes seins, Hudson ?

– J'aime tout ce que tu me fais.

– Ah oui ?

Je m'accroupis et baissai la tête pour lécher sa verge.

Il grogna – *grogna* – et je frissonnai.

Ses gémissements et les réactions de son corps étaient si délicieux que j'en avais le vertige, mais je me sentais hyper puissante. Rien au monde n'était assez fort pour que Hudson Pierce renonce à son autorité. Or voilà qu'il me cédait en tout.

Je léchai de nouveau sa queue sur toute sa longueur puis je fis tourner ma langue autour de son gland en le masturbant avec ma main.

Il sursauta sur sa chaise et s'agrippa aux accoudoirs.

– Mon Dieu, oui.

Je désirais sentir ses mains sur moi, je voulais qu'il empoigne mes cheveux. Mais je savais, comme lui, que s'il me touchait, il reprendrait le dessus. Il mènerait la danse. Il me faisait un cadeau en ne me touchant pas. Et je l'acceptais avec joie.

Ma main entreprit de masser ses testicules et je posai mes lèvres sur son gland, avant de l'enfoncer entièrement dans ma bouche. Mon autre main empoigna ce qui ne rentrait pas dans ma gorge. Je le branlai lentement tout en le suçant. Ma faim était insatiable.

Je sentis ses cuisses se contracter de chaque côté de ma tête et je compris qu'il n'était pas loin de l'orgasme.

– Alayna, ralentis, supplia-t-il en serrant les dents.

J'ignorai sa requête et continuai à le caresser et à le sucer.

– Alayna ! s'écria-t-il en agrippant mes épaules.

Avant que je puisse comprendre ce qui se passait, je me suis retrouvée par terre avec Hudson au-dessus de moi, qui arrachait mon string. Puis il me pénétra, me remplit, m'étira, s'enfonça en moi si fort qu'il aurait pu me déchirer.

Mon Dieu, c'était délicieux. Incroyablement délicieux.

– Tu es tellement belle, Alayna, dit-il en grimaçant, le visage en sueur, concentré sur ses coups de bassin. J'étais sur le point de jouir dans ta bouche.

– Ça ne m'aurait pas gênée.

Je l'aurais sucé et léché jusqu'au bout.

– Je préfère largement jouir dans ta chatte bien étroite.

Je me contractai autour de son sexe, limitant ainsi ses mouvements. Ses allers-retours ralentirent.

– Putain, je jouis !

Je gémis avec lui et il s'enfonça plus profondément en moi. Mon orgasme suivit le sien de près. Ce n'était pas un orgasme époustouflant, comme ceux auxquels je m'étais habituée avec Hudson. D'une certaine façon, ça le rendait plus tendre et plus délicieux encore.

Lorsqu'il eut complètement éjaculé, Hudson s'allongea sur le dos, à mes côtés, et inspira plusieurs fois en cherchant à reprendre son souffle.

– Désolé.

Je me redressai sur les coudes et le dévisageai d'un air inquisiteur. Je ne l'avais entendu s'excuser qu'une ou deux fois, mais certainement pas à propos de sexe.

– Je me suis laissé emporter. Je ne t'ai pas accordé l'attention que tu mérites.

Je ris et passai sur le côté pour m'allonger sur son torse.

– J'aime quand tu te laisses emporter. C'est rare. Ça change. Mais surtout, c'est super excitant.

La poitrine de Hudson se souleva et il ricana – ce qu'il ne faisait pas souvent non plus –, puis il passa un bras autour de moi.

Je me redressai sur un bras.

– Mais tu sais, un jour, il faudra que tu me laisses te sucer jusqu'à l'orgasme.

– Tu sais que j'adore jouir dans ta chatte.

– Mon Dieu, moi aussi j'adore, dis-je en souriant, l'air ravie. Mais j'adorerais que tu viennes dans ma bouche. C'est même devenu un de mes fantasmes.

Il resserra son étreinte.

– Reste avec moi, ce soir.

Ce n'était ni une question, ni une invitation. Il déclarait que j'allais rester, et, bien sûr, je resterais. Je répondis néanmoins.

– D'accord.

Il n'y avait nulle part au monde où je préférais être.

***

Nous nous étions réveillés tard, ce matin-là. Du coup, Hudson avait manqué sa séance de sport habituelle. Selon moi, nous avions fait assez d'exercice en chambre – et dans la cuisine, et dans la salle à manger –, mais il décida de passer un peu de temps dans la salle de gym du penthouse. Je voulais être près de lui, je le rejoignis donc.

La salle de sport était au fond de l'appartement, près de la chambre de Hudson. Elle était équipée d'un tapis de course, d'un rameur, d'un vélo elliptique et de divers altères. J'enfilai un soutien-gorge de sport et un short avant de choisir le tapis de course. Hudson démarra son entraînement avec le vélo elliptique, puis il passa la plupart du temps à soulever des poids.

J'étais habituée à courir dans Central Park ou à rentrer du travail en courant, mais je n'avais jamais eu à courir en admirant les fesses et les bras de Hudson se contracter et se couvrir d'une fine couche de sueur. Rester concentrée sur ma course devenait un véritable exploit, même pour moi. Cela dit, j'ai bien dû trébucher une ou deux fois.

Après notre entraînement suivi d'une douche rapide, nous nous installâmes dans la chambre. Hudson enfila un simple boxer et je lui empruntai un t-shirt que je mis avec un string. Tandis qu'il lisait quelques emails sur son ordinateur, je m'installai à côté de lui, avec un des livres arrivés ce matin. Hudson avait commandé de nombreux livres que je n'avais pas lus. Certains figuraient sur la liste des meilleurs livres de tous les temps que je m'étais engagée à lire.

Je lisais depuis suffisamment longtemps pour être plongée dans les premiers chapitres de mon roman lorsque je réalisai que Hudson n'écrivait plus. Je levai la tête et vis qu'il me regardait.

Un frisson parcourut mes bras.

– Quoi ?

– Mon t-shirt te va bien.

– Je sais.

– Tu es encore plus belle sans, dit-il en souriant.

Je ris tandis qu'il regardait mon livre.

– Qu'est-ce que tu lis ?

Je lui tendis la couverture.

– *Le Talentueux Mr. Ripley*. Intéressant. Ça parle d'un vrai psychopathe.

Je me sentis soudain mal à l'aise. La mère de Hudson m'avait avoué qu'il avait été diagnostiqué comme psychopathe : incapable d'aimer, distant et égocentrique. Je lui avais fait part de mon désaccord. C'était l'inverse : Hudson m'aimait et prenait soin de moi mieux que personne.

Bien que je n'aie pas répété à Hudson ce que sa mère m'avait dit, j'étais certaine que Sophia n'avait pas manqué d'informer son fils de son opinion. Je me demandais s'il pensait correspondre à cette description clinique. Il n'était pas facile d'aborder ce sujet avec lui, surtout quand j'en savais si peu sur son passé. Je savais seulement qu'il avait manipulé des gens, parce que cela l'amusait.

Pour être honnête, je comprenais que les psychiatres parlent de psychopathie concernant des malades sujets à ce genre de comportement.

Mais je n'en savais pas assez. Bien sûr que Hudson avait des sentiments pour moi, mais j'avais encore beaucoup de choses à découvrir.

Je reposai le livre sur la table de chevet et je me tournai vers lui.

– Hudson, est-ce que je peux te poser une question ?

Il referma son ordinateur et le posa sur la table de nuit, de son côté du lit. Puis il alluma sa lampe.

– La réponse est oui. Je veux bien exploiter ton corps si tu promets d'exploiter le mien.

– Je suis sérieuse, répondis-je en riant.

– Mais moi aussi, dit-il en promenant un regard de braise sur mes jambes nues, avant de plonger dans mes yeux. Mais ça peut attendre. C'est quoi ta question ?

– Je me demandais... commençai-je avant de mordre ma lèvre inférieure, ne sachant comment m'y prendre. ... Celia m'a dit que tu manipulais les femmes, comme si elle n'avait pas été la seule. Qu'est-ce que ça veut dire exactement ? Je veux dire, qu'est-ce que tu faisais ?

– Tu m'avais dit que vous n'aviez fait que papoter, aujourd'hui, dit-il en serrant les dents.

– C'est vrai ! On n'a pas du tout parlé de ça aujourd'hui, promis. C'était l'autre jour, au gala de charité de ta mère, et j'y repensais, c'est tout. Si on veut que notre relation soit fondée sur l'honnêteté, je devrais être au courant, tu ne crois pas ?

– Non, pas du tout.

Il se leva, et pendant un instant je crus qu'il allait sortir de la chambre. Mais il alla simplement éteindre le plafonnier avant de revenir au lit.

– Si, j'ai besoin de savoir.

– Absolument pas, dit-il d'un ton qui indiquait que le sujet était clos.

Cependant, je n'étais pas prête à céder. Je m'agenouillai face à lui.

– Hudson, je comprends. Vraiment. Tu veux faire comme si ça n'était jamais arrivé et ne plus en parler. Mais tant que tu ne me laisses pas l'occasion de te prouver le contraire, tu auras toujours peur que je ne puisse pas t'aimer malgré ton passé.

Il resta debout au bord du lit, les paupières mi-closes.

– Et si ce n'était pas le cas ? Tu y as pensé ? Tu as envisagé que je puisse avoir fait des choses impardonnables ?

– Il n'y a rien...

– Tu n'en sais rien du tout, dit-il en me coupant la parole.

Je décidai de changer de tactique.

– Est-ce que *moi* je pourrais avoir fait quelque chose qui pourrait...

... *T'empêcher de m'aimer ?* Sauf que je ne pouvais pas dire cela à voix haute puisqu'il n'avait pas encore dit qu'il m'aimait.

– ... changer ce que tu ressens pour moi ?

– Ce n'est pas la même chose.

– Tu n'en sais rien, toi non plus.

Il ignorait ce que j'avais fait. Je ne voulais pas le lui dire, je ne voulais pas qu'il apprenne tous les stratagèmes horribles grâce auxquels j'avais violé la vie privée des autres. Je comprenais parfaitement qu'il veuille laisser le passé dans l'oubli.

– Alors dis-moi.

Je déglutis en prenant soin qu'il ne voie pas mon angoisse.

– N'importe quoi ?

Il s'assit sur le lit, face à moi.

– Le juge t'avait interdit d'approcher Paul Kresh. C'était qui pour toi, ce mec ?

Je fermai les yeux pendant une demi-seconde. Hudson avait lu le rapport de la police, et, forcément, il s'était souvenu des détails.

Comme j'hésitais, Hudson crut qu'il avait gagné la partie.

– Tu vois ? Tu ne veux pas me le dire.

– C'était un type, je crachai, consciente que si je voulais qu'il parle, je devais montrer l'exemple. C'était juste un type qui m'a ramenée chez lui un soir quand j'étais en boîte.

– Tu as baisé avec lui.

– Oui, répondis-je après avoir pris une profonde inspiration.

– Continue, dit Hudson d'une voix tendue.

– Il m'a ramenée chez lui, et après... enfin... après – il a voulu que je parte. Mais j'ai fait semblant d'être plus ivre que je ne l'étais et j'ai dormi chez lui.

– Et ensuite ?

– Ensuite, j'ai fouillé ses affaires pendant qu'il dormait et j'ai trouvé des cartons d'invitation pour son mariage. Il avait une fiancée. Elle devait être partie en week-end quelque part. Pour lui, je n'étais qu'une nana qu'il avait chopée en boîte. Ce qu'il ne savait pas, c'est que ça faisait plusieurs semaines que j'avais craqué sur lui. Je l'avais vu avec elle et je m'en fichais. Ce soir-là il était seul, alors je m'étais arrangée pour qu'il me remarque.

Je serrais tellement fort les poings en parlant que mes mains devinrent toutes moites. Je dus les essuyer sur le lit avant de continuer.

– Bien sûr, il voulait que je parte pour qu'il puisse faire comme si rien ne s'était jamais produit. Il voulait que j'oublie son adresse. Il ne m'avait pas donné son numéro, mais pendant qu'il dormait, je m'étais envoyé un texto depuis son téléphone.

Je m'arrêtai un instant, cherchant à me souvenir de ce que je ressentais à l'époque. J'essayai de me rappeler si j'étais prête à tout pour que Paul fasse partie de ma vie.

– Je n'arrivais pas à tirer un trait sur lui. Je pensais... Je ne sais pas ce que je pensais.

– Si, tu sais. Dis-moi, dit Hudson en s'appuyant contre la tête de lit.

Je m'assis à côté de lui, allongeant mes jambes.

– Je pensais que lui et moi, nous étions des âmes sœurs. Qu'on était faits l'un pour l'autre. Avant même de lui avoir parlé. Je sais. C'était dingue. C'était fou. J'étais folle, en fait.

– Non, tu n'étais pas folle. Tu voulais simplement qu'on t'aime, dit-il d'une voix pleine de tendresse.

– Oui, répondis-je en le regardant droit dans les yeux.

Cependant, mon « oui » ne signifiait pas seulement « oui je voulais qu'il m'aime ». Je voulais dire « oui, tu as compris. On se comprend tous les deux ».

– En plus, dis-je en remettant une mèche derrière mon oreille, à l'époque je ne travaillais pas. Je vivais sur mon héritage, dont il ne reste plus rien. Alors rien ne m'empêchait de faire le pied de grue devant chez lui et de le suivre jusqu'à son boulot. Tous les jours. Pendant des mois. Deux, trois mois, je ne sais plus. Un jour, j'ai dit au vigile que Paul était mon copain, et je l'ai convaincu de me laisser monter dans son bureau pendant la pause déjeuner. Quand Paul est revenu, je l'attendais. Nue, dis-je en baissant les yeux.

Hudson grimaça de façon presque imperceptible.

– Il m'a envoyé bouler. Il a appelé la sécurité sans même me laisser le temps de me rhabiller. C'est là qu'il a demandé une injonction afin que je ne puisse plus l'approcher.

J'étudiai le visage de Hudson pour y lire ses pensées. Mais je n'y lus rien. Il semblait de marbre.

Il tapota son index sur son menton.

– Mais ce n'est pas tout, si ? Dans ton casier, il est mentionné que tu as violé cette injonction.

Je me suis sentie devenir toute rouge.

– Euh, oui.

Mon Dieu, quelle honte. J'avais envie de me cacher six pieds sous terre rien qu'en y pensant. De toutes les choses stupides et folles que j'avais faites, celle-ci était l'une des pires.

– Je suis devenue amie avec Mélissa.

– Sa fiancée, dit-il, comprenant tout de suite.

– Ouais. Je me suis inscrite à son cours de Pilates pour devenir son amie. Elle a commencé à m'inviter à sortir avec elle et ses copines. Au bout d'un moment, j'ai atterri à une fête à laquelle Paul était invité aussi. Il était fou de rage. Il devait choisir entre appeler les flics ou m'ignorer, parce que s'il appelait la police, Mélissa apprendrait qu'il l'avait trompée. Comme je ne lâchais pas l'affaire, il a porté plainte contre moi. Et Mélissa a rompu avec lui.

– Il l'avait mérité.

– Peut-être.

Mais je n'en étais pas certaine. Oui, il avait trompé sa fiancée, mais cela n'excusait pas mon comportement.

– Selon moi, il méritait bien pire.

Hudson avait beau essayer de maîtriser ses réactions, ses remarques et ses encouragements me réconfortaient.

– Et c'est le seul avec qui c'est arrivé ?

Non. Absolument pas.

– C'est le seul qui a porté plainte.

– Je vois, dit Hudson avant de se perdre dans ses pensées. Au bout d'un moment, il fronça les sourcils et plongea son regard dans le mien.

– Pourquoi as-tu pensé que ça changerait ce que je ressens pour toi ?

– Tu rigoles ? Tu n'as pas peur que je devienne accro ?

– Tu es sérieuse ? *J'espère* que tu vas devenir accro, dit-il en passant son bras autour de mes épaules. Paul était un enfoiré qui n'a pas vu ce qu'il avait devant lui. Moi si. Deviens accro à moi, je t'en supplie.

– Je suis déjà accro à toi ! m'écriai-je en l'embrassant sur l'épaule. Fais attention à ce que tu souhaites. Si je deviens dingue, tu voudras m'expédier le plus loin possible.

Il appuya sa joue sur ma tête.

– Je ne ferai jamais rien pour te faire partir. Pas volontairement.

C'était craquant d'être dans ses bras et de l'entendre dire que c'était moi qu'il voulait. Je ne pouvais pas lui en demander davantage. Cependant, il me paraissait évident que Hudson ne comprenait pas la gravité de mes actes.

Je m'assis en tailleur au milieu du lit puis je me tournai pour lui faire face.

– Mais Hudson, si je me mettais à douter de toi ? C'est déjà arrivé, tu sais. Je me mets à douter de tout ce que me dit mon copain, même s'il est parfaitement innocent. Ensuite, je fouille et je m'immisce dans sa vie privée. Les gens finissent par en souffrir.

– Dans ce cas, c'est à moi de ne jamais te donner la moindre raison de douter de moi. Fouille, ma belle. Je n'ai rien à cacher.

Je bondis sur l'occasion.

– Mais tu me caches ton passé.

– Non, je ne le cache pas, grogna-t-il. C'est juste qu'il n'y a rien à en dire. C'est moche. Pourquoi tu voudrais te concentrer sur les mauvais souvenirs ?

– Je ne me concentre pas dessus, je te parle de les partager pour qu'on puisse tourner la page.

Il secoua la tête.

– Je t'ai raconté, moi. C'est injuste.

Cette fois-ci il ne répondit pas, se contentant de me regarder froidement dans les yeux.

– Allez ! N'importe quoi, juste une histoire.

J'étais désespérée. Me confier à lui n'avait pas été facile, et je n'obtenais rien en retour.

Je lui fis les yeux doux en l'implorant du regard.

– Une seule histoire et après tu laisseras tomber ?

Je hochai la tête avec enthousiasme.

– D'accord, soupira-t-il. Il faut que tu comprennes que c'était un jeu. C'était toujours un jeu. Et mon coup préféré était celui que j'avais fait à Celia. Il s'agissait de faire en sorte qu'une femme tombe amoureuse de moi, avant de disparaître.

Il se tut, et pendant quelques secondes, j'ai eu peur qu'il ne s'arrête là. Mais à ce souvenir, ses yeux se mirent à briller. Il poursuivit.

– Un jour, j'ai voulu voir si je pouvais faire en sorte qu'une personne tombe amoureuse de quelqu'un d'autre que moi. Une personne pour laquelle elle n'avait jamais montré le moindre intérêt. Je connaissais un mec, Owen, qui était un véritable connard avec les femmes. Et il y avait une femme, ou plutôt une fille, Andrea, qui était dans mon club de tennis à la fac. Très timide, ordinaire, sans charme. J'ai découvert qu'elle avait le béguin pour moi. C'était très dangereux pour elle. D'ailleurs, c'est toujours très dangereux, dit-il en me regardant.

– Mais non, pas du tout, dis-je en levant les yeux au ciel. Continue.

– Je lui ai arrangé le coup avec Owen. Mais pas juste pour un rencard : j'ai vraiment joué à l'entremetteur et ils sont sortis ensemble. J'ai convaincu Owen qu'il me rendait service en lui proposant de sortir avec lui. Pendant ce temps-là, je lui racontais à quel point Andrea était géniale, je lui expliquais que sa véritable beauté était intérieure. Et ça a marché : ils sont tombés amoureux l'un de l'autre. De façon vraiment sincère.

Je clignai des yeux plusieurs fois.

– Mais c'est une belle histoire !

– Ensuite, je l'ai baisée et j'ai montré les photos à Owen.

– Oh mon Dieu, je m'exclamai en plaquant ma main sur ma bouche.

Je n'y étais pas du tout préparée. J'ai eu honte. Je voulais lui prouver que je le soutenais, mais il avait essayé de me choquer et il avait réussi.

Hudson continua comme si je n'avais pas réagi.

– Andrea a essayé d'expliquer à Owen que c'était une erreur, que je lui avais fait un sale coup, ce qui était le cas, même si je ne l'avais pas violée – je n'ai jamais violé personne. Mais il a refusé de l'écouter. Ils étaient... brisés. C'est le meilleur moyen de le décrire. Andrea a quitté la fac en plein semestre. Je n'ai plus jamais entendu parler d'elle.

– Et Owen ? demandai-je d'une voix plus faible que je ne l'aurais voulu.

– Il a recommencé à coucher avec tout ce qui bougeait. Aux dernières nouvelles, il avait le sida. Je ne sais pas. Je l'ai perdu de vue.

Il m'étudia, de la même façon que je l'avais étudié quelques instants plus tôt, et je sus qu'il pouvait voir ce que je pensais. Je n'arrivais pas à rester aussi stoïque que lui. Je ne pouvais cacher mes émotions.

Ses traits s'assombrirent.

– Je t'avais prévenue. Il valait mieux que te ne le saches pas. Je t'avais dit que –

– Laisse-moi une minute pour réfléchir.

J'avais honte de lui demander du temps. Je l'avais assuré que ça ne changerait pas mes sentiments pour lui. Était-ce bien le cas ? Je mis de côté l'horreur de cette histoire et je me concentrai sur lui, qui en était le responsable. Est-ce que le fait d'être au courant changeait ce que je ressentais pour lui ?

Mon silence dura trop longtemps à son goût.

– Tu vois, Alayna ? Tu comprends pourquoi, pour moi, ton passé ne compte pas ? À côté de moi, tu es un ange.

Tu as fait souffrir les autres parce que tu aimais trop. Moi, je leur ai fait du mal parce que je le pouvais, tout simplement.

Je le dévisageai en écarquillant les yeux. Mes sentiments pour lui restaient les mêmes. Peut-être même étaient-ils plus forts. Il fallait qu'il se soit senti profondément seul, triste, et déboussolé pour détruire ainsi les gens autour de lui. Et il faisait preuve de force et de courage en essayant de devenir différent, de devenir meilleur.

Je me jetai dans ses bras, à califourchon, mes mains de chaque côté de son cou.

– Non, répondis-je en le regardant droit dans les yeux. Non, tu as fait du mal aux gens parce que tu ne savais pas ce que c'était que l'amour. Tu essayais de le comprendre par le seul moyen que tu connaissais. C'est horrible, oui. Mais c'est pardonnable. Je te pardonne. Je te pardonnerai tout ce que tu as pu faire, même si c'était encore pire. Je peux tout te pardonner.

Je caressai sa joue avec mon pouce.

– Parce que je t'aime. Je t'aime trop, comme toujours, mais cette fois-ci je ne le regrette pas. Je n'ai pas envie de t'aimer moins fort, parce que tu as besoin de mon amour. Alors accepte cet amour, H. Prends tout ce que tu veux.

Il enfouit son visage dans mon cou et soupira – un soupir de tristesse et de soulagement, tout à la fois. Je glissai mes bras dans son dos, je lui caressai les cheveux en lui murmurant son prénom à l'oreille.

Il trouva bientôt mes lèvres et nous nous perdîmes dans un baiser doux et langoureux qui dura une éternité, sans pour autant s'affadir.

Bien plus tard, nous abandonnâmes nos vêtements et Hudson nous allongea dans le lit. J'étais étendue sur lui de tout mon long. Et, comme une suite logique à notre baiser, nous fîmes l'amour en prenant notre temps, en nous savourant l'un l'autre jusqu'à tard dans la nuit. Nous ne nous arrêtâmes que lorsque le souvenir de nos corps fut devenu plus présent et plus intense que nos souvenirs douloureux.

CHAPITRE CINQ

– Comment appelez-vous ces pièces, déjà ? Elles sont incroyables !

Julia Swaggert, de chez Événementiel Plus, appuya son front sur la vitre et observa la piste de danse du Sky Launch, en contrebas.

– Les bulles, répondis-je, ravie que Julia soit impressionnée par le club. Notre réunion avait débuté à onze heures. Quarante-cinq minutes plus tard, elle était toujours aussi enthousiaste et intéressée par ma proposition de partenariat.

– Et lorsqu'elles sont occupées – je poursuivis en allumant la lumière rouge qui indiquait que la bulle était prise.

Le visage de Julia rougit avant de s'éclairer.

– Haha. C'est génial. Les gens peuvent voir dedans depuis l'extérieur ?

– Hélas, oui. On aurait trop de problèmes avec les autorités si on remplaçait la vitre par un miroir sans tain. Mais les lumières sont tamisées, on ne voit pas grand-chose... surtout des silhouettes.

– C'est canon.

Julia me plaisait. Elle m'avait tout de suite plu. Elle était marrante, et enthousiaste, mais aussi intelligente, elle avait les pieds sur terre. Je comprenais pourquoi elle m'avait été chaudement recommandée. J'étais sûre qu'elle pouvait faire progresser les affaires du Sky Launch. J'étais de plus en plus excitée au fur et à mesure qu'elle visitait le club, dont je lui exposais toutes les possibilités.

– C'est vraiment parfait pour les EVJF, comme vous me l'aviez dit.

Elle prit quelques notes avec son stylet sur sa tablette, puis elle se tourna de nouveau vers moi.

– Mais au fait, je pense que d'autres types d'événements pourraient peut-être correspondre à votre lieu. Si vous pouviez me proposer plusieurs tarifs...

Elle tapota son stylet sur sa joue, me laissant le soin de finir sa phrase.

– Bien sûr.

Mince, avais-je l'air désespérée à ce point ? Je voulais vraiment signer ce contrat, pour prouver que j'étais capable de tenir les promesses que j'avais faites en demandant ma promotion. Et, pour être honnête, je voulais que Hudson soit fier de moi.

De mon côté, je ne prenais aucune note. Je retenais tout de mémoire.

– Y a-t-il des points particuliers dans nos packages, sur lesquels vous voulez des détails ?

Elle hocha vivement la tête, faisant valser ses boucles brunes.

– Un certain nombre de boissons gratuites – ça c'est non négociable. Peut-être une sélection de petits fours. Les futures mariées ne s'attendent pas à manger lorsqu'elles vont en boîte, donc il faut être léger sur la nourriture, et lourd sur l'alcool.

C'était plus ou moins ce que j'avais prévu.

– Souhaiteriez-vous d'autres extras ? Comme des serveurs masculins ou des gâteaux en forme de pénis ?

– Je vois que vous savez ce que vous faites, dit-elle en riant.

Son sac à main se mit à sonner.

– Ah, c'est mon associé, dit-elle en fouillant dans son sac. Il supervisait les préparatifs pour un événement que nous organisons ce soir. Il m'avait dit qu'il me rejoindrait lorsqu'il aurait fini, expliqua-t-elle avant de lire le message. Super, il est là. Ça ne vous gêne pas ?

– Pas du tout. Mais la porte d'entrée est fermée. Je vais descendre lui ouvrir.

– Je viens avec vous, dit-elle en m'emboîtant le pas. Je veux savoir ce qu'il en pense dès qu'il passe la porte. Je veux voir s'il aime autant que moi. Je n'en reviens pas de n'avoir jamais entendu parler de cet endroit !

Nous descendîmes les escaliers et traversâmes le club. Julia faisait des commentaires.

Elle hocha la tête en direction du bar du rez-de-chaussée.

– Je suis contente qu'il y ait un bar à chaque étage.

– En fait il y en a deux à cet étage : voici le principal, mais il y a un bar plus petit là-bas, qu'on ouvre uniquement le week-end. On ne sert à manger qu'à l'étage. Le rez-de-chaussée est dévolu à la boisson et à la danse, alors que le premier étage, avec ses bulles et ses canapés, correspond davantage à des soirées plus paisibles.

– Sympa. C'est possible de réserver tout le club ?

– Bien sûr.

– Pourriez-vous me faire des offres de tarifs pour ça aussi ? Je connais des entreprises qui pourraient être intéressées pour leurs fêtes de fin d'année. Et ça, c'est quoi ? demanda-t-elle en pointant du doigt le comptoir près de l'entrée.

– Ça c'est le vestiaire.

Et aussi l'endroit génial pour tirer un petit coup, pensai-je en me rappelant d'un soir où Hudson et moi y avions fait un tour avant que je ne commence le travail.

– Oups ! Ce n'est pas censé être ici, dis-je en ramassant le plateau qui avait été abandonné sur le comptoir. Je vais le ranger pendant que vous faites entrer votre associé.

Je remontai la rampe qui menait au bar pour remettre le plateau à sa place.

En retournant vers l'entrée, j'entendis Julia vanter les mérites du Sky Launch à son associé, qui me tournait le dos.

– C'est un super club, bébé. Un vrai bijou.

Bébé, hein ? Apparemment ils n'étaient pas juste associés en affaires.

– Et puis, un partenariat avec Pierce Industries, c'est un bonus génial pour nous. Il faut qu'on remporte ce contrat. J'ai déjà pensé à deux couples à qui cet endroit pourrait plaire, continua Julia d'une voix qui reflétait son enthousiasme. Les Frederick, ça c'est sûr.

Elle me vit m'approcher.

– La voilà. Alayna Withers, j'aimerais vous présenter mon copain et associé chez Événementiel Plus...

Son associé se tourna, et je faillis m'étouffer avant que Julia n'ait pu finir les présentations.

– Paul Kresh.

Mon cœur cessa de battre. Littéralement. Paul Kresh, l'homme que j'avais harcelé. Mon Dieu. Oh mon Dieu !

Je n'avais pas le droit de l'approcher ! Et il était là, à un mètre de moi, l'air terrorisé, en état de choc.

Merde.

Toutes mes chances de travailler avec Événementiel Plus s'envolèrent en une nanoseconde.

Mais Julia poursuivit, sans rien remarquer d'étrange entre son copain et moi.

– Paul, je te présente Alayna, la... Attendez.

Elle s'interrompit et j'eus peur qu'elle ne fasse le lien entre l'expression de Paul et mon prénom. S'il lui avait parlé de moi, du moins.

Mais je m'étais inquiétée pour rien.

– Je suis désolée, je ne connais pas l'intitulé de votre poste.

Elle rit et je clignai des yeux, ne sachant comment gérer le contraste entre son rire et la panique qui me paralysait.

David et moi avions trouvé mon titre officiel la veille, mais j'étais si choquée par l'arrivée de Paul qu'il me fallut une seconde pour répondre.

– Euh, Directrice Marketing et Événementiel.

Je ne savais pas si je devais lui serrer la main ou m'enfuir en courant. Est-ce que je devais me comporter comme une vieille copine ou bien comme si nous ne nous étions jamais rencontrés ?

Paul prit la décision à ma place. Il afficha un sourire forcé et me tendit la main.

– Enchanté, dit-il d'un ton calme.

Je lui serrai la main mollement.

– Tout le plaisir est pour moi.

C'est ce que se disent des partenaires potentiels, non ? Je ne trouvais rien de plus approprié ni de plus innocent. Avais-je l'air de flirter ? Parce que ce n'était pas le cas. Mon corps n'aspirait qu'à une chose, à s'éloigner du sien le plus vite possible.

Je retirai ma main en premier, ne voulant pas le toucher plus longtemps que nécessaire.

– Paul, il faut que tu visites le club. Est-ce qu'on peut refaire un tour ? demanda-t-elle en me regardant.

Absolument pas.

Voilà ce que je voulais lui répondre. Ce que j'aurais dû répondre. Mais je me sentais vide et aucune réponse ne me vint.

De nouveau, Paul vint à ma rescousse.

– En fait, chérie, il faut vraiment qu'on y aille.

– Ouais, tu as raison, dit-elle en regardant sa montre. On a une soirée tout à l'heure. Il y a toujours des détails de dernière minute à régler. Ça vous ennuie si je vais aux toilettes avant de partir ?

Elle cligna des yeux deux fois avant que je ne comprenne qu'elle s'adressait à moi.

– Pas du tout, c'est en haut de la rampe, à...

– Je me souviens.

Je la regardai s'éloigner et sortir de mon champ de vision. Je retrouvai enfin l'usage de la parole, et les mots m'échappèrent aussi vite que la sueur qui coulait dans ma nuque.

– Paul, je ne savais pas, je te le jure. Je n'avais pas la moindre idée que Julia était ton associée et que tu travaillais chez Événementiel Plus, ni que tu viendrais ici aujourd'hui. J'aurais annulé si j'avais vu ton nom sur votre site Internet. Comment aurais-je pu deviner que tu travaillerais dans l'événementiel ? Quand je t'ai connu, tu étais comptable dans cette boîte débile sur la quarante-septième avenue...

– Arrête, Alayna, dit-il avant de soupirer en passant sa main dans ses cheveux. Je sais que tu n'avais pas prévu ça. Tu ne pouvais pas le savoir. Je ne suis pas officiellement associé. Je m'occupais de la comptabilité de Julia et on a décidé très récemment que... Il s'interrompit et laissa retomber son bras le long de son corps. Bref. Ce n'est pas important. Ce qui est important, c'est que...

– C'est qu'on ne peut pas travailler ensemble, je sais, dis-je en réalisant, déçue, que mes projets de partenariat avec Julia tombaient à l'eau. L'injonction durait cinq ans, et je crois qu'il reste encore deux ans et quelques.

– Un peu moins de deux ans, corrigea-t-il. Mais ce n'est pas grave. Il faut qu'on travaille ensemble quand même.

– Quoi ? m'écriai-je.

Il repassa sa main dans ses cheveux blond foncé, comme il le faisait toujours quand il était stressé ou exaspéré.

– Je ne peux pas foutre ce deal en l'air. Julia a embauché pas mal de gens récemment et elle essaie d'étendre son business. Ça marche bien, mais il lui faut des partenariats avec des clubs comme celui-ci. Avec des gens comme Hudson Pierce.

– Mais je n'ai pas le droit de t'approcher, et encore moins de travailler avec toi.

J'étais encore plus mal à l'aise après qu'il eut prononcé le nom de Hudson. Je n'aimais pas l'idée qu'il soit lié à mes erreurs passées. Je violais l'ordre de ne pas approcher Paul pour la deuxième fois. Je serrai si fort les poings que mes ongles s'enfoncèrent dans mes paumes. Et si la police l'apprenait ?

Comme s'il avait lu dans mes pensées, Paul prit la parole.

– Je ne vais pas porter plainte contre toi. Tu ne savais pas. Et à l'avenir je ne dirai rien, ne t'en fais pas, dit-il en clignant des yeux. À moins que tu te pointes chez moi, ou à mon bureau...

– Bien sûr que non !

Je joignis les mains et les plaquai devant ma bouche pour m'empêcher d'en dire plus. Je comptai jusqu'à dix avant de continuer.

– Je ne suis plus comme ça. Je vais mieux. Je me suis fait aider, et je n'ai plus pensé à toi depuis... *Depuis la veille quand j'avais parlé de lui à Hudson.* ... Enfin, je vais mieux. Et je suis en couple.

J'allais *beaucoup* mieux. À une époque, j'aurais été chamboulée et déprimée en repensant à Paul Kresh. Mais à présent, il n'était plus qu'une erreur passée. Un problème dont j'avais hâte de me débarrasser.

– Tant mieux. Je suis heureux de l'entendre. Je suis content que tu ailles mieux, dit-il en me regardant lentement de la tête aux pieds. Et je te crois. Tu as l'air d'aller mieux. Je ne sais pas, tu as l'air... équilibrée.

– Merci.

Me faire soigner émotionnellement et psychologiquement avait eu des répercussions sur mon physique. J'avais pris du poids – surtout du muscle – et ma peau était plus belle. Paul semblait également apprécier ces changements. Mon estomac se noua, j'eus soudain la nausée.

Il dut s'en rendre compte, car aussitôt il tourna la tête vers le haut de la rampe.

– Écoute, Julia n'est pas au courant pour toi et Mélissa. Elle ignore que j'ai déjà été fiancé.

– Sympa, les secrets font de super mariages, répondis-je d'un ton sarcastique. Mais il ignora ma remarque.

– Il faut juste qu'on ne reparle plus du passé. Personne ne doit savoir que l'on s'est déjà rencontrés avant. C'est jouable. Je sais que tu en es capable, dit-il sur un ton amer. Tu as toujours été douée pour faire comme si tout allait bien.

Je dus réfréner mon envie de lui envoyer un coup de pied entre les jambes.

– Paul, c'est une mauvaise idée. Une très mauvaise idée pour moi.

Il fit un pas vers moi en pointant son index vers mon visage.

– Tu me dois bien ça. C'est le moins que tu puisses faire, tu ne crois pas ?

Merde. J'étais coincée. Bien sûr, c'était la moindre des choses. Oui, il s'était comporté comme un enfoiré, mais cela n'excusait pas la façon dont je m'étais immiscée dans sa vie. Faire ça pour lui, faire table rase du passé, c'était une idée plutôt attrayante.

J'ignorai donc tous les signaux d'alarme qui retentissaient dans ma tête et me conseillaient de fuir, et je prononçai des paroles que j'espérais ne jamais avoir à regretter.

– D'accord. D'accord. Je ferai comme si on vient de se rencontrer.

– Super. Tu travailleras avec Julia, de toute façon. On ne se croisera pas. Ça ne devrait pas être un problème.

Je posai ma main à plat sur mon ventre noué et je hochai lentement la tête.

– Alayna, salut !

La voix de femme provenait de la direction opposée de celle où était partie Julia.

Je plissai les yeux en direction de la voix et je découvris Celia qui s'avançait vers nous. Sérieusement ? Cette journée pouvait donc être encore plus compliquée qu'elle ne l'était déjà ? Tous ceux que je n'avais pas le droit de voir allaient-ils tous me donner rendez-vous sur mon lieu de travail ?

– Qu'est-ce que... Qu'est-ce que tu fais ici ?

– Tu ne m'as pas appelée et je n'avais pas ton numéro, alors je me suis dit qu'il valait mieux que je passe.

Je ne l'avais pas appelée parce que Hudon et moi nous étions mis d'accord pour ne pas la voir l'un sans l'autre. Je ne m'attendais pas qu'elle passe à l'improviste. Mais quoi qu'il en soit, comment était-elle entrée ? Je fronçai les sourcils. La porte avait dû rester ouverte quand Julia avait fait rentrer Paul.

– Comment savais-tu que je serais là ?

Bon sang, j'étais aussi surprise de la voir que je l'avais été de voir Paul.

– C'est Jordan qui me l'a dit.

Bien sûr. Ses multiples connexions dans la vie de Hudson. Pourquoi étais-je étonnée ?

– Quelque chose ne va pas ? demanda-t-elle d'une voix inquiète.

– Non... Je...enfin...

J'avais mal à la tête, ma bouche était sèche, j'avais envie de vomir.

– ... Tout va bien.

Je suivis le regard inquisiteur de Celia. Ah, oui. C'est vrai. Paul. Putain de Paul.

– Celia, je te présente Paul Kresh, un partenaire potentiel. Paul, voici une amie de mon copain, Celia Werner.

Paul haussa les sourcils.

– Werner comme... Warren Werner ?

– Ouais... dit Celia en se redressant au nom de son père.

– On a organisé une soirée pour votre mère, une fois. Je ne vous ai pas parlé mais je me rappelle vous y avoir vue, dit Paul en souriant.

– Vous travaillez pour qui, pardon ?

– Événementiel Plus. C'est l'entreprise de ma copine, je viens de devenir associé, dit-il en tournant la tête vers la rampe. La voici, justement. Julia, regarde qui voilà : Celia Werner. Tu te souviens de la fête qu'on a organisée pour Madge Werner ?

Le regard de Julia s'illumina.

– Bien sûr ! C'était au MoMa, au printemps dernier.

– Ah, c'était vous ? Je suis ravie de vous rencontrer. Cette soirée était superbe, quoi qu'ait pu dire ma mère.

Julia et Paul échangèrent un regard lourd de sous-entendus. En temps normal, j'aurais adoré entendre des ragots au sujet de la mère de Celia, mais à cet instant, ça m'était complètement égal. Tous mes problèmes étaient en train de s'agglutiner devant moi, pendant que j'essayais de décrocher mon premier contrat.

– J'espère que ça ne vous gêne pas, mais comme l'a déjà dit Paul, il faut qu'on file, dit Julia en souriant. Je suis ravie de vous avoir rencontrée.

Je fis de mon mieux pour avoir l'air un peu enthousiaste malgré mon angoisse.

– Moi aussi. Je vais préparer nos propositions et je reviens vers vous d'ici à demain.

– Parfait !

Paul semblait prêt à partir sans rien dire, mais Julia lui lança un regard noir.

– Oui, j'ai hâte de travailler avec vous. Un partenariat nous sera profitable à tous.

Je pouvais lire entre les lignes. Il me rappelait que je devais accepter son plan débile et prétendre que nous étions étrangers l'un pour l'autre.

– Je l'espère, répondis-je en dégainant mon meilleur sourire.

Je retins ma respiration jusqu'à ce que la porte se soit refermée sur Julia et le fantôme de mon passé, puis j'expirai lentement.

– Qu'est-ce qui s'est passé ?

Mon premier problème avait disparu, mais le second était toujours là. Du moins, parler avec Celia ne risquait pas de me conduire en prison.

Je remontai la rampe pour retourner dans la partie principale du club, espérant échapper à la crise d'angoisse qui menaçait.

– Laynie ? insista Celia en me suivant.

– Je ne vois pas de quoi tu parles, dis-je en haussant les épaules.

– On aurait pu couper au couteau la tension qu'il y avait entre vous.

J'ouvris la bouche pour nier, mais à quoi bon ?

– C'était si évident que ça ?

– Ouais. Ça l'était. Tu veux en parler ?

J'arrêtai de marcher et réfléchis.

– Aah, tu hésites, dit-elle, le regard brillant de joie à l'idée d'apprendre quelque chose de croustillant. Parlons-en. Mais pas ici. Allons boire un café.

Je me frottai le front, essayant d'atténuer mon mal de tête.

– D'accord.

Je n'avais pas l'énergie nécessaire pour m'inventer des excuses, et j'avais bien besoin d'un verre. Il était trop tôt pour boire de l'alcool, un café ferait l'affaire.

– Super ! Je suppose que tu dois fermer à clef. Je vais au café du coin retenir une table.

Quinze minutes plus tard, Celia et moi étions assises dans mon café préféré de Columbus Circle. J'avais déjà bu un tiers de mon double expresso glacé et je n'étais pas loin de penser que la caféine n'était peut-être pas le bon remède, étant donné que je tremblais de plus belle.

Jusqu'à présent, Celia avait abordé des sujets sans importance et m'avait posé des questions auxquelles je pouvais répondre en deux ou trois mots. De mon côté, j'avais la tête qui tournait et je n'arrivais pas à me concentrer. La seule chose dont j'étais sûre, c'était que je n'aurais pas dû être en train de prendre un café avec Celia Werner.

– Alors, c'était qui le mec ?

– Personne. Un client, dis-je en me balançant d'avant en arrière sur ma chaise.

– C'est un mensonge et tu le sais. Il y avait quelque chose de bizarre entre vous et ça se sentait.

Elle me dévisageait mais je ne lâchai rien sauf un haussement d'épaules. Que pouvais-je lui dire, de toute façon ? Hudson ne voulait pas que je lui parle. Je me doutais qu'il serait encore moins content que je lui confie des secrets. Et si je lui parlais de Paul et qu'elle allait tout raconter à Hudson ?

Merde. Merde. Merde. Hudson.

Il ne serait pas d'accord pour que je travaille avec Paul Kresh. Et je pouvais difficilement le lui cacher, étant donné qu'il était propriétaire du club. *Merde, merde, merde.*

Ne comprenant pas ce qui se passait dans ma tête, Celia attaqua par un autre biais.

– Enfin, je comprends. Il est plutôt craquant. S'il venait dans mon lit, je n'irais pas dormir dans la baignoire.

J'éclatai de rire.

– Eh ben bonne chance. Son associée est aussi sa copine...

Mais Paul était fiancé quand il avait couché avec moi.

– Cela dit, tu aurais probablement quand même une chance.

– Apparemment tu parles en connaissance de cause, dit-elle en jouant des sourcils.

Tu veux rire, Sherlock. J'étais une véritable experte de Paul Kresh. Je connaissais ses habitudes, ses manies, ce qu'il faisait dans la salle de sport. J'avais fait tant d'efforts pour me souvenir de ces détails que je ne les oublierais probablement jamais. Garder tout cela pour moi n'allait pas m'aider. J'avais appris à gérer mes émotions par la parole. Il fallait que je parle.

– Raconte-moi. Je sais que tu en meurs d'envie.

Celia avait raison. J'avais envie de lui parler. Alors je me lançai.

Je savais que Hudson avait parlé de mon passé à Celia, mais j'ignorais ce qu'il lui avait dit. Lorsque j'eus tout raconté, Celia resta bouche bée pendant quelques secondes.

– Merde, dit-elle enfin.

– N'est-ce pas ?

– Bah, ouais. Je ne sais même pas quoi dire, avoua-t-elle en prenant une longue inspiration et en se redressant sur sa chaise. Est-ce que Hudson est au courant ?

– Il est au courant de l'injonction du juge, bien sûr. Mais il te l'avait dit, non ?

Elle hocha la tête.

– Il en avait parlé, oui.

J'essayai de ne pas me sentir gênée qu'il lui en ait parlé. Je m'en doutais, de toute façon. C'était logique, puisqu'elle était au courant de la mise en scène préparée pour Sophia. J'imaginais qu'il était important qu'elle soit au courant de tous les détails.

Bref. Peu importe ce que Hudson lui avait dit et pourquoi, je venais de tout raconter à Celia.

– Mais il ne sait pas que j'ai vu Paul aujourd'hui. Je ne savais pas que j'allais le rencontrer. Et maintenant, je ne sais plus quoi faire.

Je suçais la paille de mon café glacé, qui n'était plus que de l'eau.

– La réponse logique, c'est de ne pas travailler avec lui. C'est ça que je dois faire. Et Paul peut dire ce qu'il veut, je ne peux pas prendre ce risque, ni pour moi, ni pour le Sky Launch.

– Eh ben voilà ! Tu as déjà trouvé la solution, dit Celia en plissant les yeux. Sauf que...

J'avais déjà toute une liste de « sauf » en tête. Sauf que travailler avec Paul serait une bonne chose pour les affaires. Sauf que je lui devais bien ça. Sauf qu'il pouvait s'énerver et causer des problèmes si je refusais de suivre son plan. Sauf que je voulais que Hudson se rende compte de tout ce que je pouvais faire pour son club.

Je me demandai quel était le « sauf » de Celia.

– Sauf que quoi ?

– Événementiel Plus a une réputation énorme. Ma mère est impossible à satisfaire et elle était *presque* contente de ce qu'ils ont fait au MoMa. Ça en dit long sur eux. Ce serait super pour le club. Et Hudson serait fier de toi.

– Tu lis dans mes pensées ou quoi ?

Elle sourit.

– Je réfléchis juste de façon logique, dit-elle en reposant son café, semblant prête à élaborer un plan machiavélique. Est-ce que tu travaillerais avec Paul au quotidien ?

– Non, je crois que je pourrais me débrouiller pour ne parler qu'à Julia.

– Tu pourrais en faire une condition dans le contrat.

– Mais Hudson péterait un câble ! Et mon frère aussi ! m'écriai-je avant de me souvenir que je ne parlais plus à Brian. Non que j'adresse encore la parole à mon frère, mais il a remué ciel et terre pour m'aider à me sortir de cette histoire avec Paul.

– Eh bien, ne lui dis pas. Ne le dis à aucun des deux, poursuivit Celia, comme si c'était évident.

– Comment est-ce que je peux cacher Paul à Hudson ? C'est le propriétaire du club !

– Mais ton contact va être sa copine, non ? Si Hudson voit passer les papiers, ce qui est peu probable, il n'y lira que le nom de l'entreprise. Si je me souviens bien, Paul n'est pas vraiment un associé. L'entreprise est au nom de Julia.

– Oui, oui, c'est vrai, répondis-je, impressionnée par son raisonnement. Mais dans ce cas, autant le dire à Hudson.

– Tu peux lui dire, mais tu le connais : il ne voudra jamais que tu gardes ce contrat. Il est trop protecteur avec ce qu'il considère comme sa propriété. Et dans le cas présent, non seulement le Sky Launch est à lui, mais toi aussi.

Ma part féministe faillit s'insurger à cette description de femme-objet. Mais mon côté romantique, qui était dominant ces derniers temps, me fit rougir et hocher la tête.

– Je sais. Tu as raison, avouai-je.

– Alors tu as deux options. Ne pas signer le contrat, ou ne pas le dire à Hudson.

Je n'aimais aucune de ces deux possibilités. Mais je voulais vraiment obtenir ce contrat. Le fait que ce soit un moyen de me faire pardonner auprès de Paul rendait le deal encore plus intéressant.

– Je ne vais pas lui dire. Je vais travailler avec Événementiel Plus, sans que Hudson sache rien de plus.

– Je ne lui dirai rien non plus, dit-elle en tendant la main. Promis.

Sa promesse me rassura. J'avais l'impression que j'avais une alliée, et que ce mensonge avait moins de risque de me revenir à la figure.

– Merci. Ça m'a vraiment aidée à clarifier mes pensées de t'en parler.

– Je comprends, dit-elle en affichant un sourire adorable dont elle était parfaitement consciente. Au fait, pourquoi tu ne m'as pas appelée ce matin ?

Je bus une nouvelle gorgée de mon café dilué à l'eau avant me décider à lui dire la vérité ou à trouver une excuse. J'avais été honnête sur tout le reste ; je décidai de ne pas lui mentir.

– Je ne pensais pas que c'était une bonne idée de te voir. Hudson n'était pas ravi d'apprendre qu'on s'est parlé hier.

– Ah. Je vois, dit-elle en frottant ses lèvres l'une contre l'autre, et je me demandai comment son gloss pouvait toujours avoir l'air si parfait. Eh bien, tu sais quoi, on n'a qu'à pas lui dire qu'on s'est vues aujourd'hui. Je n'ai pas dit à Jordan que j'allais te voir, donc il ne le dira pas à Hudson. Tu n'as qu'à rien dire toi non plus.

L'idée m'avait traversé l'esprit, mais seulement un instant.

– Je ne suis pas sûre que ce soit une bonne idée.

La liste des choses que je cachais à Hudson s'allongeait et je m'en voulais de plus en plus. Mon histoire avec David, mon contrat avec Paul, mon café avec Celia. Je regardai ma montre. Il était treize heures cinq. Trop tôt pour une bière ?

– Bien sûr, je comprends. Je ne veux pas t'encourager à garder des secrets, mais il est tellement bizarre avec toi. Protecteur, ou je ne sais quoi. La dernière fois que je t'ai parlé, il m'en a voulu plusieurs jours. Il croit que je vais te monter la tête contre lui, dit-elle en levant les yeux au ciel. C'est à toi de voir. Mais préviens-moi, histoire que je ne fasse pas de gaffe.

– Ça marche.

Cependant, j'avais déjà décidé de dire à Hudson que j'avais vu Celia. On était censés être honnêtes l'un envers l'autre, et le poids de deux secrets était déjà assez lourd à porter sans que j'en ajoute un troisième.

CHAPITRE SIX

– Ma belle !

Hudson m'appela à quatorze heures quinze. On ne s'était pas vus ce matin-là. Il était parti discrètement pendant que je dormais encore, mon téléphone à côté de moi. Il m'avait envoyé un message me disant de faire comme chez moi et qu'il m'appellerait plus tard.

Maintenant seulement que j'entendais sa voix à l'autre bout du fil, je me rendais compte à quel point il m'avait manqué.

– Coucou, répondis-je. Je suis contente que tu m'appelles.

– J'avais dit que je t'appellerais.

On s'était si peu parlé au téléphone que cela me surprenait encore et me faisait très plaisir.

– Je suis contente que tu l'aies dit *et* que tu le fasses.

– Tu es facile à contenter, lança-t-il d'une voix qui me fit penser qu'il souriait. Comment se passe ta journée ?

– Horrible, jusqu'à ce que tu m'appelles.

Après que Celia et moi nous étions quittées, je m'étais plongée dans la préparation de nos offres pour Julia. Ce boulot avait été amusant et m'avait occupé l'esprit, mais sans dissiper mon angoisse de la matinée.

– Ah ? Pourquoi ? Qu'est-ce qui ne va pas ?

Hudson fut immédiatement sur ses gardes, prêt à combattre à mes côtés.

Sa réaction me donna envie de lui parler de Paul. Mais je me suis souvenue que ce n'était pas une bonne idée.

– Rien, tout va bien. C'est juste que rien ne va quand tu n'es pas là.

– Je ressens la même chose.

Et voilà, j'étais tout émoustillée !

– Tu ne peux pas savoir ce que ça me fait de t'entendre dire ça.

– J'imagine, dit-il d'une voix suave et lourde de sous-entendus. Comment se sont passés tes rendez-vous ?

Il changeait de sujet de façon à me faire comprendre que s'il avait eu des pensées coquines, il voulait maintenant remettre la conversation sur un sujet plus banal.

J'étais flattée d'avoir excité Hudson, mais mon sourire disparut bien vite quand je repensai à ma réunion avec Julia et Paul.

– Je n'ai eu qu'un rendez-vous pour l'instant. Et ça s'est bien passé. Je dois leur faire des propositions, mais a priori c'est dans la boîte.

– Je ne suis pas surpris. Qui n'aurait pas envie de travailler avec toi ?

– Tu veux une liste ?

Jusqu'à ce matin, Paul Kresh aurait été sur cette liste. C'est fou comme les choses changeaient vite.

– Oui. Et je ferai descendre chaque personne sur cette liste.

Quelque chose me dit qu'il ne plaisantait qu'à moitié.

– Tu as prévu quelque chose, ce soir ?

Je changeai d'onglet sur mon navigateur afin d'afficher une photo de Hudson pendant que je lui parlais.

– J'avais prévu d'être adulée par un beau mec super viril, dis-je en caressant sa mâchoire sur l'écran. Mais je peux annuler mes plans avec lui si tu as une meilleure proposition.

– Tu me taquines.

– Ah bon ?

– Oui. Et je n'aime pas ça, grogna-t-il. Des gens que je connais organisent une soirée au Brooklyn Botanical Gardens et j'aimerais y aller. Avec toi.

– Je suis toute à toi, H. Toujours.

– Tant mieux. Je passe te prendre au club vers six heures.

Je baissai les yeux pour regarder ma tenue : une robe verte, ample, avec une ceinture noir et blanc sur le ventre. Elle était assez classe, mais peut-être un peu trop décolletée.

– Non, passe me prendre chez moi, j'ai besoin de me changer.

– Ce que tu portes est parfait.

– Comment tu sais ce que je porte ?

Je regardai partout autour de moi, à moitié surprise de ne pas le voir debout dans l'encadrement de la porte.

– Tu as des caméras de surveillance dans le club ?

Ça ne m'aurait pas étonnée, mais je paniquai à l'idée qu'il ait pu observer mon rendez-vous avec Paul. Ou mes aventures avec David.

– Bien sûr que j'ai des caméras. Mais je ne les regarde pas. J'ai demandé à Jordan ce que tu portais.

– Ah oui, Jordan...

C'était la deuxième fois que Jordan avait raconté à quelqu'un ce que je faisais. Si Hudson lui avait parlé aujourd'hui, cela voulait-il dire qu'il avait appris que Celia cherchait à me joindre ?

Le poids de mes secrets commença à peser sur moi et ma paranoïa pointa le bout de son nez.

– En fait, Jordan n'est pas *que* mon chauffeur, c'est ça ?

– Tu ne voulais pas de garde du corps. J'ai dû trouver un compromis.

Son ton relax était presque aussi agaçant que ce qu'il venait d'admettre.

– Alors Jordan m'espionne pour toi ?

– Espionner n'est pas le bon terme. Il te conduit où tu veux, il s'assure que tu es en sécurité, et il me rend des comptes.

J'ai failli lui dire que je n'aimais pas cela. Mais c'était assez agréable d'avoir un petit ami aussi protecteur et tellement prudent.

Je soupirai lentement pour évacuer mon angoisse.

– J'ai entendu ton soupir. Dis-moi ce qui te gêne.

– Rien. Vraiment. Mais je n'aurais pas dragué Jordan si ouvertement si j'avais su qu'il te rendrait des comptes.

La blague était évidente, étant donné que Jordan l'avait embauché parce qu'il était gay.

– On sait tous les deux que ça n'est pas arrivé. Ça fait deux fois que tu essaies de me taquiner. Tu cherches quoi ?

– Rien du tout, c'est juste marrant de t'entendre passer en mode homme des cavernes.

– Si tu aimes les machos, je peux faire quelque chose pour toi, je pense.

Je souris et reculai sur ma chaise.

– Je veux que tu sois toi-même. Et tu es déjà plutôt macho, mais si tu ne m'as pas encore tout montré, surtout n'hésite pas.

– J'ai changé d'avis. Je passe te prendre à dix-sept heures trente.

– D'accord. On s'arrête en route ?

– Non. Mais je veux avoir le temps de te baiser dans la limousine sans avoir à me dépêcher.

Heureusement, j'étais déjà assise. Sinon je serais tombée par terre.

– Tu as besoin de marquer ton territoire ?

– J'ai besoin d'être en toi, sinon je ne pourrai pas me concentrer sur mes affaires.

Je fermai les yeux et je laissai ses plans cul m'envahir l'esprit.

– Alors je t'attends à dix-sept heures trente.

– Sois prête.

– Je le serai.

J'avais un rendez-vous avec une autre boîte d'événementiel à seize heures, ce qui me laissait largement assez de temps.

– Je devrais avoir fini mes réunions à cinq heures.

– Quand j'ai dit "prête", je voulais dire "mouillée".

– Ah. Eh bien ça ne sera pas un problème.

Ça ne l'était jamais quand il s'agissait de Hudson, surtout quand il laissait paraître son côté macho.

– Au fait... Tu pourrais peut-être m'envoyer quelques messages quand tu seras en route pour me mettre dans l'ambiance ? demandai-je en souriant.

– Je suis sûr que ça peut s'arranger.

– Génial.

Le premier message de Hudson arriva à dix-sept heures vingt, et honnêtement, j'avais complètement oublié qu'il devait m'écrire. Quand mon téléphone sonna, je lus le message sans m'y préparer. Ce qui était une erreur.

J'ai hâte d'avoir le goût de ta chatte sur mes lèvres.

– Tout va bien ? demanda David qui était arrivé quelques minutes avant. Ma surprise avait dû se lire sur mon visage.

– Ouais. Tout va bien. Je suis... juste...

Un deuxième message arriva avant que je ne finisse ma phrase.

J'y ai pensé toute la journée. Ta chatte. Son goût, son odeur, sa douceur.

Puis un troisième.

Et aux bruits que tu fais quand je te touche et que je te dévore.

Ma température interne augmenta de plusieurs degrés.

– Euh, Hudson est en route, je réussis à dire. Je n'avais pas vu qu'il était aussi tard.

– Alors tu devrais y aller. Tu ne veux pas faire attendre le boss ?

Je grimaçai en entendant David appeler Hudson boss – Hudson détestait ça –, puis je répondis rapidement.

Je mouille déjà.

J'avais à peine eu le temps de fermer mon ordinateur et de me lever lorsque son message suivant arriva.

Je suis dur pour toi. Tellement dur que c'est douloureux.

Je tournai le dos à David de peur qu'il ne devine le sujet de ma conversation s'il voyait mon visage.

Qu'est-ce que tu veux me faire ?

La réponse de Hudson arriva vite, mais j'attendis d'avoir rangé mon ordinateur dans sa sacoche pour le lire.

– D'abord, je vais te mettre une fessée pour m'avoir taquiné.

– Ensuite ?

– Sors et tu le sauras.

– Tu es déjà là ? Tu es en avance.

Dieu merci, j'avais fini de travailler. Je ne tenais plus en place à l'idée de voir Hudson, soulagée qu'il soit arrivé plus tôt.

– Bonne soirée, David, dis-je en sortant du bureau sans prêter attention à sa réponse – je lisais la réponse de Hudson.

Non. Je suis dur comme du marbre, mais je ne viendrai pas en avance.

Son message suivant arriva avant que j'aie pu lui répondre.

Dépêche-toi.

Ma sacoche d'ordinateur sur l'épaule, je marchai aussi vite que possible, ne m'arrêtant que pour lui répondre.

J'arrive.

J'attendis d'être sur le trottoir pour lire sa réponse.

Moi aussi, bientôt, je te le promets.

Je mis ma main devant mes yeux pour me protéger du soleil et je vis Jordan qui me tenait la porte de la limousine. Pas la voiture. La limousine.

Je haussai les sourcils en avançant vers lui.

– On a sorti le grand jeu, dis donc.

Peut-être aurais-je dû insister pour rentrer me changer. Visiblement, je n'étais absolument pas habillée pour l'occasion.

Jordan hocha la tête mais ne répondit pas.

Je passai la tête dans la voiture et poussai un cri aigu de joie lorsque les bras musclés de Hudson me tirèrent à l'intérieur et que je me retrouvai à plat ventre sur ses cuisses.

Sa main était déjà sous ma jupe, en train de palper mes fesses, avant que Jordan n'ait fermé la porte derrière moi.

– Bien le bonjour ! je ronronnai sous ses caresses.

Il remonta ma jupe par-dessus mes hanches, découvrant mes fesses moulées dans mon string.

– Le grand jeu, c'est pour qu'on soit tranquilles, c'est tout. Personne ne doit être témoin de ce que j'ai prévu de te faire.

Je tournai la tête pour le regarder.

– Mais dis-moi, qu'as-tu donc prévu de me faire ?

– D'abord, ça.

Sa main claqua sur ma fesse. J'en eus la respiration coupée et je poussai un cri aigu. Hudson m'avait déjà mis de petites claques, mais la fessée, ça, c'était nouveau. Et c'était très chaud.

J'eus vaguement conscience que la voiture n'avait pas encore bougé lorsqu'il me mit une deuxième fessée, plus forte que la première.

– Une pour chaque fois que tu m'as taquiné en parlant d'autres hommes aujourd'hui.

Soudain, tout cela me sembla très dominant/dominé, comme une scène que j'avais lue dans un roman à l'eau de rose légèrement trash, dans lequel un milliardaire un peu macho prenait son pied avec des fouets et des chaînes. Bien que Hudson soit du genre dominant, et que les fessées soient une nouveauté appréciable, il me semblait que ce n'était pas quelque chose que nous avions envie d'explorer plus avant, ni lui ni moi. C'était une forme de contrôle trop facile pour Hudson. Il préférait la domination par la manipulation. Du moins, c'était ce que j'avais compris de son passé.

Mais les jeux de rôles... C'était tout à fait nouveau et je me doutais que ça plaisait à Hudson. Je décidai de vérifier ma théorie.

– Merci, monsieur. Merci pour la fessée, dis-je d'une voix exagérément douce.

– Tu en veux une autre pour t'être moquée de moi ? répondit-il en riant.

Soit il n'avait rien compris, soit il me suivait parfaitement et cela lui plaisait. J'essayai de nouveau.

– Je ne me moque pas, monsieur. Je désire être punie, si tel est votre bon plaisir.

– Ah, alors on joue à ça ?

Ça y est, il avait compris.

– Dans ce cas, en voici une autre parce que tel est mon bon plaisir, dit-il en me frappant de nouveau. Je gigotais de plaisir tant le bruit de chaque claque m'excitait. Et une autre pour le secret que tu m'as caché.

Ma respiration s'arrêta. On jouait à un jeu, il ne pouvait être sérieux. Pourtant mon ventre se noua à la pensée de ce qu'il avait pu découvrir.

– De quel secret parlez-vous, monsieur ?

– Que tu aimes les fessées. Je sens que tu mouilles, là.

– Oui, monsieur. Oui, j'aime ça, dis-je à la fois soulagée et encore plus excitée.

Son doigt glissa sous le triangle de mon string, dans mon sexe.

– Oui, je vois ça. Tu dégoulines.

Il retira sa main et me mit une nouvelle fessée, et il frotta ensuite ma fesse pour calmer la brûlure avant de me rasseoir à côté de lui. Puis il attrapa la ceinture pour me sangler.

– J'insiste pour que tu sois attachée tant que la voiture roule. Je dois protéger ce qui m'appartient.

Je souris. En vérité, c'était moi qui insistais pour mettre les ceintures. La mort de mes parents dans un accident de voiture me poussait à respecter les consignes de sécurité. Néanmoins j'appréciais son geste. En plus, il restait dans son rôle. Ce n'était pas la première fois que je discernais le joueur en lui. Ce genre de petit scénario pouvait peut-être être un moyen pour lui de maîtriser ses pulsions.

Comme Hudson semblait y prendre plaisir, je passai au stade supérieur.

– Mais monsieur, comment puis-je vous faire plaisir si je ne peux pas bouger ?

– Est-ce que tu mets en doute mes décisions ? dit-il avec un éclat diabolique dans les yeux. Parce que les fessées peuvent reprendre.

– Comme vous voudrez, monsieur.

Apparemment, il avait aimé ça autant que moi.

Il plissa les yeux, mais il n'en fit rien. Maintenant que nous étions attachés, il appuya sur l'interphone.

– Jordan, on est prêts.

La voiture s'inséra dans la circulation et Hudson promena son regard de braise sur moi.

– Pivote sur ton siège autant que tu peux, pour te mettre face à moi.

Je lui obéis, pivotant autant que me le permettait ma ceinture. Je n'avais pas la moindre idée de ce qu'il avait prévu, et cela me fit frissonner de plaisir.

Il me saisit par la nuque et m'attira à lui pour m'embrasser sauvagement. J'entendis son autre main défaire sa braguette pendant que sa langue goûtait ma bouche avec gourmandise. Il continua quelques minutes, avant de lâcher mes lèvres gonflées et écarlates pour me faire reculer la tête en empoignant mes cheveux.

Comme guidé par une force magnétique, mon regard trouva immédiatement son sexe superbe, nu et prêt à m'accueillir.

Il tira mes cheveux jusqu'à ce que je regarde de nouveau ses yeux.

– Les yeux sur moi.

Je voulus lui répondre avec une certaine insolence que mes yeux étaient sur lui – sur une partie de lui, à la fois délicieuse et excitante. Mais j'avais compris ce qu'il voulait dire, et je ne jouai pas les rebelles. Je me tus.

– Gentille fille, dit-il sans lâcher mes cheveux. Ce baiser, c'était pour t'indiquer de quelle humeur j'étais. Maintenant tu vas me sucer. Et je veux que tu me suces comme je t'ai embrassée.

– D'accord. Maintenant. Tu veux dire maintenant ?

Merde, j'étais nulle à ce jeu.

– Oui. Maintenant.

Je respirai son odeur unique en me penchant en avant. J'étais pressée de le prendre dans ma bouche. D'habitude, je léchais et je le titillais beaucoup, mais pour imiter son baiser, il s'attendait sans doute que je saute les préliminaires. Au lieu de le lécher, je pris sa verge dans mes deux mains et suçai son gland.

Je pris son sifflement rauque pour un signe d'approbation.

J'empoignai la base de son pénis avec une main, creusai mes joues, et le branlai tout en le suçant.

Il m'encouragea d'une voix tendue.

– Comme ça, Alayna. Juste... oh... mon Dieu... comme ça.

J'adorais lui donner du plaisir. J'adorais lui plaire. Son sexe gonfla lorsque j'accélérai la cadence. Je le suçai avidement en passant ma langue sur son gland à chaque fois que je remontai.

– Oui, Alayna. C'est tellement bon.

Il se contrôlait encore. Je voulais qu'il perde toute retenue.

Je pris ses testicules dans ma main libre et les fis rouler doucement dans ma paume dans un mouvement qui contrastait avec le rythme effréné de ma bouche.

– Putain, Alayna.

C'est alors qu'il reprit le dessus. Il plongea ses doigts dans mes cheveux et guida le rythme de ma tête, la baissant pour que je le prenne plus profond, plus profond encore, toujours plus profond, en baisant ma bouche à chaque coup de son bassin.

Je serrai plus fort la base de sa verge, pressée que j'étais de le voir jouir. Elle était si épaisse, si proche de l'orgasme que la pensée qu'il pourrait m'arrêter avant de jouir me rendit folle de désir. Je ne tenais plus en place, excitée par son désir sauvage et par le plaisir intense que je lui donnais. Je gémissais d'une voix grave et les vibrations de ma voix tourbillonnaient dans ma tête et contre sa peau.

Hudson empoigna mes cheveux plus fort.

– Putain ! Je vais jouir. Prends-le, Alayna. Prends tout.

Je gémis de nouveau, en partie parce que je ne pouvais retenir mon excitation, en partie parce que je voulais le pousser à bout.

Et cela fonctionna à merveille.

Il éjacula dans ma bouche avec un grognement de plaisir, en projetant ses hanches en avant pour que sa queue atteigne le fond de ma gorge. Je continuai à le branler et à le sucer. Comme il le voulait, comme *je* le voulais. J'avalai tout jusqu'à la dernière goutte puis je le léchai pendant qu'il frémissait sous moi.

Lorsque ce fut terminé, sa main relâcha mes cheveux et je me redressai face à lui. Il m'attira tout de suite dans un nouveau baiser, plus tendre que le précédent. Le goût de sa bouche se mêla à celui de son sperme et je reconnus ce parfum à la fois unique et nouveau – le parfum de Hudson.

– Merci, murmura-t-il contre mes lèvres.

Il avait joué au dominant, mais il m'avait aussi donné du plaisir. Je voulais qu'il jouisse dans ma bouche. Je n'aime pas particulièrement les fellations, mais je voulais tout essayer avec Hudson : le bon, le mauvais, et surtout le charnel.

Il recula et repoussa les mèches sur mon visage.

– Alayna.

J'adorais cette façon qu'il avait de prononcer mon prénom. J'avais toujours l'impression qu'il en disait bien plus – comme une prière. Je me sentais belle. Non. Plutôt, c'était lui qui me *rendait* belle.

Son regard gris acier chercha le mien pendant un moment.

– Qu'est-ce que ça te fait de m'appartenir ?

Je ne savais pas s'il jouait encore. Pour moi, le jeu était terminé et je répondis avec sincérité.

– C'est parfait.

CHAPITRE SEPT

Hudson voulut absolument que moi aussi je prenne mon pied. Lorsque l'on arriva au Brooklyn Botanical Gardens, j'étais épuisée, prête à faire une sieste. En revanche, Hudson semblait ragaillardi. Il me sourit d'un air coquin en m'aidant à sortir de la limousine.

Une jolie blonde avec une manucure rose bonbon se tenait à l'entrée, vérifiant les cartons d'invitation. Hudson fut autorisé à entrer sans montrer le sien.

– Tu as l'air terriblement sûr de toi, lui murmurai-je lorsqu'on entra dans le jardin.

Il ignora mon commentaire.

– Tout le monde sait qui je suis.

– Ce n'est pas pour ça que tu es si fier.

Il sourit jusqu'aux oreilles.

– Je crois que j'ai le droit d'être fier. Nous avons accompli beaucoup de choses en peu de temps.

– Si tu veux dire que je peux à peine marcher, alors oui, on a accompli beaucoup de choses.

Je n'avais jamais fait l'amour dans une voiture en marche avant ce soir-là, et, vu ma réticence concernant les voitures en général, jamais je n'aurais pensé que cela pourrait me plaire. Mais avec Hudson, j'avais envie de tout essayer. Tout ce qui le concernait, en tout cas. Apparemment, ses talents en chambre étaient parfaitement transposables à l'arrière d'une limo, où il avait réussi à me faire jouir sans jamais détacher ma ceinture.

Nous empruntâmes le chemin menant vers la cour, où était dressé un buffet. Autour de nous, le parfum de mets délicieux se mêlait à celui des fleurs et de l'herbe fraîche. Je me sentais parfaitement détendue, je n'en revenais pas qu'un tel endroit existe en plein milieu du tumulte de New York.

– C'est une soirée en l'honneur de quoi, au fait ?

– C'est sponsorisé par le Cotf, répondit Hudson. Le Children of the Future – une fondation qui aide les orphelins. C'est une soirée pour remercier les donateurs.

– Et tu as donné combien ?

J'étais sincèrement intéressée par les œuvres auxquelles Hudson contribuait.

– Pas combien, quoi.

Je le regardai d'un air perplexe.

– J'ai fait don d'une école.

Putain de merde. Une école. Bien sûr.

– Et plusieurs bourses. Je suis venu ce soir pour rencontrer le nouveau directeur de l'école. Je veux que le conseil d'administration de la fondation comprenne que, bien que je ne m'implique pas quotidiennement, je m'y intéresse quand même.

Je frissonnai en prenant conscience de son immense pouvoir. Il gérait ses affaires de la même façon, apparemment.

Il laissait la gestion quotidienne entre les mains d'un collaborateur compétent, mais il n'était jamais loin et il se tenait au courant. Avec un peu de chance, il aurait suffisamment confiance en moi pour ne pas remarquer ce qui se passait au Sky Launch, comme les noms de ceux avec qui je signais des contrats.

Mon Dieu, il fallait vraiment que j'arrête de penser à ça. Hudson n'en saurait rien. Tout se passerait très bien.

Je pris une coupe de champagne du plateau d'un serveur et j'en bus la moitié d'un trait, soulagée de me sentir immédiatement détendue.

Hudson garda son bras autour de ma taille tout en saluant plusieurs personnes au buffet. Il m'avait dit une fois qu'il ne mangeait jamais dans ce genre d'événements, et je comprenais désormais pourquoi. Il était trop populaire pour avoir le temps de déguster le moindre petit four. Je décidai de l'attendre pour manger avec lui plus tard, et je me mis à hocher la tête en souriant pendant qu'il me présentait et échangeait des banalités. J'avais pourtant très envie de me promener dans ces jardins que je ne connaissais pas. Ainsi, lorsqu'une nouvelle personne vint le saluer, je m'excusai poliment.

– Un instant, dit Hudson en levant l'index devant l'homme chauve à qui il parlait. Alayna, tu es la bienvenue parmi nous, me dit-il à l'oreille.

Mon cœur se mit à battre la chamade à tel point que j'eus peur qu'il ne l'entende. Ça n'avait pas été évident pour Hudson de me parler de ses affaires. C'était une vraie avancée qu'il me propose de rester.

– Merci, mais j'aimerais visiter les jardins avant qu'il ne fasse nuit, dis-je en lui serrant la main. À moins que tu n'aies besoin de moi.

– Non.

Mais le ton de sa voix exprimait le manque. Un manque comme celui que je ressentais à chaque instant de la journée : un besoin insatiable d'être près de lui en permanence.

– Je veux simplement que tu te sentes à l'aise. Laisse-moi te présenter avant de partir. Alayna, je te présente Aaron Trent. Aaron, voici ma copine, Alayna Withers. Apprenez qu'Alayna est la responsable marketing du Sky Launch.

J'avançai en tendant la main à Aaron, qu'il empoigna fermement.

– Enchanté.

Il avait répondu brièvement et sèchement. Il lâcha vite ma main, retournant son attention à Hudson.

– Le Sky Launch ? J'ai entendu dire que vous y changez pas mal de choses.

– Pas moi, non. Alayna, oui.

– Super, dit Aaron sans quitter Hudson des yeux. J'adorerais vous parler un de ces quatre de ce que mon équipe peut faire pour vous.

Hudson tendit son bras vers moi.

– C'est à Alayna qu'il faut vous adresser. Je suis sûr qu'elle en serait ravie. Alayna, Aaron possède une entreprise publicitaire. Ils sont très bons. On a très souvent fait appel à leurs services.

Je trépignai de joie en comprenant pourquoi Hudson avait voulu que je reste.

– Ah, Trent Advertising. Je n'avais pas compris que vous étiez *ce* Trent-là.

Il n'était pas facile d'obtenir un rendez-vous avec eux. Être introduite grâce à Hudson pourrait être une aide décisive. Si nous avions été seuls, j'aurais prouvé à Hudson combien je lui étais reconnaissante.

Aaron se tourna *enfin* vers moi.

– Mademoiselle, euh...

– Withers, dit Hudson.

– Oui, mademoiselle Withers. Désolé, je n'ai jamais été très doué pour les noms.

Non, c'est simplement que je ne vous intéressais pas jusqu'à ce que vous compreniez que je pourrais vous être utile.

Je décidai cependant de lui faciliter la tâche.

– Monsieur Trent, j'adorerais discuter avec vous. Je peux appeler votre assistante pour fixer un rendez-vous ?

– Et si je passais au club lorsqu'il est ouvert ? J'aimerais visiter les lieux pour glaner des idées.

– Vous êtes libre demain soir ? demanda Hudson.

Je fus un peu déçue à l'idée de passer mon vendredi soir sans Hudson. Mais il avait raison. C'était le meilleur moment pour voir le club.

Aaron sembla lui aussi regretter d'avoir à abandonner son vendredi soir. Mais qui pouvait dire non à Hudson Pierce ?

– Bien sûr.

– On ouvre à neuf heures. Si vous venez à huit heures et demie, nous pourrons discuter un peu avant que la soirée ne démarre.

Heureusement, mon business plan était déjà prêt, sinon j'aurais dû le travailler toute la nuit.

Aaron accepta mon horaire puis commença à parler de ses idées de campagne publicitaire avec Hudson. Je ne voulais pas être la cinquième roue du carrosse. Je m'excusai de nouveau et m'éclipsai.

Je me rendis d'abord au jardin Shakespeare, une deuxième coupe de champagne à la main, en m'arrêtant ici et là pour admirer les plantes exotiques et respirer leur parfum suave. J'allai ensuite au jardin japonais, où, émerveillée par les monticules de gazon et la mare recouverte de nénuphars, je m'assis sur un banc pour profiter de la vue et du coucher de soleil.

De temps en temps, d'autres invités passaient par là. Au bout d'une quinzaine de minutes, un homme vêtu d'un costume bleu marine arriva, accompagné par un homme plus âgé, aux cheveux grisonnants assortis à son costume trois-pièces argenté. Ils s'arrêtèrent au bord de la mare et des bribes de leur conversation me parvinrent à travers le jardin silencieux.

– Le deal a été conclu lundi ? demandait l'homme en costume bleu. Putain c'est incroyable. Tu es sacrément chanceux, enfoiré. Tu le sais, ça ?

Je fermai les yeux, espérant oublier leur conversation pour profiter de la sérénité de l'endroit. Mais c'est alors qu'un nom familier parvint à mes oreilles.

– ... il ne voulait pas lâcher Plexis. Il s'est battu bec et ongles.

C'était l'homme plus âgé qui parlait de l'entreprise de Hudson, celle qu'il avait voulu sauver et qu'il avait perdue.

– Heureusement, les autres membres du conseil d'administration n'étaient pas du côté de Pierce.

Ce mec doit travailler pour l'entreprise qui a acheté Plexis.

– Alors, qu'est-ce que tu as prévu ? demanda l'homme plus jeune, donnant voix à ma propre question.

– Avec Plexis ? Eh bien elle vaut beaucoup d'argent si on la démantèle et qu'on la revend par morceaux.

Mon estomac se noua. C'était précisément ce que Hudson craignait. Des centaines de gens allaient perdre leur travail.

– Mais on n'a pas encore fait une croix sur une vente totale, poursuivit le vieil homme. Si quelqu'un nous fait une offre intéressante...

– Ah, tu t'attends à ce que je te fasse une offre ? demanda le costume bleu en reculant d'un pas. Comprends-moi bien, j'adorerais mettre la main sur Plexis, mais je n'ai pas ce genre de somme en ce moment.

– Je voulais juste t'en toucher un mot. Au cas où...

Les deux hommes reprirent leur promenade. Le vieil homme me sourit lorsqu'ils passèrent devant moi.

J'attendis qu'ils se soient éloignés pour rejoindre Hudson. Il avait une chance de récupérer Plexis pour en faire la compagnie dont il avait rêvé. Je l'avais même aidé à mettre sur pied quelques idées pour la rendre plus rentable. J'étais aussi excitée qu'il allait l'être.

Il me fallut un moment pour le repérer dans l'Esplanade des Cerisiers. Il parlait avec une femme sublime aux cheveux auburn qui devait avoir un ou deux ans de plus que moi. Une bouffée de jalousie inattendue m'envahit, je dus me retenir pour ne pas me mettre à courir vers lui.

Il me vit arriver et son regard fut illuminé par une telle tendresse que ma jalousie se dissipa.

– Alayna.

Mon nom dans sa bouche... J'en étais tout étourdie.

Hudson se tourna vers la femme, qui avait en réalité beaucoup plus de deux ans de plus que moi. Dix ans au moins.

– Alayna Withers, ma copine. Elle s'occupe du marketing d'une de mes boîtes de nuit.

La femme se présenta avant que Hudson ne le fasse.

– Bonjour. Norma Anders, dit-elle avant de reporter son regard sur Hudson. Je ne savais pas que tu avais une copine, Hudson.

– On a gardé ça secret – c'était le souhait d'Alayna, pas le mien, dit-il en mentant joliment. Mais je l'ai enfin convaincue de l'annoncer à tout le monde.

La bouche de Norma se pinça, elle me détailla de la tête aux pieds.

– Félicitations, alors. Vraiment, je suis contente que tu ne sois plus avec la fille Werner. Elle était beaucoup trop exubérante pour toi, si tu veux mon avis. Et puis, je ne lui ai jamais fait confiance. Elle manigançait quelque chose, Hudson.

Je me raidis. Non seulement parce que cette femme était suffisamment intime avec Hudson pour lui donner des conseils sur sa vie amoureuse, mais aussi parce qu'elle pensait que Celia et Hudson étaient ensemble. J'avais cru que leurs parents étaient les seuls à le penser. Avais-je raté quelque chose ?

Lorsqu'elle parla de Celia, Hudson se raidit et je sentis qu'il voulait s'éloigner de Norma. Ou qu'il voulait m'éloigner, *moi*, de Norma.

– C'était chouette de te croiser ici ce soir, Norma. Ces rapports...

Elle lui toucha le bras, comme si c'était parfaitement naturel.

– ... Je te les fais parvenir lundi.

– Merci, Norma.

Heureusement que Hudson m'attira contre lui et me guida plus loin car j'aurais pu mettre une droite à cette pimbêche. Ou à lui.

– Vous vous appelez par vos prénoms ? C'est... spécial.

Hudson appelait rarement les gens par leur prénom, sauf ceux qui comptaient pour lui.

Ma question ne sembla pas l'émouvoir.

– On se connaît depuis des années. Au bout d'un moment, on ne peut plus faire autrement.

– Pourquoi pense-t-elle que tu sortais avec Celia ?

J'avais beau avoir l'impression que le sujet Celia-Hudson était clos, de nouvelles informations ne cessaient de refaire surface.

– Celia m'accompagnait souvent aux galas de charité et à ce genre d'événements, où Norma nous croisait. Tu le sais, ça.

Je me sentis rougir. Je ne lui avais jamais avoué que j'avais fouillé sur Internet pour obtenir des informations sur lui. C'est là que j'avais vu des dizaines de photos de lui et Celia. Il me connaissait trop bien.

Il desserra son étreinte.

– Norma a dû supposer que nous étions en couple. Je n'ai jamais pensé à la détromper.

– Ça te plaisait que les gens pensent que tu étais avec Celia, dis-je d'un ton amer.

– Je voulais que Norma pense que j'étais en couple.

– Ah.

Peut-être pouvais-je abandonner le sujet concernant Celia et Hudson. En revanche, j'avais désormais une tonne de questions à propos de Norma. Mais je n'eus pas l'occasion de les poser.

– Norma est la directrice financière d'une de mes sociétés.

– Alors vous êtes collègues.

Je me demandais comment elle avait obtenu un poste aussi recherché. Avait-elle couché pour l'obtenir ? Elle avait l'air tellement à l'aise avec lui, ça m'agaçait vraiment.

Je vis Hudson réprimer un sourire.

– Mais dis donc, Alayna, ce ton jaloux te va à ravir.

– Ta réponse ne m'aide pas, dis-je en serrant la mâchoire.

– On n'est pas collègues. Je suis son patron.

Même si j'appréciais qu'il prenne ma jalousie au sérieux, sa réponse m'énerva encore un peu plus. Après tout, Hudson était mon patron.

– C'est un scénario récurrent, on dirait.

Il s'arrêta soudain et se tourna vers moi, le regard plein de détermination.

– Je n'ai jamais été ton patron, Alayna. A priori, c'est plutôt toi qui me possèdes.

Eh ben. Waouh. Quelle que soit la relation de Norma et Hudson, elle n'avait pas ce que j'avais avec lui. Je ne pus supporter son regard plus longtemps, je me mis à fixer l'Esplanade des Cerisiers.

Hudson suivit mon regard.

– Tu as déjà vu des photos de ces cerisiers en fleur ?

– Non.

Mais j'avais vu des photos du jardin de Washington D.C., j'imaginais que l'Esplanade devait être aussi belle.

– C'est à couper le souffle. Tous les arbres sont couverts de popcorn rose. Leur parfum est incroyable, dit-il en caressant ma joue. On reviendra au printemps.

– Ça doit être magnifique.

Et je le pensais. L'idée d'être encore avec Hudson au printemps et celle qu'il était tout à moi me frappèrent à cet instant. Deux pensées merveilleuses, mais qui arrivaient trop tôt. Est-ce que je parviendrais à entretenir notre relation aussi longtemps ? Pouvais-je correspondre à l'idée qu'il se faisait de moi ?

Plutôt que de penser à ça, j'en revins à ce qui m'avait amenée.

– Au fait, j'ai quelque chose à te dire qui pourrait t'intéresser.

Il posa sa main dans le creux de mes reins et me poussa vers la sortie de l'Esplanade.

– Mais ça peut attendre, m'empressai-je de dire lorsque je réalisai qu'il s'attendait que je poursuive. Tu peux continuer à serrer des mains si tu n'as pas fini.

Je sentis la chaleur de sa bouche sur mon oreille.

– La seule chose que j'ai envie de serrer, là, tout de suite, c'est ton sexe.

– Tu es insatiable. On vient de faire l'amour dans la voiture.

Cela dit, sa suggestion me faisait frissonner.

– Ça ne me suffit pas.

Il me tira par la main pour me faire pénétrer dans les buissons à travers un trou. Là, il me plaqua contre un tronc en me bloquant avec son bassin.

– Je n'en aurai jamais assez de toi.

J'eus le souffle coupé par la violence de mes sentiments pour cet homme. Cet homme qui avait vaincu ses démons pour me faire une place dans sa vie, qui avait oublié ses réflexes de loup solitaire et faisait de son mieux pour se comporter de façon satisfaisante pour nous deux.

Je plongeai mon regard dans le sien.

– Je t'aime.

Il approcha son visage et effleura ma joue avec son nez.

– C'est pour me dire ça que tu m'as emmené ici ? Non pas que je me plaigne...

J'éclatai de rire.

– C'est *toi* qui m'as emmenée ici, et non l'inverse. Et ce n'est pas ce que je voulais te dire. Même si je suis toujours heureuse de pouvoir te dire que je t'aime.

Hudson sourit lentement. Au même moment, un mouvement sur les graviers de l'allée attira mon attention. Je tournai la tête vers un petit groupe qui avançait. L'homme grisonnant que j'avais vu plus tôt en faisait partie.

– En fait, tu as choisi l'endroit idéal. Tu vois l'homme, là-bas ?

Hudson suivit mon regard.

– Celui avec le costume beige ?

– À côté de lui, poursuivis-je en lui laissant le temps de bien le regarder. Tu le connais ?

– Je ne crois pas, non. Je devrais ?

Je haussai les épaules.

– Pas forcément. Mais je l'ai entendu parler avec un autre type... dis-je en cherchant l'homme au costume bleu. ... Il n'est plus là maintenant. Bref, ce n'est pas important. L'homme aux cheveux gris travaille dans la boîte qui a racheté... Plexis.

Hudson desserra son étreinte et étudia l'homme une nouvelle fois, avant qu'il ne passe devant nous.

– Comment tu le sais ?

– Je l'ai entendu. Quand je me promenais tout à l'heure. Il se vantait d'avoir eu la chance d'arracher une super entreprise à un homme comme Hudson Pierce.

– Continue, dit Hudson. Je sentis ses muscles se contracter.

– Tu avais raison, continuai-je après m'être mordu la lèvre. Ils veulent démanteler Plexis.

– Et merde.

Il était rare que Hudson montre la moindre émotion en affaires – la moindre émotion tout court, d'ailleurs –, mais apparemment il était attaché à cette entreprise qu'il venait de perdre, ce qui rendait l'information que j'étais sur le point de lui donner encore plus précieuse.

– Mais il a dit qu'il pourrait vendre si quelqu'un lui en offrait un bon prix. Tu sais ce que ça signifie ? Qu'il te suffit de leur faire une offre intéressante.

La seconde d'après, j'étais de nouveau plaquée contre le tronc de l'arbre.

– Et si je venais à toi avec une offre intéressante, plutôt ?

– Hudson ! m'écriai-je en le repoussant légèrement. Je suis sérieuse.

– Moi aussi, marmonna-t-il en mordillant ma mâchoire.

Je ne pus résister plus longtemps à ses avances. Mon corps lui cédait déjà, il se fondait contre le sien. Mais mon cerveau continuait à gamberger.

– Je croyais que Plexis te tenait à cœur.

– C'est le cas, répondit-il en souriant et en approchant sa bouche de la mienne.

– Alors pourquoi est-ce que tu ne penses qu'à m'allumer ? C'est tout ce que je représente pour toi ?

Je savais pertinemment que ce n'était pas le cas. Je parlais d'un ton badin, même si j'étais un peu déçue de m'être trompée sur l'importance qu'avait Plexis pour Hudson.

Il appuya un peu plus fort son bassin contre le mien et approcha sa bouche de mon oreille.

– Non, ce n'est pas tout. Tu sais que ton intelligence m'excite autant que ton corps, surtout quand tu t'en sers pour protéger mes intérêts. Mais comme je ne suis pas doué pour exprimer mes sentiments avec des mots, j'aimerais te les montrer. Te montrer à quel point je t'adore en ce moment.

Je fondis. Entièrement.

Mais mon cerveau cherchait encore à être rassuré, et je poursuivis d'une voix douce et désespérée.

– Alors, tu m'es reconnaissant de t'avoir raconté ce que j'avais entendu ?

– Très.

Il appuya de nouveau son bassin contre moi et je compris l'ampleur de sa reconnaissance en sentant son érection.

J'avais envie de toucher un maximum de parties de son corps avec un maximum de parties du mien.

– Et il n'y a pas que mon physique qui t'attire ? dis-je d'une voix suave et remplie de désir.

Il me répondit en ponctuant chaque mot par un baiser dans mon cou.

– Tout m'attire chez toi – ton corps, ton esprit, ton culot. Même ta dinguerie, comme tu l'appelles.

– Alors toi aussi tu es dingue, si tu es sérieux.

Il leva la tête pour que je puisse lire sa sincérité dans son regard.

– Je n'ai jamais été aussi sérieux, Alayna. Tu es la première personne qui me fait croire que je ne suis peut-être pas fou. C'est la meilleure chose qui me soit jamais arrivée. *Tu* es la meilleure chose qui me soit arrivée.

Le monde cessa de tourner. Je ne voyais plus, je ne sentais plus qu'une chose : Hudson qui était devant moi, sur moi, en moi, jusque dans mes os.

– Tu peux arrêter ton genre "je ne suis pas doué avec les mots", parce que ces mots-là sont parfaits.

Il frotta son nez contre le mien et hocha la tête.

– Maintenant, arrête de parler et laisse-moi m'occuper de ta bouche.

– Et qu'en est-il de cette offre généreuse que tu voulais me faire ?

J'ondulai du bassin, je voulais le frotter contre lui pour assouvir le désir qui montait entre mes jambes.

– Patience, ma belle. Patience.

Ses lèvres saisirent les miennes. Elles les caressèrent lentement d'abord, puis les happèrent avec force, pendant que sa langue lapait furieusement ma bouche. Il saisit mon visage entre ses mains, contrôlant nos mouvements et m'arrachant des soupirs languissants qu'il avalait en m'embrassant. Mes mains étaient appuyées contre le tronc de l'arbre. Je ressentais avec plaisir le contraste entre la dureté de l'écorce tranchante et la bouche follement tendre de Hudson.

Plus rien n'existait que lui, moi et notre baiser.

– Excusez-moi. Excusez-moi, s'écria une voix que j'entendis dans le lointain. Excusez-moi !

Nous rompîmes notre étreinte à l'instant où nos cerveaux enregistraient enfin que quelqu'un s'adressait à nous.

– Excusez-moi, mais la pelouse est interdite aux – La voix de la femme s'interrompit. Ah, monsieur Pierce. Je n'avais pas réalisé que... Alayna ?

Toujours sur un nuage, je me tournai vers cette voix.

– Julia ? Qu'est-ce que vous...

Je me souvins alors que Julia m'avait dit qu'ils organisaient un événement ce soir.

– C'est votre entreprise qui a organisé cette soirée ?

– Oui.

Tout le bien-être qui avait inondé mon corps grâce au baiser de Hudson s'évanouit en un instant. C'était l'événement de Julia. Julia qui se tenait devant nous. Et si Julia était là, Paul devait être dans les parages.

Je fis un effort pour déglutir.

– Ah. Waouh. Quelle coïncidence !

Est-ce que je paraissais fébrile ? Nerveuse ? Morte de trouille ?

– Hudson, voici Julia Swaggert. Elle est la directrice d'Événementiel Plus. Je l'ai rencontrée aujourd'hui.

Elle et l'ex-cible de mon obsession, Paul Kresh, qui a intérêt à ne pas être présent, sinon je vais péter un câble.

– Julia, je vous présente Hudson Pierce.

Julia, qui m'avait parue si confiante et sûre d'elle, sembla soudain décontenancée.

– Je suis... monsieur Pierce. C'est un honneur de vous rencontrer. Je suis très enthousiaste à l'idée de travailler avec vous.

Son visage s'était illuminé, et je compris à quel point ce contrat était important pour elle. Je compris également pourquoi Paul était prêt à prendre le risque de me côtoyer.

Comme il l'avait fait plus tôt avec Aaron, Hudson redirigea l'attention de Julia sur moi.

– Vous êtes entre de bonnes mains avec Alayna. Elle

s'occupe de tout le business du club. Je ne suis qu'un nom sur l'acte de propriété. Si vous voulez bien m'excuser, je vois quelqu'un à qui je dois parler, dit-il en me touchant le bras un instant.

Il n'y avait personne dans les environs, Hudson voulait me laisser travailler. Je me suis sentie vraiment reconnaissante. Non seulement parce qu'il me laissait la responsabilité des contrats, mais parce qu'en partant il y avait moins de risques qu'il tombe sur Paul.

Julia le regarda s'éloigner. Je ne pouvais pas lui en vouloir, il était aussi beau de dos que de face.

– Alors, vous et Hudson Pierce ? dit-elle en jouant des sourcils. C'est juste un petit flirt au clair de lune ou bien c'est tout le package ?

– Eh bien, euh, les deux. On est ensemble, si c'est ce que vous voulez dire par "package".

Mais je ne voulais pas lui parler de mon copain, je voulais savoir où était le sien.

– Et au fait, où est Paul ?

– Il doit être par-là. Il a l'habitude de rester dans l'ombre lors de ce genre d'événement.

– Ah, d'accord.

Mais il était là. Ce qui signifiait que je ne pouvais pas y être.

– Eh bien, je crois que Hudson était prêt à rentrer, donc –

– Oui, ça m'en avait tout l'air. Veinarde.

Son soupir indiquait que cela devait faire longtemps qu'elle n'avait pas flirté avec Paul au clair de lune. Mais je préférais ne pas m'étendre sur le sujet. Les relations amoureuses de Paul ne me regardaient pas. Voilà qui était radicalement différent de ce que je pensais jadis.

– Eh bien, il faut que j'y retourne, moi aussi, dit-elle d'une voix un peu lasse.

J'étais déjà passée par le trou, quand je me tournai pour lui faire au revoir de la main.

– C'était chouette de voir votre travail. Vous êtes de vrais pros !

– Merci.

Je me rendais parfaitement compte que j'étais une véritable boule de nerfs. Paul Kresh n'était pas loin. Il fallait qu'on parte. Il fallait qu'on s'en aille avant que Hudson ne découvre que la pire de mes erreurs avait refait surface dans ma vie.

J'avais à peine parcouru quelques mètres lorsque Hudson jaillit de derrière un buisson. Il me prit par la main pour me conduire vers l'entrée du jardin.

– Il faut qu'on parte. Maintenant, dit-il d'une voix pressée.

Merde. Il était au courant. Nous avait-il entendues ? Savait-il que le Paul dont nous avions parlé était Paul Kresh ?

Je décidai de jouer les innocentes, pour le cas où que je me trompais. *En espérant* que je me trompais.

– Pourquoi ? Qu'est-ce qui ne va pas ?

Mon cœur cessa de battre en attendant sa réponse.

Au lieu de cela, il prit ma main et la posa sur son entrejambe.

– Ah, mince.

J'espérai que mon soupir passe pour de l'admiration plutôt que pour du soulagement. C'était la vérité, *j*'étais admirative. J'étais toujours en admiration devant la verge de Hudson. Même en pleine crise existentielle.

Je décidai de flirter plus encore, consciente que c'était ma chance de me sortir indemne de ce mauvais pas.

– Tu pourrais aussi me prendre ici, dans le jardin.

– Ne me tente pas. Je suis à deux doigts de te sauter sur ce banc, mais ce ne serait pas du meilleur goût. Et je ne voudrais pas détruire ta réputation, dit-il en me toisant du regard. Et puis, pour ce que j'ai prévu de te faire, il nous faut une bonne partie de la nuit. Je pense que la Brooklyn Botanical Society préférerait fermer ses portes avant qu'on en ait terminé.

– Euh, d'accord, répondis-je en inondant mon string.

– C'est un problème ?

– Pas du tout.

Nous étions presque arrivés à l'entrée lorsque Hudson jura.

– Qu'est-ce qu'il y a ?

– Je viens de voir quelqu'un à qui je dois parler. Ça te gêne ?

J'étais excitée et folle d'envie de faire l'amour, donc oui, ça me gênait. Mais je compris en regardant Hudson qu'il était encore bien plus gêné que moi.

– Étant donné la façon dont tu marches, je pense que c'est toi le plus à plaindre de nous deux.

Il me regarda avec un air douloureux et me mena vers un groupe d'hommes qui discutaient à quelques pas de nous.

C'est alors que je le vis, du coin de l'œil. Je tournai la tête pour m'assurer que c'était bien lui. Oui. Paul Kresh, en chair et en os. Deux fois dans la même journée. Dieu soit loué, il ne faisait pas partie du groupe d'hommes à qui Hudson devait parler. Il se tenait près de l'accueil des visiteurs, il discutait avec un serveur qui tenait un plateau de coupes vides.

Je voulus détourner les yeux, mais c'était trop tard. Nos regards se croisèrent.

– Hudson, je te laisse discuter tranquillement. Je vais essayer de trouver les toilettes.

Il m'attira à lui.

– Peut-être vais-je devoir t'y retrouver quand j'aurai fini avec ces messieurs, chuchota-t-il avant de m'embrasser sur le front.

Je me sentis rougir à ces paroles, pourtant plutôt innocentes. J'étais trop excitée. Il pouvait dire n'importe quoi, ça ne faisait qu'augmenter mon désir. Je ne voulais pas paraître émoustillée en parlant à Paul – il était capable de croire que c'était à cause de lui.

Je me forçai à respirer plus calmement, en me dirigeant vers lui. Il attendit que je sois à quelques mètres pour me parler.

– Devrais-je être inquiet de te revoir ? Encore ?

Je levai les yeux au ciel.

– Ne t'en fais pas, dit-il en faisant un mouvement de tête vers celui que je venais de quitter. C'était Hudson Pierce, non ? Si vous êtes ensemble cela explique ta présence ici, ce soir.

J'essayai de ne pas me laisser déstabiliser par tout ce qu'il savait sur moi. De toute façon, Julia aurait fini par le lui dire.

– Oui, c'est Hudson. On sort ensemble.

– Ah.

J'observai son cerveau se mettre en action. J'avais passé des mois à me souvenir du moindre détail le concernant, je compris à quoi il pensait.

– Tu n'as rien à y gagner, Paul. Il est au courant pour toi et pour mon passé, il est au courant pour l'ordonnance du juge, et si tu as l'intention de...

– Mais de quelle intention tu parles ? Tu agis comme si j'allais te faire du chantage ! Ce qui est sacrément culotté de la part d'une femme qui s'était menottée à mon bureau à poil !

– Pas si culotté que ça, puisque c'est plus ou moins ce que tu as fait cet après-midi.

– Ce n'était pas du chantage. Pas vraiment, dit-il en se frottant le nez, un peu comme Pinocchio quand il cherche à cacher qu'il ment. C'était de la persuasion un peu forcée.

– Quoi qu'il en soit, tu m'as mis la pression, et ça ne m'a pas plu.

– Écoute, Laynie...

– Je sais, je sais. Tu veux que je signe ce contrat avec Julia, et comme je veux travailler avec elle, je l'accepte. Mais je ne veux plus avoir de relations avec toi. Rien. Nada. Je ne veux pas tomber sur toi, ni au club, ni à des soirées comme celles-ci – je ne veux pas que tu m'appelles. Je veux que l'ordonnance de ne pas t'approcher soit respectée. Je ne veux pas que cela puisse me revenir en pleine figure, d'accord ?

– Parfait. Comme tu veux, dit-il avec une lueur de victoire dans les yeux. Ça ne te reviendra pas à la figure. Ça ne concerne que toi et moi, de toute façon.

– Dis ça à Hudson. Il n'aimerait pas apprendre que j'ai signé un contrat dans lequel tu es impliqué, même de loin.

Soudain, je compris que si je ne voulais pas que Hudson soit au courant pour Paul, je ne pouvais pas lui parler de Celia non plus. Car il me demanderait ce dont nous avions discuté. Or on avait discuté de Paul ; ce qui allait forcément lui déplaire.

– Qu'est-ce que ça peut lui faire ? Du moment qu'on reste professionnels et qu'on garde nos distances, ça n'a rien à voir avec lui.

– Parce que même si toi et moi on sait que presque tout ce qui s'est passé entre nous était ma faute...

– Presque tout ? Tu veux dire *tout*, non ?

– Tu as quand même trompé ta fiancée, répondis-je en lui lançant un regard noir.

Il haussa les épaules.

Quel enfoiré.

– Bref, Hudson ne te considère pas comme l'innocent dans cette histoire. Et ce n'est pas parce que j'ai dit quoi que ce soit pour te charger, c'est juste que... Je ne sais pas pourquoi. Pour une raison que j'ignore, il voit ce qu'il y a de bien en moi.

Pourtant, je commençais sincèrement à douter qu'il y ait quoi que ce soit de bien chez moi.

Paul s'esclaffa.

– Personne ne m'avait prévenu qu'il était taré.

Je fis un pas dans sa direction.

– Tu sais quoi ? Il va falloir que tu la fermes. Il n'est pas taré. Je ne suis pas tarée non plus. Toi, en revanche, tu es vraiment un enfoiré. Je peux encore refuser ce deal. Balance-moi ce que tu veux à la figure ; j'ai Hudson Pierce de mon côté.

– Et il serait sûrement ravi que l'on sache que sa copine a un casier judiciaire ? Tout le monde se foutrait de lui. Surtout si j'explique que tu as contacté Événementiel Plus pour pouvoir retravailler avec moi.

J'eus soudain l'impression qu'une montagne écrasait ma poitrine.

– Mais ce n'est pas vrai !

Il haussa de nouveau les épaules.

– Les gens se fichent que ce soit vrai. Ils adorent les ragots, particulièrement quand ça concerne la jet set.

J'eus soudain un goût très amer dans la bouche.

– Je croyais que tu ne faisais pas de chantage.

– Ça n'en est pas encore. Est-ce que ça a besoin de le devenir ?

Un frisson se propagea le long de ma nuque et de mon dos. J'étais coincée. Je m'en étais doutée, mais désormais j'en avais la confirmation.

– Très bien, Paul. Je vais conclure l'accord, selon mes termes.

Je vis Hudson arriver derrière lui.

– Je vais m'en aller. Souris et pars dans l'autre direction.

Je ne sais s'il m'obéit, parce que je me dépêchai de rejoindre Hudson pour l'empêcher d'approcher davantage.

– Salut, lui lançai-je assez brusquement, à bout de souffle et comme étourdie.

– Tu as trouvé les toilettes ?

– Non, mais ce n'est pas grave, ça peut attendre.

Heureusement, je n'avais pas vraiment eu besoin d'y aller.

J'essayai de le diriger vers la sortie, mais Hudson regardait Paul d'un air curieux. Je me dépêchai de trouver un mensonge avant qu'il ne me pose la question.

– C'est un des organisateurs. Je voulais qu'il me balance des infos sur Événementiel Plus.

– Votre discussion paraissait animée, dit-il en fronçant les sourcils.

– Ouais, il était assez impliqué dans ce qu'il disait, répondis-je avant de me rendre compte que c'était sans doute moi qui avais l'air la plus suspecte des deux. Je suppose que son enthousiasme a déteint sur moi. Il dit que c'est une boîte géniale, à tout point de vue. Je suis super excitée de travailler avec eux.

Le mensonge me vint difficilement, et je me demandai comment j'avais pu passer tant d'années à le faire et à manipuler les gens pour entrer dans l'intimité d'hommes qui ne voulaient pas de moi. Cela avait été si simple à l'époque. Mais maintenant, face à un homme qui *voulait* de moi, je me sentais abjecte.

Hudson crut mon mensonge. Je me sentis plus abjecte encore.

– C'est super, dit-il en me collant contre lui. Tu veux savoir ce qui m'excite le plus, moi ? C'est de rentrer à la maison. Ou plutôt, de te *ramener* à la maison, dans la voiture.

– Moi aussi.

Quoi qu'il ait prévu de me faire, il allait me faire tout oublier. Oublier en un instant mes secrets, le chantage de Paul, et les promesses que je n'avais pas tenues. Du moins, c'est ce que j'espérais.

CHAPITRE HUIT

Lorsque le réveil de Hudson sonna, le lendemain matin, nous étions encore dans les bras l'un de l'autre. Il m'embrassa à m'en couper le souffle, avant de m'entraîner hors du lit.

– Mets la douche en marche, ordonna-t-il, moi je lance le café.

Je lui répondis en souriant jusqu'aux oreilles. Et je courus à la salle de bain pour aller aux toilettes. J'ouvris ensuite la douche et laissai couler l'eau jusqu'à ce qu'elle soit bien chaude.

Un. Pur. Délice.

Non seulement parce que le double pommeau de douche et l'eau brûlante détendaient mes muscles endoloris par notre nuit d'amour, mais aussi parce que chaque instant que je vivais était merveilleux. Faire l'amour toute la nuit, me réveiller dans les bras de mon amant, lui préparer la douche, *nous* préparer la douche... Je pourrais faire ça chaque jour.

Je soupirai en me laissant aller à imaginer un instant ce que pourrait être ma vie avec Hudson.

– Eh bien, je m'aperçois en t'observant que tu n'as plus besoin de moi pour prendre ton pied, sourit Hudson en entrant dans la douche.

Puis il me prit dans ses bras, comme s'il avait autant besoin que moi de sentir mon contact sur sa peau.

– Cette douche est chanmé [2], dis-je en baissant les yeux sur son érection.

Me lasserai-je un jour de le voir à poil ?

– Chanmé ?

– Rassure-toi, ce n'est rien comparé à l'effet que *toi* tu me fais.

Je refermai ma main sur sa verge sublime et l'eau me vint à la bouche, comme toujours. Il gémit quand son sexe durcit dans ma main.

– Et si sous cette douche chanmé, je te faisais des trucs chanmé ?

J'eus du mal à ne pas éclater de rire en l'entendant. C'était si étrange de l'entendre parler en verlan, cela ne lui ressemblait pas. C'était irrésistible.

– Aucun mot ne pourrait décrire à quel point ce serait chanmé !

* * *

Nous finîmes par sortir de la douche. Hudson me désigna un des lavabos et, côte à côte, nous nous préparâmes pour la journée, vêtus d'une simple serviette. Il se rasa pendant que je me maquillais. Ce serait tellement facile de m'habituer à cette vie. Cela semblait si naturel...

---

2. Ndt : verlan pour méchant. Incroyable.

Il fut le premier à sortir de la salle de bain. Lorsque j'en sortis à mon tour, il avait déjà enfilé un costume hyper sexy. Décidément, cet homme était la chose la plus merveilleuse au monde.

– Tu as faim ?

Pouvait-il lire dans mes pensées ?

– Tu veux dire pour le petit déjeuner ?

– Oui, le petit déj' ma belle. Tu as les idées mal placées Alayna ! Et j'ai déjà passé plus de temps que prévu à m'occuper de toi ce matin.

Je frissonnai au souvenir de notre partie de jambes en l'air sous la douche, des carreaux froids et mouillés contre mon dos. De son sexe, de ses va-et-vient en moi.

– Ah ? Eh bien je suis ravie d'apprendre que je faisais partie de ton planning.

– Bien sûr, dit-il en passant devant moi pour sortir de la chambre. Des tartines et du pamplemousse, ça te va ?

– C'est parfait, dis-je en humant son parfum viril. J'arrive.

Je mis la dernière robe propre de mon dressing, désormais vide, en regrettant de ne pas avoir de tenue plus professionnelle pour mes rendez-vous. Je ne pouvais plus repousser l'inévitable : il allait falloir que je fasse un saut chez moi. Et surtout, que je trouve un nouvel appartement. Mon frère ne payait plus mon loyer et mon bail touchait à sa fin. j'allais devoir trouver quelque chose de moins cher.

Bien évidemment, il serait plus simple d'emménager avec Hudson.

Mais non, ce serait une mauvaise idée. *Trop tôt, trop tôt, trop tôt.* Et puis, de toute façon, il ne me l'avait pas proposé.

Je finis de m'habiller, je m'attachai les cheveux et je rejoignis Hudson dans la cuisine. Il m'avait déjà préparé mes tartines et m'avait servi mon café dans un gobelet en carton.

– Je ne savais pas à quelle heure tu partais, je t'ai préparé ça, dit-il en désignant mon café.

– Bientôt. J'ai rendez-vous à dix heures trente avec un graphiste pour refaire les menus, et avant ça, je veux m'assurer que ma présentation pour Aaron Trent est prête parce que j'ai des tonnes de choses à faire tout l'après-midi, ajoutai-je d'une voix nerveuse.

– Des tonnes de choses à faire ? demanda Hudson en haussant les sourcils.

– Ouais. Je suppose que Trent va vouloir un business plan sérieux et je dois aussi planifier des entretiens pour trouver un second cuisinier, dis-je en buvant une gorgée de café. Et puis, il faudrait vraiment que je passe à la maison.

– La maison, répéta-t-il d'une voix surprise. Ou peut-être était-ce de la tristesse, voire de la déception.

– Mon appartement, précisai-je.

– J'avais compris, mais pourquoi ?

J'attaquai mon pamplemousse avec ma cuillère.

– Je ne sais pas... il faut que je prenne mon courrier et que je m'assure que tout va bien. Tu sais, toutes mes affaires sont là-bas.

Je savais bien que cette conversation serait gênante. J'étais obligée de passer chez moi, mais je ne voulais pas que Hudson puisse croire que je ne voulais plus être avec lui et que je craignais qu'il ne réitère son invitation.

– Il faut que je prenne d'autres vêtements pour le cas où tu aurais l'intention de me réinviter à passer la nuit ici.

Hudson posa fermement sa cuillère dans l'assiette.

– T'inviter à passer la nuit ? De quoi tu parles ? Je t'ai donné une clef, tu peux aller et venir comme il te plaît.

Je me penchai en avant en souriant jusqu'aux oreilles.

– Dans ce cas, il va *vraiment* me falloir des vêtements, puisque j'ai envie de passer la nuit avec toi.

– Ça me va, dit-il en s'essuyant la bouche avec sa serviette. Et pendant qu'on en parle, ça me plairait que tu passes toutes tes nuits avec moi et que tu apportes toutes tes affaires.

Je me figeai, tétanisée. C'était l'instant crucial. Ou du moins, il me semblait que ça l'était. Mais il fallait en être sûre, avant de paniquer.

– Qu'est-ce que tu... Je ne comprends pas.

– Bien sûr que si, tu comprends. Mais je vais te l'épeler si ça peut te rassurer.

Il se leva, son assiette en main, la posa dans l'évier. Puis il resta debout, appuyé au comptoir. Peut-être ne se rendait-il pas compte de l'impression qu'il donnait, debout comme ça, alors que j'étais assise. Ou peut-être que si. Après tout, il savait très bien transformer une situation à son avantage.

– Oui, épelle-le, s'il te plaît, m'écriai-je d'une voix aiguë, ne sachant si je devais être effrayée ou excitée.

– Pourquoi as-tu besoin de ton appartement ? Ton bail touche à sa fin. Emménage ici, avec moi.

Je ne cherchai pas à savoir comment il avait appris que mon bail allait bientôt prendre fin. Si j'y pensais trop, je me mettrais à angoisser à l'idée qu'il découvre mes autres secrets. Et puis, j'étais trop bouleversée par sa déclaration pour penser à quoi que ce soit d'autre.

– J'adore pouvoir encore te surprendre, poursuivit Hudson en penchant la tête de côté. Mais je ne voudrais pas que cette conversation te choque. Qu'est-ce qui t'étonne, Alayna ?

Je reposai ma cuillère d'une main tremblante. Je n'avais mangé que la moitié de mon pamplemousse, mais je ne pouvais plus rien avaler. J'arrivais à peine à réfléchir, alors déglutir !

– Eh bien, euh, c'est juste que... C'est très rapide.

Il fronça les sourcils.

– C'est vrai. Je trouve dommage que les gens se fondent sur la durée d'une relation pour prendre leurs décisions.

– Tu ne trouves pas ça logique ? dis-je en me retournant sur ma chaise vers lui.

– Non. Comme je l'ai déjà dit, lorsque j'ai un projet, je m'engage à cent pour cent. J'ai envie d'être avec toi autant que possible – et je ne parle pas que de sexe –, et le meilleur moyen pour y arriver, c'est que tu vives ici avec moi.

Je me levai pour déposer ma vaisselle dans l'évier. Je dus la serrer fort contre moi pour que Hudson ne l'entende pas trembler dans mes mains.

– Eh bien, tant qu'on y est, il y a une autre raison pour laquelle ce n'est peut-être pas une bonne idée. J'ai l'impression d'être face à un business plan. Comme si c'était la prochaine étape sur une liste. On ne peut pas dire que ce soit très romantique, Hudson.

– Je ne savais pas que tu cherchais du romantisme. Tu sais très bien que je ne suis pas doué pour ça, répondit-il d'une voix tendue.

– Eh, dis-je en attendant qu'il se tourne vers moi, de l'autre côté du bar. C'est n'importe quoi, ça. Tu dis que tu n'es pas romantique, mais tu l'es, Hudson. Je ne me plaignais pas de ça, dis-je en repensant aux paroles merveilleuses qu'il avait eues la veille.

– Alors tu te plains de quoi ? demanda-t-il, l'air sincèrement confus.

– De rien ! Je ne me plains de rien !

– Tu te plaignais de la façon dont je t'ai demandé d'emménager avec moi.

– Non, pas du tout. Enfin, oui. Un peu. Mais ce n'est pas pour ça que je dis non.

– Tu dis *non* ?

– Non ! m'écriai-je. Enfin, si.

Sauf que je ne voulais pas dire non. Je voulais être avec Hudson tout le temps, tout comme lui. Mais on se connaissait depuis si peu de temps...

– Ce que je veux dire, c'est que je ne sais pas...

Hudson fit le tour du bar et posa ses mains sur mes épaules.

– Alayna, est-ce que tu sais ce que tu ressens pour moi ?

– Oui. Je t'aime. Tu le sais très bien.

– Alors emménage avec moi.

Je me mordis la lèvre en tirant sur sa cravate lavande.

– Il faut que je réfléchisse.

Il passa son index sous mon menton et le souleva pour que je le regarde dans les yeux.

– Pourquoi ?

– C'est comme ça, c'est tout.

Je reculai, j'étais incapable de me concentrer pendant qu'il me touchait. Je ne pouvais résister au courant qui passait entre nous lorsque nos corps entraient en contact. Je retournai à l'évier et jetai le pamplemousse dans la poubelle, avant de faire couler de l'eau sur les assiettes.

– C'est un pas énorme à franchir. C'est vrai que ça faciliterait les choses et je ne peux pas nier que j'en ai envie...

– Alors fais-le.

– Mais je ne sais pas si c'est la bonne chose à faire.

J'éteignis l'eau et secouai mes mains dans l'évier. Sans le regarder, j'énonçai la vraie raison de mon hésitation.

– Je m'attache beaucoup trop à toi, Hudson. C'est trop rapide et ça me fait peur.

– Tu t'attaches ? Ou tu es déjà attachée ?

Les deux. À chaque fois que je pensais ne pas pouvoir l'aimer plus, il faisait ou disait quelque chose qui me rendait encore plus amoureuse de lui.

– Qu'est-ce que ça change ?

– Si tu es déjà trop attachée à moi, alors je ne vois pas pourquoi tu t'inquiètes que ce soit trop rapide, puisque c'est déjà fait. C'est comme ça que je vois les choses, de mon côté.

Et voilà qu'il faisait de nouveau allusion à ce qu'il ressentait pour moi sans le dire vraiment. N'était-ce pas le problème, justement ? Comment pouvais-je vivre avec un homme qui ne pouvait pas me dire qu'il m'aimait ?

Je pris une profonde inspiration et je lui fis face de nouveau.

– Est-ce que je peux juste avoir un peu de temps pour y penser tranquillement, loin de ta présence ?

– Tu insinues que je te mets la pression ? dit-il en se crispant.

– J'insinue que tu me distraies, et oui, ça me met la pression, que tu le veuilles ou non. Honnêtement, tu es même un peu manipulateur. Avec ton passé, je suis obligée de me demander si tu n'essaies pas de me contrôler, et si vivre avec moi n'est pas pour toi le meilleur moyen de le faire.

Son visage s'assombrit. Je courus vers lui, et je me jetai à son cou.

– Non, Hudson, ne te vexe pas. Je ne dis pas que tu me manipules ou que tu veux me contrôler. Je te dis que j'ai besoin de temps. Pour être sûre. Accorde-le-moi, s'il te plaît.

– Si c'est ce que tu veux, répondit-il d'une voix froide et distante, sans me retourner mon étreinte.

Je lui ébouriffai les cheveux.

– Hudson !

– Quoi ?

– Ne sois pas comme ça.

– Je ne fais rien du tout, dit-il sans bouger.

– Alors tout va bien entre nous ?

Je déposai de petits baisers sous sa mâchoire, j'avais besoin qu'il me cède. Il finit par soupirer et par passer ses bras autour de ma taille.

– Bien sûr que tout va bien, dit-il en m'embrassant sur le sommet du crâne. Toujours.

***

Le chauffeur de Hudson arriva en même temps que Jordan. Dès que je fus installée à l'arrière de la Maybach, je sortis mon téléphone pour appeler Élise. J'avais besoin de parler à quelqu'un de la proposition de Hudson, et Élise était celle à qui je racontais tous mes problèmes. Mais je me souvins qu'elle m'avait remplacée la veille et qu'elle devait encore dormir. Et puis bien sûr, Élise me connaissait, mais elle ne connaissait pas Hudson. Pas vraiment. Et connaître Hudson était essentiel pour prendre la bonne décision.

Il y avait une autre personne qui le connaissait très bien. Et j'avais son numéro.

Celia ne décrocha pas la première fois. Je raccrochai et la rappelai, comme elle me l'avait dit. Elle ne répondit qu'au troisième appel. Je faillis tout lui dire par téléphone, mais je décidai que l'on serait mieux en face à face – du moins, *je* serais mieux. On se donna rendez-vous à treize heures pour déjeuner.

Lorsque j'arrivai chez *A Voce*, Celia était déjà installée. J'attendis que la serveuse ait pris ma commande – un thé glacé et une salade de poulet et de cresson –, avant de plonger dans le vif du sujet.

Ou peut-être pas, finalement.

– Que sais-tu au sujet de Norma Anders ?

Elle m'était revenue à l'esprit plusieurs fois depuis qu'elle avait posé sa main sur le bras de Hudson et qu'il l'avait appelée par son prénom.

Celia haussa les sourcils.

– Ah, tu as entendu parler de la salope.

– Tu veux dire que… Hudson et…

Mon estomac se noua et je ne pus terminer ma phrase.

– Honnêtement, je ne sais pas, continua Celia. Hudson ne me parle pas de ses conquêtes. Mais si je devais parier, je dirais que non, parce que s'il l'avait baisée – excuse-moi de parler si crûment – il en aurait fini avec elle et elle ne travaillerait plus pour lui.

J'aurais voulu croire Celia – croire que Hudson n'avait pas pu être… *intime*… avec Norma Anders. Mais cette théorie ne répondait pas à toutes mes questions.

– Oui mais ça, ça ne tient que s'il a couché avec elle à l'époque où il manipulait les femmes. Et il n'a pas fait ça depuis un moment, n'est-ce pas ? Genre depuis deux ans ?

– Euh, ouais, dit-elle en fronçant les sourcils.

– Donc Hudson aurait pu coucher avec elle *après* s'être fait soigner, et du coup cela l'aurait moins gêné qu'elle travaille encore pour lui.

– Je vois ce que tu veux dire, dit Celia en hochant la tête. Mais je ne crois pas. Norma a toujours couru après Hudson. Tu n'imagines pas le nombre de soirées ou d'événements auxquels je l'ai accompagné et où je l'ai vue le draguer. Voilà pourquoi je la traite de *salope*. Mais elle a eu beau tenter sa chance, il n'a jamais cherché à lui faire un sale coup.

– Ce qui rend encore plus vraisemblable une éventuelle liaison avec elle, après sa thérapie. Crois-moi, je sais de quoi je parle.

C'était parfaitement logique. Les hommes avec qui j'étais sortie depuis ma thérapie ne présentaient aucun risque. Je n'éprouvais rien de sérieux pour eux. Si Hudson n'avait jamais eu envie de la manipuler, c'est que Norma ne présentait aucun risque.

En même temps, Hudson m'avait dit plus d'une fois qu'il ne voulait pas me manipuler non plus. Se retenait-il avec Norma pour les mêmes raisons ? Parce qu'il ressentait quelque chose pour elle ?

J'en eus la nausée.

Et cela ne me disait toujours pas quelle place elle avait eue dans sa vie, que ce soit dans le passé ou au présent. Si je voulais vraiment le savoir, il allait falloir que je fasse une ou deux recherches sur Norma. Je décidai de découvrir ce que Google pouvait m'apprendre à son sujet, lorsque j'en aurais le temps.

Puis dans la foulée, je décidai de ne pas le faire. C'était hors de question.

Mais à quoi je jouais, bon sang ? Passer des heures sur Internet pour enquêter sur quelqu'un était digne de l'ancienne Alayna Withers. Je ne m'abaisserai plus à ça. Hudson voulait être avec moi. Toujours. Quelle preuve supplémentaire me fallait-il ?

Nous fîmes une pause dans la conversation lorsque la serveuse nous apporta nos plats. Puis je repris :

– Tu as probablement raison. Je ne sais pas pourquoi je me prends la tête avec ça, en fait. Après tout, c'est à moi qu'il a demandé d'emménager avec lui.

– Tout à fait, répondit-elle.

Puis son sourire s'évanouit.

– Attends, quoi ? Il t'a demandé de vivre avec lui ? C'est génial !

C'était génial. Absolument génial. Pour la première fois, je m'autorisais à ressentir de l'enthousiasme et de la joie, en oubliant ma peur. Toutefois, je décidai de la jouer cool, comme si de rien n'était.

– Je ne sais pas. C'est trop tôt. Tu ne penses pas que c'est trop tôt ?

– On s'en fiche ! Est-ce qu'il existe des règles ? me demanda-t-elle en avalant sa bouchée de salade. Quand Hudson sait ce qu'il veut, il n'hésite pas.

J'essayai de ne pas être agacée en voyant à quel point Celia connaissait Hudson.

– C'est plus ou moins ce qu'il m'a dit quand je lui ai répondu non.

– Non ! Tu lui as dit *non* ? s'écria-t-elle, choquée.

– Oui. Enfin, je lui ai dit qu'il fallait que j'y réfléchisse.

Celia ne tenait plus en place.

– Et maintenant que tu y as réfléchi, tu vas lui dire oui. Tu es obligée de dire oui. Comment pourrais-tu refuser ? C'est de Hudson Pierce dont il s'agit, là !

– Ce n'est pas pour ça que je l'aime.

Ce n'était pas parce qu'il était un homme d'affaires milliardaire célèbre dans le monde entier que je l'aimais, mais pour ce qu'il était : unique et spécial.

– Raison de plus pour que tu acceptes ! C'est la raison pour laquelle c'est toi qu'il veut. Tu n'es pas aveuglée par tout le spectacle et les paillettes qui l'entourent. Très peu de gens sont comme toi, dit-elle en ramenant ses cheveux blonds sur son épaule. Bon sang, Alayna, tu es parfaite pour lui. Il *faut* que tu emménages chez lui. Tu lui briseras le cœur si tu dis non. Il est fou amoureux de toi, c'est évident.

Était-ce vraiment évident, justement ?

– Il ne l'a toujours pas dit.

– Tu en es sûre ? Te demander de vivre avec lui... pour moi, c'est une déclaration d'amour. Il te la fait de la seule façon qu'il connaisse.

De la façon qu'il avait voulu me le montrer la veille, quand il ne trouvait pas les mots...

D'accord. Celia marquait un point.

Ou peut-être comprenait-elle mon amant mieux que moi.

– Et merde.

Cette fois, j'avais voulu être responsable. J'avais voulu prendre des précautions pour ne pas tout foutre en l'air comme j'en avais l'habitude, et voilà que Hudson et Celia essayaient de me convaincre de foncer tête baissée.

– C'est vrai qu'il faut que je change d'appartement.

– Tu déconnes ! C'est parfait, on pourrait presque affirmer que c'est le destin.

J'avais rencontré Hudson au moment où Brian avait décidé d'arrêter de me soutenir financièrement. Je n'avais jamais pensé que cela pouvait être un signe du destin, mais peut-être devrais-je l'envisager. Ou peut-être n'était-ce qu'une question de timing et de coïncidences. Quelle qu'en soit la raison, on s'était trouvés, et penser à tout cela me fit monter les larmes aux yeux.

– Bref, je ne peux plus en parler, ça me rend nerveuse.

Celia sourit, elle aussi avait les yeux humides.

– Mais tu vas dire oui, hein ?

Je hochai la tête de façon presque imperceptible.

– Génial ! s'écria-t-elle en frappant dans ses mains. Ça mérite bien un câlin, non ? Je suis du genre à faire des câlins à tout bout de champ. Mais au restaurant, ça paraîtrait peut-être bizarre. Il faudra te contenter de ça, dit-elle en posant sa main sur la mienne et en la serrant.

J'étais franchement soulagée qu'on soit dans un restaurant, car je n'étais pas du genre câlins – pas du tout.

Sa main était un bon compromis, plutôt agréable. Avoir une amie qui comprenait ce que je traversais était précieux. Désormais Celia était mon amie.

Elle souriait encore jusqu'aux oreilles lorsqu'elle ôta sa main de la mienne.

– Tu vas lui dire quand ? Ce soir ?

– Non, je ne pense pas. J'ai une réunion à vingt heures trente, du coup il m'emmène dîner à dix-huit heures trente, et je veux prendre mon temps pour lui annoncer la nouvelle.

Celia fronça les sourcils.

– Tu as une réunion ? Ce soir ?

– Ouais. Pourquoi, tu trouves ça bizarre ?

– Non, pas bizarre. Je trouve pénible que tu doives faire une croix sur ton vendredi soir. Ça ne te donne pas quelques privilèges, de coucher avec le patron ?

– Hélas, dis-je en riant. C'est Hudson qui m'a décroché ce rendez-vous, je pouvais difficilement dire non. Et puis, je lui en suis reconnaissante.

– Ah. D'accord, dit-elle en lissant ses sourcils parfaits avec son index. C'est avec qui ta réunion ?

– Aaron Trent.

– Waouh. Bravo, Laynie. Bien joué. Tu peux difficilement te plaindre d'avoir décroché un rendez-vous avec Aaron Trent.

– Voilà le privilège que j'ai en couchant avec le boss. Un bon réseau. J'ai une grosse dette envers Hudson. Au passage, il déteste qu'on dise qu'il est mon patron.

– Pourquoi ne suis-je pas surprise ?

– Donc je lui dirai demain que je veux vivre avec lui. Comme ça j'aurai le temps de trouver une façon sympa de le lui dire.

Je pourrai surtout m'assurer qu'on aura du temps pour fêter ça, car Hudson allait sûrement me sauter dessus. Non pas que je m'en plaigne, bien au contraire.

– Au fait, je peux emprunter ton téléphone une minute ? demanda Celia en tendant la main.

– Euh, ouais.

Je déverrouillai mon écran et lui tendis en haussant les sourcils.

– Merci. Le mien déconne complètement. La plupart du temps, il ne sonne pas – ce qui explique que je ne réponds presque jamais.

Elle composa un numéro et attendit.

– Tu vois ? Il ne sonne pas, dit-elle en rappelant le numéro. Rien. Je vais devoir le faire réparer, apparemment. Merci.

– De rien, dis-je en rangeant mon téléphone dans mon soutien-gorge. Ah, au fait, je... euh... au final je n'ai pas dit à Hudson que je t'avais vue hier.

– Tu as trouvé que c'était trop risqué ?

– Je n'en ai pas eu l'occasion. Et maintenant qu'on s'est revues...

– Tu ne vas pas lui dire non plus. Je ferais pareil à ta place. Je ne cherche pas à encourager les secrets, mais Hudson en ferait tout un plat.

– Un plat énorme.

Surtout s'il apprenait le sujet de notre conversation.

– Tu ne diras rien toi non plus ?

– Tu as ma parole.

– Super, merci.

J'espérais que les gens privilégiés comme Celia Werner et Hudson Pierce avaient le même concept du mot “parole” que moi. Parce tout se passait à merveille dans ma vie, ce qui signifiait que j'avais énormément à perdre. Et si Celia faisait la moindre gaffe, tout mon beau château de cartes risquait de s'effondrer.

CHAPITRE NEUF

J'étais tellement occupée à peaufiner mon plan marketing pour Aaron Trent que je n'ai pas vu passer l'après-midi. Lorsque j'ai eu fini, un email de Julia avec ses propositions de changements pour nos contrats m'occupa suffisamment longtemps pour que je doive remettre à plus tard mon saut à la maison en quête de vêtements propres. En fin de compte, ce fut une journée productive, et lorsque Hudson m'écrivit pour me dire qu'il était en route, j'étais affamée et pressée de retrouver mon homme.

Je m'arrêtai au bar de l'étage lorsque je vis une tête violette remuer derrière le comptoir.

– Élise !

Je n'avais pas pensé qu'elle me manquerait autant lorsque je me mettrais à travailler de jour.

– Salut l'amie !

Élise me connaissait assez pour savoir que j'avais besoin de mon espace vital. Au lieu de me prendre dans ses bras, elle me tapa dans la main.

– Tu es canon, dit-elle en mâchonnant son chewing-gum tout en me reluquant de la tête aux pieds. Apparemment, les choses se passent toujours bien avec Hudson Pier.

– Hudson Pierce, je corrigeai. Répète après moi.

Elle fit une bulle énorme et la laissa éclater.

– Je sais comment il s'appelle. Je te fais marcher, c'est tout, dit-elle en souriant. Raconte-moi tout sur toi et ce dieu grec. À commencer par le sexe.

– Ça prendrait trop longtemps.

Soudain, j'ai regretté d'être sur le départ. J'aurais aimé avoir le temps de m'asseoir et de parler avec mon amie. Je lui avais menti, comme à tout le monde, lorsque le couple Alayna-Hudson était encore une fiction, même si je mourais d'envie de lui dire la vérité. En la revoyant, je mourais d'envie de lui expliquer que tout allait bien – mais il aurait fallu pouvoir lui raconter tout en détail pour qu'elle comprenne que, cette fois, les choses étaient différentes. Je lui dirais tout, dès que j'en aurais le temps, mais ce n'était pas le moment. J'étais triste de voir à quel point nous nous étions éloignées l'une de l'autre ces dernières semaines.

Elle me transperça du regard.

– Mais tout va bien ?

Je savais ce qu'elle me demandait vraiment – elle voulait savoir si je contrôlais toujours mes obsessions, ou si j'avais rechuté.

– Tout va très bien, en fait. Ça te dit qu'on déjeune ensemble un jour ?

– Absolument ! Tu me manques !

– Tu me manques aussi !

Celia ne pouvait pas remplacer Élise. Je devais faire plus d'efforts pour la voir.

– Tu as ton sac à main, ça veut dire que tu t'en vas ?

Elle appuya ses coudes sur le bar et posa son menton sur ses mains.

– Oui. Mais je reviens après. Hudson m'emmène dîner.

– Ouais, *dîner.* C'est ça ouais, me lança-t-elle avec un clin d'œil. Mais David m'a dit que tu avais bossé ici toute la journée, alors pourquoi tu reviens ? On t'a remplacée au bar, c'est bon !

– Je sais. Merci d'ailleurs, Élise. Mais j'ai une réunion après.

– Ah, dit-elle en tirant sur ses mèches violettes et bleues. Attends, tu as rendez-vous avec un Trent, ou quelque chose comme ça ?

– Oui... *Comment savait-elle que...* Élise, y a-t-il quelque chose que tu aurais oublié de me dire ?

Elle fit une autre bulle et je sentis un parfum de pastèque.

– Ouais, dit-elle en haussant les épaules, sa secrétaire a appelé il y a un moment en disant qu'il fallait qu'il décale votre rendez-vous.

Je me frappai le front.

– Désolée. J'ai oublié de te le dire.

– Non, ce n'est pas grave. C'est une super nouvelle, en fait. Bon, pas vraiment *super*, parce que j'ai passé toute la journée à préparer ce rendez-vous, mais au moins j'aurai ma soirée libre.

– Et du coup tu ne reviens pas, dit Élise en faisant la moue.

– Non. C'est à mon tour d'être désolée.

Mon téléphone vibra. C'était Hudson, qui m'annonçait qu'il m'attendait dehors.

– C'est Hudson. Faut que j'y aille.

– Tu préfères ton mec à ta pote ? gémit Élise en feignant d'être choquée.

– Tu n'as pas les mêmes atouts que lui, ma belle.

Je remontai mon sac sur mon épaule.

– J'ai d'autres atouts, tout aussi attrayants. Il suffirait que tu me donnes ma chance !

Je m'éloignai en riant et en lui faisant un signe de la main. Élise était bisexuelle et faisait souvent semblant de flirter avec moi. Du moins, je le croyais. Mais les femmes ne m'intéressaient pas. Personne d'autre que l'homme qui m'attendait dehors ne m'intéressait, en fait.

En sortant du club, je dus me protéger les yeux du soleil. Je fus surprise en découvrant la limousine garée là, à la place de la Maybach. Quand Jordan m'aperçut, il en sortit et m'ouvrit la portière.

– Salut, lui lançai-je en le matant le plus discrètement possible. Il était vraiment beau gosse, lui aussi.

– Bonsoir, mademoiselle Withers.

Je montai dans la voiture. Mon cœur se mit à battre la chamade, comme chaque fois que je voyais Hudson.

– La limo deux soirs d'affilée ? Pour quelle occasion cette fois-ci ?

– J'ai trouvé la promenade agréable, hier.

La portière se ferma derrière moi. J'avançai vers Hudson, il m'attrapa et m'assit sur ses genoux.

– C'était une belle promenade, ou plutôt une belle cavalcade ?

Je mouillais déjà en repensant à notre trajet de la veille. Je n'avais rien contre l'idée de remettre le couvert.

– Si je me souviens bien, c'est toi qui me chevauchais.

Sa bouche trouva la mienne. Il posa une main sur ma joue, l'autre se faufila dans mon dos. Il se mit à sucer ma lèvre inférieure puis il glissa sa langue sur mes dents.

Je caressai le dessous de sa langue avec la mienne jusqu'à ce qu'il accepte mon invite. Alors nos bouches ne firent plus qu'une pendant un moment.

La voiture démarra en me faisant reculer. Je m'assis à côté de Hudson pour boucler ma ceinture. J'étais surprise qu'il ne me parle plus de mon emménagement et qu'il ne soit pas hyper tendu dans l'attente de ma réponse. Maintenant que j'avais ma soirée libre, je pourrais lui en parler pendant le dîner. Ou laisser tomber le dîner, et le faire dans la voiture.

– Alors... comment s'est passée ta journée ?

Il passa son bras autour de mon épaule et me serra contre lui. Ses doigts jouèrent avec les mèches qui s'étaient échappées de mon élastique.

– Nous étions ensemble pendant la seule partie de la journée qui comptait pour moi, et ça a été fantastique.

Il prit ma main et la caressa si tendrement que j'en fus bouleversée.

– Et toi ?

– Pareil, répondis-je.

J'avais tellement hâte de lui raconter tout ce que je mettais en place au club, mais à présent qu'il était là, si proche de moi, les affaires pouvaient bien attendre. Ma seule préoccupation, c'était *nous deux*. Ensemble. Amoureux.

– Cela dit, j'ai une surprise pour toi.

Il esquissa un sourire follement sexy.

– Tu ne portes pas de culotte ?

Sa main glissa entre mes cuisses, il tentait de découvrir la réponse par lui-même.

Malgré mon envie folle de sentir ses doigts caresser mon clitoris comme il savait si bien le faire, je lui donnai une tape sur la main. Nous y viendrions un peu plus tard. Avant cela, j'avais le temps de le titiller légèrement.

La nuit nous appartenait depuis que mon rendez-vous avait été annulé.

– *J'ai* une culotte, espèce de pervers. Si tu ne voulais pas que j'en porte, il ne fallait pas m'en acheter.

– C'est uniquement pour quand tu es avec d'autres gens. Là, on est seuls.

Je hochai la tête en direction du siège avant, même si je savais que Jordan ne pouvait ni nous entendre, ni nous voir.

– Si on veut, rétorquai-je.

– Mais quand même suffisamment.

Il lâcha ma main et posa la sienne sur ma cuisse. Son regard fiévreux me prouvait qu'il avait la ferme intention de me prendre à l'arrière de la limousine, avant même qu'on arrive au restaurant.

– C'est quoi ta surprise ?

– J'ai passé la plupart de la journée à préparer mon rendez-vous avec Aaron Trent. Et je viens d'apprendre qu'il avait annulé.

– Il a annulé ? s'écria Hudson, l'air soudain furieux. Il se jeta sur son téléphone et se mit à chercher dans ses contacts.

– Je l'appelle. S'il ne prend pas la peine de venir ce soir, il peut faire une croix sur tous ses autres contrats.

Je posai ma main sur l'écran de son téléphone.

– Il avait probablement une bonne raison d'annuler. Je l'appellerai demain matin. Ce n'est pas grave. J'ai eu une longue journée de toute façon et je suis assez contente de devoir repousser.

– Alors je vais l'appeler pour fixer un autre rendez-vous...

– Non, laisse-moi faire, s'il te plaît.

Je n'avais pas réalisé, jusqu'à maintenant, combien c'était important pour moi de m'en charger moi-même.

J'avais beau avoir obtenu ce rendez-vous grâce à Hudson, et j'allais probablement obtenir un bon prix toujours grâce à lui, j'éprouvais le besoin de faire mes preuves.

– J'aimerais m'en occuper toute seule, ajoutai-je.

Hudson poussa un soupir et rangea son téléphone.

– Si tu insistes. Mais préviens-moi s'il ne te traite pas avec le respect qu'il te doit.

– Parce tu crois qu'il me respectera plus si mon copain joue les chevaliers servants ?

– Ce n'est pas ce que les copains sont censés faire ?

– Pas le mien, non, je dis en me rapprochant et en caressant sa mâchoire du bout du doigt. Je te le dirai, si j'ai besoin de toi, H. Mais pour l'instant, tu peux me laisser faire toute seule ?

– Bien sûr.

Il saisit mon doigt entre ses dents et le mordilla, ce qui me fit mouiller instantanément.

Mes yeux ne quittaient plus sa bouche qui m'annonçait ce que le reste de son corps allait me faire subir plus tard. Peut-être pas si tard que ça d'ailleurs, vu la façon dont les choses s'emmanchaient.

– Mais la bonne nouvelle, c'est que maintenant qu'il a annulé, je suis à toi pour toute la soirée. Dis-moi, qu'est-ce que tu vas faire de moi ?

Il ôta mon doigt de sa bouche.

– Tu ne retournes pas au club ?

– Non, je suis toute à toi. Tu n'as qu'à te charger de la première partie, et laisser la suite entre mes mains. Et mes lèvres. Et mes cuisses, dis-je en jouant des sourcils.

J'avais eu peu d'occasions de flirter avec Hudson jusque-là, et je m'amusais follement. Notre relation s'était nourrie soit de spectacle, soit de sexe. Les nouvelles possibilités qui s'offraient à moi me paraissaient fabuleuses.

Hudson se redressa et il ôta son bras de mon épaule pour le poser sur le dossier de mon siège.

– En fait, je ne peux pas, poursuivit-il en évitant mon regard. J'avais prévu de dîner avec toi, mais j'ai autre chose ensuite.

– Ah, fis-je en déglutissant difficilement. Oui, bien sûr. Je n'aurais pas dû supposer qu'a priori tu serais libre.

Ce n'est pas parce que nous étions en couple qu'il n'avait plus le droit d'avoir une vie privée. Hudson était un homme très pris – il devait assister à des réunions, des galas de charité et une foule d'événements qui ne me concernaient pas. Pourquoi alors est-ce je me sentais tellement rejetée ?

Hudson soupira.

– Alayna.

– Non, non, tu as raison, lançai-je d'une voix tendue, tout en me forçant à lui sourire. Je vais regarder un film ou continuer mon bouquin. Ce n'est pas un problème.

– Mais on va quand même dîner.

– Bien sûr.

Je hochai la tête trop longtemps, comme si ça pouvait dissiper tous les doutes qui m'assaillaient. Qui allait-il rejoindre après m'avoir vue ? Qui pouvait-il rencontrer à vingt heures, un vendredi soir ? Pourquoi ne me le disait-il pas, afin que je cesse d'imaginer le pire ? Parce que *j'imaginais* le pire. Des rancards avec d'autres femmes et... et... enfin, surtout ça : des rancards avec d'autres femmes. Comme Norma Anders.

J'aurais pu le lui demander. Mais je savais que, si je lui posais la question, j'aurais l'air de l'accuser. Même si *c'*était bien une accusation.

Non, je ne demanderais rien. Je ne céderais pas.

Mon silence dura trente secondes.

Je ne tins pas une seconde de plus.

– Alors, euh, qu'est-ce que tu as prévu ? lui demandai-je en serrant sa cuisse, pour calmer le stress que ma question pouvait lui causer.

– C'est... commença-t-il en secouant la tête. Ce n'est rien.

Tu parles, apaiser le stress...

– Tu es sérieux ? Tu ne peux me répondre que ce n'est rien et t'attendre à ce que je lâche l'affaire.

Je ponctuai ma phrase d'un rire nerveux pour masquer ma paranoïa qui grimpait en flèche et qui allait bientôt me rendre folle. C'était comme une mauvaise herbe qui tentait de prendre racine en moi de toutes ses forces. Je devais la combattre.

Hudson serrait la mâchoire. Je compris qu'il réfléchissait. Ou qu'il cherchait un mensonge qui soit plausible.

– Je vais dîner avec ma mère.

Sophia. Immédiatement, penser à elle me déprima. Je comprenais mieux qu'il n'ait rien voulu me dire.

– Ah, m'écriai-je le nez pincé, tout en essayant de faire le tri dans les informations. Mais on va dîner d'abord, tous les deux ?

Il eut l'air de ne pas comprendre le rapport.

– J'avais prévu de manger léger.

– Tu allais manger deux fois ? On n'est pas obligés de dîner ensemble ; va la rejoindre. Je grignoterai quelque chose plus tard.

C'était bien ce que dirait une copine compréhensive, non ? Parce que c'est l'impression que je voulais donner, même si c'était loin d'être le cas.

– Je préférerais manger avec toi et rater le dîner avec elle.

– Alors fais-le.

– Je ne peux pas. C'est son anniversaire. Je suis obligé d'y aller.

Et voilà donc le fin mot de l'histoire.

– C'est l'anniversaire de ta mère et tu n'avais pas prévu de m'en parler ?

Il laissa tomber son bras qui entourait ma nuque sur ses cuisses.

– Vous n'êtes pas vraiment proches...

– Mais vous deux, si !

Je me tournai vers lui autant que me le permettait ma ceinture.

– C'est ta mère. Ta famille est importante pour toi, que tu le veuilles ou non. Si je compte pour toi, moi aussi, tu ne crois pas que tu devrais me prévenir quand il se passe quelque chose dans ta famille ?

Ses yeux trouvèrent enfin les miens et me transpercèrent.

– Tu comptes beaucoup pour moi, Alayna, et le fait que je ne t'aie pas parlé de l'anniversaire de ma mère n'a rien à voir là-dedans. Tu étais censée retourner travailler, donc je n'avais aucune raison de t'en parler.

– Mais maintenant, je ne travaille plus...

– Et maintenant, tu le sais.

Je le savais parce que je le lui avais arraché. L'unique raison pour laquelle j'étais censée travailler, c'était parce que Hudson avait choisi l'heure de mon rendez-vous. Il avait tout fait pour me cacher son dîner. Pensait-il vraiment qu'il pouvait décider tout seul de ce qu'il pouvait me dire ou pas ?

Peut-être que oui. Après tout, il n'avait jamais été en couple auparavant.

D'ailleurs, est-ce que je ne faisais pas la même chose ?

Je préférais ne pas y penser. Mes secrets n'avaient rien à voir avec cette conversation. Ils étaient encore saufs. Le sien ne l'était plus. Et je n'aimais pas découvrir qu'il m'avait caché quelque chose. Il aurait dû me le dire. Bon sang, il aurait dû m'inviter !

– C'est juste un dîner en tête-à-tête ?

– Non. Il y aura aussi le reste de ma famille.

Mes lèvres se mirent à trembler.

– Et tu ne veux toujours pas m'inviter ?

– Non.

Je me mis à pleurer en silence. J'étais incapable d'articuler la moindre phrase. Bon Dieu, depuis que j'étais avec Hudson, j'étais devenue une vraie pleurnicharde. La honte.

Hudson tenta de me consoler, mais je reculai. Je ne voulais pas qu'il me touche.

– C'est juste la famille, Alayna. Ça n'a rien de vraiment folichon.

– Juste la famille. Je comprends.

Je m'efforçai de ne pas être vexée, puisque je ne faisais pas partie de la famille. Cependant, presque tous ses membres m'avaient accueillie et adoptée : Mira et son mari, Adam, Jack, le père de Hudson. Et maintenant, Hudson voulait que j'emménage avec lui. Est-ce que ça ne faisait pas de moi un membre de la famille Pierce ?

– Oui, seulement la famille. Et tu ne t'entends pas avec Sophia. Pourquoi est-ce que tu voudrais venir ?

– Parce que tu y seras, répondis-je en essuyant mon visage avec la paume de ma main. Et qu'on forme un couple, Hudson. Quand on faisait semblant, tu voulais tout le temps qu'elle nous voie ensemble. Maintenant qu'on est vraiment ensemble, c'est l'inverse. Ça ne rime à rien.

– Maintenant, c'est toi qui comptes plus pour moi que ma mère, et je ne veux pas t'infliger une soirée en sa compagnie.

Il parlait d'une voix calme, ce qui, dans une autre situation, aurait pu m'impressionner. Mais là, j'étais juste folle de rage de le voir si peu affecté. *Comment pouvait-il ne pas être affecté par cette histoire ? Par moi ?*

– Tu ne comprends pas que le fait que tu ne m'invites pas me donne l'impression que tu me refuses l'accès à ta vie ? Ça me fait de la peine, Hudson.

– Je ne te refuse aucun accès, Alayna. Je veux seulement empêcher ma mère de s'immiscer dans ta vie.

– Ce n'est pas comme ça que ça marche. Tu ne peux pas me protéger. Et puis, de toute façon, j'ai l'impression que ce n'est qu'une excuse. Comme si tu avais honte de moi, ou que je n'étais pas assez bien pour ta famille.

Je commençais à revenir sur ma décision d'emménager avec lui. Heureusement, je ne lui en avais pas encore parlé. Si déjà il érigeait des barrières entre nous, était-ce une bonne idée de vivre ensemble ?

– Ne sois pas bête. Tu as vu ma famille à de nombreuses reprises.

– Alors pourquoi pas ce soir ?

Voilà ce que je voulais savoir : si j'étais assez bien pour eux avant, pourquoi ne l'étais-je plus à présent ?

Son silence me confirma qu'il ne voulait pas s'expliquer.

S'il voulait être seul avec sa famille, fort bien. En revanche, je ne pouvais pas retenir mes émotions, et je me sentais anéantie.

J'avais besoin d'être seule avant de devenir horrible. Je n'étais pas du tout sûre d'arriver à me contrôler.

J'observai l'habitacle autour de moi. Il y avait un interphone sur chaque portière. J'ouvris ma ceinture et j'appuyai sur celui qui était placé du côté opposé à Hudson.

– Jordan, pouvez-vous me déposer chez moi, s'il vous plaît ?

Hudson ne perdit pas son calme, il appuya sur le bouton situé de son côté.

– Ignore cet ordre, Jordan.

– Je veux rentrer chez moi, Hudson. Je ne peux pas rester avec toi.

Je l'entendis détacher sa ceinture et glisser sur le siège dans ma direction.

– Ne me touche pas, s'il te plaît.

Il m'ignora et me prit dans ses bras. J'essayai de lui résister, mais c'était inutile. Je m'appuyai néanmoins contre la porte pour tenter de le repousser.

– Arrête. Arrête de me résister, Alayna.

Il me prit par les poignets et m'immobilisa.

– Arrête de te débattre.

– Toi, arrête de me faire mal, sanglotai-je.

Il savait pertinemment que je ne parlais pas d'un mal physique, il ne me serrait pas si fort que ça.

– D'accord, dit-il d'une voix résignée en me lâchant. Tu peux venir. Si tu tiens absolument à assister à cette horrible soirée, tu es la bienvenue.

Je fus saisie par surprise. J'avais gagné. D'ordinaire, je ne gagnais jamais ce genre de disputes. Je finissais à genoux, suppliante. Et quand l'autre refusait de me reprendre, je devenais folle. Je le suivais, je volais son courrier, je débarquais partout où je savais qu'il allait être.

Jamais je n'étais restée avec quelqu'un après ce genre de dispute.

Je fondis en larmes, de soulagement cette fois, ou de culpabilité.

– Qu'est-ce qu'il y a maintenant ?

Je continuai de pleurer, mais cette fois-ci, je le laissai me prendre dans ses bras.

– Je suis une vraie garce ! je bafouillai contre son épaule.

– Quoi ?

– Je suis une horrible garce, répétai-je en reculant.

Je ne voulais pas te forcer à m'inviter, et c'est ce que j'ai fait. Je n'irai pas. Je vais rester à la maison.

Il m'avait invitée contraint et forcé, et ça me rendait malade.

Hudson me serra plus fort et déposa un baiser sur le sommet de mon crâne.

– Tu n'es pas une garce. Et tu ne m'as rien forcé à faire. Tu viens avec moi. Ce sera atroce, mais au moins on sera ensemble.

Je m'essuyai les yeux avant de le regarder.

– Tu es sûr ?

– Je suis absolument certain que ce sera atroce.

– Tu es sûr que je peux venir ? demandai-je en riant.

Il appuya son front contre le mien et posa sa main sur ma joue.

– Certain. Je veux que tu viennes. J'ai toujours eu envie que tu viennes, dit-il en caressant mon cou. Mais ma mère est mauvaise et perverse, elle veut me faire du mal. Elle sait que le meilleur moyen de me blesser est de s'attaquer à toi, dit-il en me serrant très fort. Et je ne peux pas le supporter.

Ce fut à mon tour de le rassurer. Je pris sa joue pour l'obliger à me regarder.

– Rien de ce qu'elle peut dire ou faire ne me touche. Tu m'entends ? J'ai déjà gagné. Je t'ai *toi*.

Son regard se voila et je vis dans ses yeux autre chose que le désir que j'y voyais d'habitude. Je vis une émotion que je ne saurais décrire autrement que comme de l'amour.

Il resserra encore son étreinte, comme s'il cherchait à me fondre en lui, à nous faire fusionner.

– Je suis à toi. Entièrement.

Je ne sais si c'est moi qui avançais vers lui ou le contraire, mais nos bouches se trouvèrent et ce fut pour bien plus qu'un baiser. C'était une déclaration d'union – quelque chose que l'on ne pouvait pas se dire autrement qu'avec le langage du corps.

Lorsqu'il rompit notre baiser, j'étais sur un nuage, j'avais la respiration coupée.

Il baissa les yeux sur ma robe en clignant des yeux.

– Il te faut une robe. On devrait avoir le temps de s'arrêter à la boutique, dit-il en tendant le bras derrière moi pour appuyer sur l'interphone.

– Jordan, changement de programme. Emmène-nous chez Mirabelle.

CHAPITRE DIX

Mirabelle était propriétaire d'une des boutiques les plus en vogue de New York. Bien qu'elle n'ait aucun besoin de travailler pour subvenir à ses besoins, la cadette Pierce avait un sacré coup d'œil pour la mode et elle l'utilisait à bon escient. On ne pouvait entrer dans sa boutique que sur rendez-vous, et j'avais déjà failli me perdre dans ce paradis de la fringue lorsque Hudson m'y avait emmenée pour acheter une foule de vêtements, presque deux semaines auparavant.

Après avoir demandé à Jordan de se rendre à Greenwich Village, où se trouvait la boutique de Mira, Hudson appela sa sœur.

– Merci, on est en route, dit-il avant de raccrocher.

– Elle ne sera pas là, me dit-il en rangeant son téléphone dans sa poche. Elle se prépare pour le dîner, mais Stacy s'occupera de toi.

Je râlai intérieurement à l'idée d'avoir à supporter Stacy, l'assistante blonde et beaucoup trop mince de Mira. Elle s'était entichée de Hudson, et ils avaient même eu rencard, une fois. Inutile de préciser qu'elle n'était pas ma plus grande fan.

J'étais jalouse d'elle, bien sûr. Mira avait essayé de me convaincre que Hudson se contrefichait de Stacy, mais un soir, lorsque je cherchais à apprendre tout ce qu'il y avait à savoir sur Hudson sur Internet, j'avais découvert une photo d'eux à un gala, où ils semblaient être bien ensemble. Et puis, *elle*, elle n'avait pas un passé aussi lourd que le mien.

J'aurais largement préféré ne pas la voir.

– Si Mira n'est pas là, peut-être que l'on devrait simplement passer chez moi prendre une des robes que tu m'as achetées la dernière fois.

– Non, il nous faut quelque chose de nouveau. Je veux que tout le monde soit épaté.

Je ne savais pas si je devais être heureuse ou en colère. Certes, il me trouvait assez belle pour m'offrir en spectacle devant sa famille, mais... Était-ce tout ce qui l'intéressait chez moi ? Une paire de seins et deux grandes jambes ? Était-ce un reste de notre comédie qui avait consisté à tous les convaincre qu'on était ensemble ?

Ce n'était probablement ni l'un ni l'autre. Il voulait simplement me faire un compliment. Après les quinze minutes qui venaient de s'écouler – voire les dernières vingt-quatre heures –, j'étais encore à fleur de peau. Tout me paraissait suspect. J'imaginais des raisons inavouées derrière chaque geste, chaque parole, chaque instant. J'avais du mal à bien décrypter la situation.

Il nous fallut quarante-cinq minutes pour nous rendre à la boutique, ce qui n'améliora pas mon état de nerfs.

Je m'étais lovée contre Hudson et j'avais fermé les yeux pour essayer de m'endormir – sans succès. Lorsque Jordan se gara enfin devant chez Mirabelle, j'avais l'impression qu'on roulait depuis des heures.

Hudson n'attendit pas que notre chauffeur lui ouvre la porte. Il sortit de la voiture et me prit par la main. Il ne me lâcha pas jusqu'à la porte de la boutique. Je ne pus m'empêcher de repenser à la dernière fois que nous étions venus ici – à la façon dont il m'avait tenu la main, alors. À l'époque, ce n'était que de la comédie, et maintenant c'était réel. C'était bien réel, n'est-ce pas ?

Comme s'il avait lu dans mes pensées, Hudson serra ma main plus fort, le temps que Stacy vienne nous ouvrir. Je tournai la tête vers lui, il esquissa un léger sourire.

Je réalisai tout à coup qu'il avait plus souri les dernières vingt-quatre heures que pendant les trois semaines que je le connaissais. Oui, ça c'était bien réel.

Derrière lui, dans la boutique voisine, des ouvriers rangeaient leur matériel.

– Je me demande ce qu'ils construisent à côté.

– Mirabelle agrandit sa boutique, expliqua-t-il en suivant mon regard. Je crois qu'ils ont bientôt fini. On viendra à l'inauguration, elle voudra sûrement que tu y sois.

– Waouh. Encore plus de vêtements à choisir. Est-ce que ton portefeuille tiendra le choc ?

C'était idiot, étant donné que son compte en banque suffisait largement à habiller tout un petit pays. Pas si petit que ça, d'ailleurs.

Nous étions tous deux en train de rire lorsque la porte s'ouvrit. Stacy fit un pas sur le côté pour nous laisser entrer.

– Je termine avec un client, mais j'ai déjà mis quelques robes de côté pour vous. Elles sont dans la grande cabine d'essayage.

Les "bonjours" étaient superflus, apparemment.

Elle retourna s'occuper de sa cliente, et je me mis à observer Hudson pour étudier sa réaction. Son visage était de marbre. Quelle que soit son opinion à propos de Stacy, il ne laissa rien paraître. Peut-être n'avait-elle aucune importance pour lui. Mais si c'était le cas, pourquoi était-il sorti avec elle ? Même s'ils n'avaient eu qu'un seul rancard, il avait forcément dû être attiré par elle, ne serait-ce qu'un petit peu, non ?

Après mon mini-caprice dans la limousine, le moment ne me parut pas opportun pour aborder sa relation avec Stacy, si tant est qu'on puisse qualifier cela de relation. Je décidai d'en parler plus tard. De Stacy, mais aussi des autres femmes de sa vie. J'avais besoin de savoir.

Stacy m'avait effectivement mis des robes de côté, et le moins que je puisse dire est que je m'étais trompée en imaginant qu'elle choisirait des modèles bien moches. Cela dit, Mirabelle n'avait que des belles pièces dans sa boutique. Mais ces robes étaient vraiment splendides. J'avais beau avoir eu l'impression, la dernière fois, qu'elle n'en avait rien à faire, elle avait dû enregistrer ce qui m'allait, car ces tenues semblaient avoir été créées pour moi. J'écarquillai les yeux en admirant sa sélection.

J'avais envie de toutes les essayer. Mais Hudson en choisit une. Une robe en jersey de soie magenta. Elle était très belle, c'est vrai, très simple et un peu trop vive pour un repas de famille.

– Celle-ci, dit-il d'une voix ferme en l'ôtant de son cintre.

– Je ne l'ai même pas essayée. Tu ne sais même pas si elle va...

– Si, je le sais, dit-il en me tournant face au miroir et en présentant la robe devant moi. Elle est parfaite pour toi.

Je me regardai dans le miroir en essayant d'imaginer la robe sur moi, mais je n'arrivais pas à me concentrer. Je pensais à la dernière fois où Hudson et moi nous étions retrouvés dans cette cabine d'essayage. Il m'avait fait des choses incroyables, m'obligeant à me regarder jouir tandis qu'il me palpait les seins et me malaxait le clitoris. Ensuite, il m'avait pénétrée avec une telle fougue que j'avais joui deux fois de suite en un rien de temps.

Je me mis à rougir en revoyant la scène et je croisai son regard dans le reflet du miroir.

Hudson se pencha pour chuchoter dans mon oreille.

– Je sais à quoi tu penses. Arrête.

Il déboutonna sa veste et s'appuya contre moi pour que je sente son érection entre mes fesses.

– Je pense à la même chose. Mais on n'a pas le temps.

– Tu es sûr ? lui demandai-je en tendant mon bras derrière moi pour attraper son sexe.

Il inspira violemment.

– Tu n'es pas la même femme que celle que j'ai amenée ici la dernière fois. Celle qui voulait faire une pause sexuelle.

– Je ne *voulais pas* faire une pause. Je pensais simplement que ce serait mieux pour nous deux.

C'était l'époque où je pensais encore pouvoir garder mes distances. Quand je craignais qu'il ne se mette à m'obséder. Quand je n'avais pas encore compris l'emprise qu'il avait déjà sur moi.

Il posa sa main sur la mienne pour contrôler la pression que j'exerçais.

– Tu penses toujours que c'est ce qu'il y a de mieux pour toi ?

Ensemble, nous caressâmes sa verge à travers son pantalon. Je salivais en rêvant de toucher sa peau, de glisser mes doigts sur son gland, de le masturber lentement.

Voilà l'effet qu'il avait sur moi. Il m'excitait comme une dingue et je ne désirais plus qu'une seule chose : satisfaire son désir tandis qu'il satisferait le mien.

– Ce qu'il y a de mieux pour moi, c'est toi. Que tu sois à mes côtés, ou que tu sois en moi...

– Putain, Alayna. Tu m'as tellement chauffé que je...

Quelqu'un frappa à la porte de la cabine et Stacy entra, nous laissant juste le temps de nous séparer.

Son regard se posa sur mon visage, puis sur celui de Hudson, avant de revenir au mien.

– J'aurais dû attendre que vous me disiez d'entrer.

– Oui, tu aurais dû.

C'était la première fois que je voyais Hudson s'adresser ainsi à Stacy. Il se tourna pour suspendre la robe sur son cintre, reboutonna sa veste et nous tourna le dos.

– Je t'attends dehors, Alayna. Celle-là, dit-il en désignant la robe magenta.

L'expression de Stacy était indéchiffrable, mais je crus lire un semblant d'angoisse dans son regard. J'aurais presque pu la plaindre. J'avais déjà été à sa place : rejetée par un homme qui me plaisait. Une partie de moi avait envie de la réconforter.

Et puis elle posa sur moi un regard assassin et toute trace de compassion disparut.

– Vous voulez commencer par celle-ci ? demanda-t-elle sur un ton glacial, en enlevant la robe en Jersey du cintre.

Je passai ma main dans mon dos pour défaire la fermeture de ma robe et je la laissai tomber par terre.

– Oui, c'est celle qui plaît à Hudson, dis-je en me servant de son prénom comme d'une arme. Il pense qu'elle sera parfaite.

Il s'avéra qu'elle l'était. Je le vis tout de suite en l'enfilant. Sa teinte illuminait mon visage et mettait en valeur mon teint cuivré. Elle était assez décolletée pour ma poitrine, un atout dont j'étais très fière, et qui avait séduit Hudson. Elle était assez courte pour montrer mes longues jambes, mais la coupe laissait deviner mes courbes, plutôt que de les mouler. Elle était d'un style très différent de ce que je portais d'habitude, ce qui expliquait mes doutes. Apparemment, Hudson connaissait mieux mon corps que moi.

– Il a raison, elle vous va à merveille, dit Stacy en m'extirpant de mes pensées.

Je me tournai vers elle et je me rendis compte que ses traits s'étaient adoucis. Je réalisai soudain que, tout comme je me comparais à Celia, Stacy se comparait probablement à moi. C'était la meilleure façon de déprimer, même pour la femme la plus sûre d'elle qui soit. En tout cas, voilà comment je fonctionnais. J'eus de nouveau pitié d'elle – ou peut-être plutôt éprouvais-je de la solidarité.

– Il a bon goût, dit-elle en ajustant la bretelle.

Elle semblait parler d'autre chose que de la robe, cela m'incita à aller plus loin.

– Mais... ?

– Mais quoi ? demanda-t-elle en fronçant les sourcils.

– J'ai l'impression que vous ne me dites pas tout.

Elle détourna la tête et entreprit de réajuster le décolleté.

– Cela ne me regarde pas.

– Je vous en prie. Quoi que vous puissiez dire, je peux l'entendre.

Avais-je l'air désespérée ? Qu'est-ce que j'espérais y gagner ? J'essayai de me convaincre que c'était de la simple curiosité.

Non, c'était un mensonge. J'étais obnubilée. Même si j'allais « bien », j'avais toujours besoin d'en savoir plus, d'en apprendre autant que possible sur les gens qui m'attiraient.

Cette situation n'avait rien de différent des autres fois. Stacy savait quelque chose à propos de Hudson. Je ne pouvais pas lâcher l'affaire.

Puisqu'elle ne répondait pas, je choisis une tactique différente.

– Je sais que vous êtes sortie avec Hudson.

– C'est lui qui vous a dit ça ? demanda-t-elle en riant sèchement.

Je pris une profonde inspiration, espérant que j'arriverais à la faire parler.

– Il ne m'a rien dit, j'ai juste vu une photo de vous deux à une soirée de gala ou quelque chose comme ça.

– Ah, oui, dit-elle en hochant la tête. J'étais son escorte pour la soirée. On n'est jamais sortis ensemble.

– Son escorte ?

Immédiatement j'ai pensé à des prostituées de luxe.

– Pas ce genre d'escorte. Je n'ai jamais couché avec lui.

Un poids immense tomba de mes épaules. Je savais que Hudson avait couché avec d'autres femmes, bien sûr. Mais je préférais ne pas y penser, car sinon, je n'arrêterais plus *jamais* d'y penser – à lui et à elle, qui qu'elle soit, qui était au courant de l'intimité que j'avais avec lui aujourd'hui. Savoir que Hudson n'avait jamais couché avec Stacy était un vrai soulagement.

Une fois mon inquiétude mise en sourdine, je pus me concentrer sur le reste. S'ils n'étaient pas sortis ensemble, s'ils n'avaient jamais couché ensemble, mais que Stacy lui en voulait autant...

– Ah. Je crois que je comprends, dis-je à voix basse.

Elle avait été l'une de ses victimes. Une des femmes dont il s'était servi pour s'amuser. Il l'avait manipulée pour qu'elle tombe amoureuse de lui, avant de la rejeter. Penser à ça me rendait malade, et je me détestai de le faire. Je ne voulais pas juger Hudson pour ce qu'il avait fait. Je voulais l'aimer suffisamment fort pour dépasser son passé.

Mais j'étais un être humain, et même si je l'aimais plus que tout, savoir qu'il avait fait du mal à d'autres n'était pas facile à accepter.

Cependant, si *moi* je me sentais mal en prenant conscience de ses actions, qui n'étaient que le résultat de son mal-être, ce que lui devait ressentir devait être insupportable. Moi-même je souffrais à cause de ce que j'avais fait subir aux autres, de la relation avec mon frère qui se détériorait, des hommes que j'avais fait souffrir. *Paul...*

Je rangeai vite ce prénom dans un coin de ma tête et me concentrai de nouveau sur Stacy.

– Peut-être que vous comprenez, dit-elle. Et peut-être que Hudson a changé. Mais je me sens obligée de vous mettre en garde...

– Je n'ai pas besoin d'être mise en garde.

Pauvre Stacy ; je l'incitais à parler, et la seconde d'après je lui coupais la parole. Je me mordis la lèvre inférieure pour essayer de me calmer et d'être moins sur la défensive.

– Ce que je veux dire, c'est qu'il m'a tout dit.

J'espère.

– Vous en êtes certaine ? demanda-t-elle en haussant les sourcils et en laissant planer un silence lourd de sens.

Elle ramassa la robe que j'avais laissé tomber par terre.

– Pensez ce que vous voulez. Tout ce que je dis c'est qu'il n'est pas celui qu'il prétend, dit-elle en mettant ma robe sur un cintre. Quoi qu'il vous dise, sachez que c'est un mensonge.

J'avais déjà eu cette conversation – avec moi-même. Hudson me disait qu'il ne me mentirait pas, et si je croyais cela, alors je pouvais croire tout ce qu'il me disait.

Mais si cette affirmation était elle-même un mensonge...

– Sauf que ce n'est pas seulement ce qu'il me dit. Il m'a montré qui il était. Et Celia m'a dit que...

– Celia Werner ? s'exclama Stacy en se figeant.

Je hochai la tête et son visage s'assombrit.

– Ne croyez pas un mot de ce qu'elle vous dit. Ils sont ensemble.

– Ils sont amis, répondis-je, en voulant parler d'une voix ferme qui se révéla faible et sur la défensive.

– Ils sont ensemble. En tout cas ils l'étaient. Je peux même le prouver, si...

La porte s'ouvrit, lui coupant la parole. Hudson, lui, ne prenait pas la peine de frapper. Il affirmait toujours sa place dans le monde. J'adorais ça chez lui.

– Sublime.

Il avait envie de moi et tout chez lui le montrait – son regard, sa gestuelle, sa voix.

Tout ce dont Stacy et moi avions parlé s'évanouit en un instant. Mes genoux se mirent à trembler et tous mes doutes s'envolèrent. Il était là, il me regardait. Comment avais-je pu douter de lui ? De moi, de nous ?

– Merci, dis-je en souriant alors que mon sang s'embrasait. Elle est sublime. Tu as bien choisi.

– En effet. Je t'ai choisie toi.

Je ne sais comment je parvins à rester debout quand chaque cellule de mon corps frémissait de désir.

Il se rendit compte de l'effet qu'il avait sur moi et il sourit d'un air égrillard.

– Elle va la garder sur elle, dit-il sans jamais me quitter des yeux alors qu'il s'adressait à Stacy.

Stacy.

Notre conversation me revint à l'esprit, et la joie que Hudson avait créée disparut. Bon sang, il fallait que j'apprenne à lâcher prise si je voulais faire durer ce moment de bonheur.

Mais elle avait dit qu'elle pouvait le prouver.

– Hudson, j'en ai pour une minute. Je vais me remaquiller un peu.

Il hocha la tête et je réalisai qu'il allait rester dans la cabine. J'avais besoin qu'il sorte, même si c'était une mauvaise idée.

Je jetai un coup d'œil aux chaussures avec lesquelles j'étais arrivée.

– Ça te gênerait de me choisir une paire de chaussures, H ? Celles-là ne vont pas très bien avec la robe.

– Non, en effet. J'ai repéré des escarpins argentés qui seront parfaits.

Comme moi, Hudson avait une passion pour les chaussures. C'était une autre chose que j'aimais chez lui.

– Tu peux aller me les chercher ?

Inutile de dire que je les garderais pour faire l'amour plus tard. Il le savait, et ce serait même lui qui le déciderait. Il pouvait me dominer autant qu'il le voulait, cela me convenait parfaitement.

– Pas de souci, bébé.

Il me lança un clin d'œil qui me fit sourire. Il était tellement peu habitué à utiliser ce genre de mots affectueux que ça paraissait toujours un peu forcé. Sauf lorsqu'il m'appelait *ma belle*. Celui-là sonnait sincère et naturel dans sa bouche.

Il ouvrit la porte et sortit. Stacy commença à le suivre, mais je la saisis par le bras.

– Vous avez dit que vous pouviez le prouver, murmurai-je en espérant que ma voix ne tremblait pas.

Est-ce que je voulais vraiment faire ça ? Je savais que c'était malsain et que cela pouvait me mener à une nouvelle obsession. Seulement, je devais déjà avoir perdu le contrôle, je ne pus m'empêcher de lui demander :

– Est-ce que c'est vrai ?

– Oui. Pas ici, mais...

– Donnez-moi votre numéro de téléphone.

Elle sortit son téléphone de sa poche et j'entrai mon numéro dans ses contacts avant de le lui rendre.

– Vous pouvez m'envoyer un message.

Une mauvaise idée. Une idée *dramatique*.

Cependant, mon cerveau était capable d'inventer tellement de choses horribles qu'il valait probablement mieux savoir tout de suite ce qu'insinuait Stacy. Ainsi, je n'imaginerais pas le pire.

Du moins, c'était ce dont j'essayais de me convaincre.

* * *

Nous arrivâmes au restaurant à vingt heures et quelques minutes. Cette fois-ci, Hudson attendit que Jordan nous ouvre, probablement pour préserver les apparences, car le restaurant qu'avait choisi Sophia était sans doute le plus chic de New York. Je ne reconnaissais pas l'endroit et je ne savais même pas comment il s'appelait. Tout ce que je savais, c'était que nous étions Uptown[3]. Nous prîmes l'ascenseur jusqu'au dernier étage, en silence, main dans la main. Je ne disais rien car j'étais nerveuse à l'idée de revoir Sophia, surtout si elle ignorait que j'allais m'incruster à son anniversaire.

Quant à Hudson, j'ignorais pourquoi il était silencieux. Peut-être était-il nerveux, lui aussi.

– Monsieur Pierce, dit le serveur. Les autres convives sont déjà arrivés. Suivez-moi, je vous prie.

---

3. Ce terme désigne les quartiers résidentiels du centre-ville de New York.

Nous le suivîmes à travers la salle de restaurant, dont les baies vitrées dominaient la ville et Central Park. La famille Pierce occupait deux grandes tables. J'observai leurs visages pendant que le serveur ajoutait un couvert pour moi, l'invitée surprise. Tout à gauche se trouvait Chandler, le jeune frère adolescent de Hudson, puis Sophia, visage de marbre. Ensuite, il y avait Jack, le père de Hudson, un véritable don Juan. Je m'étonnais qu'il se soit assis à côté de sa femme, qu'il détestait cordialement. En face d'eux se tenaient Mira et Adam.

La liste des invités aurait dû s'arrêter là mais, assis dos à moi, je remarquai Warren et Madge Werner. Et Celia.

Des signaux d'alarme se mirent à clignoter dans ma tête et mon pouls accéléra. Hudson ne m'avait pas invitée, il ne voulait pas que je sois là. Celia, elle, était invitée depuis le début. Était-ce pour cela qu'il ne m'avait pas parlé de l'anniversaire de Sophia ? Nous nous étions mis d'accord pour ne pas la voir. Bon, j'avais moi-même enfreint cet accord, mais moi, au moins, je ne risquais pas de tomber sur elle en permanence. Et je n'avais pas été fiancée avec elle. Est-ce qu'il ne m'avait pas invitée à cause de notre stupide accord, ou au contraire parce qu'il voulait la voir seul ? Seul, sans moi.

Et Celia, à qui je m'étais confiée quelques heures auparavant, ne m'avait pas dit un mot de ce dîner non plus.

Mon regard quitta la blonde sulfureuse et se posa sur mon compagnon. Son expression était indéchiffrable. Voilà pourquoi il était resté si calme. Il savait que j'allais être blessée. Et en colère.

Et je l'étais.

Je ne pouvais pas rester, je n'en avais pas la force. Je devais partir, sur-le-champ.

– Je croyais que c'était seulement la famille, sifflai-je, la mâchoire serrée.

Puis je fis demi-tour et je quittai les lieux.

CHAPITRE ONZE

Je n'avais fait que quelques pas lorsque j'entendis Hudson expliquer mon départ.

– Elle a oublié quelque chose dans la voiture. Excusez-nous un instant.

Merde, il comptait me suivre.

Le meilleur moyen de le semer serait de me réfugier dans les toilettes pour femmes, bien qu'il soit parfaitement capable de m'y suivre. Mais je ne savais pas où elles se trouvaient. Je balayai le hall du regard à la recherche d'une autre issue. Si je prenais l'ascenseur, il me faudrait attendre que l'un d'entre eux arrive. J'optai pour les escaliers.

Je les empruntai et, consciente que dévaler cinquante étages en talons aiguilles n'était pas la meilleure idée, je décidai de monter.

Il n'y avait que quelques personnes sur le toit. Lorsque j'entendis la porte s'ouvrir et se refermer derrière moi, je compris tout de suite qu'il s'agissait de Hudson. Je m'avançai parmi les jardinières et le mobilier de jardin, cherchant un endroit où m'isoler, où respirer, où réfléchir à ma parano et chercher à comprendre si elle se justifiait ou non.

J'atteignis l'extrémité du toit. Je m'appuyai en avant contre le mur en béton, en avalant d'énormes bouffées d'air frais pour réussir à ravaler mes larmes.

Il s'approcha en silence mais je l'entendis néanmoins, comme si mes sens étaient connectés à ses moindres mouvements. Il s'arrêta à un mètre de moi.

– Les Werner font presque partie de la famille.

Au moins il avait compris pourquoi je m'étais enfuie, et il n'allait pas prétendre qu'il n'y avait aucun problème. C'était déjà ça.

Seulement, il allait falloir qu'il fasse plus d'efforts pour me convaincre.

– Bien sûr. Ok, ouais.

Je ne supporterais pas qu'il me trouve ridicule. Je restai face au mur.

– Quoi ? Tu penses que j'ai fait exprès de ne pas te le dire ? demanda-t-il d'une voix calme.

J'éclatai d'un rire sec et sarcastique.

– Crois-moi, tu n'as pas envie de savoir ce que je pense.

– Détrompe-toi.

Je me retournai brusquement vers lui.

– Non, tu ne le veux pas.

Je fis deux pas en arrière pour prendre appui sur le mur. Il ne comprenait pas. J'étais consciente que mes réactions étaient probablement décuplées, mais je n'avais aucun moyen d'en être sûre lorsque j'étais dans cet état. Je savais d'expérience que je devais attendre de m'être calmée avant d'affronter ce genre de situation. Il me fallait du temps.

– Crois-moi, je te dis que je veux savoir.

– Hudson, tu ne peux pas prétendre cela alors que tu n'as pas la moindre idée de ce que j'ai envie de dire. Ce n'est pas bien. D'ailleurs, tu ferais mieux de me laisser seule, sinon je vais te rendre responsable de tout, alors que je réagis sans doute de façon excessive. Et que je vais finir par te perdre.

C'était la seule chose dont j'étais certaine : quoi que je dise, quoi que je ressente, j'allais le perdre. Mes émotions étaient beaucoup trop intenses et cela avait toujours effrayé les hommes. Même mon frère en avait soupé.

– Tu ne vas pas me perdre.

Il avança vers moi d'un pas assuré, comme s'il voulait me faire savoir qu'il maîtrisait parfaitement la situation. Comme s'il essayait de me dire « essaie seulement de me faire fuir ».

Je m'écrasai contre le mur, souhaitant que le béton m'engloutisse pour que je disparaisse à jamais. Je ne voulais pas qu'il me voie ainsi.

– Tu ne connais pas cette facette de ma personnalité, Hudson. Tu ne sais pas ce que c'est.

– Alors je dois rester. J'ai besoin de tout connaître de toi.

Il était tellement calme. Je secouai la tête en me mordant la lèvre. Je savais qu'il me faudrait redescendre tôt ou tard et je ne voulais pas ruiner tout mon maquillage.

Cependant, si Hudson restait et m'obligeait à parler, je n'avais aucune chance de pouvoir lui résister.

C'était moi qui avais insisté pour que Hudson se confie à moi – ne devais-je pas faire la même chose ? Hudson ne devait-il pas être celui à qui je pouvais tout dire ? Jusqu'à présent, il avait toujours réussi à me consoler et à me calmer.

– Vas-y. Demande-moi ce que tu veux.

– Je n'ai aucune question à te poser. Je n'ai que des accusations à te faire.

Je continuais à me battre, mais mes défenses faiblissaient.

Parmi toutes les accusations qui tournaient en boucle dans ma tête, l'une d'entre elles ne cessait de revenir : ce n'était pas juste. C'était vraiment injuste, putain. Tout était injuste : la mort de mes parents, l'alcoolisme de mon père, mes obsessions compulsives, tout ce qui m'avait menée au moment présent, et cet horrible passé qui m'empêchait de savoir si je dramatisais la situation ou si ce que je ressentais était normal. Je ne savais pas si je devais hurler sur Hudson pour m'avoir menti ou si je devais m'excuser d'être partie en courant.

– Allez, je veux l'entendre. J'ai besoin de savoir à quoi tu penses. Fais-moi confiance.

Fais-moi confiance. Tout se rapportait à cela. Je lui faisais confiance – ou non. C'était aussi simple que ça.

Et la vérité, c'était que je lui faisais effectivement confiance.

Je déglutis difficilement.

– Tu ne m'as pas invitée ce soir parce que tu savais qu'elle serait là, murmurai-je si bas que je craignis qu'il ne m'entende pas.

Il hocha la tête pour me faire savoir qu'il avait compris.

– C'est faux. Je t'ai dit pourquoi je ne t'avais pas invitée. Et j'ai changé d'avis, maintenant tu es ici avec moi.

– Mais au départ, tu ne voulais pas que je vienne, insistai-je d'une voix tendue, regardant mes pieds alors que les accusations se préparaient. D'ailleurs c'est probablement pour ça que tu as voulu que je me fasse belle. Pour faire de l'ombre à Celia. Tout cela n'avait rien à voir avec ta mère.

– Tu as raison.

Je relevai brusquement la tête.

– Tu as raison, cela n'avait rien à voir avec ma mère. C'est de toi dont il s'agit. Je voulais que tout le monde voie que tu es sublime. Je veux qu'ils voient à quel point la femme qui m'aime est resplendissante.

Sa déclaration me rendit folle de rage. Se servait-il de mon amour comme d'un trophée ? D'une arme contre elle ?

– Celia, crachai-je. Tu veux dire que tu voulais le montrer à Celia.

Il secoua la tête.

– Elle est ici, Hudson ! hurlai-je, sans me soucier des quelques personnes présentes sur le toit. Elle est ici parce qu'elle a une place attitrée à ta table, alors que moi j'ai dû te *supplier* pour venir ! Et tu m'as dit que tu ne la verrais pas sans moi. Elle représente quoi, pour toi ?

– Rien. C'est une vieille amie.

– N'importe quoi, dis-je d'une voix tremblante. Sinon tu m'aurais parlé de ce dîner depuis le début. Tu as tout fait pour me le cacher, parce que tu savais qu'elle serait là, l'accusai-je en pointant mon index vers son visage.

– Je ne le savais pas, dit-il en fermant les yeux et en inspirant longuement. Je supposais qu'elle serait là, avoua-t-il, mais elle n'est pas venue pour moi. Sa mère est la meilleure amie de la mienne, tu le sais.

– C'est des conneries tout ça ! Elle a vingt-huit ans, elle est suffisamment grande pour ne pas aller à tous les dîners mondains avec sa mère, non ? Elle est là pour toi, Hudson.

– Et moi je suis là avec toi, dit-il d'une voix calme et maîtrisée, en contraste avec la mienne.

– Elle est encore amoureuse de toi.

– Et moi je suis avec toi.

Il referma l'espace entre nous et je soupirai de soulagement, appuyant les paumes de mes mains contre le mur pour me soutenir. Il m'entourait de ses mains, m'empêchant de fuir.

– Je suis avec toi.

Je cherchai quelque chose à quoi m'agripper. Je saisis sa veste après m'être éraflée les mains sur le béton.

Il prit cela pour une invitation à s'approcher davantage – ou peut-être se fichait-il de mon autorisation et avait-il prévu d'avancer, que je l'y invite ou non. Il appuya son corps contre le mien, et je ne pus m'empêcher de lui répondre. J'avais eu peur de le faire fuir et, même si tous mes doutes n'étaient pas encore apaisés, il n'était pas parti. Il était encore là, avec moi.

Il était là et il me désirait, si j'en croyais son sexe en érection.

Je levais les yeux vers lui, surprise. Il était excité ? Comment est-ce que... pourquoi... mes doutes avaient-ils cet effet sur lui ? Est-ce que mon angoisse et ma paranoïa l'excitaient ?

– Je bande pour toi, et pour toi seulement, dit-il d'une voix grave et pleine de désir. C'est toi que j'adore, Alayna.

Il baissa la tête pour m'embrasser dans le cou, et je sentis la mienne glisser sur le côté, pour lui céder le passage. Je gémis au contact de ses lèvres sur ma peau.

Cela suffit à me détendre et je me lovai contre lui. C'était tout ce dont j'avais besoin – sa bouche sur moi, son corps contre le mien. Au diable les pourquoi. Tout ce qui comptait, c'était qu'il était là.

Je passai mes bras autour de son cou et sa bouche s'écrasa sur la mienne. Il y plongea sa langue, me caressant et me chatouillant. Il mordit ma lèvre inférieure, la tira puis la lâcha.

– Je suis avec toi, répéta-t-il en remontant ma robe jusqu'à ma taille pour la coincer dans l'élastique de mon string. Il me redit la même chose lorsque ses doigts glissèrent sous le tissu en dentelle. Son pouce tourna autour de mon clitoris, je tendis mes hanches vers lui en gémissant.

– Comme ça, ma belle, dit-il en me caressant et en m'embrassant. Détends-toi. Laisse-moi faire.

Je gémis de nouveau lorsque ses doigts glissèrent entre mes lèvres et s'arrêtèrent. Au lieu de me pénétrer comme je le désirais tant, Hudson se mit à genoux et baissa mon string sur mes chevilles.

Avant que j'aie eu le temps de protester contre la disparition soudaine de ses doigts, il se mit à me lécher le sexe goulûment.

– C'est toi que je suis en train de lécher, dit-il en ponctuant sa phrase de coups de langue. C'est toi que je vais faire jouir avec ma bouche pour que tu sois encore mouillée quand on redescendra et que tu recommenceras à avoir des doutes. Pour que tu te souviennes que ma bouche était sur toi et sur personne d'autre.

J'étais tellement excitée par sa possessivité et par les mots qu'il prononçait que j'aurais pu jouir sur-le-champ.

Il leva une de mes jambes et la passa par-dessus son épaule, puis il revint sur moi, et en redoublant de force, entreprit de sucer mon clitoris. Il me pénétra avec ses doigts, je ne sais combien exactement, en les repliant et en me caressant avec jusqu'à me rendre folle de désir. Mes mains plongèrent dans ses cheveux et s'y agrippèrent lorsque je jouis en me masturbant contre sa main et sa bouche.

Hudson n'attendit pas que je me calme pour se lever. Il appuya son bassin contre moi en m'obligeant à m'intéresser à son pénis. Je posai la main dessus et sentis à quel point il était dur.

– Sors-le.

J'entendis rire de l'autre côté du toit et je regardai en direction d'un groupe assis plus loin. Depuis quand étaient-ils là ?

– Il y a des gens.

– Sors-le, je m'en fiche. Je n'ai qu'une seule envie, c'est d'être en toi. Tout de suite.

Pour être tout à fait honnête, je m'en contrefichais également.

Je défis sa ceinture et baissai suffisamment ses vêtements pour libérer son sexe. Je l'empoignai immédiatement, ses veines enflées battaient sous sa peau satinée.

Il ne me laissa pas l'admirer bien longtemps. Il me souleva, me plaqua contre le mur, et me pénétra avec force.

– Putain, ta chatte est tellement bonne, dit-il en accélérant ses coups de bassin. Tu m'entends ? C'est ta chatte qui me fait bander, et celle de personne d'autre.

J'admirais sa capacité à me parler de façon cohérente alors que moi, je me liquéfiais sous lui. Ses mots magiques me faisaient fondre. Je les savourais, je me contractais autour de lui, frémissante, me préparant à jouir une fois encore.

D'une voix devenue rauque par l'imminence de l'orgasme, il poursuivit :

– Lorsqu'on redescendra, je porterai ton odeur et toi la mienne. Et tu te souviendras qu'on est ensemble. Que je suis avec toi.

Nos orgasmes explosèrent en même temps et je mordis son épaule pour retenir le cri qui faillit m'échapper.

– Et seulement toi.

Seulement toi.

Je me laissai envahir par cette sensation, comme une enfant se love dans sa couverture préférée. Si je pouvais rester ainsi, bercée par l'idée que j'étais celle qui était là pour lui, alors je parviendrais sûrement à chasser mes doutes. Je pourrais oublier Stacy et ses prétendues preuves. Je pourrais croire que Celia et Hudson étaient juste amis.

Il me suffisait de croire Hudson, et notre histoire n'aurait jamais de fin.

CHAPITRE DOUZE

Bizarrement, le calme que Hudson avait réussi à me transmettre sur le toit ne me quitta pas lorsque nous redescendîmes au restaurant.Même le regard meurtrier de Sophia ne parvint pas à me déstabiliser lorsque Hudson recula ma chaise pour moi.

Elle but une gorgée de liquide ambré et parla d'une voix sèche.

– Ce n'est pas trop tôt.

Je me souvins de ce que Hudson avait dit lorsque j'étais partie – que j'avais oublié quelque chose dans la voiture – et je commençai à m'excuser, mais Hudson me devança.

– On s'est laissés distraire.

Il serra ma main avant de me laisser m'asseoir, puis il la reprit sous la table. Jamais auparavant personne n'avait déclaré publiquement que j'étais sienne. Désormais, il me semblait facile de me détendre à ses côtés et d'oublier définitivement mes doutes.

– Laynie ! s'écria Mira, paraissant prête à bondir pour me prendre dans ses bras. Je suis tellement contente que tu aies pu venir !

La dernière fois que je l'avais vue, elle craignait que je sois sur le point de rompre avec son frère. Ma présence lui prouvait le contraire.

– Moi aussi, répondis-je en lui retournant son sourire avant d'en adresser un autre aux autres invités, y compris les Werner et Chandler, qui était rivé sur son iPhone. Mais j'évitai de regarder Celia dans les yeux et je la sentis qui cherchait mon regard. Elle ne m'intéressait plus. Elle ne m'avait pas parlé de ce dîner, et je trouvais ça suspect. J'avais peut-être tort, mais c'était ainsi.

– Moi aussi, dit Jack en me lançant un clin d'œil.

Peut-être était-ce mon imagination, mais je crus voir Hudson grimacer en entendant son père. Même si son instinct protecteur paraissait parfois démesuré, mon petit doigt me disait de me méfier.

Sophia vida son verre et le posa bruyamment sur la table pour que tous les regards convergent sur elle.

– Eh bien nous avons déjà commandé.

– Ce n'est pas grave, dit Hudson en faisant signe au serveur d'approcher. Il commanda pour nous deux dans un italien parfait et super sexy.

– Tant que vous êtes là, je vais en prendre un autre, dit-elle en montrant son verre vide au serveur, et je vis Hudson et Mira échanger un regard lourd de sous-entendus. Je ne comprenais que trop bien ce qu'ils ressentaient – la crainte qu'un de vos parents ne soit alcoolique, les questions et les inquiétudes permanentes. *Va-t-elle trop boire ce soir ? Va-t-elle se ridiculiser ? Nous ridiculiser ?*

Chez moi, il s'agissait de mon père. C'était lui qui avait déclenché mon angoisse, bien que j'ignore jusqu'à quel point il était responsable de mon manque de confiance et de ma paranoïa. Sans doute faudrait-il que j'en parle à un psychologue, un jour. Ou bien lors des sessions de thérapie de groupe qui avaient succédé à mes séances chez le psy.

Hudson se pencha pour me chuchoter quelque chose à l'oreille, interrompant ainsi mes pensées.

– J'espère que ça ne te gêne pas que j'aie commandé pour toi, murmura-t-il en me faisant frissonner quand son souffle chaud chatouilla mon oreille.

Cela ne me gênait absolument pas. D'ailleurs, cela m'évitait d'avoir à déchiffrer le menu. Et puis, l'écouter parler italien...

– Du moment que mon plat ne comprend pas de champignons, ça me va très bien.

– Non, dit-il en riant. Je n'ai aucune envie de te voir vomir pendant le dîner d'anniversaire de ma mère.

– C'est tout à fait le contraire, répondis-je en me rapprochant de son oreille pour que seul lui m'entende. C'était super excitant de t'entendre commander. Je ne savais pas que tu parlais italien.

– Couramment.

– Dis-moi autre chose, demandais-je d'une voix douce et séductrice.

Nous étions en train de flirter, ce qui nous arrivait rarement en public, et cela semblait si naturel que je me laissai porter par ma bonne humeur.

– Si, più tardi. Quando sarai nelle mie braccia, parlerò italiano fino a vederti tremare di piacere.

Sa voix suave et son accent italien me rendaient folle.

– Qu'est-ce que ça veut dire ? lui demandai-je, hors d'haleine.

Il passa son bras autour de mes épaules et m'attira à lui.

– J'ai dit que plus tard, quand tu seras dans mes bras, je parlerai italien jusqu'à ce que tu frissonnes de plaisir.

Je rougis brusquement.

– Tu sais que vous n'êtes pas seuls à cette table, Hudson, aboya Sophia.

J'espérais en effet que les autres ne parlaient pas aussi bien italien que Hudson, et que personne n'avait entendu sa traduction. Cependant, le regard dégoûté de Madge Werner me confirma qu'il n'avait pas été assez discret.

Mira leva les yeux au ciel.

– Mère, laisse-les tranquille.

D'habitude, Mirabelle était d'une patience infinie avec sa mère. Peut-être que sa grossesse la rendait plus impatiente.

– Tu ne vois pas qu'ils sont amoureux ?

Hudson tourna la tête pour me sourire. Être ainsi associés était encore nouveau pour nous. Cependant, cela me semblait tout à fait approprié. Évident, même. Qui donc pouvait encore l'ignorer ?

Sophia, apparemment.

– Ou alors, ils font tout ce qu'ils peuvent pour me le faire croire, dit-elle en lissant ses cheveux pourtant déjà durcis par la laque.

Mira recula dans sa chaise et posa ses mains sur son ventre rond.

– Pour quelle raison absurde feraient-ils semblant d'être amoureux ?

Je ne quittai pas mon assiette des yeux, de peur que mon visage ne me trahisse. Comment Sophia était-elle parvenue à cette conclusion ? Bien sûr, c'était ce que nous avions fait – au départ, nous faisions semblant. Et à un moment donné, j'avais même cru que Mira s'en doutait. Mais elle savait que j'aimais son frère et elle n'aurait rien dit à sa mère. Mira était le genre de personne qui croyait en l'amour et qui pensait qu'il pouvait vaincre tous les obstacles.

Sophia prit son verre de la main du serveur, avant qu'il n'ait eu le temps de le poser sur la table, pour en boire goulûment une longue gorgée.

– Je ne sais pas. Ça fait longtemps que je ne cherche plus à comprendre les raisons pour lesquelles Hudson fait de telles horreurs.

Celia remua sur sa chaise, visiblement mal à l'aise. Ses parents ne réagirent pas. Cela me confirma que tout le monde autour de la table était au courant du passé de Hudson – ce qui expliquait sans doute que les Werner soient considérés comme des membres de la famille.

Cela dit, il était logique qu'ils soient au courant, puisque leur fille avait été l'une des victimes de Hudson. Cependant, ils ignoraient que ce n'était pas lui qui l'avait mise enceinte. D'ailleurs, même si Hudson l'avait blessée au point de la faire complètement déraper, n'avions-nous pas, tous autant que nous étions, rencontré des gens qui nous avaient affectés ? Faire endosser la responsabilité de ses propres actes à un tiers relevait parfois de l'égoïsme. Il fallait assumer ses erreurs – je l'avais appris malgré moi.

Sophia était responsable de ses commentaires désobligeants, quel que soit son passé. Son agressivité était atroce et inacceptable.

Comme moi, Jack semblait d'avis qu'il fallait la remettre à sa place.

– Sophia, ce n'est pas parce que c'est ton anniversaire que tu peux oublier la politesse élémentaire.

– Elle pense que le simple fait de respirer lui en donne le droit, cracha Mira.

Tous les yeux se tournèrent sur la jolie brune qui rougit jusqu'aux oreilles. Mira ne disait jamais de méchancetés –

c'était véritablement surprenant.

À ses côtés, Adam toussa, pour chercher à apaiser la tension soudaine. Elle baissa la tête, gênée.

– Je suis désolée. Je n'aurais pas dû dire cela.

– Merci de t'excuser, Mira, je sais que c'est purement hormonal chez toi. En revanche, je ne sais pas quelle peut être l'excuse de Jack, dit Sophia en jetant à son mari un regard meurtrier.

Je me suis demandé si ça lui viendrait à l'esprit de s'excuser, elle aussi. Apparemment pas. Elle conserva la même expression figée, comme si elle défiait la terre entière. Personne ne risqua le moindre commentaire.

– Chandler, aboya-t-elle. Pose ce satané téléphone et fais acte de présence. Je veux profiter de cette soirée avec vous tous, dit-elle en regardant chacun, tout en prenant bien soin de ne pas s'arrêter sur moi.

Peu à peu, des échanges plus légers se glissèrent dans cette conversation pesante. Hudson et moi n'étions plus au centre de l'attention. Je mangeais tranquillement ma salade, Hudson parlait affaires avec Warren, Celia plaisantait avec Mira et Sophia qui se détendait suffisamment pour laisser entrevoir la personne légère et simple qu'elle avait dû être, longtemps auparavant. Si longtemps qu'il n'en restait qu'une infime trace, que personne ne pouvait soupçonner, sauf à l'inspecter de très près.

Je m'en aperçus car… eh bien, je l'observais. Je cherchais celle à qui Hudson voulait tant faire plaisir ; quelles étaient les raisons pour lesquelles il la fréquentait encore au lieu de couper les ponts une fois pour toutes, comme je l'avais fait avec Brian.

Cela dit, ce n'était pas nécessairement la meilleure solution. Garder mes distances avec Brian n'était pas facile. Cela faisait plusieurs jours que j'essayais de ne pas penser à lui. Je fis de mon mieux pour le ranger dans un coin de ma tête. J'étais dans une réunion de famille. Il était normal que je pense à lui – cela ne signifiait pas que je devais m'éterniser sur ce sujet.

Tout le monde savourait son repas dans une ambiance enfin détendue. Je n'avais jamais rien mangé d'aussi bon – des miettes de homard accompagnées de ravioles de poisson, le tout recouvert d'une sauce à l'aneth. C'était tellement bon que je dus résister à l'envie de lécher mon assiette.

Hudson avait commandé une sorte de crêpe au canard, il m'en fit goûter un morceau qui ne baignait pas dans la sauce aux cèpes. La viande fondait dans ma bouche, je dus me retenir de gémir de plaisir.

– Hmmm, c'est divin.

– Je pourrais dire la même chose, dit-il en me regardant avec appétit.

Madge, qui subissait la plus grande partie de nos commentaires romantiques car elle était assise en face de nous, se racla la gorge.

Je lui fis un sourire contrit, même si j'étais loin de l'être. J'étais parfaitement consciente que Madge pensait que je ne méritais pas Hudson, et qu'il finirait par me larguer pour revenir vers sa fille chérie. Mais même si je voulais qu'elle me voie ainsi avec lui, alors que ça lui était insupportable, je ne le faisais pas pour elle. Je profitais tout simplement d'une belle soirée avec l'homme que j'aimais. C'était sincère.

Madge me retourna un sourire amer, puis elle se tourna vers Mirabelle, qui était assise du même côté qu'elle. Apparemment, elle faisait semblant d'ignorer ma présence pour pouvoir me supporter.

– Mira, s'exclama-t-elle en se pencha devant Celia qui était assise entre elles deux. Plus que quatre mois et petit dernier des Pierce fera son entrée dans le monde. Tu dois être tellement excitée !

– En effet ! répondit Mira en posant ses mains sur son ventre. Mais quatre mois, ça me paraît une éternité, dit-elle en fronçant les sourcils.

Sophia se racla la gorge pour lui signifier sa désapprobation. Mon Dieu, reprendre ainsi une femme adulte, c'était franchement ridicule.

Mais Mira semblait habituée aux reproches de Sophia.

– Désolée, ce n'est pas très correct de parler de ça à table. Mais j'aimerais vraiment que ça arrive plus tôt. J'aimerais mieux qu'il ait déjà pris sa place dans le monde, plutôt que d'appuyer sur ma vessie.

– Ça arrivera bien assez tôt. Fais-moi confiance, poursuivit Adam qui, contrairement à sa femme, avait l'air ravi d'avoir encore quelques mois devant lui pour se préparer.

Warren secoua la tête, encouragé par la prise de parole d'Adam, et donna un coup de coude à sa femme.

– Tu te trompes, Madge. Mira n'est plus une Pierce. Le bébé sera un Sitkin.

Le regard de Mira chercha immédiatement celui de sa mère.

– Ou une Sitkin-Pierce, si on décide de lui donner un nom composé.

L'expression de Mirabelle me fit comprendre que cette conversation n'était pas nouvelle. Elle avait gardé son nom de jeune fille pour des raisons professionnelles, mais le trait d'union était une nouveauté. J'étais prête à parier qu'il s'agissait d'un geste pour faire plaisir à Sophia.

Mais *rien* ne faisait plaisir à Sophia.

– Ce n'est pas la même chose. Sitkin-Pierce, ce n'est pas Sitkin, répondit-elle en soupirant d'une façon exagérée. La lignée continue, mais pas le nom.

Je trouvais amusant que cette femme soit tellement attachée à ce nom, alors qu'elle ne l'avait obtenu que par son mariage. Cela montrait combien elle était matérialiste et sensible aux apparences.

Adam se pencha en avant, prêt à se battre.

– Mira n'est pas la seule Pierce. Chandler pourrait avoir des enfants, lui aussi.

Et Hudson ! pensai-je intérieurement.

– Là il s'agirait du nom, mais pas de la lignée, dit Jack d'un air nonchalant.

Je plaquai brusquement mes mains sur ma bouche pour m'empêcher de crier. J'étais certes au courant des rumeurs qui couraient, selon lesquelles Chandler n'était pas l'enfant de Jack, mais je ne savais pas qu'on en parlait ouvertement dans la famille Pierce.

– Quoi ? demanda Chandler en levant la tête de son téléphone.

– Rien, dit Mira. Continue ce que tu faisais.

Peut-être que tout le monde était au courant à l'exception de Chandler.

Sophia vida son verre – le troisième de la soirée.

– L'enfant de Hudson et Celia aurait eu les deux.

Je me raidis. L'enfant imaginaire de Hudson et Celia était la source de bien des disputes dans cette famille. Ça s'était passé des années auparavant, mais ça avait été tellement traumatisant que personne ne s'en était remis. Je ne comprenais pas pourquoi Celia refusait d'expliquer que Hudson n'était pas le père de ce bébé. Et j'étais furieuse qu'elle le laisse supporter toutes ces humiliations. Je lui jetai un regard noir, qu'elle manqua, occupée qu'elle était à chercher celui de Hudson. Ou de Jack. Ils étaient à côté l'un de l'autre, du coup je ne pouvais pas en être sûre, bien qu'il semblât plus logique qu'elle regarde Hudson.

Jack fit tomber sa fourchette dans son assiette, rompant le calme qui régnait dans le restaurant.

– Tu ne vas pas recommencer avec ça, Sophia. Sérieusement. Bon sang, je ne veux plus en entendre parler, aboya-t-il en s'essuyant la bouche et en jetant sa serviette dans son assiette à moitié pleine avant de se lever. Merci à tous. J'aimerais pouvoir dire que la soirée a été merveilleuse, mais... bon. On va en rester là. Je vais régler la note. Restez et amusez-vous. Commandez des desserts. Quant à ma femme, je ne vais pas lui dire d'aller en enfer car je crois qu'elle y est déjà. Comme quiconque passe du temps avec elle.

Il méritait une ovation, mais tous restèrent silencieux, bouche bée, jusqu'à ce que Sophia prenne la parole.

– Pourquoi en fait-il une tonne ? demanda-t-elle en grignotant une aile de poulet. Je disais simplement qu'on avait failli avoir un petit Pierce, et que maintenant nous n'en aurions plus.

– *Qui* est-ce qui en fait des tonnes, maintenant ? demanda Adam, à voix basse mais suffisamment forte toutefois pour que toute la table entende.

Sophia dévisagea son gendre, prête à rétorquer, quand Hudson vola la vedette à Adam.

– Je pourrais avoir un enfant avec Alayna, vous savez.

Je faillis m'étouffer sur mon homard. Bien évidemment, j'avais déjà songé que Hudson pourrait avoir un enfant, mais je n'avais pas imaginé que ce serait avec moi.

Enfin, si. Bien sûr, cela m'avait traversé l'esprit. Furtivement. Et jamais je ne l'aurais dit à voix haute.

Tout le monde avait entendu Hudson. Un bien-être étrange se répandit dans ma poitrine. Ce n'était pas du désir, c'était autre chose, lié à l'amour que je portais à cet homme, mêlé à de l'espoir.

Je voulais partager ce sentiment avec lui, lui dire l'effet que cela me faisait de l'entendre dire ce genre de chose. J'essayai de croiser son regard. Mais il était concentré sur son assiette, coupa un bout de crêpe, puis le mâcha paisiblement, comme si parler d'avoir des enfants – *avec moi* – n'avait rien d'anormal.

Peut-être ne le pensait-il pas vraiment, et la chaleur qui m'avait enveloppée s'évanouit peu à peu quand je pris conscience qu'il avait probablement dit ça pour agacer sa mère. Ce qui avait très bien fonctionné.

Sophia posa violemment sa fourchette et se tourna pour diriger sa colère sur son fils aîné.

– Vous parlez déjà de mariage et d'enfants ? C'est un peu tôt, Hudson. Beaucoup trop tôt.

– Oh mère, ne sois pas si vieux jeu. On n'a pas besoin d'être marié pour avoir des enfants.

Hudson but une gorgée de vin, s'efforçant de garder un air nonchalant, mais lorsqu'il reposa son verre, je vis qu'il bouillonnait à l'intérieur, tellement sa mâchoire était crispée.

– Et pour être tout à fait honnête, mère, ce dont Alayna et moi parlons ou ne parlons pas ne te regarde pas.

– C'est toi qui en as parlé, rétorqua Sophia en plissant ses yeux.

– Je disais simplement que *je* pouvais avoir un enfant qui poursuivrait ta lignée et ton nom si précieux, répondit-il d'une voix calme et forte.

J'imaginais que ce devait être le ton qu'il employait en affaires. Puissant. Maîtrisé. Incroyablement sexy.

Puis ce fut la cerise sur le gâteau :

– Et la seule personne avec qui j'envisage d'avoir des enfants, c'est Alayna.

Je ne fus pas moins surprise de l'entendre une seconde

fois. Cela résonna dans ma tête et bientôt je n'entendis plus que l'écho de ses paroles.

Je pense que je n'étais pas la seule.

Les trois Werner remuèrent sur leurs sièges et, même si Celia et Hudson n'avaient jamais été en couple et ne le seraient jamais, la tension qui suivit sa déclaration fut trop forte pour moi.

– Hudson, je...

Ma voix se perdit sans que je parvienne à finir ma phrase. Je ne savais plus ce que j'avais prévu de dire. Je voulais seulement mettre fin à cette tension, débarrasser l'air de toute la haine que ces regards dirigeaient vers moi.

Il comprit ce que je voulais dire et, posant une main sur ma jambe pour me rassurer, il me regarda d'un air désolé avant de se tourner de nouveau vers Sophia.

– Ce que je veux dire, poursuivit-il d'une voix douce mais néanmoins ferme, c'est que le passé, c'est le passé, mère. Nous avons encore un bel avenir devant nous. Tous autant que nous sommes.

Il se tourna vers moi. Nos yeux se trouvèrent pour ne plus se quitter. Cette fois-ci, ce fut lui qui me dit ce qu'il ressentait en parlant de notre futur, avec un long regard silencieux, tout en me caressant la cuisse doucement. Avec ce regard, il me disait combien il croyait en nous, à quel point on était bien accordés. Et combien il m'aimait, même s'il n'arrivait pas à me le dire avec des mots.

Mes yeux s'embuèrent soudain.

– Si vous voulez bien m'excuser, dis-je en le quittant du regard, j'ai besoin de me repoudrer le nez.

Je parvins à atteindre les toilettes.

J'entendis la porte s'ouvrir et se refermer plusieurs fois. Je fis pipi, tirai la chasse, puis, après m'être lavé les mains, je me rafraîchis devant la glace.

Pleurer de joie, c'était mieux que de pleurer de chagrin, et je continuai à sourire bêtement tout en me tamponnant les paupières avec un mouchoir pour essuyer les traces de mascara.

– Tu es parfaite, s'écria une voix derrière moi.

Je cherchai du coin de l'œil à qui elle appartenait. C'était Celia.

Mon sourire s'évanouit comme par enchantement.

– Tu as simplement besoin d'un peu de gloss. J'en ai dans mon sac si tu veux, dit-elle en ouvrant son sac.

– Non, je ne veux rien qui vienne de toi.

Je passai devant elle et me dirigeai vers la sortie lorsqu'elle me retint par le bras.

– Eh, attends !

J'enlevai mon bras mais je ne battis pas en retraite. Autant écouter ce qu'elle avait à dire. Quelle était donc l'excuse imparable qu'elle avait trouvée pour expliquer le fait qu'elle ne m'ait pas parlé de l'anniversaire de Sophia.

Je croisai les bras en feignant l'ennui, puis je hochai la tête pour lui dire de parler.

Pour une fois, Celia semblait gênée, elle sautillait d'un pied sur l'autre.

– On ne va pas y passer la nuit, vas-y, parle.

Elle fronça les sourcils, l'air confuse.

– Pourquoi tu m'en veux ? J'ai senti de la tension toute la soirée. Tu ne m'as même pas regardée, c'est pour ça que je t'ai suivie ici. Pourquoi tu es en colère ?

– Ne fais pas l'idiote, Celia. Ça ne te va pas du tout.

– Je ne fais pas l'idiote ! Explique-moi, dit-elle en laissant tomber ses bras le long de son corps, comme si elle n'avait rien à cacher. S'il te plaît, insista-t-elle.

– Celia...

Étais-je encore une fois ridicule ? Peut-être que je me laissais influencer par l'avertissement mystérieux de Stacy.

Après un soupir, je décidai de jouer cartes sur table.

– Je t'ai vue aujourd'hui et tu ne m'as rien dit au sujet du dîner de ce soir. Or tu savais très bien que je n'étais pas au courant, puisque je t'ai dit que je n'avais pas l'intention de revoir Sophia et que j'avais une réunion ce soir. Et pendant tout ce temps tu as prétendu que tu me soutenais !

J'avais parlé d'une voix calme et claire, moins accusatrice que ce que je ressentais. Peut-être était-ce grâce à l'influence de Hudson.

Celia soupira à son tour.

– Tu as raison, tu as raison, dit-elle en regardant ses pieds. Je me doutais bien que c'était ça, marmonna-t-elle avant de lever les yeux vers moi. Je n'ai rien dit, tu as raison, et j'aurais dû. Mais tu étais si heureuse en me disant à quel point tout allait bien, que quand j'ai réalisé que Hudson ne t'avait pas parlé du dîner, je n'ai pas voulu causer de problèmes.

– Ou alors tu voulais le garder pour toi ce soir.

– Non ! Je te l'ai dit, je ne cours pas après Hudson !

Elle passa sa main sur son front, délicatement, comme si elle ne voulait pas gâcher son fond de teint mais qu'elle était habituée à faire ce geste sans réfléchir. Cette femme avait vraiment la classe. Bien plus que moi.

Je repoussai cet éclair soudain de jalousie pour me concentrer sur ce qu'elle disait.

– Écoute, Laynie. Je suis de ton côté, vraiment. Tu ne vois pas ce qui se serait passé si je t'en avais parlé ? Tu aurais obligé Hudson à te le dire, et tu aurais été obligée de lui dire comment tu l'avais appris, il aurait compris que nous avions parlé de lui derrière son dos. Et il t'a amenée de toute façon ! Donc tout va bien !

– Ouais, tout va bien, rétorquai-je sur un ton sarcastique.

Toutefois, en y réfléchissant, je voyais bien qu'elle disait la vérité. Honnêtement, à sa place, j'aurais probablement fait la même chose.

Je me mordis la lèvre.

– Mince, je suis désolée. C'est juste que... je ne sais pas à qui faire confiance. Tellement de gens sont contre nous.

Son visage se détendit et elle me sourit d'un air réconfortant.

– Ce n'est pas vrai. Sophia est contre vous, mais c'est la seule. Quant à mes parents, ils essaient seulement de faire ce qu'ils pensent être le mieux pour moi. Ce sont des parents, ils ne comprennent pas.

Elle voulait dire qu'ils ne comprenaient pas qu'elle n'avait jamais été avec Hudson. Ils ne savaient pas que son bébé n'était pas le sien.

– Pourquoi tu ne leur dis pas ? Pourquoi toi ou Hudson n'admettez pas la vérité à propos du bébé ? Si son bonheur te tenait vraiment à cœur, tu leur dirais la vérité.

– Je sais que cela peut paraître la meilleure chose à faire, répondit-elle alors que son regard se voilait comme si elle réfléchissait, ou qu'elle se rappelait de quelque chose. C'est... c'est compliqué. Je ne peux pas t'en dire plus. Mais je ne suis pas la seule dans cette histoire. Il faut que tu me fasses confiance, c'est ce qu'il y a de mieux pour tout le monde. Y compris Hudson.

Cela me gênait de ne pas tout savoir – Hudson ne m'avait pas tout dit. Peut-être que Celia inventait des excuses parce qu'elle n'était pas prête à dire la vérité à ses parents.

– Comme je l'ai dit, je ne sais pas à qui faire confiance.

– Alayna –

Je grimaçai en l'entendant prononcer mon prénom. Personne ne m'appelait Alayna en dehors de Hudson.

Elle n'avait pas le droit de m'appeler comme ça.

La porte s'ouvrit derrière nous et quelqu'un entra. Nous restâmes silencieuses jusqu'à ce que la femme entre dans un des cabinets.

– Ce n'est pas le moment. Tu as mon numéro. Appelle-moi si tu as besoin de quoi que ce soit. Pour conclure cette conversation, ou parler d'autre chose.

J'hésitai. Cette soirée m'avait appris beaucoup de choses, y compris que garder des secrets pouvait nous déchirer, Hudson et moi. Je ne voulais pas continuer à lui parler. Peut-être était-ce le bon moment pour mettre un terme à ma relation avec Celia. Peut-être finirais-je même par avouer à Hudson que je l'avais rencontrée en cachette.

Elle vit mon hésitation et me sourit en posant sa main sur la mienne.

– Je veux que les choses marchent entre Hudson et toi, bien plus que tu ne peux l'imaginer. Crois-moi.

Puis elle me lança un dernier sourire étincelant avant de sortir des toilettes.

Je sortis mon téléphone de mon soutien-gorge pour effacer son numéro. C'était le moyen le plus sûr de ne pas la revoir, bien sûr. Cependant, elle m'avait beaucoup aidée ces derniers jours. Et elle comptait pour Hudson. Je ne voulais pas risquer de briser leur amitié.

Étrange – c'est justement ce qu'aurait cherché à faire l'ancienne Alayna. Elle aurait forcé Hudson à choisir. Entre elle ou moi. À présent, même si je rêvais de ne plus jamais revoir les Werner, je ne désirais pas lui poser d'ultimatum pour autant.

Et puis, outre le fait que ce serait vraiment malsain et assez délirant, j'étais quasi certaine que Hudson n'apprécierait pas ce genre d'attitude.

CHAPITRE TREIZE

J'avais à peine eu le temps de ranger mon téléphone dans mon soutien-gorge, après le départ de Celia, que Mira entra dans le petit boudoir. Comme aucune chasse d'eau n'avait été tirée depuis un moment et que je n'avais pas entendu couler d'eau, je compris qu'elle devait attendre depuis un moment. Jamais je ne l'avais vue aussi sérieuse et, sans comprendre pourquoi, je me sentis soudain coupable.

– Salut, lui lançai-je tout en essayant de me débarrasser de ce sentiment inexplicable.

Elle me transperça du regard.

– Tu parlais à Celia.

– Oui, répondis-je en m'appuyant sur la commode devant la glace, comme pour me soutenir. Pourtant je n'avais rien fait de mal. On était huit à ce dîner de famille. Étais-je supposée ne pas parler à l'un des invités ? À la seule amie de mon petit copain ?

– Tu ne devrais plus lui parler, à l'avenir, dit Mira d'un ton qui n'admettait aucun reproche.

– Pourquoi ?

Son visage s'adoucit et elle s'avança vers moi, redevenant la personne souriante et joyeuse que je connaissais.

– C'est ta rivale, Laynie ! Même si Hudson est fou de toi et de personne d'autre, Celia est dingue de lui. Elle rêve de l'épouser depuis si longtemps que, dans sa tête, c'est comme si c'était déjà fait.

– Je sais, je sais.

Je ne sais pourquoi, j'eus soudain pitié de Celia. Peut-être que les gens ne comprenaient pas qu'elle était passée à autre chose, et qu'ils lui reprochaient un sentiment mort depuis longtemps. Je pouvais me mettre à sa place, moi que certaines personnes pensaient toujours folle, bien que je sois guérie depuis longtemps.

Je déglutis et pris la défense de Celia, ce qui m'étonna moi-même.

– Mais elle dit que ce n'est plus le cas. Qu'il ne l'intéresse plus, je veux dire. Elle a vraiment l'air d'avoir tourné la page. D'ailleurs, elle m'a beaucoup soutenue ces derniers temps.

– D'accord. Peut-être que c'est vrai, dit Mirabelle en se passant la main dans les cheveux. Peut-être que je dramatise, mais je la connais depuis l'enfance, elle n'a pas toujours été une sainte.

J'imaginais bien que Mira, adolescente à l'époque, avait tenu Celia pour responsable des accusations portées contre son grand frère, après qu'il lui eut brisé le cœur. Mais elle était adulte désormais. Il fallait qu'elle comprenne que tout n'était pas blanc ou noir, même si elle ne connaissait pas tous les détails de l'histoire.

– Hudson n'a pas toujours été un saint non plus, lui rappelai-je.

Je lus la déception dans son regard.

– Ce qui ne veut pas dire que je ne soutiens pas Hudson. Je me fiche de ce qu'il a fait et de qui il était avant, dis-je afin que Mira comprenne que je resterais aux côtés de son frère quoi qu'il arrive, tout comme il m'avait toujours soutenue.

– C'est juste que personne n'est parfait et que l'on ne peut pas toujours donner le meilleur de soi-même.

Excepté peut-être Mira.

– Je suis d'accord avec toi, répondit-elle en posant délicatement sa main sur mon bras. Mais Celia n'est pas la seule à qui tu peux parler, Laynie, d'accord ? Appelle-moi si tu en as besoin. Ou mieux encore, parles-en à Hudson.

Toutes ces changements d'attitude commençaient à me donner le vertige : accuser Celia, défendre Celia, faire confiance à Celia, ne plus lui faire confiance... En vérité, la seule personne qu'il me fallait défendre, c'était Hudson. C'était le seul en qui je devais avoir confiance.

Et en effet, c'était à lui que je devais parler lorsque j'en éprouvais le besoin. Lui seul comptait. Il était le seul qui saurait comment me calmer.

– Parler à Hudson. Bonne idée.

– Il m'arrive parfois d'avoir de bonnes idées, répondit-elle avec un large sourire. Même si c'est un peu plus rare depuis ma grossesse.

Soudain, j'eus l'impression que j'avais passé beaucoup trop de temps loin de Hudson. En sortant des toilettes, j'ai été rassurée. Hudson était là, devant la porte, puissant et viril. Ses yeux brillèrent de désir en me voyant, ce qui, comme toujours, déclencha des chatouillis au creux de mon ventre.

Mira nous fit un signe avant d'emboîter le pas à Celia pour regagner la table. Celia avait dû rester là pour parler à Hudson, ce qui ne me gênait pas, étrangement. C'était normal, après tout. Ce n'était pas elle qu'il attendait. C'était moi – toujours.

Hudson me tendit la main.

– Tu es prête à partir ?

– J'ai cru que tu ne me le demanderais jamais.

J'étais ravie, bien que je n'aie pas terminé mon repas.

– Alors on y va.

Il avait l'air préoccupé en me guidant vers la porte d'entrée du restaurant. Cela dit, c'était assez logique après la soirée qu'on venait de passer. Nous avions presque atteint la porte lorsque Sophia surgit devant nous.

– Vous comptiez partir sans me dire au revoir ?

Je levai les yeux au ciel. Hudson, calme et maître de lui comme toujours, se contenta de hausser un sourcil.

– Tu t'étais cachée pour me sauter dessus au cas où ?

Sophia fronça les sourcils, mais son front botoxé se plissa à peine.

– Bien sûr que non. Je suis allée appeler mon chauffeur – c'est très impoli de téléphoner à table, gronda-t-elle, comme si c'était Hudson qui avait passé la soirée sur son portable, et non Chandler.

Hudson serra un peu plus fort ma main dans la sienne.

– Je t'ai déjà dit au revoir, mère.

– Toi oui, dit-elle en hochant la tête vers moi. Pas elle. D'ailleurs je ne me souviens pas non plus qu'elle m'ait dit bonjour.

Mon estomac se noua et une flopée de réponses ordurières se bouscula dans ma tête en une demi-seconde.

Pourtant, je pris exemple sur Hudson et restai calme.

– Vous non plus, à ce que je sache.

– Non, c'est vrai, répondit-elle les yeux brillants en affichant un sourire pincé. Je compris alors qu'elle prenait plaisir à se disputer avec moi. Si j'étais intelligente, je ne devais pas réagir, pour la priver de sa victoire.

Mais peut-être que moi aussi j'aimais me chamailler avec elle – un peu comme lors d'une partie d'échecs.

– D'ailleurs, c'était assez malin de votre part, Sophia. La soirée s'est plutôt bien passée, puisque nous avons toutes deux fait semblant que l'autre n'existait pas, vous ne trouvez pas ?

– Merci, mais ce n'était absolument pas prémédité, je n'ai appris que vous veniez qu'une heure avant le repas, lorsque Hudson m'a appelée.

Sophia me provoquait. Elle essayait de me faire sortir de mes gonds en affirmant que je ne faisais pas partie de ses invités. Cela m'aurait sûrement bouleversée si je n'avais pas déjà été au courant.

– Ah, tu l'as appelée, H ? Je pensais que tu voulais lui faire la surprise.

– Oui, j'ai appelé pendant que tu te changeais. J'ai pensé qu'il y avait plus de chances que Sophia réagisse correctement si je lui laissais le temps de se préparer, répondit Hudson.

Il entrait dans mon jeu, amusé par la façon dont je gérais sa mère, quand lui cherchait à me protéger contre son agressivité.

– Oui, ça s'est bien passé finalement, dit-elle en levant le menton. Faites-moi penser à vous ignorer de nouveau, la prochaine fois.

– Donc vous avez enfin accepté qu'il y ait une prochaine fois ?

Sophia sourit jusqu'aux oreilles, comme si je venais de tomber dans un piège.

– Je suis réaliste, Alayna Withers. La vraie question, c'est plutôt *combien* de prochaines fois y aura-t-il. Je fais partie de la vie de Hudson de façon permanente. Et vous ?

Mes épaules se tendirent. J'étais prête à lui rentrer dans le lard, mais Hudson intervint.

– Mère, arrête. C'est ton anniversaire. Je te souhaite une bonne soirée. Si tu te sens malheureuse, c'est simplement parce que tu refuses de profiter de la vie.

Il lâcha ma main, prit Sophia dans ses bras, l'air mal à l'aise, et l'embrassa brièvement sur la joue.

Cette fois encore, j'étais sidérée par la relation de Sophia et de son fils. J'avais pris mes distances avec mon frère pour bien moins que ça, même si cela ne datait que de deux jours. Je ne savais pas ce qui allait se passer par la suite. J'ignorais le passé de Hudson et de Sophia, je n'en connaissais pas les détails, comme pour la plupart des choses qui concernaient Hudson.

Patience, me dis-je. J'apprendrai à le connaître peu à peu.

Hudson se redressa et repoussa délicatement Sophia par les épaules.

– Tu sens le sexe, dit-elle en faisant un pas en arrière.

Je ne pus m'empêcher de prendre cela pour un compliment.

– Je suis surpris que tu reconnaisses cette odeur, répondit Hudson en tendant sa main vers moi sans quitter sa mère des yeux. Je glissai ma main dans la sienne et absorbai la décharge électrique qui traversait toujours mon corps à son contact.

Le regard de Sophia se posa sur nos mains avant de remonter vers le visage de son fils.

– Je ne suis pas coincée, tu sais.

Hudson secoua la tête une seule fois, la conversation l'ennuyait.

– Personne ne t'accuse de ça. Je suis simplement étonné que tu sentes quoi que ce soit d'autre que l'odeur de tout le bourbon que tu as ingurgité.

Échec et mat.

– Rentre chez toi, Hudson.

– Avec plaisir.

Nous prîmes l'ascenseur en silence. Nous n'échangeâmes pas un mot dans la limousine non plus. Il y avait trop de gens auxquels penser : Jack et Sophia, Celia et Mira. Il y avait de quoi avoir le vertige. La seule personne qui ne me perturbait pas, c'était Hudson. Plus maintenant. Pas depuis le toit, quand son tour de magie sexuel avait anéanti tous les doutes que j'avais à son sujet. Il avait dit ce qu'il fallait et, pour la première fois de ma vie, j'avais l'impression que je pouvais être une fille normale, qui avait une relation normale, avec un mec normal.

Bon, d'accord. Je ne serais jamais une fille normale et Hudson ne serait jamais un mec normal, mais peut-être avions-nous trouvé la seule forme de normalité dont nous étions capables. Et c'était merveilleux.

Je regardais les immeubles défiler devant nous sans les voir, et je ne me demandai même pas si nous rentrions à *The Bowery* ou s'il me ramenait chez moi. Hudson n'avait pas donné d'instruction au chauffeur. Je supposais que j'allais passer la nuit chez l'homme que j'aimais, tout simplement. Hudson devait être du même avis, car Jordan se gara en bas du gratte-ciel sans m'avoir demandé mon avis.

Ce ne fut que lorsque le silence se poursuivit dans le penthouse que je réalisai que je n'étais pas la seule à être perdue dans mes pensées. Hudson pouvait être naturellement renfermé et silencieux – c'était d'ailleurs ce qui m'avait attiré chez lui. Mais même lorsqu'il était plongé dans son travail, une petite partie de son attention était dirigée vers moi.

Ce soir, c'était différent. Nous étions sortis de l'ascenseur sans un mot et Hudson s'était dirigé immédiatement vers la bibliothèque. Je l'avais suivi, ne sachant pas quoi faire. Il n'y était pas entré depuis la livraison des livres mais il ne leur jeta pas un regard, il alla tout de suite s'asseoir à son bureau.

– J'ai du travail. Je vais probablement me coucher tard. Ne m'attends pas, dit-il sans me regarder.

– Ah. D'accord, fis-je d'une voix choquée plus que blessée.

Nous n'avions encore jamais été ensemble en tête-à-tête sans être collés l'un à l'autre. C'était... étrange.

Je restai debout, figée, pendant plusieurs secondes, ne sachant pas comment réagir.

– Tu as besoin de quelque chose ? Un digestif, peut-être ?

Il fouillait parmi ses papiers sur son bureau et fronça les sourcils en en soulevant un.

– Je me servirai peut-être un scotch plus tard, dit-il en allumant son ordinateur.

Je pouvais lui servir son verre, non ? J'en avais envie, parce qu'au moins j'aurais l'impression de lui apporter quelque chose et d'avoir ainsi une bonne raison d'être là.

Mais le ton de Hudson était définitif. Il ne voulait pas que je le lui serve. Je ne savais pas pourquoi, et si je lui apportais quand même, je savais qu'il ne me remercierait pas pour autant. Il ne le remarquerait peut-être même pas.

Je lui servis néanmoins un verre et le déposai sur le coin du bureau. Il me vit, je le savais, mais, comme prévu, il ne dit rien.

Il était dans sa bulle ou sur une autre planète, loin de moi.

J'allai dans la chambre et m'assis sur le bord du lit défait.

Malgré toute la richesse et la puissance de Hudson, personne ne venait le lui faire ?

C'était stupide, mais ce fut la première pensée qui me vint à l'esprit.

Et puis, toutes les autres questions déboulèrent, avec ce rythme incessant pour lequel mon cerveau ne semblait jamais fatigué. Qu'est-ce qui avait déclenché cette humeur chez Hudson ? Était-ce la fin de la conversation avec sa mère ? Ou la soirée en général ?

Peut-être avait-il vraiment du travail. Normalement, j'aurais dû travailler toute la soirée, moi aussi. Il n'avait donc pas prévu d'avoir à s'occuper de moi. Inutile d'attendre qu'il le fasse. Nous avions tous deux beaucoup de choses à régler, beaucoup de responsabilités. Surtout un homme comme Hudson.

Cela n'avait rien à voir avec moi, ni avec nous, j'en étais certaine. Cela faisait à peine deux heures qu'il m'avait répété qu'il était mien et que j'étais sienne. Non, son humeur n'avait rien à voir avec moi.

Et s'il me fallait une nouvelle preuve, il m'avait emmenée chez lui alors qu'il aurait pu me ramener chez moi. Il voulait que je sois ici, même s'il ne pouvait m'accorder toute son attention. Je le savais.

Je pris une profonde inspiration, puis j'expirai en décontractant mes muscles.

Et je lâchai tout.

J'abandonnai toutes ces pensées, toutes ces inquiétudes, tous ces doutes. Je n'allais pas faire de parano. Plus jamais. Fini les obsessions, fini les psychoses.

Je voyais les choses plus clairement à présent. Il était normal d'avoir des sautes d'humeur. Après tout, j'étais encore une étrangère à la vie de Hudson, nous étions en train de découvrir tous les deux ce qu'être en couple signifiait.

Je ne pouvais pas m'attendre qu'on devienne illico des experts en communication. Il fallait qu'on apprenne, ce qui demanderait du temps.

Et nous avions tout le temps.

Les yeux fixés sur la porte ouverte, je cherchai comment m'occuper. Télé ? Lecture ? J'avais le choix. Je pouvais aussi rejoindre Hudson dans la bibliothèque pour continuer à déballer les cartons.

Mon instinct me disait qu'il avait besoin d'espace. Même s'il avait refusé de m'écouter lorsque je lui avais dit de me laisser seule, sur le toit, là, cela ne marcherait pas. Hudson n'était pas comme moi. Moi, j'adorais qu'il s'occupe de moi, parfois de force, et j'en ressentais le besoin.

Toutefois, les murs derrière lesquels se barricadait Hudson étaient bien difficiles à faire tomber. C'étaient des montagnes, qu'il fallait gravir prudemment en s'accrochant fermement. Il faudrait parfois que je m'asseye sur une saillie pour attendre que l'orage passe avant de poursuivre mon ascension. Mais lorsque j'atteindrais le sommet, Hudson serait là, m'attendant, disponible, et nous profiterions ensemble de la vue sublime.

En ce moment, j'étais sur une saillie, parfaitement – et étonnamment – détendue.

Qui aurait cru que je pourrais être un jour être si détendue avec un homme ? Et je n'étais pas folle, j'arrivais à calmer mes crises de paranoïa toute seule.

Je me levai pour aller me regarder dans le miroir de la commode. Étais-je différente ? Paul l'avait prétendu. Mes yeux brillaient-ils plus fort ? Les cernes sous mes yeux s'étaient-ils estompés ? Est-ce que c'était comme ça quand on se sentait bien mentalement ? Mon reflet me disait que rien n'avait changé, mais pour moi, tout était entièrement nouveau et formidable.

Même lorsque Hudson était d'humeur mystérieuse et déstabilisante, je me sentais bien. Je me sentais forte, même.

Et j'allais emménager avec lui. Il pouvait bien s'isoler de temps en temps, je préférais être proche de lui physiquement, même si ce n'était pas le cas émotionnellement. Cette soirée nous avait prouvé que nous pouvions surmonter notre stress et le supporter plus facilement à deux.

Il était plus de vingt-deux heures, mais je décidai de me changer et d'aller faire un tour à la salle de sport. Je courus pendant quarante minutes et pris une douche rapide. Ensuite, après avoir hésité entre une nuisette, un t-shirt, ou simplement une culotte, je décidai de me mettre au lit toute nue. Je voulais envoyer un message à Hudson : *Je suis nue pour toi. À nu devant toi. Plus de barrières, plus de secrets.*

Lorsqu'il me rejoindrait plus tard, il comprendrait ce que je ne pouvais lui dire. Il saurait que je lui répétais ce qu'il m'avait dit plus tôt. *Je suis avec toi. Je suis avec toi.*

Je me réveillai plus tard dans la nuit, allongée sur le côté, avec le bras de Hudson autour de moi et sa main qui massait mon sein. En silence, il embrassa mon épaule et remonta le long de mon cou.

Je soupirai d'aise. Même à moitié endormi, mon corps était immédiatement au diapason avec le sien, prêt à le recevoir. Je glissai ma main entre mes cuisses et je caressai mon clitoris avant qu'il ne me pénètre. Nous trouvâmes vite notre rythme. Seuls nos souffles rompaient le silence.

Avant de jouir, j'eus envie de caresser son torse plutôt que ses fesses. Mes mains me paraissaient vides. Je réalisai tout à coup que notre position reflétait l'état de notre relation. Nous regardions tous les deux devant nous, nous cherchions à atteindre le même objectif, mais Hudson restait hors de portée. Mes mains cherchaient quelque chose qu'elles ne pouvaient pas vraiment saisir.

Nous jouîmes quasi en même temps, puis nous restâmes allongés un moment sans bouger ni parler. Lorsque nous retrouvâmes notre souffle, je rompis le silence.

– Où étais-tu parti, plus tôt ?

Il enfouit son nez dans mes cheveux.

– Qu'importe, je suis là maintenant.

J'avais dit à Mira que je parlerais à Hudson. Mais comment faire s'il se refermait sur lui-même ?

Peut-être était-ce pour le mieux, car ce qu'il acceptait de me montrer était lumineux et aveuglant, comme la lumière d'un phare dans la nuit noire. Je laissai de côté mes questions sans réponses quand il me retourna avant de s'allonger sur moi. Nous n'avions pas besoin de parler. Nous allions le faire avec nos corps, ondulant en symbiose comme les vagues dans l'océan. Ensemble.

– *Amore mio. Tesoro. Piccolina...*

Il me parlait italien. Il m'avait dit qu'il le ferait lorsqu'il me serrerait dans ses bras. Il plongea son regard dans le mien puis me pénétra à nouveau.

Il me répéta ces mêmes mots pendant l'amour, entre deux baisers dans le cou ou sur la bouche, ses va-et-vient s'accordant au rythme des paroles qu'il susurrait en me regardant droit dans les yeux.

– *Rimango con te.* Toujours. Je suis avec toi, *tesoro mio.*

CHAPITRE QUATORZE

Le soleil, encore bas dans le ciel, pénétrait dans la chambre par une fente entre les rideaux. Hudson ôta sa main de mon sein pour regarder sa montre.

– Je sais qu'on est samedi, dit-il en m'embrassant sur l'épaule, et qu'il est tôt, mais j'ai un truc à régler. Après ça, je te ferai l'amour non-stop pendant tout le reste du week-end.

– Très bien, s'il le faut.

Je n'étais pas encore remise de mes deux orgasmes matinaux. J'arrivais à peine à parler, et encore moins à réfléchir. Pourtant, moi aussi j'avais quelque chose d'important à faire. J'avais reculé depuis trop longtemps.

– Moi aussi j'ai deux ou trois choses à faire, donc ça tombe bien. Tu as de la chance.

– J'ai de la chance, en effet.

Hudson prit sa douche en premier. Pendant ce temps, je fis un footing dans la salle de sport. Quand j'en sortis, Hudson était retourné dans la bibliothèque. Je pris d'abord une douche puis, assise sur le bord du lit, enveloppée dans une serviette, je me mis à fixer l'écran de mon téléphone, en pensant au coup de fil que je devais passer. Je dus m'y reprendre à quatre fois pour laisser sonner au lieu de raccrocher avant la première sonnerie. Maintenant, je ne pouvais plus raccrocher, puisque mon numéro allait s'afficher. De toute façon, je doutais qu'il me réponde. Je ne savais pas pourquoi j'avais tellement peur.

J'eus l'impression d'attendre une éternité avant que mon frère ne décroche enfin.

– Mon Dieu Laynie, est-ce que ça va ?

Immédiatement, le ton angoissé de sa voix m'irrita. Soit il faisait semblant, soit il était sincère – mais dans tous les cas, c'était trop tard.

– Bien sûr que je vais bien, quelle question.

Même si je ne répondais pas à ses appels, ce n'était pas une raison pour s'inquiéter.

– Tu n'as pas mis les pieds au club de la semaine.

– De quoi tu parles ? J'y étais tous les jours.

Il avait l'air exaspéré.

– J'ai appelé et j'ai demandé à te parler tous les soirs. Tu n'étais jamais là. Au départ, j'ai cru que tu avais prévenu que tu ne voulais pas prendre mes appels, mais j'ai fini par donner un autre nom et par appeler depuis un autre numéro.

– Bon Dieu Brian, j'ignorais que le harcèlement était une tare génétique de notre famille.

– Ha ha, très drôle, dit-il sèchement.

Il n'avait jamais aimé que je plaisante au sujet de mes problèmes, c'était précisément la raison pour laquelle je le faisais.

– Je n'étais pas au club parce que je ne travaille plus de nuit, espèce d'imbécile.

Cela ne le regardait pas, mais j'avais envie de le lui dire – de me vanter, de l'entendre me féliciter.

– J'ai eu une promotion. Je m'occupe du marketing et de l'événementiel. En journée. Comme tu le voulais.

– Ah ! Waouh ! Félicitations, Laynie. Je suis fier de toi.

Pendant une demi-seconde je me sentis toute guillerette. Puis je me rappelai combien il avait été horrible avec moi – qu'il avait arrêté de m'aider financièrement et qu'il avait paniqué à cause de mes anciennes obsessions à l'idée que je sois en couple avec Hudson.

– Ne te fatigue pas, Brian. Je me fiche de ce que tu penses.

– Je suis sincère.

– Tu es simplement heureux que je fasse ce que tu avais prévu pour moi.

Brian pensait que le travail de nuit et l'environnement du club n'étaient pas un mode de vie adapté à quelqu'un comme moi, alors que c'était précisément le club qui m'avait sauvée après ma dernière rechute. Si je l'avais écouté, je travaillerais dans l'équipe marketing d'une des plus grandes entreprises américaines, en journée ; un travail respectable et extrêmement bien payé. Si je l'avais écouté, je me serais sentie étouffée et je me serais tellement ennuyée que je me serais tiré une balle dans la tête au bout de la première semaine.

– Ce n'est pas vrai, dit-il d'une voix pleine de regrets.

Je me sentis presque coupable.

– Attends, tu as obtenu cette promotion grâce à Hudson Pierce ?

Au diable la culpabilité.

– Non. Absolument pas. Mais merci de me poser la question, enfoiré.

– Tu t'attendais à quoi, Laynie ? Tu veux que j'oublie tout ce que j'ai vécu par ta faute juste parce que tu me dis que les choses ont changé ?

– Je ne sais pas à quoi je m'attends, Brian.

Il avait beau m'agacer au plus haut point, je ne pouvais pas lui en vouloir d'être rancunier. Ça avait été difficile pour lui de s'occuper de moi, et je devais admettre qu'il avait été là quand j'en avais eu le plus besoin. Financièrement en tout cas, si ce n'est sentimentalement. Il était probablement aussi meurtri que moi.

Mais le comprendre n'y changeait rien. Cela m'empêchait juste de le détester.

Je m'allongeai sur le lit et je me frottai les yeux.

– Qu'est-ce qu'il y avait de si urgent pour que tu me harcèles de coups de fil, de toute façon ?

Il avait dit qu'il en avait fini avec moi. J'avais donc supposé qu'on ne se parlerait plus.

Il se racla la gorge.

– Le bail de ton appartement prend fin ce mois-ci.

Bien sûr. Il voulait tout mettre en ordre.

– C'est pour ça que je t'appelais, en fait. Je déménage. Donc, fais ce que tu as à faire pour clore le contrat de location.

– Où est-ce que tu vas vivre ?

Si je lui disais que j'emménageais avec Hudson, il penserait que j'étais devenue folle, avec un F majuscule. Et puis qu'est-ce que cela pouvait lui faire ?

– Ça ne te regarde pas.

– Comme tu veux, fais ta garce. Tu penses sans doute que je le mérite.

J'ignorai sa tentative de culpabilisation.

– Qu'est-ce que tu veux que je fasse des clefs ?

– Tu n'as qu'à me les remettre en mains propres quand je viendrai. Tu comptes déménager quand ?

– La semaine prochaine, plus ou moins.

Connaissant Hudson, je savais qu'il ferait en sorte que j'aie déménagé le jour où je lui annoncerais la nouvelle. De toute façon, je n'avais pas grand-chose à emporter, le studio était meublé.

En revanche, je ne voulais absolument pas voir Brian.

– Pourquoi as-tu besoin de venir ?

– Pour m'assurer que tout est en ordre avant de le rendre. Je veux récupérer ma caution.

Je me rassis brusquement.

– Tu y étais lundi, Brian. Tu as vu qu'il était nickel. Je n'ai pas détruit l'appartement après ton départ, si c'est ce que tu penses. Tu crois que je ferais ça juste parce que je suis énervée contre toi ?

– Je ne sais pas de quoi tu es capable, dit Brian en haussant le ton. Plus rien ne me surprend, en ce qui te concerne.

– Cette conversation ne nous mène à rien. Envoie-moi un message quand tu seras en ville et je te ferai parvenir tes putains de clefs. En dehors de ça, on n'a plus rien à se dire.

Je raccrochai et jetai mon téléphone sur le lit.

Qu'est-ce qui nous avait tant éloignés ? En principe, la perte soudaine de nos parents aurait dû nous rapprocher, nous souder... On s'aimait, bien sûr, mais aimer ne suffisait pas, je l'avais compris en thérapie.

J'évitai de faire des comparaisons avec Hudson. C'était une question que je préférais ne pas aborder. Hudson, lui, m'avait apporté un véritable soutien émotionnel, pas une simple aide financière.

Je devais couper les ponts avec Brian. Cette pensée m'était douloureuse, du coup je la rangeai dans un coin de ma tête. Qu'importe si Brian était la seule famille qui me restait ? Ce n'était rien.

Je me rassis, prête à m'habiller, lorsque mon téléphone se mit à vibrer pour m'annoncer un email. J'en recevais rarement, mais comme mon adresse professionnelle n'était pas encore activée, j'avais dû passer par celle-ci pour envoyer mes propositions à Julia. Je pris mon téléphone, en essayant de garder la tête froide. J'appuyai sur l'icône du email et retins ma respiration en lisant le courrier. Lorsque j'atteignis la fin du premier paragraphe, j'étais presque sur le point de danser. Le email venait bien d'Événementiel Plus, c'était une bonne nouvelle.

Je m'empressai d'enfiler un short et un débardeur blanc, sans me préoccuper des sous-vêtements, puis je sautillai dans la cuisine pour attraper quelque chose à manger avant de courir annoncer la nouvelle à Hudson. Sur le comptoir, je trouvai un demi-bagel et une banane, posés à côté d'une tasse de café. Je souris devant les attentions permanentes de Hudson. Emménager avec lui était vraiment une bonne décision.

Il ne me restait plus qu'à le lui annoncer.

Mais d'abord, le boulot.

Après avoir avalé trois bouchées du bagel, je pelai la banane, pris ma tasse, et filai dans la bibliothèque.

Hudson était au téléphone, dos à moi, regardant la vue sur la ville. Son ton était sec et autoritaire, et il parlait un mélange d'anglais et de japonais. Waouh, Hudson parlait aussi japonais ? Il ne cesserait jamais de me surprendre, et j'adorais ça.

Je ne voulus pas le déranger, alors j'allai me percher sur le bord du bureau, sans faire de bruit. Il m'entendit néanmoins et il se tourna vers moi sans perdre le fil de sa conversation. Il portait un jean moulant et un polo bleu qui accentuait ses abdos et – bon sang – il était canon. Je n'étais pas habituée à le voir en tenue décontractée, mais comme toujours, il m'émoustillait. Surtout quand je l'entendais diriger ses affaires. Il m'avait dit que mon intelligence l'excitait, mais il n'avait pas idée de l'effet que me faisait la sienne.

Il eut l'air tout aussi captivé par moi, il ne me quitta plus des yeux pendant la suite de son appel. Peut-être que ma façon de grignoter ma banane était un brin provocatrice, mais je ne pouvais pas m'en empêcher. C'était impossible quand Hudson était dans la même pièce.

Lorsque son coup de fil prit fin, il reposa le combiné sur sa base et son regard me détailla de haut en bas, comme s'il me faisait déjà l'amour dans sa tête.

Son regard brûlant m'embrasa, mon corps se chargea d'électricité.

– Je te dérange ?

– Pas du tout. J'ai fini pour la journée, dit-il avant d'expirer en sifflant pendant que j'avalais ma dernière bouchée de banane. Enfin, j'ai terminé le travail.

– Apparemment ton coup de fil était plus productif que le mien.

Je suçai le bout de mon pouce, feignant d'enlever des bouts de banane qui n'existaient pas.

Lorsque je m'apprêtai à passer à mon index, Hudson s'en saisit et le suça.

– Je ne sais pas comment j'ai réussi à me concentrer en admirant ta bouche splendide s'occuper de cette banane. Mais c'était ce que tu voulais, bien sûr.

– Je ne sais pas de quoi tu parles, dis-je en haussant les épaules.

– Quelle allumeuse, poursuivit-il, tout sourire, en s'asseyant dans son fauteuil. À qui tu parlais ?

– À mon frère. C'était douloureux.

– Tu veux me raconter ? demanda-t-il, en caressant mes mollets.

– Non, je ne vais pas le laisser pourrir ma journée, et cette journée est fabuleuse. Tu sais pourquoi ?

– Parce que je suis sur le point de te sauter dessus ?

– Oui, pour ça aussi.

Mon Dieu, ça aussi. Mon cœur s'emballa et je frissonnai d'impatience.

– Mais aussi parce que la boîte d'événementiel que j'ai rencontrée m'a proposé un deal, continuai-je.

– Ça ne m'étonne pas. Tu es brillante, tu te souviens ? dit-il en souriant tout en effleurant ma peau du bout des doigts. Tu parles d'Événementiel Plus ?

Je me contractai sans le vouloir.

– Waouh, tu as une bonne mémoire.

J'avais espéré qu'il oublierait les détails, car s'il y prêtait trop attention, il risquait de découvrir que Paul Kresh en faisait partie.

– Seulement quand ça te concerne.

C'est bien ce qui me fait peur. Je souris, feignant d'adorer l'intérêt qu'il me portait, ce qui était généralement le cas. Mais pas quand il s'agissait d'Événementiel Plus.

– Félicitations. J'ai hâte de voir ce que vous allez faire ensemble.

Il se pencha en avant pour déposer un baiser sur le haut de ma cuisse, à la fois si près et si loin de l'endroit où je désirais tant sentir sa bouche.

– Moi aussi, dis-je en inspirant brusquement lorsqu'il embrassa l'intérieur de ma cuisse. C'est un début. Je suis super excitée.

Je n'étais plus tout à fait sûre que je parlais d'affaires.

Hudson prit ma main et m'attira vers lui, m'asseyant à cheval sur ses cuisses.

– Alors on a eu des bonnes nouvelles tous les deux, aujourd'hui.

– Raconte-moi la tienne.

Je caressai les muscles fermes de son torse que je sentais sous le tissu de son t-shirt.

Il ferma les yeux un moment et je sus qu'il savourait lui aussi mes caresses. Ses mains se mirent à imiter mon geste, en caressant mes seins à travers mon débardeur.

– J'étais au téléphone avec un contact au Japon. Je lui ai demandé de préparer ma venue là-bas dans les prochains jours.

Mes mains cessèrent leurs mouvements.

– Quoi ? Pourquoi ?

Le Japon était si loin... L'idée qu'il parte, même quelques jours, m'était difficile à supporter.

– Pour faire une offre de rachat pour Plexis.

– Vraiment ? Oh, Hudson, c'est super !

– J'ai contacté l'homme que tu as entendu. Il s'appelle Mitch Larson, dit Hudson en continuant à masser mes seins, pendant que mon corps ondulait sous ses caresses. Il n'a pas le pouvoir de décision pour la vente, mais il m'a présenté à son patron au Japon. Je n'aurais jamais obtenu l'entretien si je n'étais pas passé par Mitch, poursuivit-il en pinçant mes tétons jusqu'à ce qu'ils pointent fièrement. Et je n'aurais jamais eu l'idée d'aborder Mitch sans toi.

Je remuai, pour que ses mains me caressent là où j'en avais tellement envie, dans mon entrejambe.

– Je ne serais pas allée à cette soirée sans toi.

– Tu aurais facilement pu ignorer la conversation. Ou tu aurais pu ne pas me le dire. Or tu me l'as dit. Voilà pourquoi je te suis reconnaissant.

Ses mains, toujours posées sur mes seins, étaient encore trop loin. Je voulais les sentir sur ma peau nue, sans la barrière des vêtements. Et vite. Il fallait qu'il me prenne.

Je me penchai pour lui chuchoter à l'oreille.

– Reconnaissant à quel point ?

– Je crois que tu le sais.

Il avança ses hanches et je sentis son érection – enfin – contre mon sexe.

Il pencha la tête en arrière pour m'embrasser, mais il prit son temps, effleurant mes lèvres avec son nez, léchant la courbe de mon menton, mordant ma lèvre inférieure si lentement que je n'en puis bientôt plus. Je posai mes mains sur ses joues et j'écrasai ma bouche sur la sienne. Je titillai ses dents du bas jusqu'à ce qu'il plonge sa langue dans ma bouche. Je lui retournai son baiser en m'emparant de la sienne, suçant sa langue comme si c'était sa verge. Je me délectai du gémissement rauque que je lui arrachai.

Ses mains montèrent et descendirent le long de mon dos sans passer sous mon t-shirt et j'en tirai le bas afin qu'il comprenne ce dont j'avais besoin.

Au lieu de s'exécuter, il posa ses mains sur mes épaules et me fit reculer légèrement. Nous étions tous deux à bout de souffle. J'étais confuse et si excitée que je ne tenais plus en place.

– Alayna, il faut que je te dise quelque chose, me dit-il en me tenant les hanches pour m'immobiliser. À propos d'hier, quand je t'ai proposé d'emménager ici.

Merde, il avait changé d'avis ? Alors qu'on était en train de s'allumer ?

– Oui ?

– Je ne veux pas que tu vives ici...

Il s'arrêta et je paniquai à l'idée qu'il ait fini sa phrase.

Mais il continua, Dieu soit loué.

– ... parce que je veux pouvoir te contrôler. Je te veux ici avec moi parce que je ne le supporte pas quand tu n'es pas là. Je veux que tu vives ici parce que je veux que tu sois avec moi. Tout le temps.

C'était parfait. Absolument parfait.

J'expirai en tremblant.

– D'accord.

Son corps se détendit et ses épaules retombèrent.

– Tant mieux. Je voulais que tu le saches.

– Non, non, pas "d'accord, je comprends". Enfin, si, ça aussi. Je voulais dire "d'accord, j'emménage avec toi".

Hudson haussa les sourcils, étonné.

– C'est vrai ?

– Pourquoi es-tu si surpris ? Tu dois être habitué à obtenir ce que tu veux, je parie que tu ne perds jamais.

– Presque jamais. Mais en général je dois me battre d'abord. Et j'étais prêt à me battre pour ça. Pour toi. C'est beaucoup plus simple que je ne l'avais prévu.

– Probablement parce que j'avais déjà décidé de te dire oui. Mais même si ça n'avait pas été le cas, tu m'aurais convaincue. Hudson, je veux être avec toi, moi aussi. Toujours. Et je me fiche que les gens pensent que c'est dingue ou que c'est trop tôt, parce que je suis déjà folle et que je suis follement amoureuse de toi.

– Alayna.

Sa voix était rauque et lourde, comme si en prononçant mon prénom, il exprimait tout ce qu'il ne pouvait verbaliser. Ce simple mot me faisait ressentir une émotion nouvelle, profondément ancrée, à la fois puissante et euphorique. Je tombais de nouveau amoureuse de quelqu'un que j'aimais déjà de tout mon cœur.

Il se dépêcha d'enlever mon t-shirt et de nous soulever du fauteuil, juste assez pour libérer son sexe. Je le pris dans mes mains et le caressai avec une frénésie désespérée, pendant que lui m'embrassait fougueusement. Sans me quitter des yeux, il s'attaqua à mon short, tirant dessus comme s'il voulait le déchirer. Après plusieurs minutes de lutte contre le tissu, il se mit à fouiller dans un tiroir du bureau derrière moi, à tâtons.

Quelques secondes plus tard, il découpait mon short aux ciseaux.

Je n'aurais jamais imaginé qu'il serait aussi excitant de voir quelqu'un découper mes vêtements. Déchirer mes strings était une chose, mais prendre des ciseaux et couper aussi près de ma peau – me faisait mouiller comme jamais auparavant, emportée que j'étais par son besoin animal de sentir ma peau nue contre la sienne.

Lorsqu'il eut jeté le tissu déchiré par terre, il glissa ses mains sous mes fesses et me souleva. J'étais tellement humide que je glissai facilement sur son sexe, et je le recouvrais entièrement.

– Oh mon Dieu, Hudson !

Je le sentais si parfaitement dans cette position, je sentais les pulsations de sa verge contre les parois de mon vagin. Je me cambrai en arrière. Puis je m'appuyai sur mes genoux pour remonter le long de son sexe et redescendre aussitôt, à une vitesse effrénée qui ressemblait davantage à la façon dont Hudson me faisait l'amour.

L'orgasme arriva sans crier gare, ralentissant mes mouvements de bassin. Je fis tout mon possible pour garder le rythme pendant que les vagues du plaisir qui me parcouraient me faisaient trembler et frissonner, jusqu'à ce que je m'abandonne dans un hurlement.

Je ne remarquai pas qu'il avait déplacé le fauteuil, avant de sentir le bureau dans mon dos. De cette façon, Hudson pouvait prendre le contrôle. Ses va-et-vient étaient précis et maîtrisés. Je passai mes jambes autour de sa taille et il nous déplaça de façon que le fauteuil lui serve de point de chute plus que de soutien.

Lorsque je repris mes esprits, je remarquai les fenêtres derrière moi. Nous avions beau être au dernier étage d'un gratte-ciel, l'idée que quelqu'un puisse nous voir ajoutait encore une touche d'érotisme à la situation. Une tension délicieuse commençait déjà à reprendre forme dans mon bas-ventre. Elle s'intensifia encore lorsque Hudson se vida en moi avec un grognement bestial et rauque.

Il ne nous laissa pas le temps de récupérer. Il m'allongea sur le bureau. Il poussa la chaise de côté et s'agenouilla entre mes jambes, en posant mes pieds sur le bord du bureau. J'étais nue et offerte devant les fenêtres, devant mon amant – j'étais sur le point de vivre un deuxième orgasme sans que la langue de Hudson m'ait touchée.

Il ne me taquina pas et ne prit pas son temps comme d'habitude. Il suça et lécha mon clitoris à petits coups de langue, ce qui me fit jouir instantanément. Il ne s'arrêta pas pour autant, et ce fut trop – trop intense. Mes sens étaient déjà à vif, je reculai mes hanches.

– Encore, dit Hudson avant de m'attaquer à nouveau.

– Non ! m'écriai-je en me cambrant, mais ses mains tenaient fermement mes chevilles. Je n'en peux plus.

– Encore.

Il était déterminé et je ne lui ferais pas changer d'avis, mais il changea son approche, abandonnant mon clitoris pour plonger sa langue en moi.

Mes mains agrippèrent sa tête, empoignant ses cheveux tandis qu'il m'emmenait à nouveau vers la jouissance, remontant sa langue jusqu'à mon clitoris pour ensuite redescendre et replonger entre mes lèvres.

Quelque part dans la partie de mon cerveau qui pouvait encore réfléchir, je savais ce qu'il faisait. Il me remerciait. Il me montrait à quel point il était heureux que j'aie décidé d'emménager avec lui. Il avait joui très vite mais il allait bientôt être prêt à recommencer, je le savais. Il bandait probablement déjà, excité qu'il était de me lécher. Cependant, au lieu de me pénétrer, il me laissait prendre tout le plaisir. C'était un message, et je l'avais reçu cinq sur cinq.

Il ralentit la cadence mais son ardeur resta la même. Mon orgasme suivant vint plus difficilement et il me l'arracha avec un dévouement charmant, me faisant chavirer et frissonner quand la vague de chaleur se répandit à travers tout mon corps, jusque dans mes orteils.

Hudson resta entre mes jambes jusqu'à ce que je me sois calmée, en me léchant délicatement, le temps que mon cœur reprenne un rythme normal.

Puis il se leva et m'allongea sur le canapé.

Il me regarda, les yeux à demi fermés, pleins de désir, en se déshabillant. Je ne m'étais pas trompée – sa queue était déjà dure. Il s'allongea à côté de moi et me prit dans ses bras. Il caressa tendrement mes cheveux et chuchota dans mon oreille.

– Je sais que ça peut paraître effrayant et que notre situation n'est pas idéale, mais tu es tout ce qui est bon pour moi. Rien dans ce monde ne m'importe à part toi. Je peux représenter la même chose pour toi. Je le sais. Et tu n'imagines pas à quel point je suis reconnaissant que tu me laisses la chance de te le prouver.

Je roulai sur le côté pour lui faire face.

– Tu n'as rien à prouver. Tu es déjà tout ce qui est bon pour moi.

– Chuuut, susurra-t-il en déposant un baiser sur mon front. Pas encore. Je ne t'ai pas encore donné tout ce dont tu as besoin.

Mon cerveau fonctionna à toute vitesse pour comprendre ce dont il parlait, ce qu'il ne m'avait pas donné. Les trois mots. C'était la seule possibilité. Mais je le savais sans qu'il ait besoin de me le dire. Je le savais à travers chaque fibre de mon corps.

– Ce n'est pas grave Hudson. C'est...

Il me coupa la parole.

– Si, ça l'est. Mais je veux que tu saches que j'y travaille et que je n'abandonnerai pas avant d'en être capable. Tu m'entends ? Ne m'abandonne pas, dit-il d'un air sérieux que je ne lui connaissais pas.

– Je ne t'abandonnerai pas, promis-je en caressant son visage. Il frotta sa joue contre la paume de ma main. Comment peux-tu penser cela ? Je t'aime Hudson. Je t'aime tellement.

Il ferma les yeux, comme si ma déclaration était difficile à entendre.

– Je ne mérite pas ton amour. Je ne le mériterai jamais.

– Tu mérites bien plus que ça, Hudson.

– On est en désaccord sur ce point. Il va falloir qu'on s'y résigne. Tourne-toi, ordonna-t-il en repoussant mon épaule.

Je me tournai pour faire face au dos du canapé et je sentis immédiatement l'érection de Hudson contre mes fesses. Il souleva ma jambe et la passa derrière lui avant de me pénétrer à nouveau.

– Cette fois-ci, murmura-t-il entre deux baisers dans mon cou, on va prendre notre temps.

CHAPITRE QUINZE

Comme je l'avais prévu, Hudson voulut que j'emménage avec lui tout de suite. Correction – tout de suite après que nous eûmes refait l'amour. Plein d'un enthousiasme que je ne lui connaissais pas, il organisa tous les préparatifs nécessaires avec "son staff" et, dès le samedi soir, mes maigres possessions avaient été emballées et livrées au penthouse. Cela se passa si vite que je n'eus pas le temps d'angoisser, et chaque fois que la panique menaçait de s'emparer de moi, je me promettais d'en parler à ma thérapie de groupe du lundi.

Défaire mes cartons fut simplissime. Presque toutes mes affaires pouvaient être rangées dans l'armoire de la chambre – *notre* chambre. Un seul meuble dut migrer dans la chambre d'amis – un coffre en merisier qui appartenait à ma mère. Le dimanche soir, j'avais fini mon déménagement, et mes courbatures étaient plus dues aux “pauses” que Hudson et moi prenions qu'au déballage de mes cartons.

Le lundi arriva trop vite. Ce ne fut pas complètement horrible cependant, car j'adorais notre routine matinale. Nos réveils sonnaient en même temps, puis nous fêtions la nouvelle journée sous la douche, nous nous préparions côte à côte dans la salle de bain avant de petit-déjeuner dans la cuisine. Tout cela était merveilleux. La nouveauté rendait tout excitant et je n'avais pas peur puisque je savais que ce n'était pas temporaire. J'allais au club en sautillant d'un pas léger, chose rare pour moi qui n'avais jamais été du matin.

J'étais de si bonne humeur que je débutai ma journée de travail par ce qui me paraissait le plus difficile : reprendre rendez-vous avec Aaron Trent. J'étais persuadée qu'il n'avait accepté notre premier rendez-vous qu'à cause de Hudson. Lorsqu'il avait annulé, vendredi soir, il avait confirmé mes doutes. Il aurait suffi d'un coup de fil de mon petit ami pour m'obtenir un nouveau rendez-vous, mais je voulais me débrouiller toute seule.

Comme je n'avais pas son numéro personnel et que je ne voulais pas passer par Hudson, je dus appeler le numéro de l'agence indiqué sur le site Internet. Je fus transférée deux fois avant de pouvoir parler à l'assistante de Trent.

– J'ai besoin de prendre rendez-vous avec Aaron Trent. Pouvez-vous m'aider ?

La voix à l'autre bout du fil était pétillante et professionnelle.

– Je vais noter votre demande, mais je devrai vérifier avec lui avant qu'un rendez-vous ne soit fixé.

– Je comprends, dis-je en passant ma main sur mon visage.

Je ne sais pas ce qui m'avait pris de penser que je pourrais parler directement à Trent. Cependant, je me résignai et lui donnai mes coordonnées.

– Je suis Alayna Withers, du Sky...

– Mademoiselle Withers, me coupa Miss Pétillante. Je ne savais pas que c'était vous. Monsieur Trent a dit que si vous appeliez, je pouvais prendre rendez-vous avec vous au moment qui vous convenait.

– Ah, d'accord.

Peut-être n'avait-il pas prévu de me poser un lapin, après tout. J'étais agréablement surprise. Non que je sois naïve au point de penser que son envie de me rencontrer ait quoi que ce soit à voir avec moi, plutôt qu'avec mon amant, mais je savais que si je l'avais en face de moi, je serais capable de l'épater.

Nous convînmes de nous voir un soir en fin de semaine, mais avant de raccrocher, je posai la question qui me taraudait.

– Excusez-moi mais, savez-vous pour quelle raison monsieur Trent a annulé ? Je sais que ça ne me regarde pas, mais je suis curieuse.

Miss Pétillante eut l'air surprise.

– Ce n'est pas monsieur Trent qui a annulé ; une femme qui travaille à votre club a appelé vendredi après-midi pour dire que vous aviez un empêchement. J'ai supposé que c'était vous.

C'était impossible. Personne ne savait que je voyais monsieur Trent ce jour-là, à part David et Hudson. Et la dernière fois que j'avais vérifié, ni l'un ni l'autre n'étaient des femmes.

– Ce n'était pas moi. Vous en êtes sûre ?

– Absolument, c'est moi qui ai pris l'appel.

Soit quelqu'un avait annulé mon rendez-vous sans ma permission, soit elle me prenait pour un pigeon. Quoi qu'il en soit, Miss Pétillante pouvait raccrocher, pendant que je chercherais la réponse.

– Au temps pour moi. Merci beaucoup et veuillez présenter mes excuses à monsieur Trent pour le dérangement que cela a pu lui occasionner.

– Honnêtement, dit-elle à voix basse, comme si elle allait me faire une confidence, ça l'a arrangé, au final. Il aurait raté un bal avec sa fille si vous n'aviez pas annulé, et Rachel est du genre qui tolère mal les déceptions. Vous lui avez rendu service en annulant, en fin de compte.

Dans ce cas, c'était probablement Rachel Trent qui avait annulé. Je n'avais jamais été proche de mon père, mais je pouvais comprendre qu'elle ait envie d'être avec le sien. Moi aussi, j'avais usé de manipulations lorsque j'étais adolescente.

Je remerciai Miss Pétillante, je raccrochai, et je passai à mes tâches suivantes.

Il était presque quinze heures lorsque la sonnette de l'entrée de service retentit. Je regardai la vidéo de surveillance, puisque nous n'attendions aucune livraison, et découvris le visage souriant d'Élise.

– J'arrive tout de suite, lui dis-je dans l'interphone avant de courir lui ouvrir.

Je tendis les bras pour l'accueillir et la laissai me prendre dans les siens. Élise était une des rares personnes à qui je permettais de me toucher, et seulement de temps à temps.

– Qu'est-ce que tu fais ici, si tôt ? demandai-je, mon visage encore enfoui dans ses cheveux. Tu travailles ce soir ?

– Non, je suis de repos, répondit-elle en me tapant dans la main. On peut se voir plus tard, si tu veux.

– Avec plaisir. J'ai une session de groupe à dix-sept heures trente. Peut-être après ça ?

– Génial. Je viens de boire un café avec des amis à côté.

Ils veulent que j'aille à un concert avec eux la semaine prochaine donc je suis venue voir le planning. Il est affiché ?

– Ouais, je crois que je l'ai vu. Monte.

Nous gravîmes les escaliers et je trouvai le planning parmi les feuilles entassées sur le bureau de David. Je me tournai pour le donner à Élise lorsque j'aperçus une silhouette dans la porte. Il me fallut une seconde de plus pour réaliser que c'était Hudson. J'avais presque oublié qu'il avait ses propres clefs.

– Salut ! Qu'est-ce que tu fais là ?

C'était une belle surprise de le voir en plein après-midi, mais cela restait un peu étrange.

Son visage était fermé, inexpressif.

– Il faut que tu viennes avec moi.

– Pourquoi ? Qu'est-ce qui se passe ?

J'avançai vers lui et m'arrêtai lorsque je vis la tension qui émanait de son corps, sa mâchoire contractée et son regard sombre.

– Eh, tu es en colère contre moi ?

Ce serait la première fois. Je ne l'avais jamais vu aussi furieux.

– Prends tes affaires et suis-moi, aboya-t-il, comme s'il lui était difficile de rester civil.

– Waouh, ce côté petit chef est vraiment torride, dit Élise sans prendre la peine de baisser la voix.

Moi aussi, je trouvais souvent son autorité excitante. Mais pas cette fois-ci. Son ton comme son langage corporel m'effrayaient. Je ne le pensais pas capable de me faire du mal – pas physiquement, et pas intentionnellement –, mais il était très agité et j'avais l'impression qu'il ne se maîtrisait plus.

Je croisai les bras en signe de défiance.

– Hudson, je ne vais pas partir juste parce que tu me le demandes. Je veux en savoir plus.

– Alayna, je ne vais pas faire ça ici, cracha-t-il en tremblant. Tu vas prendre tes affaires et me suivre. Tout de suite.

Ce n'était ni une suggestion, ni une invitation. Ce n'était pas même un ordre. C'était une déclaration : c'était ce que j'allais faire, tout simplement.

Il savait.

Cette certitude s'abattit sur moi avec une telle violence que j'en eus le vertige. Je me sentis soudain à bout de souffle.

Je ne savais pas lequel de mes secrets il avait découvert, mais cela ne faisait aucun doute qu'il en avait découvert au moins un. Je compris alors que si je voulais que notre couple survive, je devrais faire ce qu'il me disait. Hudson avait toutes les raisons d'être en colère contre moi – des raisons tout à fait valables. Pour sauver notre relation, j'allais devoir endurer sa colère – que je méritais.

Je commençai à prendre mon sac, prête à le suivre, lorsque je me souvins qu'Élise était là.

– Je... Je ne peux pas laisser une employée seule ici. David n'arrive pas avant dix-sept heures.

– Ne t'en fais pas Laynie, dit Élise en me montrant la paume de sa main sur laquelle elle avait écrit son planning. J'ai ce dont j'avais besoin. Je pars avec vous.

Je trouvai presque drôle qu'Élise ne comprenne pas la gravité de la situation, qu'elle suppose que l'attitude de Hudson était habituelle et que j'aimais ça. C'était marrant, mais j'étais trop angoissée pour en rire.

Je déglutis, essayant de ravaler la boule d'angoisse qui s'était formée dans ma gorge, et j'observai Hudson sans croiser son regard.

– Il faut que je ferme tout. J'ai ouvert le bar quand je me suis servie un thé glacé tout à l'heure, et les ordinateurs sont encore...

Les poings de Hudson étaient serrés et plaqués contre

ses cuisses. Je devinai qu'il était à deux doigts de perdre patience.

– Écris à David et dis-lui que tu as dû partir en urgence. Allume l'alarme de l'entrée principale. Ça ira très bien. Je doute que ça gêne David, ajouta-t-il sèchement.

Alors c'était David ? C'était pour ça qu'il était furieux ?

Je sortis sans voir ce qui m'entourait. J'avançais de façon automatique, pendant qu'Élise me parlait de la nouvelle barmaid. Je pense que j'ai hoché la tête aux bons moments, cependant. Elle ne me reprocha pas mon manque d'attention.

À l'entrée, je dus m'y prendre à trois reprises pour entrer le bon code et brancher l'alarme, tellement mes mains tremblaient. En sortant, après être restée aussi longtemps dans la pénombre du club, la lumière du jour m'aveugla. Élise me dit au revoir en me serrant la main.

– On remet à plus tard notre soirée entre filles. Amuse-toi bien avec le Big Boss, dit-elle en jouant des sourcils, avant de s'éloigner en direction de la station de métro.

Il n'y avait aucune voiture garée devant le club. Lorsque je me tournai vers Hudson, je vis qu'il se dirigeait vers les magasins voisins. Je le rattrapai en courant, je ralentis juste avant de l'atteindre. Il serait plus facile d'éviter son regard si je me tenais légèrement derrière lui.

Nous marchâmes en silence pendant que mon cerveau essayait de cerner la situation. Nous nous dirigions vers le parking central. Il avait dû conduire lui-même et garer sa voiture sur une des places allouées au club. D'habitude, il ne conduisait lui-même que pour le plaisir, or il n'avait vraiment pas l'air d'être d'humeur légère. Il devait y avoir une autre raison pour qu'il n'ait pas pris son chauffeur. Peut-être qu'il était trop irrité pour avoir la patience de l'attendre ? Il avait dû prendre le volant, fou de rage. J'essayai de l'imaginer – dans son bureau, plongé dans son travail lorsque... quoi ? Qu'était-il arrivé pour qu'il lâche tout et déboule au club ? C'était la question à un million de dollars. Ou plutôt à cent millions de dollars, puisqu'il s'agissait de Hudson Pierce.

Dans le parking, Hudson appuya sur le bouton de son porte-clefs et la Maybach annonça sa présence. Elle était garée sur une des deux places VIP du club. En dépit de sa froideur, il m'ouvrit la portière et me rappela d'écrire à David avant de faire le tour de la voiture pour s'installer dans le siège conducteur.

Je me hâtai d'envoyer un message à David qui soit compréhensible, sans pour autant le laisser deviner qu'il y avait un problème.

Cela dit, était-ce vraiment le cas ? Non, sûrement pas. Être amoureuse de Hudson n'impliquait pas qu'il existe un accord tacite entre nous que j'aurais brisé en gardant des secrets. Rien de tout cela ne signifiait que je devais rester assise comme une enfant attendant d'être punie. J'étais une grande fille. Bien sûr, je devais assumer mes actes, mais je ne méritais pas d'être traitée ainsi sans savoir pourquoi.

Nous venions de sortir du parking lorsque je décidai de rompre le silence.

– Qu'est-ce qui se passe ?

Il ne répondit pas.

– Hudson ?

– Je n'ai pas envie d'en parler.

Une veine dans son cou se mit à pulser. Je ne l'avais jamais vu comme cela. Pas même lorsqu'il m'avait accusée de coucher avec David.

David. J'étais prête à parier qu'il s'agissait de David. Pourtant je devais prendre mes précautions, je ne voulais rien révéler. Je dus lutter contre l'envie de tout lui raconter, de lui avouer chacune de mes petites trahisons. Mais j'avais trop peur de le perdre, je choisis donc de m'excuser sans entrer dans les détails.

– Quoi que j'aie fait, je suis désolée. Je suis désolée, et je ferai tout ce qu'il faudra pour me faire pardonner.

Un taxi klaxonna lorsque Hudson lui coupa la route en changeant de file.

– Alayna, je ne veux pas en parler pendant que je conduis.

Il accéléra pour passer au feu orange et je m'agrippai à la poignée de la portière.

– Ouais, bonne idée. Concentre-toi sur la route parce que tu me fais peur.

– Tant mieux. Tu devrais peut-être avoir peur, dit-il en me lançant un regard bouillant de rage.

Je n'essayai plus de dire un mot. Sa conduite ne s'améliora pas pour autant. Je fus infiniment soulagée qu'on ne soit plus très loin du penthouse. Je ne savais pas qu'il y avait un parking souterrain jusqu'à ce qu'on entre dans le tunnel pour nous garer à côté de sa Mercedes. *Tiens donc, je me demandais bien où il la laissait lorsqu'il ne la conduisait pas.*

Avec Hudson, je m'étais habituée à ce que toutes les portes me soient ouvertes, mais je bondis hors de la voiture dès qu'il se fut garé. Il pouvait être en colère autant qu'il le voulait, et peut-être que je le méritais, mais je n'étais pas obligée de tout encaisser sans réagir.

Nous montâmes au penthouse dans un silence de mort. Dès que les portes de l'ascenseur s'ouvrirent, Hudson se dirigea vers le bar. Je le suivis, bras croisés, et j'attendis qu'il soit prêt à me parler.

Il se versa un verre de scotch et en but la moitié avant de me faire face.

– Dis-moi une chose. Une seule chose, et réfléchis bien avant de me répondre, parce que je veux pouvoir croire ce que tu me dis, dit-il d'une voix froide et mesurée.

Je m'appuyai sur le dos du canapé, tremblante.

– Est-ce que tu l'aimes encore ?

Alors il s'agissait bien de David. Je ne savais pas comment Hudson l'avait appris – je voyais mal David approcher son patron pour parler de ses aventures sexuelles avec moi. Surtout lorsque David avait mis fin à notre relation *justement* pour ne pas que Hudson l'apprenne.

Peu importe comment il l'avait appris. Ce qui importait était que je mette les choses au clair tout de suite.

– Non, je ne l'aime pas. Je ne l'ai jamais aimé.

Hudson ferma brièvement les yeux, l'air soulagé. Mais lorsqu'il les rouvrit, son regard n'était pas moins glacial.

– Alors, quoi que tu aies ressenti – que ce soit de l'attirance ou de l'obsession –, tu le ressens encore ?

– Je n'ai jamais ressenti ces choses. Il était sans risque. On s'est bécoté une ou deux fois, c'est tout.

Je grimaçai en voyant l'expression blessée de Hudson.

– Crois-moi. C'était juste un mec avec qui je m'entendais bien, mais pas assez pour me rendre folle, ajoutai-je.

Pas comme toi. Jamais comme toi.

– Alors pourquoi il a porté plainte contre toi ?

Mes oreilles se mirent à bourdonner et ma tête se mit à tourner.

– Attends, de quoi tu parles ?

Le seul à avoir porté plainte contre moi était Paul. Et le fait que je travaille avec Paul était un secret bien plus lourd que mon histoire avec David.

Je m'agrippai au canapé derrière moi en attendant qu'il prononce son nom.

– Paul Kresh.

– Ah, dis-je avant de hocher la tête pendant plusieurs secondes. Ah.

Il n'y avait rien d'autre à dire. Je n'avais aucune défense, aucune excuse.

– Tu as appris pour Paul.

Il grinça des dents si fort que je l'entendis.

– Comme tu sais que je suis déjà au courant, tu dois parler du fait qu'il est un des associés d'Événementiel Plus.

Je secouai la tête.

– Tu ne savais pas ? demanda-t-il d'une voix pleine d'espoir.

Il espérait que je réponde non. Mais je ne pouvais pas mentir. C'était une chose de ne pas lui dire, c'en était une autre de lui mentir.

– Techniquement, il n'est pas associé, ta question est injuste.

– Bon sang, Alayna. Ne te cache pas derrière des détails. J'aimerais pouvoir penser que tu n'es pas assez stupide pour signer un contrat qui te mette en relation avec quelqu'un que tu n'as pas le droit d'approcher, par ordre d'un juge. La Alayna que je connais ne ferait jamais un truc aussi idiot.

Sauf que *j'avais* signé ce contrat. Le matin même, d'ailleurs.

– Apparemment tu ne me connais pas vraiment.

Il posa brutalement son verre sur le bar.

– Ce n'est pas un jeu, putain !

– Tu crois que je ne le sais pas ? m'écriai-je aussi fort que lui. C'est *moi* qui n'ai pas le droit de l'approcher. Je suis au courant de la gravité de la situation.

Je plantai mon index dans ma poitrine avec tant de force que je sus que j'allais avoir un bleu.

– Alors pourquoi ? demanda-t-il en me regardant avec des yeux pleins de pitié. Tu ne peux pas avoir été désespérée au point de signer ce contrat, si ? Je pensais – j'espérais – que tu ne savais pas que Kresh était fiancé à Julia Swaggert...

– Ils sont fiancés ? Je croyais qu'ils sortaient juste ensemble.

Son expression me dit que ce n'était pas la chose à dire. Je m'empressai de corriger.

– Ce qui n'a aucune importance, je sais. Je ne voulais pas donner l'impression qu'il m'intéressait, parce que ce n'est pas le cas. Vraiment pas, Hudson. Je m'en fiche. C'est juste qu'il ne m'a pas dit qu'ils étaient fiancés quand on s'est parlé.

– Tu lui as parlé ?

Je ne pensais pas qu'il pouvait être encore plus furieux. J'avais tort.

– Nom de Dieu Alayna, tu as intérêt à me dire que c'était au téléphone.

Mens, mens, mens. C'était une chanson dans ma tête, répétant sans cesse le même refrain. Je mis toute ma volonté à l'ignorer.

– Non, c'était en face à face.

Il fit un pas vers moi, tendant les mains comme pour m'étrangler.

– Putain, Alayna ! À quoi tu pensais, bon sang ?

– Arrête de me crier dessus, je vais t'expliquer.

Je savais qu'il ne me frapperait pas, mais sa colère était contre-productive. Et il était si énervé que je craignais qu'il n'arrive pas à dépasser sa rage et qu'il mette fin à notre relation. J'avais besoin de croire qu'il existait une chance d'arranger les choses.

– J'attends, dit-il un ton plus bas, sans paraître plus calme pour autant.

– Je ne te dirai rien tant que tu ne te seras pas calmé. Tu me fais peur.

Il réagit comme si je l'avais frappé.

– Je comprends, dit-il en passant sa main dans ses cheveux. Mais je n'arriverai pas à me calmer davantage.

– Je, euh, j'avais rendez-vous avec Julia, dis-je après avoir digéré mon angoisse. Jeudi. Et je ne savais pas qu'elle était avec Paul. Mais à la fin de la réunion, Paul est arrivé et j'ai été tellement surprise que je n'ai pas su quoi faire, continuai-je en frissonnant alors que je repensais au choc que j'avais ressenti en le revoyant. Il a fait comme s'il ne me connaissait pas, alors j'ai fait pareil. Quand Julia est partie aux toilettes, Paul m'a demandé de ne pas rompre ce contrat et de faire comme si on ne s'était jamais rencontrés.

Je fis un pas vers Hudson. J'avais envie de le réconforter, je détestais au plus haut point l'expression que je lisais sur son visage.

– Je lui ai dit que je ne pouvais pas travailler avec lui, Hudson, mais il a répondu qu'il le fallait. Que Julia mourait d'envie de travailler avec Pierce Industries et que c'était une porte d'entrée pour elle, et que si je foutais tout en l'air... Il a dit que je lui devais bien ça, terminai-je en me mordant la lèvre si fort que je la fis saigner.

– Alayna, tu ne lui dois rien du tout, dit-il d'une voix ferme qui avait perdu de sa froideur.

– Bien sûr que si ! J'ai gâché sa vie.

– Il a trompé sa fiancée. Il a lui-même gâché sa vie.

– Ce n'est pas aussi simple que ça, tu le sais très bien.

– Il n'empêche que tu lui dois que dalle. Tu étais malade. Tu n'étais pas responsable de ce que tu faisais.

J'y réfléchis un instant. J'étais malade en effet. Je ne contrôlais pas mes actes. Je le savais, je l'avais appris en psychothérapie. Mais cela ne changeait rien.

– Ça n'a pas d'importance. Même si je ne lui dois rien, cela peut encore me faire du mal. Il pourrait prétendre que j'avais fixé ce rendez-vous pour le revoir. C'est faux, bien sûr, mais ce serait ma parole contre la sienne, dis-je en riant sèchement. Même toi, tu as pensé que c'était le cas. Je l'ai revu au Botanic Gardens, en plus. Un juge pourrait penser que je l'y ai suivi, et qui me croira ?

J'avais évité de le regarder en face, mais il fallait que je cesse de fuir son regard.

– Si j'enfreins l'ordonnance de ce juge, je peux me retrouver en prison.

Sans parler du retentissement médiatique que cela aurait sur Hudson. Il serait la risée de tout New York.

– Alayna.

Il avança rapidement vers moi et me prit dans ses bras.

Je n'avais pas réalisé que j'étais à bout de nerfs. J'éclatai en sanglots, d'abord à cause de ce que j'avais fait, et à cause du stress d'avoir gardé ce secret, mais également parce que j'étais dans ses bras. Je pleurais de soulagement.

Il resserra davantage son étreinte.

– Pourquoi ne m'en as-tu pas parlé ? Je ne laisserai jamais rien t'arriver. Jamais. Tu le sais, ça, non ?

Je tournai mon visage vers lui pour ne pas bafouiller dans sa veste.

– J'ai eu peur. De ce qu'il pouvait me faire. De ce qu'il pourrait te faire, à toi.

Il caressa lentement mon dos, ce qui me facilita la parole.

– Et je voulais que tu sois fier de moi. Du contrat que j'avais obtenu, ajoutai-je.

Il recula soudain et me saisit les bras.

– Je suis toujours fier de toi, Alayna. Toujours.

Je craquai de nouveau et je m'accrochai à sa veste.

– J'aurais dû te le dire. Je suis tellement désolée. Je ne savais pas quoi faire et je voulais te le dire. Je t'en supplie, ne m'en veux pas.

– Chhhut, ne pleure pas, ma belle, chuchota-t-il.

Lorsque je me fus calmée, il poursuivit :

– Je suis seulement en colère parce que tu t'es mise en danger. Tu m'as fait peur. Tu n'imagines pas ce que j'ai ressenti quand j'ai reçu les résultats de l'enquête et que j'ai pris conscience de la gravité de la situation. Tu ne comprends pas que je ne le supporterais pas, s'il t'arrivait quelque chose ?

– Si, je sais.

C'était exactement ce que je ressentirais à son sujet.

– Et je suis en colère parce que tu n'es pas venue m'en parler.

– Je le voulais, vraiment. Mais Ce...

J'avais failli parler de Celia. Heureusement, je m'étais arrêtée à temps. Le moment était mal choisi pour avouer ce secret-là.

– Mais je ne voulais pas t'impliquer dans mes problèmes, ajoutai-je en reculant, à la recherche d'un mouchoir.

Hudson en sortit un – en tissu – de sa poche. Qui d'autre se promenait encore avec des mouchoirs en tissu ? J'avais encore beaucoup à apprendre au sujet de ce garçon.

– Ne sois pas bête, dit-il en me tamponnant les yeux. Tout d'abord, je suis propriétaire du Sky Launch, donc je suis responsable légalement de tout ce qui concerne les employés et les gens avec qui ils travaillent.

Je n'y avais pas pensé.

Il passa délicatement son pouce sur mon visage.

– Mais surtout, si tu as un problème, moi aussi j'en ai un. Pas légalement, mais parce que tu es à moi. Et que je suis à toi. Ce qui veut dire que je suis lié à toi et à tout ce qui te concerne. Le bon comme le mauvais. Si tu ne comprends pas ça, nous n'avons aucune chance que ça marche entre nous.

Oh mon Dieu. La gravité de ses paroles me frappa soudain. J'avais mis notre couple en danger.

– J'ai vraiment tout fait capoter, Hudson, bafouillai-je en me sentant pâlir. Oh mon Dieu, Hudson.

Il repoussa ma tête et m'embrassa sur le nez.

– Tu n'as pas tout fait capoter. Je peux arranger ça, maintenant que je suis au courant.

– Qu'est-ce que tu vas faire ? lui demandai-je. J'imaginai des hommes de main tabasser Paul dans une ruelle sombre.

Étrangement, cela me fit sourire.

– Je ne ferai rien d'illégal, si c'est ça que tu me demandes.

Mince, il lisait vraiment dans mes pensées.

– Je vais proposer à Événementiel Plus de passer un contrat avec Pierce Industries en échange de la rupture de celui qu'ils ont signé avec le Sky Launch. Pierce est un plus grand client, donc ils seront gagnants. Kresh n'aura rien à y redire.

– C'est une bonne idée. Merci.

Si seulement j'étais allée voir Hudson tout de suite, il aurait arrangé la situation. Ainsi je n'aurais mis personne – moi incluse – en danger.

– Je suis vraiment désolée, Hudson. Je suis désolée que tu aies à réparer mes erreurs. Je suis une idiote.

– Chhhut Alayna, murmura-t-il en me prenant de nouveau dans ses bras. Arrête de te sentir coupable. Tu n'es pas toute seule, tu te souviens ? Et je veux arranger la situation. C'est une des choses dont je suis capable. Laisse-moi faire.

– Très bien, répondis-je avant de prendre une profonde inspiration, pour calmer lentement mon angoisse et mes remords. Très bien, je te laisse faire.

CHAPITRE SEIZE

Pendant que Hudson rangeait son mouchoir trempé de mes larmes dans sa poche, j'eus l'impression que son humeur changeait. Il me parut soudain plus distant.

– Bien Alayna. Maintenant, qu'as-tu d'autre à me dire ?

– Que... qu'est-ce que tu veux dire ?

Je me remettais à peine de mon dernier aveu et je ne voyais pas de quoi il parlait. À ce stade, j'étais prête à tout lui dire.

Hudson enleva sa veste et la posa sur le dossier du canapé.

– Quand on a commencé cette conversation, tu pensais que je parlais d'autre chose. De *quelqu'un d'autre*, pour être précis, ajouta-t-il en me transperçant du regard. À qui pensais-tu ?

L'honnêteté. Je lui devais bien ça.

– Je pensais que tu parlais de David.

– David Lindt ?

– Oui.

Il recula lentement jusqu'à trouver le mur. Je détestais le voir bouleversé au point qu'il ait besoin de se tenir à quelque chose.

– Tu m'as dit qu'il n'y avait rien entre toi et David.

– C'est vrai. Plus maintenant.

– Mais il y a eu quelque chose.

– Oui.

Je lisais la douleur sur ses traits. C'était insupportable. Je ressentirais la même chose si j'apprenais qu'il s'était passé quelque chose entre lui et Celia. Je n'avais qu'une envie – d'aller vers lui, de le prendre dans mes bras comme il l'avait fait avec moi et de le réconforter.

Je fis un pas vers lui mais il me maintint à distance en tendant sa main.

– Ce n'était rien, Hudson. On était plus ou moins ensemble. Mais pas vraiment. On n'a jamais eu de rancard et personne n'a jamais rien su. C'est juste que, quand on finissait tard, et qu'on était seuls... il se passait... des choses.

Mes paroles avaient un goût amer et j'en avais la nausée.

– Tu as couché avec lui.

– Non. Les choses n'ont jamais été aussi loin, répondis-je. Tu m'as déjà posé la question et quand je t'ai répondu *non*, je ne te mentais pas.

Il me lança un regard de défiance.

– Je t'ai aussi demandé si tu en avais eu envie et je n'ai jamais obtenu de réponse claire.

– Parce que je ne connais pas la réponse.

J'envisageai de ne pas en dire plus, mais je savais que cela ne nous quitterait jamais si je n'allais pas jusqu'au bout.

– Oui, avouai-je. Je suppose que oui. À une époque. Mais plus maintenant.

J'avais envie d'aller vers lui, mais je me l'interdis avant qu'il ne le fasse lui-même.

– Il n'y a plus rien, Hudson. Tu dois me croire.

Plusieurs secondes interminables s'écoulèrent avant qu'il ne parle de nouveau.

– Je te crois.

– C'est vrai ? dis-je sans pouvoir masquer ma surprise.

– Oui. Tu ne le regardes pas de la même façon que tu me regardes.

– Bien sûr que non.

– En revanche, lui, il te regarde comme moi je te regarde. Comme j'imagine que je te regarde.

– Non, je ne pense pas. Tu exagères.

David avait des sentiments pour moi, c'était vrai, mais ce n'était rien comparé à ce que Hudson ressentait.

Hudson se redressa et se mit à faire les cent pas.

– Je n'exagère pas. C'est un problème, et je ne peux pas supporter que ça continue.

– Qu'est-ce que tu veux dire ?

Je connaissais la réponse et mon angoisse redoubla.

– Je veux dire qu'il doit quitter le Sky Launch.

– J'espère que tu plaisantes, m'écriai-je, même si Hudson n'était pas du genre à rire.

– J'ai l'air de plaisanter ?

– Hudson, non. Tu ne peux pas faire ça, répondis-je en parlant plus fort que je ne le voulais, ne parvenant pas à rester froide et stoïque comme lui. Tu ne peux pas virer David à cause d'un flirt stupide qu'on a eu avant même que je te rencontre. C'est lui le responsable du club, et c'est lui qui a rompu.

Son regard était un des plus meurtriers que j'aie jamais vus.

– Tu n'arranges pas ta situation.

– Mais tu ne peux pas virer David parce qu'on a merdé dans le passé. C'est fini, et c'est injuste. C'est injuste envers David.

J'étais à deux doigts de faire un caprice. Je crois même avoir tapé du pied par terre.

Hudson retourna au bar et se resservit un verre de scotch.

– Ça allait arriver de toute façon. Quoi que lui et toi...

Il prit une profonde inspiration et je sus à la douleur dans ses yeux qu'il pensait à David et moi ensemble. Des pensées horribles. Des choses auxquelles je ne voulais pas qu'il pense, mais je ne pouvais rien y faire. J'avais moi aussi imaginé ces horreurs à propos de lui et Celia. C'était douloureux et dévastateur, mais c'était supportable.

Hudson le supporterait, lui aussi.

En dépit de son air désespéré, je dus lui demander :

– Qu'est-ce que tu veux dire par ça allait arriver de toute façon ?

– Je voulais t'en parler ainsi, dit-il en secouant la tête, après avoir bu une gorgée de scotch. C'était censé être une surprise. La vérité, c'est que je voulais changer la direction du club depuis que je l'ai racheté.

Je m'appuyai contre le canapé, ne voulant plus rien entendre, impuissante face à ce qu'il s'apprêtait à dire.

– Alayna, je veux que tu diriges le Sky Launch.

– Hudson... non.

– J'ai acheté ce club pour toi.

Un frisson parcourut mon corps.

– De quoi tu parles ? Tu ne me connaissais pas quand tu as acheté le club.

– Le colloque...

Je lui coupai la parole.

– Tu m'as dit que tu envisageais déjà d'acheter le club, et que le fait que j'y travaille avait achevé de te convaincre. Tu ne m'as jamais dit que tu l'avais acheté pour moi.

Je repensai à notre étrange rencontre. Il m'avait vue au colloque, mais je ne l'avais appris que plus tard. Il était venu au bar, une fois. On avait flirté et il m'avait donné un énorme pourboire, puis il m'avait offert un séjour dans son spa, une attitude qui, en soi, était assez rentre-dedans. Rien de tout cela n'était une raison suffisante pour acheter une boîte de nuit. S'il avait acheté le club uniquement pour ça, eh bien, il devait être encore plus fou que moi.

– Je ne te l'ai pas dit parce que je ne voulais pas paraître trop présomptueux.

– C'est un peu tard, tu ne crois pas ?

Il continua pourtant, toujours aussi insupportablement impassible.

– Ce n'est pas ce dont ça a l'air, Alayna. C'était du business. Je t'ai vue au colloque et j'ai tout de suite compris que je voulais t'embaucher. Comme tu n'acceptais d'entretien avec personne, j'ai dû acheter l'entreprise dans laquelle tu bossais déjà. Oui, j'étais attiré par toi, et oui, ça a influencé ma décision, mais la raison principale de mon achat, c'était de te faire travailler pour moi.

Ce n'était pas si délirant que ça. Les hommes d'affaires perspicaces achetaient souvent de grandes entreprises pour acquérir une main-d'œuvre talentueuse.

– Eh bien tu as obtenu ce que tu voulais. Je travaille déjà pour toi. Je n'ai pas besoin de diriger le Sky Launch, dis-je en me frictionnant les bras pour essayer de me réchauffer. J'ai un rôle important et je ne désire rien de plus pour l'instant.

Il fit un pas vers moi, et sa véhémence prit le pas sur son impassibilité.

– Alayna, tu as tellement de potentiel !

– Arrête ! Tu parles comme mon frère ! Ne dis pas que je gâche mon potentiel. Je construis ma carrière à la vitesse que je veux. Je ne suis pas prête pour diriger le club, Hudson.

Hudson ricana.

– Il va falloir que tu le sois. Sinon quelqu'un va devoir prendre le poste quand David sera parti.

– Alors dans ce cas ça n'a rien à voir avec moi ! C'est bien de David dont il s'agit. Tu ne peux pas le virer ! C'est impossible !

– Bien sûr que ça a à voir avec toi, Alayna. Et seulement toi, dit-il en perdant à nouveau son calme. Je te l'ai déjà dit, je n'aime pas partager. Je ne le ferai pas. Pas avec lui. Ni avec personne. Je suis prêt à tout pour te donner ce que tu désires, mais il est un sujet sur lequel je ne ferai aucun compromis. La fidélité.

– Mais je suis fidèle. Je n'ai jamais été autre chose que fidèle. Je n'ai aucune envie de te tromper avec David ni avec qui que ce soit. Je suis à toi, comme tu l'as dit.

– Oui. Tu l'es. Mienne. Et j'aurais dû me débarrasser de lui dès que j'ai eu des doutes à votre sujet.

La vérité me frappa comme si j'avais reçu un coup de poing dans le ventre.

– En d'autres termes, tu ne me fais pas confiance.

– C'est à *lui* que je ne fais pas confiance.

– Peu importe que tu ne lui fasses pas confiance si tu crois en moi !

Son visage exprima une amertume que je n'avais jamais vue chez lui auparavant.

– Aujourd'hui, j'ai découvert que tu m'as caché ton histoire avec David et tes relations avec Paul Kresh, et tu me parles de confiance ? Tu choisis vraiment mal ton moment, Alayna.

Aïe. Je l'avais mérité. David, en revanche, n'avait rien fait de mal.

– Je t'ai expliqué pourquoi je ne t'avais pas parlé de Paul. Et cette conversation est précisément la raison pour laquelle je ne t'ai pas parlé de David. Parce que j'avais peur que tu en fasses tout un plat, et c'est ce que tu fais, Hudson. Tu veux virer le meilleur employé du Sky Launch !

– C'est *toi* la meilleure employée du Sky Launch, Alayna.

Dans des circonstances différentes, sa confiance en moi m'aurait flattée.

– Je ne suis pas d'accord. Je ne vaudrais rien du tout sans David. Et je ne veux pas de ce poste.

Hudson se pencha en avant et me transperça de son regard noir.

– Ce n'est pas une question. Si tu veux travailler au club, tu accepteras le poste que je t'assigne.

J'étais folle de rage.

– Alors je démissionne ! Je ne peux pas travailler avec quelqu'un d'aussi jaloux et de possessif. Et tu me fais douter d'avoir envie de vivre avec toi.

– Ne dis pas ça, s'écria-t-il en approchant son visage à deux centimètres du mien. Ne mets pas notre relation amoureuse en question à cause d'une bonne décision professionnelle.

J'avais envie de le repousser, et en même temps de l'embrasser pour que s'évanouissent la jalousie et la colère, pour mettre fin à la tension atroce qui régnait entre nous. Je l'avais menacé de mettre fin à notre relation, mais je ne le pensais pas. Je ferais tout pour rester avec lui.

Mais je n'allais pas dévoiler mon jeu. Je ne le touchai pas et je restai de marbre en poursuivant.

– Tu n'es pas en train de prendre une bonne décision professionnelle. Tu essaies de me punir.

– Je te punis en te donnant une promotion ?

– Une promotion dont je ne veux pas ! m'exclamai-je.

Il tourna brusquement les talons, comme s'il avait peur de ce qu'il pouvait faire s'il restait trop près. Après avoir fait quelques pas, il se tourna à nouveau vers moi.

– Tu veux que j'accepte tout de toi, mais tu ne veux rien accepter de moi ? Qu'est-ce que je suis censé ressentir ?

– Ce n'est pas la même chose.

Il déformait mes paroles en répétant quelque chose que j'avais dit avec amour pour s'en servir comme une arme. C'était blessant. Profondément blessant, et je voulais que ça cesse.

– Je n'en veux pas, Hudson. Je n'en veux pas !

À mon tour, je tournai les talons pour fuir. Où, je n'en savais rien. Mais j'avais besoin de le fuir, lui et cette horrible situation.

Je parvins à peine à faire quelques pas avant qu'il ne me rattrape et ne me retienne en passant ses bras autour de moi.

Je gesticulai et je tentai de me débattre.

– Lâche-moi !

– Non. Je ne te lâcherai jamais.

Il devait vouloir dire qu'il ne me laisserait jamais partir, car il desserra son étreinte.

Mais seulement pour me jeter sur le canapé, avant de commencer à défaire son pantalon.

Mon sexe s'enflamma immédiatement. L'idée qu'il me baise avec toute cette rage et cette passion qui l'habitaient était incroyablement excitant. Et honnêtement, nous avions probablement besoin de ce contact pour nous reconnecter avant de trop nous éloigner l'un de l'autre.

Mais je suis têtue, je ne voulais pas lui céder. Je glissai par terre pour m'esquiver et je me mis à marcher à quatre pattes aussi vite que possible vers les ascenseurs.

Il attrapa ma cheville d'une main puissante et me ramena à lui. Je m'agrippai au sol, tout en sachant que je n'avais aucune chance de l'emporter. Non seulement parce qu'il était plus fort que moi, mais parce qu'il savait ce que je désirais. Il savait que j'avais envie qu'il me maîtrise.

Il s'allongea sur moi, en me maintenant face contre sol, plaqua mes deux mains sur ma tête dans l'une des siennes et se mit à me mordiller l'oreille.

– Bon sang, tu es insupportable. Je ne comprends pas comment je peux avoir autant envie de toi, alors que tu me rends fou de rage.

Il se servit de tout le poids de son corps pour me retourner et captura ma bouche avec un baiser féroce, puissant et plein d'émotion.

Je lui résistai d'abord en tournant la tête pour éviter la sienne, mais il n'abandonnait pas. J'étais déstabilisée qu'il montre autant ses émotions. Mon corps et mon cœur eurent raison de ma tête et je cédai aux suppliques de ses lèvres et à ses mains expertes qui étaient déjà sur son sexe.

Il passa sa main sous ma robe et dégagea mon string pour me pénétrer avec un doigt. S'il n'avait pas encore compris à quel point j'avais envie de lui, il ne pouvait plus en douter maintenant. J'étais déjà totalement trempée et gonflée de désir.

Il grogna de plaisir.

– Ça ne veut pas dire que je ne suis pas en colère.

Ce fut ma dernière tentative, avant qu'il remplace son doigt par sa verge.

Je poussai un cri en sentant un délicieux picotement de plaisir et une incroyable sensation de plénitude, presque trop forte, et cependant pas encore suffisante. J'avais besoin qu'il bouge en moi et qu'il me chevauche.

– Très bien, dit-il en me pénétrant plus profondément, sans toutefois se mettre à bouger comme j'en avais tant envie. Sois en colère. Venge-toi sur moi. Moi aussi, j'ai prévu de passer mes émotions sur toi.

Et c'est ce qu'il fit. Il se retira presque entièrement, ce qui dut lui demander un self-control incroyable, vu son visage totalement congestionné, puis il se lâcha et me pénétra puissamment et profondément, sans relâche. Mes hanches rejoignaient les siennes à chaque coup de bassin qu'il accompagnait d'un grognement bestial. Même le claquement de sa boucle de ceinture sur le parquet rajoutait à cette sauvagerie avec laquelle il me prenait, comme s'il s'agissait d'un fouet qui dirigeait un animal en le forçant à avancer.

Je gémis en sentant mon sexe se contracter autour du sien après quelques minutes seulement, surprise de sentir venir mon orgasme aussi rapidement, sans aucune stimulation de mon clitoris. C'était toute la scène qui m'excitait – la dépravation, la bestialité. C'était sauvage, féroce et débridé. Je me suis détestée d'aimer autant cela.

Il empoigna mes cheveux avec sa main libre et les tira juste assez pour créer une parfaite combinaison de la douleur et du plaisir. Je fermai les yeux lentement.

– Regarde-moi, aboya-t-il.

Je rouvris mes yeux brusquement et les plongeai dans les siens.

– Tu ne vois pas ? demanda-t-il, en me surprenant d'être encore capable de parler. Tu ne vois pas ce que tu me fais ? Tu ne vois pas ce que tu me fais ressentir ?

Il se déplaça légèrement et toucha un point particulièrement sensible. J'inspirai brusquement.

– Tu sens à quel point tu me fais bander ?

Attendait-il une réponse ? J'étais incapable capable de parler.

Il tira de nouveau mes cheveux.

– Tu sens ?

– Oui, m'écriai-je.

Il accéléra ses allers-retours, à une vitesse qui me fit basculer.

– C'est toi qui me fais ça, Alayna.

Je luttai pour ne pas le quitter des yeux, pour me concentrer sur ses paroles tandis qu'un brouillard délicieux m'enveloppait. Ce qu'il disait était important, je voulais l'entendre le plus longtemps possible avant de me perdre dans l'extase.

Il était maintenant sur le point de jouir, lui aussi. Je pouvais lire son corps comme si c'était le mien. Il continua à me regarder droit dans les yeux.

– Même quand tu es irascible et illogique, j'ai envie de toi. J'ai toujours envie de toi. Je veux tout te donner. Tout de moi. Pourquoi tu ne le prends pas ? Prends-le.

Il donna un dernier coup de bassin plus long, s'enfonçant profondément en moi avant d'éjaculer dans un grognement féroce.

– Tiens !

Son orgasme déclencha en moi une nouvelle vague d'euphorie qui me remplit de frissons électriques et glacés. Perdue dans un brouillard post-coït, je sentais mes oreilles bourdonner encore en rythme avec les pulsations de mon cœur. J'eus soudain un bref moment de clairvoyance. Et si ce n'était pas Hudson qui était incapable d'être aimé à la folie ? Et si c'était moi ?

Cette pensée disparut aussi vite qu'elle était apparue. Bien sûr que je pouvais accepter son amour. C'était lui qui ne savait pas me le montrer.

Il s'était déjà retiré et s'était assis contre le canapé. D'infimes traces de la passion sauvage qui l'avait animé étaient visibles sur son visage, seul son souffle saccadé indiquait encore qu'il avait perdu le contrôle de lui-même.

Ma colère me reprit. J'étais furieuse qu'il ait voulu, comme toujours, baiser pour mettre fin à notre dispute. Furieuse qu'il s'attende que cela change quoi que ce soit. Et furieuse envers moi-même de m'être laissée séduire.

Je me dressai sur mes coudes et le dévisageai.

– Allez, Alayna. Ne me dis pas que ça ne t'a pas plu.

Son ton tellement sûr de lui m'agaça encore un peu plus.

– Le sexe n'est pas l'unique moyen de montrer ses sentiments.

– Je sais. J'ai essayé de t'offrir un club.

Ces paroles me mirent mal à l'aise sans que je sache vraiment pourquoi.

J'essayais encore de comprendre, lorsqu'il se leva et remonta sa braguette.

– Si tu veux, comme je l'imagine, qu'on poursuive cette engueulade, il faudra attendre plus tard. J'ai du travail.

Je continuai à froncer les sourcils longtemps après qu'il fut parti. Le fait que je sois tellement en colère était presque risible. J'avais pensé qu'il s'écroulerait en apprenant mon passé avec David ou mes retrouvailles avec Paul Kresh. Il avait été furieux que je lui cache des choses. J'aurais dû pouvoir l'encaisser, puisque je méritais qu'il ne me fasse plus confiance.

Or ce n'étaient pas mes secrets qui nous avaient opposés. C'était sa jalousie et mon refus de prendre la direction du club. Ou bien il avait planifié dès le début de me donner le Sky Launch, ou bien il se servait de la situation avec David pour me le faire croire. Les deux explications étaient possibles. Peut-être ne le savait-il pas lui-même.

Une chose était certaine, je n'allais pas laisser David se faire virer, quelle qu'en soit la raison. Peut-être un jour serais-je prête à prendre la direction du club. Mais pas maintenant. C'était trop tôt. Cela faisait à peine un mois que j'avais obtenu mon MBA.

Et je ne ferais jamais ça à un bon directeur comme David. C'était injuste.

Je finis par me lever et je m'étirai. La discussion n'était pas terminée, mais je pouvais la mettre sur pause, Hudson y parvenait bien, lui... En attendant, je n'avais pas l'intention de m'apitoyer sur mon sort. C'était malsain et cela pouvait vite tourner à l'obsession, si je ne faisais pas attention. Ce qui me fit penser que je devais trouver de quoi m'occuper.

Je regardai ma montre et fus étonnée de voir qu'il était déjà six heures passées. J'avais raté la thérapie de groupe, et je n'avais pas le courage d'aller à la salle de sport. Il y avait une télé dans le salon, mais je préférais regarder des films et je n'avais pas vu de DVD dans l'appartement. Hudson gardait probablement tous ses films sur un disque dur quelque part. Je n'allais pas le lui demander.

J'avais déjà fini *Le Talentueux Mr. Ripley*. Cela me fit penser que je devrais peut-être continuer à déballer les livres dans la bibliothèque. Une autre dizaine de cartons était arrivée vendredi dernier et la pièce en était pleine. J'aurais dû les ouvrir pendant le week-end, mais j'avais passé mon temps à me prélasser nue avec Hudson et à ne rien faire à part l'amour. J'avais déjà trop repoussé ce rangement. Hudson avait beau être installé à son bureau, nous étions des adultes, nous pouvions quand même partager la même pièce sans nous battre.

La bibliothèque était grande, mais la tension palpable entre nous la faisait paraître minuscule et étouffante. Hudson était assis, concentré sur son écran, comme s'il ignorait totalement ma présence. Il le savait, pourtant. Moi, en revanche, je n'étais pas aussi douée à ce jeu de cache-cache.

Je pris une profonde inspiration et m'agenouillai devant la pile de cartons la plus éloignée de lui. Je me concentrai bien vite sur l'ordre alphabétique des livres, trépignant d'enthousiasme en découvrant les ouvrages que renfermaient les cartons. Il y avait une sélection d'œuvres classiques et contemporaines que je mourais d'envie de lire ou de relire.

Ce ne fut qu'après avoir ouvert le carton contenant les DVD que je compris. Pas tout de suite. Au départ, je fus surprise d'y trouver autre chose que des livres et je commençai une autre rangée sur une nouvelle étagère, sans prêter trop attention aux titres des films, jusqu'à ce que je trouve *Midnight Cowboy*, le film que Hudson et moi avions regardé lorsque nous étions dans les Hamptons. Ce jour-là, il avait pris la liste des meilleurs films selon l'AFI [4] que je m'étais promis de voir avant de mourir, et j'avais choisi de regarder *Midnight Cowboy*.

En le découvrant dans le carton, cela m'avait frappé. Je regardai une seconde fois les titres rangés sur les étagères pour en avoir le cœur net. Chaque film de la liste AFI y était. Et les livres aussi. *Les Frères Karamazov*, *Anna Karénine*, *Catch 22*, *Beloved* – tous ceux de la *Greatest Books List* [5]. J'avais raconté à Hudson que je voulais tous les lire, et il les avait achetés pour moi. Tous.

Je fus soudain bouleversée, comme submergée par l'émotion. J'avais bien conscience qu'il était bizarre d'être tellement émue, mais c'était ainsi. Il avait acheté des centaines de livres et de films pour moi, avant même de savoir que nous allions nous engager l'un envers l'autre, avant de m'inviter dans son penthouse et de me demander d'y vivre.

---

4. American Film Institute.
5. Liste des Meilleurs Livres.

Cet homme ne m'avait pas dit qu'il m'aimait. Peut-être ne le dirait-il jamais. Mais il faisait tout pour me prouver son amour.

Je me dirigeai vers son bureau sans réfléchir. Il dut m'entendre arriver parce que, sans lever la tête, il tourna sa chaise vers moi. Peut-être était-ce inconscient, cette façon de se mettre au diapason avec moi, comme je le faisais avec lui. Du moins c'est ce que je voulais croire.

Je tombai à ses pieds et posai ma tête sur sa cuisse.

Il remua et je compris que je l'avais surpris.

– Fais-moi l'amour, lui dis-je en nichant mon visage contre sa jambe. S'il te plaît. Fais-moi l'amour.

Je retins mon souffle en attendant sa réponse. J'entendis le clic de sa souris, puis de ses lunettes sur son bureau – celles qu'il ne portait que lorsqu'il lisait ou travaillait sur son ordinateur. Il se pencha et me releva avec lui.

Il me porta dans ses bras jusqu'à la chambre – *notre* chambre – sans dire un mot. Il me déposa sur le lit et, en silence, tendrement, il me déshabilla avant de se dévêtir à son tour.

Il s'allongea sur moi et embrassa chaque centimètre de peau de mon corps, de la tête aux pieds. Il passa plus de temps sur certains endroits, accordant plus d'attention à mon nombril et au point sensible derrière mon genou, ainsi qu'au creux de mes reins. Il savoura chaque centimètre carré de ma peau comme jamais. Pourtant, chaque baiser, chaque caresse m'étaient familiers. Comme si j'avais connu ça toute ma vie.

Lorsqu'il prit enfin position entre mes cuisses, il me pénétra avec une lenteur délicieuse. Puis, avec des mouvements tendres et indolents, il me fit jouir non pas une, ni deux, mais trois fois.

La dernière fois, il plongea son regard dans le mien pour ne plus le quitter tout le temps où je me perdis dans l'extase. Ensuite, il me rejoignit, gémissant à voix basse. Son orgasme répondait au mien, nos regards toujours rivés l'un à l'autre. Et lorsque ma vue se troubla, je ne vis plus que lui et son amour. Un amour intense, envoûtant.

CHAPITRE DIX-SEPT

Lorsque je me réveillai, le lendemain matin, Hudson était déjà habillé et faisait des allers-retours entre la salle de bain et son dressing. Je l'admirai un moment, sans ouvrir entièrement les yeux, puis je regardai l'heure. Il n'était pas tout à fait six heures.

Il dut me voir remuer, ou alors la connexion entre nous était si puissante qu'il détecta le changement de rythme de ma respiration.

– Ça te dérange de partager une valise, ou tu préfères avoir la tienne ?

Je bâillai, essayant de me réveiller sans y parvenir tout à fait.

– Euh, une valise pour quoi faire ?

– Pour le Japon.

Je m'efforçai de sortir du brouillard épais qui m'enveloppait en me frottant les yeux.

– Le Japon ? Pourquoi j'irais au Japon ?

– Parce que j'y vais pour essayer de racheter Plexis, et je veux que tu viennes avec moi.

Je m'assis dans le lit. Il était temps de me concentrer sur la conversation. Hudson mettait sa trousse de toilette dans une valise ouverte sur un fauteuil. Un sac de voyage pour ses costumes était déjà fermé et suspendu à la porte de la chambre.

– Ça se passe quand, exactement ?

Hudson s'arrêta et me regarda avec un sourire jusqu'aux oreilles. Un sourire ravageur, rare, et qui me déclenchait toujours des frissons dans le ventre. Visiblement, il était de très bonne humeur.

– L'avion décolle tard ce soir. Comme c'est un long-courrier, il vaut mieux voyager de nuit pour pouvoir dormir. Cela dit, on peut aussi choisir de ne pas dormir du tout. Ses yeux brillaient de malice. Ce sera plus facile de s'adapter au décalage horaire si on reste éveillés pendant tout le vol, poursuivit-il, en promenant son regard sur mes seins nus. Je suis sûr qu'on trouvera un moyen de s'occuper.

Je fronçai les sourcils et rejetai le drap qui recouvrait mes jambes, puis je me levai pour aller à la salle de bain.

– Je ne peux pas aller au Japon ce soir.

– Pourquoi pas ?

– Parce que je dois travailler, criai-je par-dessus mon épaule.

Parler de travail me rappela soudain la conversation de la veille : Paul, David, et Hudson qui souhaitait que je dirige le club. Puis, une nuit d'amour inoubliable. Je n'étais pas certaine de savoir où nous en étions.

– Et alors ?

Où en étions-nous, déjà ? Ah oui, le Japon.

– Et alors, il faut que je travaille. Tu sais, ce truc qu'on fait, où on se rend dans un bureau pour gagner beaucoup d'argent. Même ceux qui ne gagnent pas beaucoup d'argent doivent s'y rendre.

– Je peux faire face à tes besoins, Alayna. C'est mon rôle, d'ailleurs.

J'avais laissé la porte ouverte pendant que je faisais pipi pour pouvoir l'entendre. Même si c'était très agréable d'être aussi à l'aise avec un mec, je n'étais pas certaine d'aimer l'idée de me faire entretenir.

– Eh, dis, on vient juste d'emménager ensemble. On peut repousser cette conversation à plus tard ?

– Comme tu veux. Mais sache que ça viendra tôt ou tard. Plutôt *tôt* que tard, d'ailleurs.

Mon estomac fit un bond – de panique, mais aussi d'excitation. Mon Dieu, cet homme me faisait un effet dingue !

– Tu n'as qu'à choisir l'horaire qui t'arrange.

Sa voix me semblait s'être rapprochée. Je levai la tête et le vis appuyé dans l'encadrement de la porte.

Je fronçai les sourcils, perdue, scotchée par sa dernière déclaration. J'avais vraiment besoin d'un café pour pouvoir aborder ce genre de sujet.

– Ce n'est pas parce que je choisis mes horaires que je peux partir sur un coup de tête.

– Bien sûr que si, c'est moi le patron du club.

– C'est marrant, tu n'es le patron que lorsque ça t'arrange.

Il sourit, mais ne me contredit pas.

– D'ailleurs, ne crois pas qu'on ait fini de parler de la direction du club.

Je m'essuyai, tirai la chasse et me lavai les mains sans les sécher, l'éclaboussant de gouttelettes en passant devant lui pour retourner dans la chambre.

Il me suivit jusque dans mon dressing.

– Je n'en ai jamais douté. Mais là, on parle du Japon.

– J'ai un rendez-vous avec Aaron Trent demain, et je ne veux pas le rater.

– Déplace-le. Il te verra quand tu voudras, ne t'en fais pas.

– Je ne veux pas faire ça, c'est nul, dis-je en enfilant une culotte en coton. Je ne m'étais pas encore douchée et je n'avais pas envie de mettre mes jolis sous-vêtements. Il pense déjà que j'ai annulé la dernière fois.

– Pourquoi ? Je croyais que c'était lui qui avait annulé.

– C'est une longue histoire, répondis-je en enfilant un soutien-gorge de sport sous le regard brûlant de Hudson. Et tu me distrais, ce n'est pas de ça que l'on parlait.

– C'est plutôt *toi* qui me distrais.

– Ils sont rangés, bien au chaud, espèce de pervers. Maintenant tu vas enfin pouvoir me regarder dans les yeux.

Il éclata de rire. Il était vraiment de bonne humeur.

– Dis à Trent que tu as un empêchement, déclara-t-il en me tendant mon short de sport. Il comprendra. Et je l'aiderai à comprendre, s'il le faut.

– Je suis parfaitement capable de gérer ça toute seule.

J'enfilai le short et un débardeur en coton, puis j'attrapai une paire de chaussettes et me tournai vers lui. Il me dévisageait – pas mon corps, mais mon visage. Il attendait que je poursuive la discussion. Je soupirai, en réalisant qu'il était sérieux et qu'il voulait vraiment m'emmener au Japon avec lui. Je pris quinze secondes pour y réfléchir sérieusement.

Ça me paraissait absurde.

– Il n'y a pas que lui, Hudson. J'ai d'autres choses à faire. Et puis, je n'ai même pas de passeport.

– Je m'en suis déjà occupé.

– Je ne vais quand même pas te demander comment.

Je passai devant lui et m'assis sur le bord du lit pour mettre mes chaussettes.

Hudson sortit du dressing, mes tennis à la main.

– Merci.

Hudson était toujours attentionné, mais ce matin je savais que ce n'était pas gratuit. Je pris soudain conscience qu'il me serait très facile de lui céder. Toutefois, je pouvais être têtue, moi aussi.

Je repris donc la conversation là où elle s'était arrêtée.

– Et puis, mon frère va venir de Boston, cette semaine, et il faut que je le voie pour lui rendre la clef de mon appartement.

Hudson se baissa et enfila la chaussure gauche sur mon pied pendant que je m'occupais de la droite.

– Je peux m'arranger pour que quelqu'un lui rende cette clef, tu sais. Tu n'es pas obligée de le faire toi-même.

Alors ça, c'était une bonne idée. Même si je n'allais pas au Japon. *Même si je n'allais pas au Japon ?* Mince, il me faisait déjà douter.

Je secouai la tête.

– Tu as une solution à chaque problème que je vais soulever, n'est-ce pas ?

– Je peux te garantir que oui, alors pourquoi tu protestes encore ?

– Parce que j'ai une vie, moi aussi, dans laquelle tu n'es pas le centre du monde.

– Je sais, et ça ne me plaît pas, d'ailleurs, dit-il en faisant une moue plutôt convaincante.

– N'essaie pas de m'attendrir.

– Je veux que tu viennes avec moi. Je suis prêt à tout pour y parvenir.

Il me tendit la main pour m'aider à me relever, et lorsque je la pris, il m'attira dans ses bras.

Bon sang, c'était tellement agréable. Comment était-il possible que je ne l'aie pas encore touché depuis tout ce temps que j'étais réveillée ? Il m'était devenu indispensable si rapidement ! Est-ce que j'arriverais à tenir sans le voir tous les jours ? Et sans le voir pendant combien de temps, d'ailleurs ?

Comme souvent, il sembla lire dans mes pensées et il me répondit en frottant sa joue contre la mienne.

– Je vais probablement y rester quelques jours. Je ne supporte pas d'être loin de toi aussi longtemps. Ça me tue de penser que toi, tu en es capable.

C'était le genre de chose que j'avais toujours rêvé d'entendre. D'habitude, c'était *moi* qui étais trop accro. Chez Hudson, il y avait quelque chose qui m'empêchait de faire une fixation sur lui. Est-ce que cela voulait dire que je ne tenais pas à lui ? Que je ne l'aimais pas vraiment ?

Bien sûr que non. Je l'aimais profondément. Je ne pouvais pas en douter une seconde. C'était sans doute parce que j'étais certaine de ses sentiments pour moi, Dieu sait pourquoi, que j'arrivais à y rester sensible.

Je pouvais lire dans ses yeux le désir profond qu'il avait d'être avec quelqu'un dont les sentiments n'étaient pas forcément les mêmes que les siens. J'avais été rejetée tellement souvent que je savais à quel point c'était douloureux.

Même si Hudson ne partait que pour quelques jours, je le comprenais, je ne pouvais supporter de le rendre malheureux.

Néanmoins, c'était inconcevable de laisser tomber mon travail pour partir au Japon, uniquement parce que Hudson me le demandait.

– Je ne supporte pas non plus d'être sans toi, Hudson. Je... est-ce que je peux y réfléchir ?

Je me mordis les lèvres en attendant sa réponse, espérant qu'il n'était pas trop déçu.

Il appuya son front contre le mien.

– Je suppose, oui.

Il le prenait mieux que je ne m'y attendais.

– Quand as-tu besoin d'une réponse ?

– Avant le décollage, disons vers vingt-deux heures.

– D'accord. Je vais y réfléchir d'ici à ce soir. Ça marche ?

– Oui, dit-il en passant ses mains sous mon short pour saisir mes fesses et m'attirer contre lui. Tu sais, tu prétends toujours que tu as besoin de réfléchir, et tu finis toujours par accepter. Quand apprendras-tu qu'il est plus simple de me dire oui dès le départ ?

J'éclatai de rire.

– Pas aujourd'hui.

– Ça valait quand même la peine d'essayer.

Nous restâmes un long moment sans bouger dans les bras l'un de l'autre. Il était différent – mais en bien. Il était enjoué et détendu, affectueux et tendre. J'avais l'impression que chaque nouvel obstacle nous rapprochait davantage. Notre dispute de la veille avait été l'une des pires que nous avions connues. Cependant, les moments comme celui-ci, ou comme la nuit dernière, gommaient la tension entre nous de la façon la plus merveilleuse qui soit.

– Merci pour hier soir, murmurai-je. C'était merveilleux.

– Ça l'était, en effet, dit-il en effleurant mon nez avec le sien. Vraiment.

J'avais l'impression qu'il hésitait à en dire plus, mais il se contenta de se pencher pour m'embrasser tendrement.

Ensuite, il recula, l'air attristé de devoir mettre fin à notre baiser.

– Ça suffit, dit-il en me donnant une tape sur les fesses, comme si c'était moi qui l'avais pris dans mes bras. Puis il me dévisagea, des pieds à la tête. Je suppose que tu ne vas pas au club tout de suite ?

Je ramassai un élastique sur la table de nuit et je me fis une queue-de-cheval.

– Je pensais aller courir, avant. Mais je vais faire un vrai footing. Dehors, avant qu'il ne fasse trop chaud.

– Bonne idée, dit-il en se regardant dans le miroir pour nouer sa cravate. J'ai une réunion de bonne heure.

– Oui, c'est ce que je me suis dit. D'habitude tu ne t'habilles pas aussi tôt.

Il ne lui restait plus qu'à enfiler sa veste – il était tout à fait canon dans sa chemise chocolat et sa cravate noire. J'aurais pu saliver devant ce spectacle.

– Crois-moi, ma belle, si je n'avais pas cette réunion, je ne me serais pas habillé, dit-il en promenant sur moi un regard torride. Et tu n'aurais pas besoin de faire un footing pour te défouler.

– Tu crois vraiment que ce serait aussi facile, hein ?

– Ce n'est pas le cas ? demanda-t-il en haussant un sourcil.

– Si, bien sûr.

Hudson gagnerait à chaque fois. Mais heureusement, quand il gagnait, je n'étais pas perdante pour autant. Me laisser guider par ses désirs n'était pas un problème pour moi.

Hudson prit sa veste et nous sortîmes ensemble de la chambre. Je ramassai mes clefs et les glissai dans ma brassière.

Il esquissa un sourire.

– Tu planques vraiment tout là-dedans, hein ?

– C'est vraiment pratique. Ils devraient prévoir des poches dans les soutiens-gorge. Je suis certaine que les femmes se les arracheraient.

– Ça pourrait être notre prochain investissement.

Je levai les yeux au ciel. Hudson était beaucoup plus ambitieux que moi, ce qui expliquait probablement qu'il soit multimilliardaire, alors que moi, je n'avais pas un sou de côté.

– Je suis prête. Et toi ?

– Pour toi, toujours.

– Prête à prendre l'ascenseur, espèce de pervers, dis-je en riant.

– Non, je dois encore répondre à quelques emails. Vas-y, toi.

Il se dirigea vers la bibliothèque, puis sembla changer d'avis car il fit demi-tour.

– Attends.

Il attrapa ma main et m'attira pour encore m'embrasser. Son baiser, plus tendre que sensuel, fut encore plus envoûtant que le précédent. Ce fut moi qui dus m'éloigner la première. Je savais que sans ça j'aurais très vite besoin de me retrouver nue contre lui. Il insista néanmoins pour me donner un dernier baiser.

– Quoi ? demanda-t-il lorsqu'il me lâcha enfin.

– Tu es si... je ne sais pas... si mignon, ce matin. Qu'est-ce qui t'arrive ?

– Je suis juste heureux, je suppose.

– Tant mieux. Je suis contente.

J'appuyai sur le bouton de l'ascenseur quand j'eus une pensée horrible. Et si son humeur joyeuse n'était qu'un stratagème pour me faire oublier le problème concernant David ?

– Au fait, j'étais sérieuse quand j'ai dit qu'on n'avait pas fini de parler de la direction du Sky Launch.

– Tu ne lâches vraiment pas l'affaire, hein ? On aura tout le temps d'en parler pendant le vol pour le Japon.

Je fronçai les sourcils.

– Et c'est moi qui ne lâche pas l'affaire ? dis-je en entrant dans l'ascenseur. On parlera plus tard. De tout.

Les portes se refermaient lorsqu'il les arrêta avec sa main.

– Alayna.

J'appuyai sur le bouton pour rouvrir les portes et je le regardai, pleine de curiosité. Il s'appuya contre la porte de l'ascenseur en fronçant les sourcils.

– Pourquoi tu... tu es venue me voir, hier soir ?

Sa voix était incertaine, et je soupçonnai qu'il prenait grand soin de ne pas répéter mes paroles, préférant ne pas parler *d'amour*.

Quoi qu'il en soit, il me demandait pourquoi j'avais eu tant besoin qu'il me fasse l'amour, la veille. En effet, cela avait dû paraître étrange alors que j'étais furieuse contre lui, quelques minutes auparavant.

– C'est un peu dur à expliquer.

– Est-ce que tu peux essayer ?

Je me suis demandé si je parviendrais à décrire l'étrange révélation que j'avais connue.

– J'étais en train de déballer les cartons. Je ne sais pas pourquoi je ne l'avais pas remarqué avant, mais je me suis rendu compte que tous les livres que tu avais commandés, ainsi que les DVD, étaient pour moi.

Il eut l'air encore plus confus.

– Je t'avais dit qu'ils étaient à toi. Tu sais bien que moi je préfère lire sur mon Kindle.

– Non, je veux dire que c'étaient les livres que j'avais envie de lire. Que tu avais fait exprès d'acheter tout ce que je voulais. Et je me suis sentie heureuse. Et aimée. Par toi.

– Ah.

Il se racla la gorge, et j'aurais juré que ses joues avaient rosi.

– Eh bien, oui. Très bien, alors.

Il sortit de l'ascenseur en reculant, trébuchant à moitié et s'appuyant contre le mur pour se rattraper.

– Waouh. Je n'aurais jamais cru être capable de déstabiliser Hudson Pierce à ce point.

Son sourire réapparut, même si ses traits étaient toujours marqués par la gêne.

– Ne t'y habitue pas trop.

Mon sourire n'avait pas encore disparu lorsque je suis arrivée dans le hall de l'immeuble.

* * *

Lors de mon retour au penthouse, ce sourire n'était plus qu'un lointain souvenir.

Au lieu de me calmer, mon footing n'avait servi qu'à me chambouler davantage, je me sentais encore plus larguée qu'avant de partir. Hudson avait plutôt bien géré le problème que j'avais avec Paul, et il avait la situation bien en main. Il méritait que je lui offre quelque chose en retour. Quel compromis pouvais-je faire avec lui au sujet de David ? Je ne voulais pas qu'il parte. Je voulais qu'il reste directeur du Sky Launch. Si j'allais au Japon, cela suffirait-il à prouver à Hudson ma reconnaissance et mon amour ? Pour moi, ce serait un sacrifice – je voulais vraiment rester à New York pour mettre en place une campagne publicitaire avec Aaron Trent et contacter de nouvelles boîtes d'événementiel pour remplacer mon contrat passé avec Julia.

Après m'être douchée et habillée, je n'étais toujours pas parvenue à la moindre conclusion.

Jordan venait de me déposer au club, un peu après huit heures, lorsque je reçus un message de Brian.

Je suis en route pour New York. Je serai au Waldorf. À quelle heure peut-on se voir ?

– Qu'est-ce qui ne va pas ?

Je sursautai en entendant la voix de David. Je m'étais doutée qu'il était encore là car l'alarme ne s'était pas déclenchée lorsque j'étais entrée, mais je ne m'attendais pas à le trouver en haut de la rampe d'entrée.

Je pris une profonde inspiration et essayai d'oublier le poids qui pesait sur mes épaules.

– Rien. Je suis juste préoccupée...

Il tendit le bras pour prendre ma sacoche d'ordinateur en me regardant d'un air curieux. Je la lui donnai et réfléchis à ce que j'allais pouvoir lui dire, si tant est que j'allais lui dire quelque chose, puisque ma réponse ne semblait pas le satisfaire. Après tout, peut-être m'aiderait-il à y voir plus clair.

– J'ai déménagé le week-end dernier, expliquai-je en me dirigeant vers les bureaux. Et mon frère veut me voir pour récupérer la clef. Mais on ne s'entend pas bien en ce moment. Pas depuis que je suis avec Hudson.

– Hummm.

Ses épaules se contractèrent et il fit la grimace. Était-il jaloux ?

Bon, peut-être David tenait-il à moi plus que je ne le croyais. Ses expressions étaient beaucoup plus faciles à déchiffrer que celles de Hudson. Comment avais-je pu passer à côté de l'intensité de ses sentiments ?

– Alors tu as emménagé avec Pierce ? me demanda-t-il en me tenant la porte.

Je passai devant lui pour monter les escaliers.

– Oui.

Autant lui dire la vérité. Si je voulais avoir une chance de sauver son poste au Sky Launch, il allait bien falloir qu'il se fasse à l'idée que j'étais avec Hudson.

– Je sais. C'est rapide, ajoutai-je.

– Ce n'est pas ce que je pensais.

– Ah, qu'est-ce que tu pensais ?

– Je me disais que j'aurais dû être plus rapide.

Je stoppai mon ascension des marches et me tournai vers lui pour voir s'il était sérieux.

Il l'était. Hudson avait raison. Les deux hommes me regardaient de la même manière. Cependant, je ne l'avais jamais remarqué parce que le regard de David ne comportait pas autant d'électricité et de passion que celui de Hudson.

Je me sentis pâlir brusquement.

David se racla la gorge.

– Désolé. C'était déplacé, dit-il en passant devant moi. Bref, félicitations. Je suis content pour toi.

– Moi aussi je suis contente, dis-je en lui emboîtant le pas.

Tout mon enthousiasme avait disparu après l'aveu de David. Peut-être Hudson avait-il raison, peut-être qu'on ne pouvait plus travailler ensemble.

Cependant, je ne supportais pas cette idée. Je préférai changer de sujet.

– Et je suis stressée. Hudson veut que je parte avec lui au Japon ce soir.

David sortit ses clefs de sa poche et ouvrit la porte du bureau. Les lumières et les ordinateurs étaient éteints – il devait être sur le point de partir lorsqu'il m'avait vue arriver.

– Qu'est-ce que tu fais ici aussi tard, au fait ? demandai-je.

D'habitude, ceux qui faisaient la fermeture partaient à six heures trente au plus tard.

– Je t'attendais, dit-il en haussant les épaules. Eh oui, Hudson m'a parlé du Japon.

J'allumai la lumière.

– Quoi ? Quand ?

Moi-même, je ne l'avais appris que quelques heures auparavant.

Quant à la première partie de sa phrase, je préférais ne pas y penser.

– Il y a environ une heure. Il voulait s'assurer qu'on s'en sortirait sans toi.

Hudson avait déjà parlé à David ce matin ? Cette journée devenait vraiment de plus en plus intéressante.

– Je n'ai pas encore dit oui.

– Mais tu vas le faire, dit-il sans essayer de dissimuler son chagrin.

Je me suis écroulée sur le canapé et je me suis mise à me frotter le front avec mes mains.

– Est-ce la seule raison pour laquelle Hudson t'a appelé ?

David s'assit sur le bord du bureau.

– Il ne m'a pas appelé, en fait. Il est passé.

– Pour te dire qu'il m'emmenait au Japon ?

Hudson m'avait dit qu'il avait un rendez-vous de bonne heure, mais il ne m'avait pas parlé de David. Était-ce une coïncidence qu'ils se soient vus ?

– Non, il voulait me parler d'autre chose.

Mon sang se glaça.

– Ah bon ? Quoi ?

Je fis mine d'inspecter mes ongles, en faisant semblant d'être détendue alors que j'étais loin de l'être. Mais c'était absurde, Hudson n'avait pas pu parler à David alors qu'il m'avait promis que nous en discuterions ensemble d'abord. Et puis si David s'était fait virer, il serait déjà parti.

Toutefois, je ne pouvais m'empêcher de me sentir nerveuse.

Il haussa les épaules et j'eus l'impression qu'il feignait lui aussi d'être détendu.

– Il m'a dit qu'il transférait le contrat avec Événementiel Plus chez Pierce Industries. Il m'a parlé d'un conflit d'intérêts.

Le nœud dans mon estomac se resserra. Bien sûr, Hudson avait eu à s'occuper de Paul.

– Il a pris toutes les copies du contrat, dit David en observant ma réaction. Mais il a dit que tu étais déjà au courant.

– Ouais, je le suis.

– Je suis navré que tu aies perdu ton contrat.

Je compris que David était en train de me tester, de s'assurer que Hudson ne foutait pas en l'air mes contrats pour le plaisir. C'était touchant de sa part, en fait.

Touchant, mais inutile.

– Non, ce n'est pas grave. Plus j'ai entendu parler de cette entreprise, plus je me suis rendu compte que ça ne marcherait pas.

Si j'avais bien interprété les intentions de David et qu'il cherchait en effet à me protéger, il aurait dû se détendre. Mais ce n'était pas le cas.

– Et c'est la seule chose dont vous avez parlé, Hudson et toi ? poursuivis-je en étudiant attentivement son visage. Tu ne me dis pas tout, je sais que tu me caches quelque chose.

David se leva du bureau et vint s'asseoir sur l'accoudoir du canapé, face à moi.

– Eh bien, je ne suis censé t'en parler qu'à ton retour du Japon, mais je n'aime pas les secrets. Et je suis vraiment trop excité par cette nouvelle, il faut que j'en parle à quelqu'un.

– Quelle nouvelle ? demandai-je d'une voix presque inaudible, alors que mes mains se mettaient à trembler.

– Pierce m'a promu, dit-il. Son visage s'illumina. Je vais être directeur général de l'Adora, son club à Atlantic City !

Un voile blanc recouvrit mes yeux et je m'enfonçai dans le canapé, à la recherche d'un appui.

– Qu'est-ce que tu lui as répondu ? l'interrogeai-je d'une voix tremblante qu'il devait forcément remarquer.

– J'ai dit oui, bien sûr ! L'Adora est connu dans le monde entier !

Peut-être ne voyait-il pas ma panique – et mon Dieu, pourtant je paniquais ! Non seulement parce que l'idée de perdre David m'était insupportable, mais parce que Hudson m'avait menti en me disant que nous en discuterions ensemble. J'avais l'impression que j'allais me mettre à vomir.

Je fis de mon mieux pour me concentrer sur l'instant présent – je pouvais peut-être encore convaincre David de rester.

– Mais on ne fait que commencer, ici. Le Sky Launch pourrait être le prochain Adora. À nous deux on pourrait...

– Je suis certain que ce sera le prochain Adora, Laynie. Plus grand encore. Mais je ne suis pas un bâtisseur. Je suis plutôt celui qui dirige une affaire que quelqu'un d'autre a montée. L'Adora est une opportunité inespérée pour ma carrière, dit-il en me regardant timidement. Je suis censé commencer dans deux semaines.

– C'est beaucoup trop tôt ! Et il va falloir que tu déménages à Atlantic City, dis-je, la gorge serrée.

– Je pourrais presque croire que je vais te manquer, dit-il d'une voix pleine d'espoir.

– Bien sûr que tu vas me manquer, espèce d'abruti, dis-je en prenant soin qu'il comprenne que c'était platonique. Tu es un directeur hors pair ! C'est toi qui m'as donné envie d'entrer dans le monde de la nuit !

– Vraiment ? Je ne savais pas, dit-il en se rapprochant de moi. Tu vas me manquer, Laynie. Et pas seulement parce que j'ai des sentiments pour toi, mais parce que tu es une super amie.

Je comprenais désormais pourquoi il flirtait sans gêne. Il jouait cartes sur table, et après tout, pourquoi pas ? Il allait bientôt partir – à cause de Hudson.

Je soupirai de tristesse et je regardai David droit dans les yeux.

– Tu n'as pas de sentiments pour moi, murmurai-je.

– Tu as raison, c'est bien plus que ça. Je suis fou amoureux de toi.

J'en eus le souffle coupé. Je dus me lever et m'éloigner de lui. L'homme avec qui je venais d'emménager ne m'avait pas encore dit qu'il m'aimait et il m'avait déjà trahie, alors que cela ne faisait que quelques semaines que l'on se connaissait. Qu'est-ce je faisais avec Hudson ? Est-ce que j'étais folle ? Ne devais-je pas plutôt m'enfuir avec David ?

La réponse était non, bien sûr. Quoi que David ressente pour moi, cela n'était rien comparé à ce que je ressentais pour Hudson. Même après ce qu'il venait de faire.

Dieu merci, je n'avais rien dit de tout cela à voix haute.

– Je comprends, ne t'en fais pas, dit David. Je voulais simplement que tu le saches avant que je m'en aille.

Je me tournai de nouveau vers lui.

– Mais maintenant tu peux comprendre pourquoi j'ai vraiment besoin de faire ça, poursuivit-il. Je ne peux pas rester ici, avec toi. Et l'Adora...

Je hochai la tête. Je comprenais tout à fait où il voulait en venir.

– Mais je reste joignable par téléphone. Si jamais tu as besoin de quoi que ce soit, appelle-moi ; au sujet du Sky Launch, ou juste pour entendre ma voix, dit-il en souriant.

Je m'appuyai contre le bureau et mes mains s'y accrochèrent.

– Est-ce qu'il t'a dit qui allait te remplacer ?

– Plus ou moins... On sait tous les deux que c'est toi, Laynie, dit-il en plongeant son regard dans le mien. Allez, on savait que ça allait arriver dès l'instant où tu as commencé à sortir avec lui.

– Non, je ne l'ai pas vu venir. Vraiment pas.

Ma relation avec Hudson avait été compliquée dès le début, et chaque étape avait été surprenante. Cependant, même dans mes rêves les plus fous, je n'avais jamais imaginé qu'il voulait que je dirige le club. J'aurais été bien moins choquée d'apprendre qu'il voulait me transformer en femme au foyer qui pondait un enfant après l'autre. Ce qui était déjà rudement choquant, en soi.

– Je n'ai pas dit que ce serait absurde. Tu mérites de diriger le club. Vraiment.

La sincérité de David était touchante, mais cela accrut ma colère envers Hudson. Même si David était heureux de sa promotion, et même si cela allait être bon pour lui de s'éloigner de moi – la façon dont Hudson avait géré la situation était inacceptable. Il m'avait menti – c'était aussi simple que ça.

Il fallait que je l'affronte. Je me redressai et lissai les plis de ma robe pour la faire redescendre.

– Désolée, je viens de me rappeler que je dois aller récupérer les nouveaux menus chez le graphiste.

– Je croyais qu'ils te les envoyaient par email.

J'étais tellement chamboulée que je n'arrivais même plus à trouver des excuses plausibles.

– Oui, oui. Ils me les ont envoyés, mais j'aimerais les voir imprimés. Sentir leur poids, tout ça. Bref, je ne sais pas à quelle heure je vais revenir.

David sourit.

– Tu sais, ce n'est plus à moi que tu dois rendre des comptes.

Je tournai la tête pour ne pas qu'il me voie grimacer.

– On se fait un câlin pour se dire au revoir ?

Cette fois-ci, je ne lui dis pas non. Je le laissai me prendre dans ses bras et ce fut plus agréable que dans mes souvenirs.

– Merci David. Pour tout.

J'enfouis mon visage dans son cou, non pas pour m'empêcher de pleurer, j'étais trop énervée pour cela, mais parce que je ressentais une soudaine affection à son égard.

Je reculai avant qu'il n'interprète mal mon geste ou que je cède à mon besoin de réconfort.

– Et félicitations, dis-je en souriant. Je suis contente que les choses tournent bien pour toi.

J'envoyai un message à Jordan pour lui demander de venir me chercher, puis je pris ma sacoche et sortis du club, en veillant à enfouir profondément toute ma peine et ma rage et en m'accrochant à ces émotions comme à une arme, les gardant au chaud, prêtes à être utilisées contre Hudson.

CHAPITRE DIX-HUIT

Lorsque je déboulai de l'ascenseur de Pierce Industries, je n'attendis pas que Trish, la secrétaire de Hudson, me donne l'autorisation d'entrer dans son bureau.

– Mademoiselle Withers ! s'écria-t-elle en m'emboîtant le pas.

Hudson était assis derrière son bureau, son téléphone coincé dans le creux de son cou, les mains sur son clavier d'ordinateur. Il leva la tête vers moi puis son regard se posa sur Trish.

– Un moment, je vous prie, Landon, dit-il.

Il appuya sur la touche pause de son téléphone.

– C'est bon, Patricia.

Je n'attendis pas d'entendre la porte se refermer sur Trish.

– Termine ton appel et rejoins-moi au loft, dis-je en me dirigeant vers l'ascenseur qui menait à son appartement. Et je te préviens, ça va chauffer.

Je n'étais pas retournée dans le loft depuis qu'il m'avait invitée au penthouse. Mais au lieu de ressentir de la nostalgie en repensant aux moments qu'on avait passés ici, je n'éprouvais que rage et trahison.

J'eus à peine le temps de jeter ma sacoche sur le canapé. Hudson entra dans le loft, repérant l'endroit où je faisais les cent pas, et s'assit dans un fauteuil, toute son attention dirigée vers moi.

J'avais préparé mille et une choses à lui dire durant le trajet pour venir ici, mais maintenant que j'étais face à lui, ma colère avait pris le dessus et j'avais tout oublié.

Quant à Hudson, il était calme et maîtrisé, comme à son habitude.

– Il n'était pas censé te le dire avant qu'on soit rentrés du Japon.

Il. Hudson ne pouvait pas même prononcer son prénom. Au moins il savait ce qui m'avait mise dans une colère noire, même si cela n'aidait en rien à me calmer.

– Heureusement pour moi, David est un bon ami. Et au passage, je n'ai jamais dit que j'irais au Japon.

– Touché.

– Mais à quoi tu joues, Hudson ?

Mes sentiments bouillonnaient en moi, j'étais prête à exploser.

Il croisa les jambes, en posant sa cheville sur son genou.

– J'ai offert à David une bonne opportunité de carrière, et il l'a acceptée.

– Tu m'avais dit qu'on en discuterait ensemble.

– J'ai dit qu'on reparlerait de la direction du Sky Launch. Et c'est ce qu'on fera.

Il était si tranquille, si maîtrisé – cela me rendait folle de rage.

– Les deux choses sont liées, Hudson !

– Alors tu aurais dû être plus précise, dit-il sans jamais cligner des yeux.

Mon Dieu, j'avais envie de casser quelque chose. N'importe quoi. Je décidai cependant de lui jeter des mots à la figure plutôt que le vase en cristal devant moi.

– Tu savais parfaitement ce que je voulais dire. Tu connaissais mon opinion, mais tu as préféré l'ignorer. Je croyais que tu tenais à moi, Hudson, mais apparemment je me suis trompée, parce que ce n'est pas comme ça qu'on traite la personne avec qui on vit.

Il reposa son pied par terre et se pencha en avant. Il eut l'air de se sentir – enfin – concerné.

– Oui, je connaissais ton avis. Et tu connaissais le mien. Tu ne voulais pas que je le vire, cependant je voulais qu'il parte. Lui proposer un poste ailleurs, une promotion dans un des plus grands clubs des États-Unis, qui plus est, était un sacrément bon compromis, si tu veux mon avis.

Ce qu'il disait paraissait logique, et c'est vrai que sa proposition avait rendu David heureux. Mais cela ne changeait rien au fait que Hudson avait pris cette décision sans m'en parler.

– Les compromis sont censés impliquer les deux parties. Tu ne peux pas décider seul de ce que doit être un bon compromis.

– Je ne l'ai pas fait, en fait, dit-il, l'air calme à nouveau, en reculant dans son fauteuil. C'est David qui l'a fait lorsqu'il a accepté le poste. Je ne savais absolument pas s'il l'accepterait, et s'il avait dit non, je serais revenu vers toi pour que nous trouvions une autre solution à notre problème.

– Tu aurais dû m'en parler avant de lui proposer.

– J'ai saisi cette opportunité quand elle s'est présentée à moi. Tu n'étais pas là pour en parler.

– Ne me dis pas que tu es allé voir David ce matin sans savoir que tu allais lui faire cette proposition, Hudson. Je ne te croirai pas, rétorquai-je sèchement.

Je comprenais mieux désormais la gaieté de Hudson, ce matin, ainsi que son besoin de comprendre pourquoi j'avais changé d'humeur la veille. Il analysait la situation, préparant le terrain avant d'aller voir David.

– Je n'arrive pas à croire que tu ne comprennes pas que ton attitude est inacceptable ! hurlai-je.

J'aurais préféré ne pas avoir à crier et réussir à maîtriser mes émotions aussi bien que lui. Cela avait vraiment un effet glaçant. Mais j'étais hors de moi. J'étais très émotive de nature, et à cet instant, furieuse au point de déverser toute cette rage dans le loft.

Hudson se leva et vint vers moi, haussant un sourcil.

– Qu'est-ce qui t'énerve, en fait ? Est-ce que c'est parce que je veux que tu prennes la place de David ?

C'était le cas, en partie, mais pas seulement. Je lui tournai le dos, ne sachant quoi répondre.

– J'aimerais que tu prennes son poste, bien sûr, dit Hudson. Et je suis persuadé que tu as toutes les compétences nécessaires et bien plus encore. Mais si tu refuses, j'espère au moins que tu m'aideras à choisir la personne qui remplacera David, poursuivit-il en posant sa main sur ma nuque.

Je me tournai brusquement et je frappai sa main pour l'enlever.

– Eh merde, Hudson. Je ne veux pas avoir à remplacer David. C'est avec *lui* que je veux travailler. David Lindt, et personne d'autre.

– Tu le défends avec toute la passion d'une amante, Alayna. J'ai de plus en plus de mal à croire qu'il n'y a rien entre vous.

C'était l'insulte la plus minable qu'il aurait pu trouver. Tellement blessante, en vérité, qu'une vague de froid m'enveloppa, glaçant mes veines, m'anesthésiant peu à peu, des pieds à la tête.

– C'est très manipulateur, Hudson, dis-je d'une voix basse et rauque. Tout ce que tu as dit et fait aujourd'hui n'était que manipulation. Je croyais que tu en avais fini avec ça. Je ne sais même pas comment réagir. D'ailleurs c'était probablement ton but, en fait. Eh bien tu sais quoi ? Mission accomplie.

Il avança vers moi.

– C'est injuste, Alayna. Tu ne peux pas me jeter mes erreurs passées à la figure chaque fois que tu n'es pas d'accord avec ce que je fais. Je n'essaie absolument pas de te manipuler ni de te faire ressentir quoi que ce soit. Je suis simplement motivé par mon projet, ma belle. Toi. Tout ce que j'ai fait, c'est de protéger notre relation et notre avenir. C'est tout.

– Ah bon ? Parce que si tu veux mon avis, l'avenir de notre relation n'a jamais été aussi incertain.

Mes paroles étaient glaciales – aussi froides que le sang qui coulait dans mes veines. Cependant, même en voyant son visage décomposé, je ne les regrettais pas. Je regrettais juste que ce soit la vérité.

Il tendit son bras pour m'attraper mais je fis un pas sur le côté pour l'esquiver et je le stoppai du bout des doigts.

– Ne m'approche pas. Tu cherches toujours à régler nos problèmes grâce au sexe, et cette fois-ci ça ne va pas marcher.

Il passa sa main dans ses cheveux.

– Ce n'est pas du tout ça, Alayna. J'ai simplement conscience que lorsqu'on se dispute, notre connexion physique permet de nous remettre en phase.

– Tu veux dire que je deviens plus facile à gérer.

Il ouvrit la bouche pour répondre – pour me contredire, probablement –, mais je continuai avant qu'il n'ait eu le temps de le faire.

– Je ne peux pas parler de ça maintenant. Il faut que je m'en aille.

Je pris mon sac sur le canapé et me dirigeai vers la porte. Il essaya de m'attraper lorsque je passai à côté de lui, mais je l'esquivai de nouveau, et il n'essaya plus.

– Alayna, ne me laisse pas comme ça.

– Tu sais quoi, Hudson ? La dernière chose dont j'ai envie c'est que tu me dises quoi faire.

– Alayna, s'il te plaît...

La douleur et le désespoir dans sa voix étaient insoutenables, mais j'avais vraiment besoin de temps.

J'hésitai un instant, ma main sur la poignée de la porte, mais sans le regarder, de peur de me jeter dans ses bras dans un moment de faiblesse. J'avais besoin d'un endroit où je pourrais réfléchir en paix. Certainement pas ici, à ses côtés.

– Je viendrai au penthouse, plus tard. C'est tout ce que je peux t'accorder. J'ai besoin d'espace.

Sa gorge était tellement serrée que je l'entendis déglutir avant de dire :

– Je comprends.

J'eus la plus grande peine du monde à ne pas revenir sur mes pas après avoir refermé la porte derrière moi.

* * *

Les portes de l'ascenseur ne s'étaient pas encore refermées que je savais qu'il fallait que je parle à Celia. J'étais complètement perdue, déroutée par l'attitude de Hudson. Je ne le connaissais pas assez pour m'en sortir seule.

Elle ne répondit pas au premier coup de fil alors je raccrochai et je la rappelai dans la foulée. Comme je réessayais pour la quatrième fois, mon téléphone vibra.

Tu as eu mon message ? Je serai au Waldorf cet après-midi. Besoin de te voir.

Et merde, Brian. Je n'avais pas répondu à son message précédent. Étais-je vraiment obligée de m'occuper de lui aujourd'hui, en plus du reste ?

Préviens-moi quand tu y seras. Je passerai.

J'appuyai sur *Envoyer,* puis je rappelai Celia. Cette fois-ci, elle répondit immédiatement.

– Salut, c'est Laynie. Tu es occupée ?

– Euh, un peu. Qu'est-ce qui se passe ?

– J'ai... j'ai besoin de parler, dis-je d'une voix tremblante.

– Oh, non ! Qu'est-ce qui ne va pas ? On dirait que tu as pleuré.

Je n'avais pas pleuré – *j'étais en train de pleurer.*

– Je préférerais t'en parler de vive voix. Est-ce qu'on peut se retrouver quelque part ?

Les portes de l'ascenseur s'ouvrirent dans le hall de Pierce Industries. Merde. Il y avait des gens partout. Je cachai mon visage derrière mes cheveux, regrettant de ne pas avoir mes lunettes de soleil, et je marchai d'un pas rapide vers la sortie.

– Plus tard, oui. Cet après-midi, si tu veux. Ça t'irait ?

– Je ne sais pas, avouai-je. Je ne savais pas même pas ce que j'allais faire durant les quinze prochaines minutes. Je te tiens au courant. Je dois voir mon frère dans l'après-midi, même si je n'en ai pas envie. Je ne sais pas.

Je me répétais, tournant en rond, toutes mes idées se mélangeaient dans ma tête.

Je sortis dans la rue et longeai les baies vitrées de l'immeuble jusqu'au mur de brique mitoyen et je m'appuyai dessus.

– Je ne suis pas vraiment en mesure de prendre des décisions.

– D'accord. Je comprends. Ça ne va pas, dit Celia d'une voix distraite. Tu as dit que ton frère était en ville ? Brian ? Est-ce qu'il descend chez vous, au penthouse ?

– Mon Dieu, non. Au Waldorf. Pour Brian, c'est le paradis sur terre.

– Je m'occupe de la déco de *Nation Sport*, sur la cinquante et unième avenue. Il y a un café juste à côté. Si tu veux on s'y retrouve vers quatorze heures. Comme ça, tu ne seras pas loin du Waldorf.

J'avais beau devoir patienter plusieurs heures pour la voir, je me sentais déjà mieux.

– C'est parfait. Merci, Celia.

– Il n'y a pas de souci, quand tu veux, Laynie.

Je regardai l'heure sur mon téléphone avant de le ranger dans ma poche. Il n'était que neuf heures dix, mais j'avais l'impression que toute la journée était déjà passée. Je n'avais pas la moindre idée de ce que j'allais faire durant les prochaines heures.

– Mademoiselle Withers ?

Je levai la tête et vis Jordan, debout devant la Maybach, à quelques mètres de moi.

– Monsieur Pierce a suggéré que je vous conduise quelque part. Au penthouse, ou au club, peut-être ?

C'était typique de Hudson : il prenait soin de moi, à distance, même quand je voulais être seule. Par ailleurs, j'étais soulagée de voir Jordan car j'étais tellement perturbée que j'avais oublié de lui envoyer mon sms.

Reconnaissante, mais également agacée par l'omniprésence de Hudson, je montai dans la Maybach.

– Je ne souhaite pas aller au penthouse. Je vais aller au club, je suppose.

Je passai le reste de la matinée au bureau, à tripatouiller des papiers ou à fixer l'écran de mon ordinateur. Je n'arrivais à me concentrer sur rien. Par le passé, lorsque j'étais stressée, je retombais dans mes vieilles habitudes, pendant lesquelles j'adoptais des comportements obsessionnels. Leur caractère compulsif et automatique parvenait à me calmer. Aujourd'hui, je n'avais qu'une envie, celle de me rouler en boule et de m'endormir pour ne plus rien sentir.

J'étais malade. Ou plutôt, j'étais *encore* malade. Je m'étais crue guérie, avec Hudson, mais apparemment je ne savais toujours pas comment gérer mes émotions. Je n'avais pas la moindre idée de ce que faisaient les gens normaux lorsqu'ils souffraient. Je regrettais d'avoir manqué ma thérapie de groupe, la veille. J'en avais bien besoin à présent.

Il fallait au moins que je vois Lauren, la femme qui dirigeait bénévolement les séances de groupe auxquelles j'assistais le soir. J'avais passé des années sans en manquer une seule, mais cela faisait quelques mois que je n'y allais plus qu'occasionnellement. Cependant, ce n'était pas là que j'avais rencontré Lauren. Elle était psychologue au Centre pour Addictions de Staton, où j'avais été suivie après avoir enfreint l'ordonnance de ne plus approcher Paul. Brian, en bon avocat qu'il était, avait plaidé pour que j'aille en cure plutôt qu'en prison.

Il était midi et quart. Si je me dépêchais, je pouvais probablement la voir pendant sa pause déjeuner.

J'envoyai un message à Jordan et, moins de vingt minutes plus tard, j'arrivais à Staton.

J'annonçai mon arrivée à l'accueil et j'obtins un laissez-passer. Ayant trouvé le bureau de Lauren vide et plongé dans la pénombre, je me rendis à la cafétéria où je la trouvai à côté du distributeur de sodas, en train de discuter avec un groupe de femmes plus âgées.

– Salut chérie, dit-elle en venant vers moi pour me prendre dans ses bras. J'étais déçue de ne pas te voir, hier soir.

Je souris nerveusement, pressée d'être seule avec elle.

– Oui, je suis désolée, j'ai eu un empêchement.

– Le fait que tu débarques ici me laisse penser que ce n'était pas une bonne surprise.

– Tout n'était pas horrible. Mais oui, tu as raison, dis-je en regardant une table libre au fond de la salle. Est-ce que tu as un peu de temps pour parler ?

Elle me montra un sac en papier marron.

– Du moment que ça ne te gêne pas que je mange pendant que tu parles.

– Bien sûr que non, je t'en prie.

J'attendis qu'on soit assises pour raconter à Lauren les événements de la semaine passée : l'évolution de ma relation avec Hudson, mon emménagement chez lui, ma rencontre avec Paul, les secrets que j'avais tus, et, enfin, la manière dont Hudson s'était débarrassé de David. J'essayai de ne pas m'éterniser et de passer sur les détails, consciente que Lauren n'avait qu'une heure pour déjeuner. Lorsque j'eus fini, je me sentis vidée, comme si cela faisait trente-cinq minutes que je vidais mes tripes.

Lauren prit une serviette et s'essuya la bouche. Elle avait terminé son repas depuis un bon moment.

– Eh bien, voilà une sacrée semaine. Qu'as-tu appris en parlant de tout cela à voix haute ?

C'était une des techniques préférées de Lauren : profiter que je lui aie raconté tous mes soucis pour m'apprendre quelque chose à propos de moi-même.

– Je ne sais pas, lui dis-je sincèrement. Cela faisait longtemps que je n'avais pas fait cet exercice. Si, je discerne ma propre culpabilité dans la trahison de Hudson, dis-je après avoir réfléchi un instant.

C'était difficile à admettre, mais c'était crucial. Je ne pouvais pas exiger qu'il soit honnête avec moi alors que je ne l'avais pas été avec lui.

– Très bien. Quoi d'autre ?

Mon Dieu, n'était-ce pas assez ? Je cherchai ce à quoi elle pouvait faire allusion.

– J'ai pris conscience que je ne savais pas comment gérer mes problèmes. Avant, je devenais parano et je faisais une fixation dessus. Par quoi suis-je censée remplacer cela, désormais ? demandai-je, espérant qu'elle m'apporte la réponse.

– Justement, en faisant ce que tu fais. En abordant tes problèmes de façon constructive, dit Lauren en se penchant en avant, mains jointes devant elle. Écoute, ma chérie : être saine d'esprit ne signifie pas que tu ne ressens plus rien. Tu auras toujours des sentiments, positifs ou négatifs, et cela peut changer d'un jour à l'autre, voire d'une minute à l'autre. C'est ça, la vie. Pour continuer à aller bien, il faut parler de ses émotions, les coucher sur papier, et comprendre qu'il n'y a pas à faire quoi que ce soit pour les changer. Parfois, il faut juste attendre que ça passe.

– Eh ben, ça craint.

– N'est-ce pas ? dit-elle en souriant et en s'appuyant sur le dossier de sa chaise. Mais il y a autre chose que je voudrais que tu voies, et je pense que tu passes à côté.

En général, Lauren évitait de mettre en lumière ce que ses patients n'avaient pas encore compris, car elle pensait que si la personne ne le voyait pas, c'est qu'elle n'y était pas encore prête. Pour qu'elle prenne les devants et qu'elle m'en parle, ça devait être crucial.

– Qu'est-ce que c'est ? demandai-je d'une voix tremblante.

– Hudson. Je ne le connais pas personnellement, mais son comportement m'est familier.

Pendant un instant, je me demandai si elle l'avait rencontré lors d'une des thérapies qu'il avait suivies. Je ne savais rien au sujet des soins qui lui avaient été prescrits, mais cela me paraissait plausible.

Je compris soudain où Lauren voulait en venir, et je me sentis rougir.

– Tu veux dire qu'il est comme moi. Comme moi par le passé.

– Jaloux, manipulateur, malhonnête.

Elle compta sur ses doigts ces horribles adjectifs. Mon estomac se noua un peu plus à chacun d'eux.

– Il n'est pas comme ça. Vraiment, cela ne lui correspond pas du tout.

Je ne pouvais pas supporter que Hudson soit décrit d'une façon aussi horrible. Il était tellement mieux que cela.

– Je n'invente rien, ma puce. Ce sont les adjectifs que tu avais employés pour te décrire toi-même en thérapie, dit Lauren en penchant la tête sur le côté. Pourquoi penses-tu que tu étais comme ça ?

Une pluie de souvenirs s'abattit sur moi et je me souvins des émotions qui avaient engendré mes comportements malsains. Je détestais avoir à me rappeler de cette époque pour comprendre. Cela me donnait la nausée et le vertige, et je dus fermer les yeux un instant pour reprendre mes esprits.

– Parce que je me sentais mal aimée. Parce que je désespérais d'avoir l'homme que je voulais. Parce que je pensais qu'il n'y avait pas d'autre moyen pour qu'il me remarque.

– Est-ce que tu penses que Hudson pourrait avoir les mêmes raisons d'agir comme il l'a fait ?

J'ouvris les yeux et je me remémorai ce qu'il avait dit plus tôt. *Je suis simplement concentré sur mon projet, ma belle. Toi. Tout ce que j'ai fait c'est de protéger notre relation et notre avenir.* Il s'y était mal pris, mais ses intentions étaient bonnes. Touchantes, même. Était-ce suffisant pour excuser son comportement ?

Lauren semblait lire dans mes pensées.

– Écoute, je ne dis pas que son comportement – ou le tien, avant d'aller mieux – est raisonnable. D'après ce que tu me racontes, vous avez tous les deux un gros travail à faire pour que votre couple fonctionne de façon normale. J'essaie seulement de mettre les choses en perspective. Je crois que vous vous comprenez parce que vous avez un passé similaire. Peut-être que tu devrais te servir de ton expérience pour comprendre ce qu'il ressent. En tout cas, ce serait un bon début.

– Alors, quoi – je dois lui pardonner, c'est aussi simple que ça ? m'écriai-je en fronçant les sourcils.

– Non. Tu pourrais aussi lui dire adieu, dit-elle calmement, comme si c'était facile à faire.

Dire adieu à Hudson. Je ne pouvais même pas y penser. Cela me détruirait.

Lauren m'étudia un moment avant de reprendre la parole.

– Ce serait probablement la meilleure chose à faire. Mais j'ai comme l'impression que ce n'est pas ce que tu souhaites.

– Non. Je ne veux pas le quitter. Et l'idée qu'il puisse penser que je vais le faire m'est atroce.

– Alors tu vas être obligée de le pardonner, dit-elle en souriant. En revanche, tu n'as pas besoin de tout lui passer sans condition. Dis-lui que tu le comprends, et remercie-le de ses bonnes intentions. Ensuite, explique-lui ce qui se passera s'il recommence.

– Ça me paraît envisageable, répondis-je, soulagée. Cela me semblait merveilleux comparé à l'horreur de le perdre.

– Par contre, il faut que tu tiennes ta parole. Si tu dis que tu le quitteras s'il recommence, il faudra *vraiment* que tu le quittes.

– Je préfère ne pas y penser.

– Je n'en doute pas, dit-elle en me faisant un clin d'œil. Par ailleurs, il pourrait t'imposer des conditions, lui aussi. S'il apprenait que tu lui cachais encore des choses, par exemple. Il pourrait choisir de rompre.

– Dans ce cas, je vais devoir tout lui avouer avant de lui imposer mes conditions.

J'allais devoir lui dire que j'avais vu Celia sans lui. Honnêtement, c'était le moins lourd de mes secrets, et je ne doutais pas qu'il me pardonne.

– Comment ça, il y a autre chose que tu ne lui dis pas ? demanda Lauren en fronçant les sourcils.

– Je sais, je sais. Ne me regarde pas comme ça, dis-je en levant les yeux au ciel. Tu te dis qu'on pourrait appeler notre histoire *Cinquante Nuances de bordel*, c'est ça ?

– Non, peut-être pas autant. Vingt-cinq, plutôt.

J'éclatai de rire et elle se joignit à moi. Mince, cela me faisait du bien de pouvoir rire et me détendre un peu. Il fallait que je trouve l'occasion de le faire plus souvent.

Lauren se leva, je compris qu'il était temps de se dire au revoir. Je l'enlaçai et la remerciai pour son aide, en lui promettant de venir à la session du lundi suivant. Puis je la quittai.

Je ne ressentais plus le besoin de voir Celia, désormais. J'essayai de l'appeler pour annuler, mais même après plusieurs tentatives, elle ne répondit pas. Je décidai de profiter de notre rendez-vous pour lui dire que j'allais tout raconter à Hudson.

J'arrivai au café avec dix minutes d'avance. Une demi-heure plus tard, Celia n'était toujours pas là. Je l'appelai plusieurs fois, toujours sans succès. J'attendis encore trente minutes, puis je décidai d'aller la chercher à *Nation Sport*. Elle m'avait dit qu'elle y travaillait, peut-être avait-elle eu un souci de dernière minute.

Je passai la porte et me dirigeai vers un homme qui devait avoir à peu près mon âge et avait un physique à soulever de la fonte cinq fois par semaine.

– Bonjour, je cherche Celia Werner. Elle refait la déco, ici. Est-ce que vous l'avez vue ?

– Je connais Celia, oui, dit-il, le regard brillant en pensant à elle, comme sans doute tous les hommes qui la rencontraient. Mais elle n'est pas venue, aujourd'hui.

– Vous êtes sûr ? Elle m'avait dit qu'elle serait là aujourd'hui, je n'ai pas rêvé, si ?

– Mais si.

– Ah...

Un frisson me parcourut de la tête aux pieds. Étant donné le peu de choses que je connaissais au sujet de Celia, je n'avais aucune raison de paniquer. Peut-être que cela lui arrivait souvent d'annuler ses rendez-vous sans prévenir ou de ne pas se rendre sur ses chantiers. Peut-être avait-elle eu un empêchement. Je ne savais rien de sa vie personnelle, après tout. Cependant, quelque chose me dérangeait, sans que je sache quoi, exactement.

Je laissai mon numéro à l'accueil au cas où elle passerait plus tard, puis je rangeai Celia dans un coin de ma tête et me préparai pour l'orage qui m'attendait au penthouse.

Cette fois-ci, lorsque Jordan vint me chercher, j'étais prête.

– Emmenez-moi au *Bowery*, s'il vous plaît.

Il était presque quinze heures. Je décidai d'envoyer quelqu'un donner la clef à Brian lorsqu'il me ferait signe. J'avais le temps de préparer mes affaires pour aller au Japon et de rassembler mes idées avant que Hudson ne rentre. Ensuite, nous parlerions en toute sincérité et nous poserions tout à plat. Si ce qu'il me disait ne me plaisait pas, je pouvais toujours changer d'avis et ne pas partir. Mais il fallait qu'il comprenne à quel point je tenais à notre relation et qu'il sache que j'étais prête à tout pour la faire fonctionner.

Des éclats de colère m'accueillirent au sortir de l'ascenseur. Je m'étais attendue à trouver l'appartement vide. Mon ventre se noua lorsque je reconnus les voix de Hudson et de Celia.

CHAPITRE DIX-NEUF

Je les trouvai dans le salon, debout, face à face. Leurs visages se touchaient presque, il n'aurait pas fallu qu'ils avancent beaucoup plus pour pouvoir s'embrasser. Je ne voyais que le visage de Hudson. Il avait l'air d'être sur le point de sauter sur Celia pour l'étrangler.

Je me sentis tout à la fois jalouse, vexée, confuse, et trahie. Nous nous étions promis de ne pas voir Celia l'un sans l'autre. Bien sûr, je n'avais pas tenu ma promesse, moi non plus. Au moins je me rendais compte de l'effet que ça faisait. C'était très désagréable.

– Pour quelle raison est-ce que Celia inventerait tout ça ?

J'avais été tellement surprise de voir Celia et Hudson si près l'un de l'autre que je n'avais pas réalisé qu'ils n'étaient pas seuls. La troisième voix était celle de Sophia, qui était assise sur le canapé, à côté de – merde – Brian.

Quant à Jack, il me tournait le dos et observait la vue par la fenêtre.

Qu'est-ce qu'ils fichaient tous ici ?

– Parce que c'est tout à fait le genre de chose qu'elle fait, dit Jack en se tournant vers les autres. Ah, eh bien voilà ! Nos questions ne vont plus rester sans réponses, puisque Alayna vient d'arriver.

Tous les regards se posèrent sur moi.

– Qu'est-ce qu'il se passe ? demandai-je en m'adressant à Hudson.

– Alayna...

Sa voix reflétait la tension de son corps, mais son regard s'illumina lorsqu'il me vit.

Et Celia s'adressa à moi – jamais je n'avais vu son visage aussi froid et menaçant.

– Je leur ai dit. Ils sont au courant, Alayna.

– Celia, tais-toi, aboya Jack.

– Ils sont au courant de quoi ?

Les poils de mes bras se hérissèrent, et la pièce tout entière se chargea d'électricité.

Personne ne répondit. Jack regarda chacun d'entre eux, un par un, d'un air incrédule et déçu.

– Tu vas lui dire, Celia ? Après tout, ce serait normal qu'elle l'entende de ta bouche.

– Bon sang, Laynie. Je savais que ça allait arriver. Je le *savais*, dit Brian en se levant pour faire les cent pas.

– Tais-toi, Brian, crachai-je en avançant dans la pièce. Quelqu'un va me dire ce qu'il se passe ?

Celia chercha le regard de Sophia avant de parler.

– Il faut te faire soigner, Laynie, dit-elle en prenant la main que lui tendait Sophia. Il faut que tu comprennes que je ne t'en veux pas et que je ne te tiens pas pour responsable...

– Mais bon sang, de quoi tu parles ?

Je ne comprenais toujours rien à la situation, mais une chose était claire – ils étaient tous réunis pour parler de moi.

– Très bien, dit Jack en venant vers moi. Comme tu n'as pas le courage de le faire, Celia, je vais lui dire. Laynie, tu sais que ça me fait toujours très plaisir de te voir. Je suis simplement navré que ce soit dans des circonstances aussi rocambolesques, s'excusa-t-il.

Il posa ses mains sur mes bras et, à l'autre bout de la pièce, je sentis Hudson tressaillir.

– Celia a débarqué chez nous ce matin, poursuivit Jack, en lançant des horreurs à ton sujet. Ensuite, elle a demandé à Hudson et à ton frère de la retrouver ici, dit-il en regardant Brian, afin de mettre au point cette comédie. Heureusement, j'étais dans le coin, et je suis venu faire entendre raison à ceux qui daigneraient m'écouter.

Il se tourna alors vers les autres, tout son être transpirait la colère.

– Qu'est-ce qu'elle a dit sur moi ?

Au fond de moi, je connaissais déjà la réponse. Je retins ma respiration, en priant pour avoir tort.

– Que tu la harcèles.

Mes genoux fléchirent et Jack m'aida à m'asseoir dans un fauteuil.

– Oh mon Dieu. *Oh mon Dieu.*

Celia secouait son téléphone en le tendant vers moi.

– J'en ai la preuve. Elle m'a appelée plusieurs fois en raccrochant avant de tomber sur mon répondeur. J'ai tout gardé dans mon journal d'appels.

Oh. Mon. Dieu. Je comprenais tout, désormais – pourquoi elle m'avait dit de continuer à l'appeler jusqu'à ce qu'elle décroche, pourquoi elle m'avait emprunté mon téléphone lorsque nous étions à *A Voce*. Elle avait tout prévu. Depuis le début.

– Laynie ?

Je regardai Brian, qui attendait ma réponse, bras croisés. Combien de fois avais-je vu cette expression sur son visage ? Combien de fois lui avais-je promis que je ne le ferais plus jamais souffrir ? J'avais tenu ma promesse, pourtant ses traits affichaient l'expression horrifiée que je connaissais bien et ça m'était insupportable.

Je tentai de ravaler la boule dans ma gorge, avant de parler.

– C'est vrai. Mais seulement parce qu'elle me l'a demandé.

– C'est ridicule, ricana Celia. Pourquoi est-ce que je lui demanderais de faire ça ?

– Elle m'a dit que son téléphone ne fonctionnait pas, expliquai-je alors que je me rendais compte à quel point cela devait paraître ridicule. Elle m'a dit que si je voulais la joindre, je ne devais pas hésiter à l'appeler jusqu'à ce qu'elle décroche.

Celia ne laissa le temps à personne de digérer mon explication.

– Et elle me suit partout, même à mon boulot. En ce moment je travaille à *Nation Sport* et aujourd'hui le vigile m'a dit qu'il l'avait vue toute seule dans le café d'à côté, pendant près d'une heure. Quand j'y suis passée tout à l'heure, elle m'avait laissé un message à l'accueil.

– Elle m'a tendu un piège, sifflai-je, sans m'adresser à personne en particulier. Mais quelle imbécile j'ai été !

Mira m'avait mise en garde contre elle. Ainsi que Stacy, son assistante. Même Hudson m'avait dit de ne pas la fréquenter. Je ne les avais pas écoutés. *Quelle idiote !*

– Les serveurs de *A Voce* pourront témoigner qu'elle a débarqué l'autre jour alors que j'y étais et qu'elle s'est assise pour manger avec moi.

– Quoi, tu les as payés pour dire ça ? crachai-je.

Il ne s'était rien passé de spécial ce jour-là. Même si elle ne les avait pas payés, elle avait dû dire à la serveuse qu'elle n'attendait personne. Ainsi, quand j'étais arrivée, j'avais eu l'air de m'incruster. Et comme j'étais partie la première, Celia avait eu tout le temps de se plaindre auprès de la serveuse, pour s'assurer qu'elle confirmerait ses dires si besoin était.

Jack s'assit sur l'accoudoir de mon fauteuil.

– Et qu'est-ce que tu as fait, Celia ? Tu as appelé la sécurité ?

– Je ne voulais pas lui causer d'ennuis.

Ses yeux bleus pétillaient. Elle aimait ce petit jeu pervers. Est-ce qu'elle faisait tout ça pour se débarrasser de moi et récupérer Hudson ? Ou est-ce qu'elle cherchait à se venger pour ce qu'il lui avait fait jadis ?

Ou pis encore – était-ce *Hudson* qui lui avait appris l'art de la manipulation ? S'étaient-ils adonnés à ces jeux sordides ensemble ?

Je cherchai le regard de Hudson. Il n'avait rien dit depuis qu'il avait prononcé mon prénom, lorsque j'étais arrivée. Son visage était de marbre, indéchiffrable, sans émotion. Je ne savais pas de quel côté il était. Et cela m'inquiétait. N'aurait-il pas dû être du mien, automatiquement ?

– Ce sont des conneries, dis-je à Hudson, en me fichant de ce que les autres pouvaient penser. Elle ment. On déjeunait ensemble. C'est elle qui m'a invitée.

– Et elle m'a coincée dans les toilettes, aussi, poursuivit Celia, enchaînant les accusations. Le soir de ton anniversaire, Sophia.

– Mais c'est complètement faux !

Celia posa sa main sur le bras de Hudson.

– Je t'en ai parlé, ce soir-là, tu te souviens ?

– Pas besoin que tu me le rappelles, dit-il en enlevant son bras, m'offrant une brève sensation de victoire.

Celia fit mine de ne pas être affectée par son rejet et elle se tourna vers Sophia, son alliée.

– Ce soir-là aussi il a refusé de me croire, expliqua-t-elle.

– Il est aveuglé par le sexe, répondit Sophia.

– Elle t'a dit que je la harcelais ? demandai-je à Hudson, ignorant la remarque de sa mère.

J'essayais de croiser son regard, mais il gardait ses yeux rivés sur le plancher.

Je repensai au soir de l'anniversaire de Sophia. Je me souvins que Celia parlait à Hudson lorsque j'étais sortie des toilettes. Après cela, il avait été distant, comme renfermé sur lui-même – était-ce parce qu'elle lui avait raconté ces mensonges ?

– Pourquoi tu ne m'as rien dit, Hudson ?

Il ne répondit pas, mais je connaissais la réponse. Il ne m'avait rien dit parce que je lui avais caché que j'avais vu Celia. Mon Dieu, on avait gardé chacun tant de secrets ! Et c'était justement ces secrets qui mettaient notre relation en péril.

Mon estomac fit un bond et je crus que j'allais vomir.

– C'est *elle* qui est venue me voir. J'y suis allée la première, tu te souviens ? Et je ne l'ai absolument pas harcelée, m'exclamai-je.

Soudain, je me souvins que j'avais la preuve de ce que j'avançais et je claquai des doigts.

– Mira était aux toilettes en même temps que nous ! Elle pourra prouver que je ne mens pas.

L'espace d'une seconde, les traits de Celia trahirent sa panique, puis elle reprit le contrôle de son expression.

– Mira m'a toujours détestée. Elle dirait n'importe quoi pour se débarrasser de moi.

Jack éclata d'un rire sec.

– Mon Dieu Celia, maintenant tu mêles Mira à cette histoire ? Jusqu'où es-tu prête à aller ?

– Cesse d'attaquer la victime, aboya Sophia en lançant un regard meurtrier à son mari.

– Oh, rassure-toi ma chère, Celia est tout sauf une victime, dit Jack d'un ton lourd de sous-entendus.

Il était évident qu'il avait ses propres raisons d'accuser Celia. Dans d'autres circonstances, j'aurais été morte d'envie de les connaître.

Celia soupira – le genre de soupir qui sert à attirer l'attention sur soi.

– Je t'en prie, Sophia, ne me considère pas comme une victime. Je ne veux pas que l'on s'apitoie sur moi. Vraiment pas. C'est juste que... j'ai *peur*, dit-elle en joignant ses mains devant elle et en se triturant les doigts pour feindre l'angoisse. Je suppose que c'est ma faute. Je suis passée au club, un jour – j'étais dans le coin et je voulais me montrer amicale. Elle m'a proposé un café, et j'ai accepté, mais je le regrette, à présent. Je crois que c'est ce qui a déclenché son obsession. Elle m'a suppliée de ne pas te dire qu'on s'était vues, Hudson, dit-elle en se tournant vers lui. Mais j'aurais dû t'en parler tout de suite. Je suis désolée.

Ma seule consolation, c'était qu'il refusa de la regarder, elle aussi.

– C'est ridicule. C'est toi qui m'as conseillé de ne pas le dire à Hudson, dis-je sèchement.

Je n'aurais pas dû lui accorder la satisfaction de lui répondre.

– Elle déforme tout ce qui s'est passé ! m'écriai-je, en essayant d'interpeller Hudson.

Il refusait toujours de me regarder. Il se tourna vers les baies vitrées, puis son regard sembla se perdre dans la cime des arbres de Central Park.

Celia le suivit et posa une main sur son épaule. Encore une fois, il refusa qu'elle le touche.

Elle se redressa et se tint la tête haute.

– Je ne sais pas si tu es au courant, mais quand je l'ai vue, ce jour-là, elle faisait une fixation sur un mec de son passé – Paul, ou quelque chose comme ça. Elle voulait signer un deal avec sa boîte pour se rapprocher de lui.

– Espèce de garce, aboyai-je, folle de rage.

Jack me prit la main pour tenter de me calmer.

– Je suis ici simplement parce que je m'inquiète pour Laynie. J'ai peur qu'elle ne se fasse pas soigner. Tu dois l'aider, Hudz.

Ma colère devenait irrépressible.

– Je n'ai pas besoin d'aide. Seulement d'une équipe de nettoyage pour ramasser tes dents quand j'aurai détruit ta jolie petite gueule.

Je bondis de mon fauteuil pour me jeter sur elle mais Jack et Brian furent plus rapides et me retinrent par les bras.

– Laynie ! aboya Brian d'un ton réprobateur, tandis que Jack optait pour une approche plus apaisante.

– Reste calme, Laynie. Je sais à quel point tu as envie de l'étrangler, mais la violence ne résoudra rien.

– Tu l'as entendue, Hudson ? demanda Sophia en se levant. Elle a menacé Celia, devant tout le monde !

– Mère, ne te mêle pas de ça.

– Hudson, il faut que tu la quittes. Elle est dangereuse. Celia m'a dit qu'elle avait un casier judiciaire. Pour quelle foutue raison es-tu avec elle en sachant tout cela ?

– Tais-toi, mère.

Hudson se tourna brusquement, passant entre les deux femmes. Il s'arrêta au milieu de la pièce et daigna enfin me regarder.

Mes yeux se perdirent dans les siens – je cherchais désespérément à retrouver mon équilibre tandis que tout chancelait autour de moi. Je ne réussis pas à tout déchiffrer, mais j'y lus suffisamment de choses pour y comprendre cette promesse qu'il m'avait faite tant de fois – *je suis avec toi.*

La voix de Sophia était lointaine, comme si elle me parvenait d'une autre pièce. Je m'accrochais au soulagement que m'apportait la promesse de Hudson.

– Je comprends pourquoi elle a fait une fixation sur Celia, disait Sophia. Elle sait que vous êtes faits l'un pour l'autre, Hudson, et elle est jalouse. Celia était enceinte de toi, et elle ne peut pas rivaliser avec ça, quoi qu'elle...

Jack lâcha subitement mon bras et se mit à crier sur sa femme.

– Bon sang, mais ferme-la, Sophia. Ce n'était pas le bébé de Hudson. C'était le mien, espèce d'abrutie.

Le regard de Hudson me quitta et, en tournant la tête vers le chaos qui venait d'éclater, je vis Celia pâlir dangereusement.

– Putain, Jack, aboya Hudson, ses traits déformés par la colère.

En temps normal, si je n'avais pas été sous le choc des accusations qui étaient portées contre moi, j'aurais probablement pris part à cette scène. Mais j'étais comme paralysée. Je ne pouvais qu'observer avec horreur la façon dont ce secret sortait enfin au grand jour.

– Ça me regarde, si j'ai envie de le dire, répondit Jack, et j'en ai assez de ce mensonge.

– Ce n'était pas *toi* qu'il protégeait, Jack, dit Hudson.

– Je n'ai jamais pensé le contraire. Je sais très bien que c'était pour couvrir Celia, et je suis certain que tu cherchais aussi à protéger ta mère. Dieu sait pour quelle raison tu tiens autant à elle alors qu'elle se contrefiche clairement de ce que *toi*, tu ressens.

– Je ne comprends pas, dit Sophia en s'effondrant sur le canapé, suivie par Celia qui s'empressa de la réconforter.

– Sophia, je suis tellement désolée. C'était une erreur. J'étais ivre et c'était il y a longtemps.

Jack éclata de rire.

– Tu n'étais pas si ivre que ça, Celia. Et je sais ce que vous devez penser, tous, mais c'est *elle* qui m'a séduit, et pas l'inverse.

– Ton bébé n'était pas celui de Hudson ?

Apparemment Sophia avait beaucoup de mal à le croire et les excuses de Celia n'y changeaient rien.

– Hudson a endossé la responsabilité parce que Warren n'aurait pas supporté la différence d'âge, dit Jack en allant se servir un verre au bar. Ce qui est assez ironique, il faut l'avouer, puisque la plupart de ses amantes sont tout juste majeures. Bien sûr, on voit les choses différemment lorsqu'il s'agit de son propre enfant. Bref, je ne sais pas trop pourquoi, personne ne le sait d'ailleurs, mais Hudson s'est senti coupable et a dit que c'était lui le père.

Il se tourna vers nous, un verre dans la main gauche et une carafe dans la droite.

– Mais vous savez quoi ? Je ne peux pas le prouver, mais je suis prêt à parier que Celia avait tout prévu – depuis le début. Elle savait que Hudson dirait que le bébé était le sien. Et je suis sûr que c'est pour ça qu'elle est venue frapper à ma porte. Pour le piéger.

– C'est bas, Jack, siffla Celia.

– Tu es mal placée pour dire ça, murmurai-je, ne voulant pas attirer l'attention sur moi.

– Mais n'oublions pas pourquoi nous sommes ici, dit Celia, saisissant l'occasion pour changer de sujet. Ce n'est pas pour parler du passé mais pour protéger l'avenir de Laynie.

– Je crois que ce sujet est clos, pour l'instant, dit Jack en apportant un verre de liquide ambré à sa femme qui le prit d'une main tremblante.

– Toi... et... Celia ?

– Ne fais pas semblant d'être surprise. Ça fait des années qu'on n'est plus fidèles l'un envers l'autre.

Sophia but une longue gorgée de son verre, puis elle se leva et jeta le reste à la figure de Jack.

– Espèce d'égoïste. Je t'ai *toujours* été fidèle.

– Je n'ai qu'un mot à te dire, ma douce, dit Jack en souriant amèrement tandis qu'il essuyait le bourbon de son visage. *Chandler.*

– Chandler est ton enfant, Jack ! Je ne sais absolument pas pourquoi il ne te ressemble pas. On fera un test de paternité, si tu veux. J'avais beau être au courant pour ta cohorte d'aventures pendant toutes ces années, je n'aurais jamais cru que tu coucherais avec la petite amie de ton fils.

– On n'a jamais été ensemble ! dit Hudson en même temps que son père s'écriait : « ils n'ont jamais été ensemble ! ».

Le choc initial de la révélation avait disparu, ne laissant plus qu'une gêne palpable qui devait être difficile à supporter pour Brian, qui s'avança vers moi.

– Waouh. Cette famille a de *gros* problèmes.

Je ne pouvais pas ignorer l'ironie de sa déclaration. À nos yeux à tous les deux, notre famille, avec un père alcoolique, une mère distante, et moi – la sœur avec des troubles psychologiques –, était la définition même d'une famille à problèmes. Cependant, comparés aux Pierce, nous paraissions désormais tout à fait exemplaires.

Je souris timidement à Brian.

– À qui le dis-tu...

Cette situation était délirante. Quant à ce que je faisais

encore là, je n'en avais pas la moindre idée. En réalisant cela, je fis demi-tour.

Mes mains tremblèrent pendant tout le trajet en ascenseur. Je ne savais pas où j'allais, mais je devais partir. Hudson et moi discuterions de tout cela plus tard, lorsque nous nous retrouverions seul à seule. Nous avions énormément de choses à nous dire, mais au fond, je savais que tout irait bien. La promesse de son regard, répétée en plein milieu de cette tornade, me le garantissait.

Je m'arrêtai dans le hall. J'hésitais à appeler Jordan, car où lui demanderais-je de m'emmener s'il se montrait ?

– Alayna ! cria Hudson derrière moi.

Mon cœur bondit en entendant sa voix. Il avait remarqué que j'étais partie et il m'avait couru après.

– Pourquoi tu es partie ? me demanda-t-il lorsqu'il me rattrapa.

– Tu as vraiment besoin de me poser la question ? Hudson, on se croirait dans un asile, là-haut. Je n'avais aucune envie d'y rester.

– Oui, c'est vrai que c'est dingue.

– Je, euh...

J'avais tant de choses à lui dire, mais une seule comptait vraiment – nous.

– Pourquoi tu ne m'as pas défendue ? repris-je. Tu m'en veux encore à cause de David ? C'est moi qui suis censée être en colère, tu te souviens ?

Il ne répondit pas, et soudain la vérité me frappa. Comment n'avais-je pas compris tout de suite ?

– Attends, murmurai-je. Tu la crois !

Sa mâchoire se contracta subitement.

– Hudson ?

J'avais pensé, lorsque nos regards s'étaient croisés, qu'il me disait qu'il était de mon côté. Mais j'avais tort.

C'était comme si l'on venait de me planter un poignard dans les entrailles.

Hudson mit ses mains sur mes bras, comme son père l'avait fait un quart d'heure auparavant. Cependant, son toucher était... anormal. Froid, lui qui était toujours si chaleureux.

– Je crois en toi, dit-il doucement. Je te donnerai tout ce dont tu auras besoin. S'il te faut de l'aide...

– Mon Dieu, je n'arrive pas à le croire, sifflai-je en reculant. Putain je n'y crois pas !

Les poings de Hudson s'ouvrirent et se refermèrent.

– Dis-moi que tu ne l'as pas fait, Alayna. Que tu ne l'as pas appelée. Dis-moi que tu ne l'as pas vue.

Je ne pouvais pas le lui dire. Je l'avais appelée, et je l'avais vue, alors que j'avais promis de ne pas le faire. Seulement, mes intentions étaient autres que ce que Celia prétendait, et je ne pouvais pas le prouver.

Je secouai la tête.

– Je sais que j'ai l'air d'être en tort, Hudson. Mais je ne l'ai pas harcelée.

J'aurais pu rentrer dans les détails et tout expliquer. Cependant, la situation se résumait à une chose très simple : il me croyait ou il ne me croyait pas.

– Tu es de son côté, ou du mien ?

– De ton côté. Toujours de ton côté.

– Alors tu me crois ?

Il mit ses mains dans les poches de son pantalon.

– Tu l'as appelée ?

– Oui ! Je l'ai dit tout à l'heure !

Je me fichais de crier dans le hall et que le concierge nous regarde. Je sortis mon téléphone de mon soutien-gorge et le tins devant lui.

– Tiens, tu veux voir ? Prends-le ! Tu verras toutes les fois où je l'ai appelée puisque c'est ça qui semble t'inquiéter.

Il ignora mon téléphone.

– Je ne veux pas la preuve. Je veux t'aider.

– Bon sang mais je n'ai pas besoin d'aide ! hurlai-je en jetant mon portable à travers le hall, où il se brisa en mille morceaux contre un mur.

En trois secondes, mon cœur se brisa comme mon téléphone. Trois secondes pendant lesquelles je fixai des yeux les débris éparpillés par terre, en comprenant que mon passé me hanterait toujours.

Je tournai les talons et m'enfuis en courant, suivie de près par Hudson.

– Alayna, reviens ici.

Je continuai à courir, mais je ne pouvais rivaliser avec lui, surtout en talons aiguilles. Il me rattrapa quelques mètres plus loin, sur le trottoir, saisissant mon poignet.

– Je vais annuler mon voyage. On trouvera le meilleur traitement pour...

– Je ne suis pas malade, crachai-je en lui arrachant mon bras. Va au Japon, Hudson. Je ne veux plus te voir.

– Je ne vais pas aller au Japon et te laisser ici toute seule, dit-il d'une voix calme, parfaitement maîtrisée.

Je m'éloignai de lui d'un pas rapide.

– Va au Japon, criai-je par-dessus mon épaule. Je ne veux plus te voir, Hudson. Compris ? Pas pendant un moment, si ce n'est pour toujours. Si tu es au penthouse quand je reviens, je trouverai un autre endroit où dormir, et pas seulement pour une nuit.

Il ne répondit pas et ne me suivit pas. J'ignorais si c'était une bonne chose ou pas.

Sans doute était-ce mieux ainsi, car chaque cellule de mon corps subissait d'atroces souffrances – une forme de douleur qui ne peut être endurée que dans la solitude.

* * *

Je ne sais combien de temps je passai dans le métro. J'eus de la chance de trouver un siège libre juste avant l'heure de pointe et je restai assise sur la ligne E, jusqu'au terminus du World Trade Center. Je finis par changer de ligne et je pris la A, et je descendis à Columbus Circle, par habitude. Cependant, je ne me rendis pas au Sky Launch. Je décidai de me promener jusqu'au Walter Reade Theater, dans le Lincoln Center, où j'achetai un billet pour un film étranger. Lorsqu'il prit fin, je restai pour le regarder une deuxième fois, puis je quittai enfin la salle, sans savoir du tout de quoi il parlait. Ma tête et mon cœur étaient trop chamboulés pour que je pense à lire les sous-titres.

Je ne rentrai à l'appartement qu'après minuit. Ayant cassé mon téléphone, j'étais coupée du monde et je n'avais aucun moyen de savoir qui j'y trouverais. Une partie de moi espérait que Hudson ait ignoré ce que j'avais exigé de lui et qu'il m'y attendrait. Mais je me souvins de ce que Lauren m'avait dit concernant la nécessité de s'en tenir à ce qu'on affirmait. S'il était là, je serais obligée de partir, et aussi compliquée et fragile que soit notre relation, je savais que j'en serais incapable.

Le penthouse était plongé dans le noir, parfaitement silencieux, à part le bruit de l'horloge. C'était exactement comme la première fois que j'y étais venue au milieu de la nuit, sauf qu'alors je trépignais d'impatience, et que maintenant je me sentais comme anesthésiée, et vidée. Je n'eus pas besoin de le chercher pour comprendre que Hudson n'était pas là.

Je me dirigeais vers notre chambre lorsque la lumière de la chambre d'amis, dont la porte était ouverte, s'alluma.

– Laynie, c'est toi ?

Il me fallut plusieurs secondes pour me remettre. C'était Brian.

– Ouais, c'est moi.

Mon frère vint jusqu'à la porte, vêtu d'un t-shirt blanc et d'un pantalon de pyjama à rayures bleues et blanches.

– Tant mieux. Est-ce que ça va ?

C'était vraiment la question de l'année.

– Je suppose, oui, dis-je en m'écrasant de tout mon poids contre le mur. Qu'est-ce que tu fais là ?

– Hudson m'a dit qu'il partait en voyage d'affaires, mais qu'il ne voulait pas te laisser seule. Il a fait récupérer mes affaires au Waldorf et il m'a demandé de rester ici, expliqua-t-il en appuyant son épaule contre l'encadrement de la porte. J'espère que ça ne te gêne pas ?

– Non, en fait j'en suis heureuse.

Les mots m'échappèrent avant même que je ne me rende compte de leur sincérité. Sa présence atténuait ma solitude et j'étais touchée que Hudson ait eu cette idée. Après tout ce qui s'était passé, il était toujours aux petits soins pour moi.

Brian croisa ses bras sur sa poitrine.

– Personnellement, je pense qu'il aurait dû annuler son voyage.

– Oui, tu as raison. Mais je lui ai dit de ne pas le faire.

Je glissai contre le mur et me laissai tomber au sol, trop épuisée pour rester debout. Pourtant, je voulais obtenir des informations, je n'étais donc pas prête à aller me coucher.

– Il s'est passé quelque chose d'intéressant après que je suis partie ?

Brian vint s'asseoir contre le mur en face de moi.

– Pas vraiment. Rien de nouveau. Des accusations et de l'alcool. Tu sais, une réunion de famille normale, quoi.

Il avait beau plaisanter, c'était justement ce que l'on avait enduré pendant nos réunions de famille. Du moins, pour ce qui était de l'alcool. Il y avait toujours *beaucoup* d'alcool.

– La mère de Hudson est alcoolique, expliquai-je, ne sachant pas si Brian l'avait deviné.

– Ouais, j'ai cru comprendre. Elle a la même peau jaunâtre qu'avait papa. Et elle tremblait quand je l'ai rencontrée. Est-ce qu'elle l'admet ?

– Non. Personne n'en parle. Elle n'est absolument pas comme papa, par contre.

Notre père avait le vin gai. Il parlait trop fort et riait beaucoup. Quand nous étions petits, Brian et moi trouvions cela très marrant. Ce n'est que lorsque nous avons grandi que nous avons compris les répercussions que cela avait sur notre mère.

– C'est-à-dire ?

– Elle est méchante. Agressive. Amère, dis-je avant de faire une pause. Est-ce que j'ai déjà dit méchante ? Mon Dieu, cette histoire de bébé a dû la flinguer.

– C'est clair ! Quelle façon d'apprendre que ton mari te trompe !

– Ce n'est même pas ça ! Tout le monde sait que Jack est infidèle. La grosse surprise, c'est qu'il l'a trompée avec *Celia.* Je pensais qu'il avait meilleur goût.

Peut-être était-ce la raison pour laquelle Hudson n'aimait pas que son père me touche. Il avait peur que Jack n'essaye de me séduire, moi aussi. Si seulement Hudson m'avait dit la vérité au sujet de Celia et de son père, j'aurais pu essayer de...

Je m'interrompis, cela ne servait à rien de penser à ce que Hudson m'avait caché. Cela me ramenait aux secrets que j'avais gardés, moi aussi. Si dès le début nous avions tous les deux été honnêtes l'un envers l'autre, peut-être que nous n'en serions pas là aujourd'hui.

– Bref, ce que je voulais dire, c'est que pour Sophia cette grossesse était la preuve que Celia et Hudson étaient faits l'un pour l'autre. Elle en parle dès qu'elle en a l'occasion. Dix ans plus tard, elle ressasse encore cette histoire de fausse couche.

Brian se mâcha la lèvre, un tic qu'il avait lorsqu'il se concentrait.

– Tu sais ce que je pense ? Je crois qu'elle savait qu'il y avait eu quelque chose entre Celia et Jack. Tu sais, parfois on sent les choses, sans savoir vraiment pourquoi. Elle devait se dire que si Celia était avec Hudson, elle pourrait punir Jack, ou que ça pourrait l'aider à le récupérer, d'une façon ou d'une autre. Personne ne peut douter de son amour pour lui.

J'appuyai ma tête contre le mur.

– C'est très perspicace. Un peu plus et je vais avoir pitié d'elle, dis-je en grimaçant. Arrête, je préfère la détester.

Brian éclata de rire et je me sentis plus légère. Cela me faisait du bien de l'entendre exprimer autre chose que de la colère. Il était comme Sophia, en quelque sorte. Endurci par la vie – c'est de lui que j'eus pitié.

– Je suis vraiment désolée que tu aies été mêlé à tout ça.

Il hocha la tête, acceptant mes excuses.

– Et moi je suis désolé de ne pas avoir été là pour toi, dit-il en gardant ses yeux sur ses mains tandis que ses doigts jouaient avec le cordon de son pyjama. Je n'aurais pas dû te laisser tomber comme je l'ai fait. Je croyais t'aider, mais j'avais tort.

– Je n'aime pas l'admettre, mais c'était la meilleure chose à faire. Je sais que ça n'en a pas l'air, mais je vais plutôt bien.

– Ah, mais justement, ça se voit. Un bon boulot, un petit ami sérieux... dit-il en me regardant. Je sais que tu n'as pas fait ce dont Celia t'accuse.

– Ah bon ? Comment ? demandai-je en haussant les sourcils.

Brian me regarda, l'air de dire « ben voyons ».

– Premièrement, appeler et raccrocher tout de suite ? Ce n'est pas ton genre. Tu as beaucoup plus d'imagination que cela.

Je souris, sincèrement flattée par son étrange compliment.

– Deuxièmement, poursuivit-il, tu n'as jamais harcelé de femmes. Et troisièmement, quoi que tu aies pu faire, tu n'as jamais rien nié. C'était une des choses sur lesquelles on pouvait compter : tu étais toujours prête à admettre tes erreurs. Et puis, tu as l'air... bien. Tu n'as jamais eu aussi bonne mine. Pas depuis qu'ils sont morts, en tout cas.

Il n'y avait pas de secrets. J'avais changé, parce que je me sentais aimée. Je me demandais combien de temps cela durerait.

– Merci, Brian. Ça compte énormément pour moi de te l'entendre dire.

Plus qu'il ne le saurait jamais, en fait.

Cependant, ce n'était pas parce que Brian me croyait que j'étais tirée d'affaire.

– Alors, qu'est-ce je fais maintenant, Monsieur l'Avocat ?

– Pour Celia Werner ? Rien. Elle n'a rien qui puisse étayer ce qu'elle dit. Elle ne pourra pas porter plainte, et elle dit qu'elle ne va pas demander d'ordonnance pour t'interdire de l'approcher.

– Parce que ça l'empêcherait d'approcher Hudson, dis-je en fronçant les sourcils. Tant qu'il est avec moi, en tout cas.

– C'est pour ça qu'elle raconte toutes ces idioties ? Elle est amoureuse de lui ? demanda-t-il timidement, comme s'il avait peur de me blesser.

– Peut-être. Je ne sais pas si elle est amoureuse de lui ou si elle veut juste lui faire du mal. Je me demande si elle n'a pas déjà fait ça par le passé. Je ne sais pas.

– Je te conseille de prendre tes distances avec elle.

– Sans rire.

Maintenant que je connaissais le coup monté par Celia, je ne me posais plus les mêmes questions à propos d'elle et de Hudson. Le fait qu'ils soient amis alors qu'ils aimaient tous les deux manipuler les autres ne pouvait pas être une coïncidence. J'étais de plus en plus convaincue qu'ils jouaient à leurs petits jeux ensemble. En revanche, je ne savais si c'était en tant que partenaires ou comme rivaux. Et je n'étais pas vraiment certaine de vouloir le savoir.

– Ah, au fait...

Je me rappelai subitement la raison pour laquelle Brian était en ville. Je fouillai dans mon sac et en sortis la clef de mon ancien appartement.

– Il faut que je te donne ça, continuai-je en la lui tendant.

Il se pencha pour la prendre mais il s'arrêta.

– Tu es sûre que tu ne veux pas la garder ? Je pourrais signer le bail pour un an de plus. Au cas où les choses tournent mal ici.

– Ce qui est très possible, dis-je en faisant tourner la clef autour de son anneau. Elle me paraissait plus lourde et j'avais bien envie de m'en débarrasser. Mais je devais rester prudente.

– Je lui ai dit, tu sais, à Hudson, dit Brian en étudiant mon visage. Que je savais que tu n'avais pas harcelé cette femme.

– Qu'est-ce qu'il a dit ? demandai-je en plongeant mon regard dans le sien.

– Rien. Il est très difficile à déchiffrer.

J'expirai tout le souffle que j'avais retenu en attendant sa réponse.

– Oui, très difficile.

À quoi est-ce que je m'attendais ? Que Brian convainque Hudson de la vérité et que tout aille bien ? Même si Brian arrivait à le faire changer d'avis, est-ce que je parviendrais à lui pardonner de ne pas m'avoir crue dès le début ? Lauren avait dit que, si je voulais rester avec lui, je devais pouvoir le pardonner. Mais où se situaient mes limites ?

En cet instant si douloureux où j'avais tant besoin de Hudson que tout mon corps souffrait de son absence, j'aurais été prête à tout lui pardonner. Et ce n'était pas nécessairement la meilleure solution.

Heureusement, il était parti au Japon. Avec un peu de chance, je serais plus forte lorsqu'il reviendrait.

Je me penchai en avant et déposai la clef dans la main de Brian.

– Non. Je ne veux pas renouveler le bail. Je ne veux plus que tu t'occupes de moi. Il est temps que j'apprenne à le faire toute seule. Si les choses ne se règlent pas ici... dis-je d'une voix tremblante, je trouverai un appartement moins cher. Ce qui me convient. Je pourrais même trouver un endroit plus proche du métro. Peut-être que je prendrai une colocation.

Brian hocha la tête. Il avait compris que je ne souhaitais pas quitter les lieux, mais que ça ne servait à rien d'en parler. La seule chose qui comptait, c'était que j'avais le choix, et que je m'en sortirais.

Nous restâmes assis en silence pendant plusieurs minutes, le temps que je trouve la force de me lever pour aller au lit.

– Je vais aller m'écrouler, maintenant.

Brian se leva d'abord et me tendit sa main pour m'aider à me lever.

– Bonne nuit, Brian.

J'étais au bout du couloir lorsque Brian m'appela.

– Ouais ? dis-je en me tournant vers lui.

– Promets-moi qu'on ne sera jamais comme eux, d'accord ?

Il n'avait pas besoin de me dire de qui il parlait.

– Comment ça ? Ça ne te fait pas kiffer de faire partie d'une famille dont tous les membres sont méchants, agressifs, rancuniers et odieux ?

– Pas vraiment, non.

Je le dévisageai dans la pénombre. Il avait l'air plus jeune que d'habitude. Il y avait chez lui quelque chose d'enfantin que je n'avais jamais vu. Une semaine plus tôt, je pensais qu'il ne ferait plus jamais partie de ma vie, et aujourd'hui il me demandait de faire en sorte que cela n'arrive jamais.

Je lui souris fébrilement, mais sincèrement.

– Alors c'est réglé. On ne sera pas comme eux.

Sans prendre la peine de me déshabiller, je me laissai tomber sur le lit – désormais trop grand et trop vide. J'enfouis mes sanglots dans l'oreiller qui sentait l'odeur de Hudson, et je pleurai jusqu'à l'aube, lorsque le sommeil me happa enfin et m'enveloppa dans son doux néant.

CHAPITRE VINGT

Quand je parvins enfin à me lever, le lendemain matin, j'avais une horrible impression de gueule de bois. Une gueule de bois émotionnelle, je suppose, puisque je n'avais rien bu. J'enlevai la robe dans laquelle je m'étais endormie et la remplaçai par ma robe de chambre. Je trouvai un pot de café dans la cuisine et, après m'être fait réchauffer une tasse, je partis à la recherche de Brian.

Je le trouvai sur le balcon, assis à table, en train de feuilleter une pile de papiers. Quelque chose pour un de ses clients, probablement. Brian était le genre de mec qui emportait son travail partout avec lui.

– Bonjour, dit-il en regardant sa montre. Ou plutôt bon après-midi.

– Désolée. Je n'ai pas beaucoup dormi cette nuit.

Je resserrai le nœud de mon peignoir et je m'assis en face de lui.

– Tu as une sale tête.

– Merci, répondis-je en avalant une gorgée de café, tout en grimaçant lorsque je me brûlai la langue.

– Tu es censée travailler aujourd'hui ?

– Ce soir, oui.

J'avais rendez-vous avec Aaron Trent à vingt heures. Heureusement, je m'étais préparée avant. Je n'étais pas en état de le faire maintenant.

– Merci de t'en soucier, *papa*.

– Il faut bien que je m'entraîne.

Mon Dieu, j'étais vraiment une sœur indigne. J'avais oublié que sa femme était enceinte, et je ne lui avais posé aucune question à ce sujet.

– Monica est enceinte de combien, au fait ?

Il sourit comme jamais je ne l'avais vu sourire, fier et joyeux.

– De quatre mois. On connaîtra le sexe dans quelques semaines.

– C'est cool ! Et un peu effrayant, aussi.

– Un peu, ouais, dit-il en souriant.

Brian allait être papa. Waouh. C'était à la fois excitant et bizarre, et cela voulait dire que j'allais être tatie. Ça ne m'avait pas encore frappée. Quelle horreur, je n'étais pas du tout prête à être tatie. Comment est-ce que Brian pouvait être prêt à devenir papa ?

Je bus une nouvelle gorgée de café après avoir soufflé dessus, cette fois-ci. Oui, il me fallait ma dose de caféine pour me calmer. Pas très logique, mais ça marchait, d'habitude.

Brian se concentra de nouveau sur ses papiers et je vis le logo d'une compagnie de téléphone en haut d'une des feuilles.

– Tu regardes quoi ?

– Le journal d'appels de Celia. Elle a laissé une copie ici, dit-il en revenant en arrière. Je regardais les appels qu'elle avait passés. Elle a appelé le Sky Launch, vendredi dernier. Regarde, dit-il en tournant la feuille vers moi, pointant du doigt un numéro que je connaissais. C'est le numéro du club, non ?

– Ouais, mais elle ne m'a jamais appelée au club. Attends, je connais ce numéro aussi, dis-je en montrant le numéro au-dessus de celui du club. C'est le numéro d'Aaron Trent. Quelle garce ! C'est elle qui a annulé mon rendez-vous avec lui !

– De quoi tu parles ?

Celia était au courant de ma réunion avec Trent et de l'anniversaire de Sophia. Elle avait dû deviner que si Trent annulait, je me retrouverais au dîner de Sophia. Elle avait tout fait pour provoquer une scène. Quelle pro !

Brian me regardait toujours sans comprendre.

– Oh, cela n'a plus d'importance maintenant. J'avais un rendez-vous et quand il a été annulé, ça a causé pas mal de problèmes entre Hudson et moi. C'est une longue histoire.

Je parcourus la liste du regard et remarquai un numéro que je connaissais par cœur, répété des dizaines de fois sur la page.

– C'est le numéro de Hudson, expliquai-je.

– Elle l'a appelé pas mal de fois, dit-il en haussant les sourcils.

– C'est ce que je vois... Je ne sais pas trop quoi en penser, admis-je.

– Aucun des appels n'est très long, et c'est toujours elle qui l'a appelé.

– Hmm.

C'était rassurant, non ? Cependant... Pourquoi Celia Werner appelait-elle Hudson ? Et pourquoi aussi souvent ? Je n'aimais pas les questions sans réponses.

Je me reculai au fond de ma chaise et ramenai un genou sous mon menton, en posant mon pied sur la chaise.

– Alors, c'est quoi la suite ? Entre Hudson et toi ? demanda Brian, en lisant dans mes pensées.

N'était-ce pas *la* question, en effet ?

– Je ne sais pas, dis-je en frottant ma joue sur la soie qui recouvrait mon genou. Je suppose que je vais attendre qu'il rentre et on verra comment ça se passe. Cela peut nous faire du bien d'être séparés quelques jours. Ça nous laissera le temps de réfléchir.

Le temps de savoir où était ma place dans la vie de Hudson. Où était celle de Celia. Où était celle de Hudson dans la mienne.

– Bonne idée, dit-il avant de s'arrêter pour réfléchir un instant. Tu sais, ce n'est pas parce qu'il ne te croit pas qu'il ne t'aime pas. Crois-moi, je sais de quoi je parle.

– Ouais, je suppose que oui, dis-je en plongeant mon regard dans le sien.

Je n'avais jamais douté de l'amour de Brian, même quand il se comportait en vrai enfoiré. Et j'avais compris pourquoi il agissait comme il le faisait. Pourquoi était-ce si difficile de me comporter de la même façon avec Hudson ? Était-ce parce qu'il ne m'avait jamais dit qu'il m'aimait ? Je n'en étais pas certaine. Oui, nous avions beaucoup de sujets à aborder ensemble.

Brian jeta le journal d'appels de Celia sur la table.

– Bref. En parlant de téléphone, est-ce que tu veux que je t'accompagne en acheter un nouveau aujourd'hui ?

C'était une des seules choses auxquelles j'avais déjà pensé.

– Non. J'ai peur d'appeler Hudson, si j'en rachète un.

Je sentais déjà naître le début d'une obsession, chaque fois que je pensais à mon ordinateur, rangé dans sa sacoche dans un coin de ma chambre. J'imaginais les recherches que je pouvais faire sur Internet pour essayer de savoir où il était et ce qu'il faisait. Je devais rester forte, car la dernière chose que je souhaitais, c'était de donner raison à Celia.

J'observais Brian en cherchant à savoir s'il me comprenait.

– J'ai besoin d'être coupée de lui pour pouvoir faire le point sur toute cette situation, tu comprends ?

– Pas vraiment, mais si tu le dis, ça marche.

– Je le dis.

* * *

Brian partit le jeudi matin. Les jours suivants passèrent comme dans un épais brouillard. Sans sa présence, qui m'avait aidée à sortir de ma bulle et qui me donnait une certaine notion du temps, même vague, je devins incapable de savoir depuis combien de minutes ou combien d'heures Hudson était parti. Tout ce que je savais, c'est que chaque seconde me paraissait durer une décennie, et chaque nuit que je passais seule dans mon lit me semblait être un siècle.

David, qui croyait que j'étais perturbée parce que Hudson me manquait, me suggéra de prendre quelques jours de congé. Mais le travail me donnait le sentiment d'être utile. Après ma réunion avec Trent, je continuai à travailler la nuit, plutôt qu'en journée. De cette façon, je pouvais rester derrière le bar et passer en mode pilote automatique. Je travaillais autant que possible, et lorsque je rentrais au penthouse aux aurores, je courais dans la salle de sport jusqu'à ne plus tenir debout. C'était mon seul moyen de m'endormir – de m'épuiser jusqu'à sombrer dans l'inconscience.

Comme je n'avais toujours pas de téléphone, Hudson dut faire preuve d'imagination pour essayer de me joindre : il appelait au club, laissait des messages auprès du concierge, il appelait le téléphone du penthouse, auquel je ne répondais jamais. Je restais fidèle à ma résolution : un peu d'espace nous ferait du bien. Cependant, les jours passaient et je n'avais toujours pas fait le point, alors que j'avais espéré y voir plus clair en son absence. Au lieu de cela, je me sentais tout à fait perdue.

Ce fut après une de ces longues nuits que Mira vint au penthouse. J'avais mis si longtemps à fermer le club que le soleil était déjà haut dans le ciel new-yorkais. J'avais enfilé une tenue de sport et j'étais rentrée au Bowery en courant. La circulation était assez fluide, nous devions être dimanche.

Mira attendait dans le hall, assise dans un fauteuil, ses mains posées sur son ventre rond. Le froid qui m'enveloppait depuis que Brian était parti sembla se dissiper dès que je la vis.

– Il t'a envoyée pour me surveiller ? lui dis-je en souriant jusqu'aux oreilles tandis qu'elle s'avançait vers moi.

Hudson me manquait terriblement, j'étais touchée qu'il essaie de me contacter en passant par sa sœur.

À moins qu'il ne l'ait envoyée pour rompre avec moi.

Mon sourire s'évanouit dès que je formulai ma pensée.

– Tu ne réponds à aucun de ses appels, Laynie. Qu'est-ce qu'il est censé faire ?

– Il a déjà laissé des messages au concierge.

– Tu les as lus ?

– Pas vraiment. J'avais peur de ce qu'il y disait.

Par exemple, que je devais quitter le penthouse avant son retour.

– Tu as cru qu'il voulait rompre avec toi ? demanda-t-elle en éclatant de rire. Non ! Jamais de la vie ! Et même si c'était ce qu'il voulait faire, je l'en empêcherais. Mais ce n'est pas ce qu'il veut, crois-moi.

Je ne m'étais pas rendu compte à quel point j'étais anxieuse jusqu'à ce que Mira apaise mon angoisse avec ces quelques mots. Mes épaules se détendirent, ma mâchoire me parut moins crispée. Je regrettais désormais d'avoir jeté tous ses messages.

Toutefois, j'en avais un en chair et en os, debout devant moi.

Je penchai la tête vers l'ascenseur.

– Tu veux monter ?

– J'aimerais bien, oui.

Nous ne prononçâmes pas un mot pendant l'ascension. Mes deux seules pensées furent combien je devais sentir mauvais après mon footing, et combien je priais pour que Mira soit venue m'annoncer le retour de Hudson.

– Je peux te servir quelque chose ? demandai-je en sortant de l'ascenseur.

– Euh, ça te gêne si je pille ton frigo ? Je viens de prendre mon petit déjeuner et je suis encore morte de faim.

Je posai mon sac et ma clef par terre dans l'entrée.

– Fais-toi plaisir.

Elle connaissait l'appartement et je la suivis dans la cuisine. Pendant qu'elle fouillait dans le frigo, je sortis deux verres du placard.

– Tu veux boire quelque chose ?

– De l'eau, ce serait parfait, dit-elle en s'éloignant du frigo en portant un plateau de légumes et un morceau de fromage.

J'attrapai une bouteille d'eau fraîche avant que la porte du frigo ne se referme et je nous en servis un verre à chacune. Lorsque je me retournai, Mira était déjà attablée, tout à fait à l'aise. Je pris un couteau et une assiette et m'assis en face d'elle.

– Bon, dit-elle en mâchant une branche de céleri. J'ai cru comprendre que la semaine dernière avait été mouvementée, ici.

– On se lance dans le vif du sujet, alors ? Pas de banalités en introduction ?

Personnellement, ça me soulageait. J'avais eu peur de lui donner l'impression que j'allais à la pêche aux ragots.

– Tu plaisantes ? Ça fait des jours que je meurs d'envie de t'en parler ! Tu ne sais pas que je suis une vraie commère ? dit-elle en prenant le couteau pour attaquer le fromage.

– Tu n'étais pas au courant pour le bébé de Celia, toi non plus ?

– Non. Je n'en avais pas la moindre idée. Je m'étais toujours doutée que ce n'était pas celui de Hudson. Je ne sais pas pourquoi, d'ailleurs. J'avais à peine quatorze ans à l'époque, mais il ne m'a jamais paru être intéressé par elle. Je ne les voyais jamais s'embrasser. Et crois-moi, j'étais le genre de petite sœur qui voyait tout.

J'imaginai Mira, adolescente, espionnant son grand frère dès qu'elle en avait l'occasion.

– Je n'en doute pas une seule seconde.

– Par contre, je n'aurais jamais pu imaginer que c'était celui de papa, dit-elle en posant un morceau de cheddar sur un bout de céleri. Mais j'essaie de ne pas y penser. C'est dégoûtant, dit-elle en frissonnant avant de mordre dans sa tartine céleri-cheddar.

Dégoûtant, en effet.

Je cessai de fixer son en-cas improbable et fis semblant d'inspecter mes ongles.

– Comment est-ce que ta mère prend la nouvelle ?

– Qui sait ? dit Mira en haussant les épaules. Chaque fois qu'elle commence à ressentir autre chose que de l'amertume, elle remplit son verre de bourbon.

Je hochai la tête, surprise par sa franchise.

– Une méthode imparable, dis-je sur un ton plein d'ironie.

Je pris conscience que j'avais passé très peu de temps seule à seule avec la sœur de Hudson. J'avais supposé qu'elle était aussi renfermée que lui, et qu'elle dissimulait ses sentiments derrière un masque enjoué, alors que son frère se cachait derrière un mur en pierre. Peut-être avais-je eu tort.

– Maman s'en remettra. Ou pas. On verra, dit-elle en marquant une pause avant de finir son céleri, puis elle fronça les sourcils. Je ne sais pas pourquoi elle était si obsédée par cette histoire avec Celia, de toute façon. Je suis désolée que tu aies dû subir ça.

– Ouais, bref. Tu n'es pas responsable du mauvais goût de ta mère.

Mira éclata de rire.

– Je sais, mais c'est gênant. Celia est vraiment une garce, dit-elle en se reculant dans sa chaise. Elle a toujours été si... je ne sais pas... fausse. Je ne lui ai jamais fait confiance, mais je n'arrive quand même pas à croire qu'elle t'ait fait ça.

– C'est ma faute, en fait, dis-je en haussant les épaules. Pas parce je l'ai harcelée, mais parce qu'on m'a mise en garde contre elle et que je n'ai pas écouté.

– Je sais que tu ne l'as pas harcelée, dit Mira en levant les yeux au ciel. Sans rire. Tu crois que je ne le sais pas ? Pourquoi tu ferais ça ? Ça ne te ressemble pas du tout !

Sa confiance en moi était surprenante. Et complètement infondée. Je pensais que toute la famille Pierce était au courant de mes obsessions passées. C'était rassurant de découvrir que ce n'était pas le cas.

Cependant, j'en avais assez de tous ces secrets – ils étaient la cause de cette horrible situation.

– C'est gentil, mais tu as tort, hélas. Justement, ça me ressemble énormément. Je faisais tout le temps ce genre de truc, avant. Je harcelais les gens, je veux dire. J'ai un casier judiciaire, et tout.

Mira plongea son regard dans le mien et m'étudia un moment.

– Je comprends pourquoi Hudson et toi allez si bien ensemble.

Je souris en réponse à son commentaire inattendu. C'était justement la raison pour laquelle je pensais qu'on n'était *pas* faits l'un pour l'autre. Il était intéressant de voir qu'elle avait un point de vue différent.

– Bref, tu ne fais plus ce genre de chose, si ?

– Non.

– Tu vois ? Et c'est la Alayna *d'aujourd'hui* que je connais, donc ne t'avise pas de me reprendre, dit-elle en souriant alors qu'elle se resservait de fromage, sans céleri, cette fois-ci – Dieu merci. En plus, j'étais dans les toilettes ce soir-là. Je sais que tu ne l'as pas harcelée. Et je l'ai dit à Hudson, au fait.

Elle était la deuxième personne à m'avoir défendue auprès de Hudson. Si j'étais contente d'avoir des gens de mon côté, j'aurais préféré ne pas en avoir besoin.

Cependant, je mourais d'envie d'en savoir davantage.

– Est-ce qu'il t'a crue ?

– Bien sûr ! s'exclama-t-elle en écarquillant les yeux. C'est pour ça que tu ne lui parles pas ? Parce que tu penses qu'il ne te croit pas ? Il sait que tu n'as pas harcelé Celia, Laynie.

– Parce que tu lui as dit ?

– Ouais.

– C'est bien ce qu'il me semblait.

Elle rougit.

– Enfin, peut-être que ce n'est pas grâce à moi. Il n'avait probablement pas besoin de moi pour le savoir... ajouta-t-elle tandis que sa voix s'effaçait et qu'elle passait sa main dans ses cheveux. Merde. Il l'aurait compris si tu n'ignorais pas tous ses appels.

– J'ai cassé mon téléphone.

– Et ses appels au club ?

– Bon, ok. Ceux-là, je les évite, dis-je en croisant les bras, soudain sur la défensive. Ce n'est pas parce que je ne veux pas lui parler. C'est... c'est compliqué.

En fait, était-ce vraiment si compliqué que ça ? J'aimais Hudson, et Hudson... eh bien, je savais qu'il m'aimait aussi. Mais est-ce que c'était suffisant ? Je n'avais aucun moyen de le savoir si je ne lui parlais pas.

Or je le fuyais comme la peste.

Je soupirai.

– Il n'y a pas que le problème de Celia. J'ai fait des choses que je n'aurais pas dû faire, et lui aussi. On a beaucoup de choses à aborder ensemble, à résoudre, et je crois qu'il vaut mieux que ce soit en face à face.

– Alors va le voir.

– Au Japon ? m'exclamai-je en haussant un sourcil.

– Pourquoi pas ? Ce que tu dis est logique. Les sujets importants doivent être traités en direct. Comme ça c'est plus simple d'être honnête, et plus difficile de s'enfuir. Tu devrais aller le retrouver au Japon ! s'écria Mira soudain pleine d'enthousiasme.

Cette idée avait beau être adorable, elle était absurde.

– Mais il ne revient pas bientôt ?

– Je ne crois pas, non. Les gens à qui il parle traînent des pieds.

– Ah.

Ma poitrine se serra. Si l'on était bien dimanche, cela faisait cinq jours que Hudson était parti. Je ne pensais pas pouvoir supporter son absence encore longtemps.

Toutefois, le choix était fou !

– Je ne peux pas aller au Japon. Je n'ai pas d'argent.

– Je peux te l'avancer.

– Absolument pas ! Je ne vais pas te laisser payer mon billet d'avion pour le Japon. Tu n'es pas sérieuse.

Mira fit la moue et posa un poing sur ce qui était jadis sa taille.

– J'ai à peu près autant d'argent que mon frère, tu sais. Un billet pour le Japon est pour moi une goutte d'eau dans un immense océan, sans vouloir me vanter.

J'ouvris la bouche pour protester encore.

– Mais si c'est vraiment ça le problème, s'empressa-t-elle de dire, alors fais une note de frais pour le Sky Launch. C'est l'argent de Hudson. Il voulait que tu y ailles avec lui, de toute façon.

Ce n'était pas une si mauvaise idée... Pas la meilleure, mais pas la pire non plus.

Et s'il ne voulait plus de moi là-bas ?

Peut-être que c'était pour cela qu'il avait envoyé Mira. Je la scrutai d'un air suspicieux.

– C'est lui qui t'a envoyée pour me convaincre d'aller au Japon ?

– Non ! s'exclama-t-elle d'un ton outré. Non. C'est mon idée, pas la sienne.

Sauf que j'aurais préféré que ce soit celle de Hudson. Cela m'aurait rassurée de ne pas avoir à le surprendre.

– Penses-y, dit Mira d'une voix charmeuse. Ce ne serait pas une surprise géniale ?

J'imaginai ce que je ressentirais si Hudson me rejoignait quelque part sans me prévenir.

– Ouais, si, tu as raison. Il me manque.

C'était tout ce que Mira avait besoin d'entendre.

– Laynie ! Il dépérit sans toi ! Je l'entends à sa voix, il est complètement perdu ! Il n'arrive pas à manger, à dormir...

– Il te l'a dit ?

– Je le sais, c'est tout !

J'engloutis un morceau de cheddar pour m'empêcher de rire.

– Est-ce qu'on t'a déjà dit que tu étais incroyablement romantique ?

– Ça ne veut pas dire que j'ai tort à propos de Hudson.

– Peut-être pas, admis-je.

Cependant, je ne pouvais imaginer que le Hudson calme et maître de lui que je connaissais était en train de se laisser mourir, quelle qu'en soit la raison.

Mira soupira et son regard s'éclaira.

– Tu sais, il a dit à Celia qu'il ne voulait plus la voir, lança-t-elle avec un air nonchalant.

Je pouvais lire en elle comme dans un livre ouvert – elle *savait* que c'était une grande nouvelle.

– Quoi ? m'exclamai-je, en entendant à peine le son de ma voix par-dessus les battements effrénés de mon cœur. Tu es sérieuse ?

Elle hocha la tête.

– Pourquoi tu n'as pas commencé par ça ?

– Apparemment j'aurais dû !

Mon Dieu ! Ça changeait tout ! *Tout* !

– Quoi d'autre ? Je veux des détails.

– Je ne sais rien de plus, je n'étais pas là. C'était ici, le jour où tout ça est arrivé. C'est papa qui me l'a dit. Elle était bouleversée.

– Alors c'était avant qu'il sache que j'étais innocente ?

– Ouais.

– Dans ce cas, pourquoi il lui a dit qu'il ne voulait plus la voir ?

Mira se pencha sur la table, autant que son ventre le lui permit, le regard plein de malice.

– Je n'étais pas témoin, je ne fais que répéter ce que mon père m'a dit. Mais apparemment, Hudson a dit à Celia qu'elle avait une mauvaise influence sur toi, et qu'il ne voulait plus qu'elle t'approche. Il lui a interdit de t'appeler ou de passer au club, ou ici, et il lui a dit de ne plus venir aux réunions de famille. En gros, tu ne la verras plus et tu n'entendras plus jamais le son de sa voix, dit-elle en tapant son doigt sur la table en prononçant *plus jamais*. Et il a dit que comme ta vie était la sienne, ça voulait dire qu'ils ne pouvaient plus être amis, non plus.

– Je ne te crois pas.

J'étais captivée par ce qu'elle disait, je m'accrochais à chacun de ses mots. Mira avait un sacré talent pour les commérages.

– Si, je te jure. Mais c'est évident, pourquoi tu en douterais, de toute façon ? Je ne fais que te répéter qu'il t'aime. Tu es la seule qui compte, Laynie. Il est prêt à tout pour te garder. Tu ne le vois pas ? s'exclama-t-elle.

Je clignai plusieurs fois des yeux.

– Il m'a choisie moi et pas Celia ? Même quand il pensait que j'étais redevenue folle. C'est... c'est énorme.

– Mais oui ! C'est énorme ! Énormissime, même ! s'exclama-t-elle en frappant la table si fort qu'elle fit voler son couteau par terre. Elle l'ignora et me regarda droit dans les yeux. Alors, qu'est-ce que tu vas faire pour répondre à ça ?

Je me levai et me mis à faire les cent pas.

– Bon, commençai-je en passant ma main dans mes cheveux. Eh bien je vais aller au Japon.

Un cri perçant emplit la pièce. Le plus dingue, c'est que c'était moi qui l'avais poussé. *Est-ce que je venais vraiment de dire que j'allais retrouver Hudson au Japon ?* Mon Dieu. Et je ne regrettais même pas de l'avoir dit.

Mira bondit en s'écriant de joie. « Oui ! »

– On est dimanche, c'est ça ? demandai-je. Dans ma tête, je faisais déjà ma valise et dressais la liste de ce que je devais préparer. Je ne peux pas partir avant ce soir. Quelqu'un a privatisé le club et je dois aller les aider à tout préparer. Je pourrais partir après, vers vingt heures.

– C'est parfait.

Je cessai de faire les cent pas.

– Ça va te sembler ridicule, mais je ne sais même pas comment on fait pour voyager sur des vols internationaux. J'ai été au Canada, une fois. C'est la seule fois où je suis allée à l'étranger.

– Je m'occupe de tout, dit Mira en riant. Tu as un passeport ?

Je hochai la tête.

– Hudson m'en a fait faire un. Il l'a laissé sur la table de nuit. Tu en as besoin ?

– Non, *toi,* tu en as besoin. Surtout, prends-le avec toi, dit-elle d'une voix sérieuse. Elle semblait être en train de dresser sa propre liste. Tu as la carte bleue du Sky Launch ?

– Ouaip.

Je courus – *courus* – dans l'entrée où j'avais laissé mon sac.

– Tiens, dis-je en lui tendant l'American Express du club.

– Génial ! dit Mira en m'attirant dans ses bras, ce qui ne me dérangea pas le moins du monde. C'est tellement excitant ! J'ai toujours rêvé d'avoir une sœur. Vos enfants vont être tellement beaux !

– Waouh, vas-y mollo, dis-je en interrompant son câlin. Personne n'a parlé de... Je ne peux même pas finir cette phrase, dis-je en me frottant les joues avec mes mains.

– Désolée. Je suis une optimiste.

Je pointai un index vers elle.

– Garde ton optimisme pour toi, dorénavant, d'accord ?

Elle leva les yeux au ciel.

– D'accord, dit-elle, en ayant l'air de vouloir en dire plus. Enfin non, pas d'accord. Je dois savoir parce que je suis super curieuse. Tu le veux, tout ça ? Tu sais, les enfants, le mariage, tout le tralala – avec Hudson ?

Je ne savais pas quoi lui répondre. Tout cela était complexe et la conversation me donnait déjà des palpitations, tellement elle m'angoissait.

– Je vais t'expliquer comment je vois les choses, Mira.

Je ne savais toujours pas ce que j'allais dire, mais soudain, la vérité m'échappa.

– Avant, j'étais tellement désespérée d'avoir toutes ces choses que je pensais que chaque mec que je rencontrais était l'homme de ma vie. Et je faisais tout pour lui faire croire la même chose à propos de moi. Et quand je dis tout, je veux dire *tout*. Y compris des choses délirantes, avouai-je en frissonnant. Alors maintenant, je ne m'autorise même pas à y penser, ni même à y rêver quelques secondes. Donc la réponse est, *ne me pose pas cette question.* Je ne peux pas y penser, terminai-je, mais ma voix dérailla, donc je me répétai. Je ne peux pas, c'est tout.

Le visage de Mira ne montra aucune réaction.

– Alors ne le fais pas. Je vais y rêver pour nous deux.

– Merci, répondis-je.

– Je t'en prie, dit-elle en souriant. Allez, va faire ta valise ! Il faut qu'on t'envoie au Japon !

CHAPITRE VINGT ET UN

– Tu crois qu'il faut que je me change ou que je reste habillée comme ça ?

C'était la troisième fois en quinze minutes que je posais cette question à Élise. Elle avait répondu chaque fois, mais j'étais si nerveuse, si épuisée que je ne me souvenais pas de sa réponse. J'avais réussi à faire une petite sieste après avoir bouclé ma valise, et je prévoyais de dormir pendant le long vol qui m'attendait. D'ici là, j'avais tout le café qu'il me fallait.

Élise tourna sur son tabouret de bar et me prit par les épaules en me regardant droit dans les yeux.

– Laynie. Relax, bon sang. Tu vas me rendre folle.

– D'accord.

Un cliquetis répétitif nous fit baisser les yeux. C'était le talon de ma chaussure qui claquait sur le sol au bout de ma jambe qui tressautait nerveusement. Je posai une main sur ma cuisse pour arrêter le mouvement.

– D'accord. Je me détends.

– Merci, dit-elle en levant les yeux au ciel avant de regarder de nouveau ma tenue : une jupe portefeuille, blanche et courte, et un chemisier blanc un peu cintré. Tu es canon, Laynie. Mais tu devrais te mettre en jogging pour le vol, histoire d'être à l'aise, de pouvoir te baver dessus, et tout, et tout. Tu n'auras qu'à te changer dans les toilettes de l'aéroport en arrivant.

– Ça roule.

*Mais oui, c'*était ça *le bon plan.* J'aurais déjà enfilé mon pantalon de yoga si je n'avais pas dû attendre mon client qui avait privatisé le Sky Launch pour la soirée.

J'avais prévu de modifier les horaires d'ouverture du club, mais actuellement nous étions fermés le dimanche et le lundi. Cependant, il arrivait que le Sky Launch soit privatisé à certaines occasions Je ne savais pas grand-chose de ceux qui louaient le club ce soir. C'était David qui s'en était occupé. Il aurait dû être là lui aussi pour accueillir les locataires, mais il était parti à Atlantic City le matin même, après la fermeture, afin de visiter l'Adora incognito. J'avais du mal à l'admettre, mais en lui offrant ce boulot, Hudson avait vraiment rendu David heureux. C'était très astucieux de sa part.

Élise se tourna à nouveau vers le bar, sur lequel elle composait une sorte d'œuvre d'art avec des piques à olive.

– Tu sais où tu vas quand tu atterris ? demanda-t-elle.

– Mira m'a réservé un chauffeur qui m'emmènera à l'hôtel de Hudson, dis-je en recommençant à faire les cent pas. Et s'il n'y était pas, Élise ? Si je devais l'attendre, ou que je le ratais de peu ? Et si... commençai-je, en m'interrompant parce que mon ventre s'était mis à faire un bond. Et s'il était avec quelqu'un ?

– Laynie, il ne sera avec personne. Il est avec toi.

– Mais comment tu le sais ?

– Je...

Elle s'arrêta, comme si elle était sur le point de dire quelque chose et qu'elle se ravisait soudainement.

– Je le sais, c'est tout.

Je fronçai les sourcils, fort peu satisfaite par sa réponse.

– Quoi enfin ? On n'est plus au collège ! s'exclama-t-elle en soupirant. Ça se voit à la façon dont il te regarde. Tout le monde le voit. Allez, Laynie, il t'a demandé d'emménager avec lui, après quoi, une semaine ? Il est fou de toi, ma belle !

– D'accord, d'accord. Tu as raison, dis-je en jetant un coup d'œil à l'horloge au-dessus du bar. Les locataires sont censés arriver dans vingt minutes. On devrait descendre au cas où ils seraient en avance.

– Euh, ok, répondit Élise, l'air soudain nerveuse. Attends une seconde.

Elle mélangea les piques à olive et les rangea à nouveau. Bon sang, c'est *elle* qui allait me rendre folle.

– Élise ! Ils pourraient attendre devant la porte...

– J'arrive, j'arrive ! s'écria-t-elle en descendant de son tabouret. Attends, une dernière chose, dit-elle en sortant son téléphone de son short pour envoyer un message. Allez, on y va.

J'avais assez envie de lever les yeux au ciel, mais je n'en fis rien.

– Tu n'étais pas obligée de venir ce soir, tu sais. J'aurais pu m'occuper de ça toute seule.

Je commençai à descendre les escaliers d'un pas rapide, mais je dus ralentir pour attendre Élise, qui avait décidé d'avancer à la vitesse d'une tortue.

– Je sais, mais je me suis dit que je te tiendrais compagnie. Ce n'est pas une bonne idée de te laisser toute seule dans le club.

Comme si je n'étais pas *tout le temps* au Sky Launch toute seule. Je trouvais étrange qu'elle s'en soucie ce soir.

– C'est très mignon de ta part.

– Ouaip, dit-elle en se mordant la lèvre. Euh, tes valises sont prêtes ?

– Oui. Jordan les aura dans la voiture, quand il viendra me chercher.

Mais quand nous arrivâmes devant la piste de danse, mon cœur cessa de battre.

– Qu'est-ce que...

Toute la surface de la piste – *chaque centimètre carré* – était recouverte de pétales de roses blanches. Les spots étaient éteints et des bougies étaient posées sur les tables qui entouraient la piste, éclairant la salle d'une lueur dorée. L'ensemble était à la fois magnifique et hyper romantique.

Élise poussa un cri de souris suivi d'un « ben dis donc, la vache ! ».

La salle n'était pas décorée comme ça lorsque j'étais arrivée, une heure plus tôt. Élise était restée avec moi pendant tout ce temps, donc ça ne pouvait pas être elle.

Une silhouette sortit alors de l'ombre, les mains dans les poches, avec un air décontracté.

– Hudson ?

Je n'arrivais plus à respirer. Le voir là, dans son costume froissé, sans sa veste, débraillé – il était splendide !

– C'est toi qui as fait ça ?

Il hocha la tête puis il regarda Élise.

– Merci, Élise, de l'avoir occupée.

Je tournai la tête vers elle en écarquillant les yeux.

– Tu étais au courant ?

Je n'avais toujours pas saisi que c'était lui le client qui avait réservé, et que tout cela était pour *moi*.

– Oh allez, il n'a pas arrêté d'appeler et tu ne voulais

pas lui parler – il a fini par me piéger en m'impliquant dans cette soirée-surprise. Il m'a demandé de te tenir compagnie à l'étage pendant qu'il préparait – tout ça, dit Élise en balayant la pièce du regard, avec un air coupable. C'est mon patron, qu'est-ce que j'étais censée dire ?

– Ce n'est pas ton patron, m'exclamai-je en me souvenant de ce que Hudson ne cessait de me rappeler.

Au même moment, Hudson s'écria : « Je ne suis pas ton patron ! ».

Mes yeux se posèrent sur lui en entendant notre blague privée. Ils ne le quittèrent plus, perdus dans les siens, comme si plus rien autour n'existait. Comme si tout ce qui importait dans la vie se trouvait ici, dans cette pièce.

Le regard qu'il me retourna disait la même chose.

La voix d'Élise me parvint à travers la brume qui m'enveloppait.

– Ok, merci.

Je n'étais même pas sûre de lui avoir parlé. Elle était déjà partie, et j'étais de nouveau seule. Avec Hudson.

J'avais une folle envie de courir dans ses bras, mais il fallait que je me retienne. J'étais prête à oublier tout ce qui nous était arrivé, mais j'avais également conscience qu'il nous fallait réparer nos erreurs pour aller de l'avant. Je m'obligeai à avancer d'un pas tremblant qui, cette fois, n'était pas dû à une overdose de caféine.

J'avais beau avoir des dizaines de choses à lui dire, ce fut lui qui parla en premier.

– Tes valises ? demanda-t-il en avançant vers moi, les sourcils levés. Tu vas quelque part ?

Sa voix était pleine d'angoisse. Il pensait que je le quittais. Je savourai davantage encore mes prochaines phrases.

– Oh, rien de spécial. J'allais juste au Japon.

– Parce que... j'étais au Japon ?

Son expression était à la fois désespérée et adorable, et je fondis de tendresse.

– Oui, acquiesçai-je simplement tandis que j'observais la pièce, les nappes blanches sur les tables, les bougies qui embaumaient la vanille. Je me suis dit que je pouvais mettre mes talents à profit et venir te harceler jusqu'au Japon.

– J'aurais beaucoup aimé que tu m'y retrouves.

Je posai sur lui un regard brûlant. J'avais décidé de la jouer cool, tout en flirtant un maximum.

– Vraiment ? Je n'en étais pas sûre, dis-je d'une voix suave.

– Dans ce cas tu es une idiote.

– Merci.

– Une idiote magnifique que je n'arrive pas à quitter des yeux.

Je ne pouvais le quitter des yeux, moi non plus. Cela faisait moins d'une semaine que nous ne nous étions pas vus, et j'avais eu l'impression que c'était une éternité. Nous étions encore à quelques mètres l'un de l'autre. Je fis un pas vers lui, mais la distance qui nous séparait me parut toujours aussi grande. Je ne pouvais pourtant m'approcher davantage avant de lui avoir tout dit.

– Hudson, j'ai vu Celia derrière ton dos, avouai-je.

– Oui, ça je l'avais compris, dit-il en fermant les yeux un instant.

– J'aurais dû te le dire, continuai-je en me mordant la lèvre, essayant d'expliquer pourquoi j'avais agi ainsi. Elle m'a soutenue et elle m'a accueillie dans ton cercle au moment où j'avais besoin de parler à quelqu'un. Mais je sais que ça n'excuse rien.

– Tu aurais pu me parler, à moi.

– Sauf qu'on n'est pas toujours très doués pour se parler.

– Dans ce cas, on va devoir faire des efforts.

Ma gorge se serra. Il pensait encore que nous avions une chance que notre histoire fonctionne, ce qui faisait toute la différence.

Cependant, le plus difficile restait à dire.

– Tu m'as fait du mal, Hudson.

Il inspira lentement et j'entendis son souffle saccadé parcourir tout son corps lorsqu'il expira.

– Je sais.

– Ah bon ?

– Oui. J'ai transféré David sans t'en avoir parlé.

– Oui, mais bon...

Nous avions d'autres problèmes plus importants, je pouvais lui pardonner celui-là en particulier.

– Il s'avère que c'est pour le mieux. C'était un bon compromis, admis-je.

– Et je ne t'ai pas crue, continua-t-il en secouant la tête, les yeux rivés sur le sol. J'aurais dû te croire, dit-il en me regardant de nouveau. Je suis désolé.

– Pourquoi tu ne m'as pas crue ?

– Je voulais être celui qui resterait à tes côtés coûte que coûte. Je voulais que tu saches que j'allais t'aider à aller mieux.

– Mais je n'avais pas besoin d'être soignée. J'avais besoin que tu me croies, et ça n'a pas été le cas.

– On n'a pas toujours été honnêtes l'un envers l'autre. C'était instinctif, le fait de douter.

– Alors c'était ma faute si tu as cru Celia plutôt que moi ? dis-je tandis que mon dos se raidissait.

– Ce n'est pas que j'ai cru Celia plutôt que toi. J'ai regardé les preuves et j'en ai tiré la conclusion la plus logique.

C'était à mon tour de fixer le sol.

– D'accord.

Il n'avait rien dit de mal, cependant cela ne fit rien pour calmer la douleur dans ma poitrine.

– Ce que tu n'as pas compris, Alayna, c'est que je m'en fiche.

Mon regard plongea dans le sien.

– Je n'en ai rien à faire. Tu aurais pu harceler Celia, l'appeler un million de fois, cacher un poulet mort dans son lit – je m'en fiche. Je te veux, *toi*. Je veux être avec toi. Si tu étais malade, je pourrais te perdre, et je ne peux pas prendre ce risque. Je suis prêt à tout, Alayna. À tout faire, à tout dire. Je ne peux pas vivre sans toi.

Des frissons recouvrirent chaque centimètre de mon corps. Les paroles de Hudson me libéraient, mais elles pesaient sur moi, aussi. Elles me libéraient des doutes qui accompagnaient chacune de mes pensées. Le fait qu'il ne m'ait pas crue n'avait rien à voir avec un manque de confiance, même si je n'avais pas mérité la sienne. Même si j'étais folle, il resterait à mes côtés. J'avais du mal à le croire. Pendant si longtemps, j'avais cru que personne ne voudrait de moi une fois que j'aurais avoué mes erreurs passées – sa déclaration, c'était mon rêve devenu réalité.

En même temps, je prenais conscience de l'étendue des erreurs que nous avions commises. Alors que Hudson était prêt à tout endurer pour être à mes côtés, je l'avais tenu à l'écart en lui mentant et en gardant des secrets. De plus, lorsque j'avais été persuadée qu'il m'avait manipulée, j'étais devenue furieuse. Il avait été malade par le passé, tout comme moi, or je l'avais accusé au lieu d'essayer de le comprendre.

Je tombai à genoux à ses pieds, écrasée par le poids de mes remords. Les larmes me montaient aux yeux.

– Je ne sais pas comment m'y prendre.

– Pour faire quoi ? dit-il en s'agenouillant face à moi, à environ un mètre, si près et pourtant si loin.

– Pour former un couple, dis-je en essuyant mes larmes. Je ne sais que faire des erreurs. Je t'ai caché des choses, je t'ai accusé de m'avoir manipulée... je n'ai pas cherché de compromis à propos de David.

– Je me fiche de tout cela, murmura-t-il en s'approchant de quelques centimètres, l'air désespéré. Ne baisse pas les bras, c'est tout. Je ne suis rien sans toi, Alayna. J'arrive à peine à respirer quand tu n'es pas là, quand je ne te touche pas. Je fais tout ce que je peux pour ne pas te prendre dans mes bras, ma belle.

– Pourquoi tu te retiens ?

Mon besoin de le sentir contre moi devenait presque insupportable.

– Parce que je ne veux pas me servir du sexe pour résoudre nos problèmes.

– Tu m'as écoutée. Tu m'écoutes toujours, dis-je en réprimant un sanglot.

– Alayna.

Comme toujours, l'entendre prononcer mon prénom m'électrifia, et mon désir d'être avec lui, mêlé à mon angoisse de ne plus jamais l'être, redoubla, exacerbé par la distance qui nous séparait encore.

– J'ai besoin de toi, Hudson. J'ai besoin que tu me touches pour que l'on soit connectés. Je me sens tellement loin de toi que c'en est douloureux. C'est comme si j'avais perdu une partie de moi-même.

– Alors tu comprends ce que je voulais dire, dit-il en esquissant un sourire timide.

– Oui.

Je comprenais enfin que la connexion physique entre nous était vitale. Qu'elle nous rapprochait et nous unissait de façon si profonde que nos paroles, comme nos actes, n'étaient rien en comparaison.

Il me tendit la main, mais il la laissa tomber avant de me toucher.

– Est-ce que... tout va bien, entre nous ?

– Je ne baisserai pas les bras, si c'est ce que tu me demandes. Je suis perdue sans toi. Retrouve-moi, Hudson.

– Je t'ai déjà retrouvée.

L'instant d'après, nous étions dans les bras l'un de l'autre. Nos lèvres se rejoignirent dans un baiser intense, plein d'espoir, d'amour et de larmes salées. Ses mains dans mon dos embrasèrent mon corps. J'avais besoin d'enlever ma chemise, de sentir sa peau contre la mienne, c'était la seule chose qui pouvait me sauver.

Hudson sentit l'intensité de mon désir – ou peut-être était-ce le sien propre qui le fit déboutonner ma chemise pendant que mes mains s'occupaient de la sienne. Pas un instant nos lèvres ne se quittèrent tandis que nous jetâmes nos chemises à terre et qu'il m'ôta mon soutien-gorge. Puis, à contrecœur, je libérai sa bouche pour le laisser m'embrasser dans le cou, jusque sur mes seins. Il les prit dans ses mains et embrassa le carré de peau situé entre, avant de se concentrer sur un téton. Il le tira et le suça jusqu'à ce que je ne tienne plus en place d'excitation. Lorsqu'il s'occupa enfin du deuxième sein, j'étais sur le point d'avoir un orgasme.

J'étais comme envoûtée par ses caresses. Je remarquai qu'il avait détaché ma jupe lorsque je sentis ses doigts sur mon clitoris, à travers mon string. Il y exerçait la pression parfaite, comme sur un bouton qui servait à m'ouvrir. Et ce fut le cas – il lui suffit d'en faire le tour avec son pouce une seule fois pour que je perde pied.

Hudson m'aida à rester droite, me soutenant dans mon orgasme tandis que de l'autre main il déchirait mon string. Lorsque je repris pied peu à peu, j'étais complètement nue.

Ma vue s'éclaircit alors et je le vis, le regard rivé sur mon sexe humide. Ses yeux étaient brûlants de désir, il avait une expression sauvage sur le visage. Tellement excitante. Personne ne m'avait regardée ainsi avant lui.

C'était beaucoup trop – de la meilleure façon qui soit. À la fois trop, et pas assez. J'avais besoin de le sentir en moi. J'avais besoin de sentir son sexe me pénétrer, me remplir, me compléter.

Je tirai sur sa ceinture, trop excitée pour chercher à le déshabiller. Hudson prit les rênes et, trois secondes plus tard, son pantalon et son boxer étaient baissés sur ses cuisses. Il bandait incroyablement dur.

J'étais déjà en train de grimper sur lui lorsqu'il m'arrêta.

– Attends.

Il se leva pour finir de se déshabiller, et ce fut un émerveillement de le voir complètement nu. C'était ainsi que je nous préférais : nus, sans barrières.

Il s'agenouilla de nouveau devant moi. Mes mains se précipitèrent sur son sexe. Je sentis un filet de liquide préséminal sur son gland et je me dépêchai de le répandre sur toute la longueur de sa verge.

– Viens ici, gémit-il, se redressant légèrement en m'incitant à passer mes jambes autour de lui, de sorte que je sois accroupie sur lui. Heureusement, je portais des sandales compensées qui me soutenaient mieux que des talons aiguilles.

Je sentis les pulsations de son sexe contre mes lèvres et mon sexe se contracta en anticipant le moment où il serait en moi. Avec une douceur experte, il souleva ses hanches et son gland me pénétra. Je descendis sur lui, prenant toute sa longueur en moi, le faisant prisonnier de mon sexe humide.

Mon Dieu, oh mon Dieu ! – aucun mot ne peut décrire l'extase, l'intensité, le sentiment de plénitude et d'achèvement qui accompagnaient ce moment. C'était parfaitement parfait, tout simplement.

Il se cambra en moi et je laissai retomber ma tête en arrière en criant.

– Regarde, Alayna.

Son ordre me ramena à lui. Je suivis son regard, baissé à l'endroit où nos corps se joignaient. Il se retira jusqu'au gland, révélant son pénis couvert de liquide, puis il me pénétra de nouveau, en adoptant un rythme lent et envoûtant.

– Regarde ma bite te pénétrer et se retirer.

– C'est tellement excitant, Hudson.

Incroyablement excitant.

Il accéléra et le bruit de nos cuisses claquant l'une contre l'autre décupla l'érotisme de cette scène. Je sentais déjà mon vagin se contracter de nouveau.

– Alayna, tu es avec moi ?

Sa question m'empêcha de sombrer dans le brouillard exquis qui m'attendait, et je plongeai mon regard dans le sien, dans ses yeux brûlants, sauvages, mais aussi pleins d'amour.

– Toujours, répondis-je. Je suis toujours avec toi.

Il reprit possession de ma bouche, y plongeant sa langue avec une férocité qui reflétait les mouvements de son bassin. Lorsqu'il me libéra, j'étais à bout de souffle, pantelante.

– Nos passés menaceront toujours de nous séparer. Mais rien n'y parviendra, à moins qu'on l'accepte. Tu sens ça ? demanda-t-il en me pénétrant plus profondément. Tu me sens ?

– C'est tellement bon, Hudson. Je me sens tellement bien avec toi.

– Je sais, ma belle. Je sais.

Il resserra son étreinte et me tira contre lui, si fort que son souffle chatouilla mon oreille lorsqu'il me parla.

Ma vue devint floue – j'étais sur le point de jouir.

– Regarde-moi. On est toujours connectés comme ça, Alayna. Même quand je ne suis pas en toi, nous sommes toujours connectés.

Ses mots déclenchèrent mon orgasme.

– Putain, Hudson, je vais jouir.

Mes jambes tremblaient à force de me tenir accroupie sur lui, elles se contractèrent davantage à l'approche de l'orgasme.

– Oui, lâche-toi, grogna Hudson. Je veux te voir te donner à moi.

Je lâchai prise et mon sexe se contracta autour de son pénis tandis que mon orgasme déferlait dans mes veines avec la force d'un tsunami. Lorsque mon corps se ramollit, Hudson nous allongea sur le sol et accéléra ses va-et-vient jusqu'à ce qu'il jouisse à son tour, dans un orgasme lent et torride.

Il s'effondra sur moi sans se retirer et caressa mes cheveux en chuchotant à mon oreille.

– Tu es tellement belle, Alayna. Tu es magnifique. Tu m'as manqué. Tu m'as *tellement* manqué.

– Vraiment ? demandai-je en caressant sa barbe naissante du bout des doigts.

– Oui, vraiment.

– Toi aussi tu m'as manqué. Énormément.

Je dessinai une ligne de baisers dans son cou puis je suçai doucement sa pomme d'Adam. J'étais toujours plongée dans une euphorie post-coïtale. Tout à coup, je me suis rappelé que j'étais censée être en route pour l'aéroport.

– Merde ! Il faut que j'appelle Mira pour lui dire d'annuler mon voyage.

– Pas la peine, c'est déjà fait, dit-il en souriant.

– Elle te l'a dit ? C'était censé être une surprise !

– Mirabelle ne m'a rien dit, c'est Jordan. Il a juste dit qu'il allait modifier tes projets pour la soirée. Ça aurait marché, si je ne t'avais pas surprise en premier.

– Et quelle belle surprise !

– J'ai de la chance que tu ne m'aies pas jeté, tu sais. Je fantasme de te prendre sur cette piste de danse depuis la première fois où je t'y ai vue.

– Je dois t'avouer que j'avais le même fantasme, dis-je en rougissant sans savoir pourquoi j'étais gênée.

Il sourit et m'embrassa avec tendresse, probablement conscient, comme moi, qu'un baiser plus langoureux nous entraînerait vers une nouvelle partie de jambes en l'air. Ce qu'il confirma sur-le-champ, en disant :

– C'est bien beau d'assouvir ce fantasme, mais je préférerais te ramener au penthouse pour te faire l'amour dans notre lit.

– C'est une très bonne idée, parce que même si tout ça est superbement romantique, j'ai des pétales de roses collés sur les fesses et sur les cuisses.

Hudson éclata de rire, ce qui fit tressaillir son sexe en moi.

– Ce sont les effets secondaires des grands moments romantiques.

– Il vaudrait mieux que tu te lèves avant que tu bandes à nouveau, dis-je en souriant.

– Je suis déjà à moitié dur, dit-il en me le montrant.

Il se mit debout et m'aida à me lever à mon tour, essuyant les pétales de roses sur mes fesses. Une fois que nous fûmes habillés, Hudson ralluma les lumières du club et je fis le tour des tables pour éteindre les bougies.

– Tu es prête à rentrer à la maison ?

Je frissonnai de plaisir en l'entendant dire *maison. Notre* maison. En son absence, le penthouse était devenu une grotte solitaire, et il allait pouvoir redevenir notre merveilleux nid d'amour.

– Tant que tu y es avec moi, il n'y a nulle part sur terre où je préférerais aller.

J'enlevai un dernier pétale de mon bras et je regardai la piste de danse.

– Qu'est-ce qu'on fait de tout ce bazar ? demandai-je avant de me raviser. Ne me dis rien, tu as des gens qui vont s'en occuper.

– *Nous* avons des gens, dit-il en hochant les épaules.

Je fus étonnée de ne pas paniquer en comprenant que nous étions à ce point liés. J'avais dit la vérité lorsque j'avais expliqué à Mira que je préférais ne pas penser à ces choses, mais que je pouvais tolérer que d'autres y pensent à ma place.

Hudson prit sa veste, qui était restée sur la rambarde de la piste de danse. Il en sortit son téléphone et envoya un message – à Jordan, pour qu'il vienne nous chercher, probablement.

– Ah, dit-il en plongeant sa main dans la poche intérieure de sa veste. J'ai failli oublier. Tiens, c'est pour toi.

Il me tendit un téléphone quasi identique à celui que j'avais cassé.

– Qu'est-ce qui te fait croire que je n'en ai pas déjà acheté un autre ? demandai-je en riant.

– Tu ne répondais ni à mes appels ni à mes messages. J'espérais que c'était parce que tu étais toujours sans téléphone.

– Je n'en avais pas racheté parce que je ne voulais pas craquer et t'appeler.

– Est-ce que ça mérite une explication ? dit-il en haussant les sourcils.

– Non. C'est juste moi. Merci pour le téléphone, c'est très gentil.

Je passai mon bras autour du sien et nous nous dirigeâmes vers l'entrée du club.

– Au fait, demandai-je, tu as réussi à récupérer Plexis ?

– Oui. Mais ce serait sans importance si je n'avais pas réussi à te récupérer, toi.

Bon sang, il était vraiment adorable. Deux semaines auparavant, il gardait ses distances et refusait de me parler de ses sentiments. Et dire que j'avais failli passer à côté de la beauté qu'il avait à offrir si je l'avais laissé partir. Dieu merci, j'étais restée.

Je levai la tête vers lui.

– Mais tu ne m'as jamais perdue, compris ?

– C'est exact. Compris.

Nous avions atteint la porte quand il se tourna vers moi. Je me perdis instantanément dans son merveilleux regard gris. Excepté que, plutôt que de me perdre, je crois plutôt que je me retrouvai au fond de ses yeux.

– Je t'aime, Hudson Pierce.

Il inspira lentement comme s'il aspirait mes mots, et je vis l'effet qu'ils avaient sur lui. Il en avait besoin comme j'avais besoin de son toucher. Mes paroles le changeaient d'une façon insensible qui n'en était pas moins réelle et compensait le fait qu'il n'avait pas encore été capable de me dire son amour.

– Vas-y, Jordan nous attend dehors, dit-il en frissonnant. Je vais brancher l'alarme et fermer à clef.

Je sortis et trouvai Jordan appuyé sur la Maybach.

– Bonsoir, mademoiselle Withers. Je suis désolé que vous ayez raté votre vol.

– Une autre fois, je suppose, répondis-je en lui faisant un clin d'œil.

Je montai à l'arrière de la voiture. Je me glissai le long de la banquette pour laisser de la place à Hudson. En l'attendant, j'allumai le téléphone qu'il m'avait donné et souris en découvrant le fond d'écran – une photo de nous, en train de nous embrasser au gala de charité où nous étions allés ensemble. En parcourant mes contacts, je vis qu'il avait réussi à transférer le contenu de mon ancienne carte sim sur mon nouveau portable.

Une minute plus tard, le téléphone vibra pour m'avertir de messages entrants. Dix-sept, en tout. La plupart étaient de Hudson, et un seul de Brian, qu'il avait dû m'envoyer avant de savoir que mon téléphone était cassé.

Je fronçai les sourcils en voyant deux messages d'un numéro inconnu. J'ouvris le premier.

Le fichier vidéo est trop lourd pour l'envoyer par message. Écris-moi si tu veux la voir en personne.

Perturbée, j'ouvris le deuxième message provenant de ce numéro.

Au fait, c'est Stacy, de chez Mirabelle.

Ah, Stacy ! Elle m'avait dit qu'elle avait une preuve concernant Hudson et Celia, confirmant que je ne devais pas lui faire confiance.

Je ris intérieurement. C'était un peu trop tard, hélas. Quelle que soit la vidéo que voulait me montrer Stacy pour prouver que Celia était une garce, elle ne m'était d'aucune utilité à présent. Je l'avais appris à la dure.

Toutefois, cela attisa ma curiosité.

– Tout va bien ? demanda Hudson en s'asseyant sur le siège à côté de moi.

– Tout va parfaitement bien.

Je verrouillai mon téléphone et le rangeai dans mon soutien-gorge. Le monde extérieur ne m'intéressait absolument pas lorsque Hudson était à mes côtés. Et je commençais à comprendre que notre histoire était faite pour durer. Il avait raison – nous étions connectés, et rien ne pouvait nous séparer. J'en étais convaincue, désormais.

J'attachai ma ceinture et me lovai au creux de son épaule, en souriant. Il serait tellement facile de m'habituer à cette vie si parfaite...

À SUIVRE...

REMERCIEMENTS

Cette partie est toujours la plus difficile, et j'ai l'habitude de la repousser autant que possible, car j'ai peur d'oublier quelqu'un, ou de me mettre à pleurer en pensant à toutes les merveilleuses personnes qui ont eu un impact dans la vie de mon livre.

Dieu merci, les larmes ne laissent pas de traces sur les écrans d'ordinateur, alors c'est parti :

Tout d'abord, à Tom. Tom viendra toujours en premier – mon mari, mon amour, la seule raison pour laquelle je peux passer des heures à lire et à écrire sans que tout s'écroule autour de moi. Je t'aime, je t'aimerai toujours.

À mes enfants, qui ne comprennent pas pourquoi il ne faut pas parler des livres de maman à l'église, mais qui gardent bien le secret. C'est pour vous que j'écris, les filles, parce que vous êtes mes raisons de vivre.

À ma mère qui me soutient de tout son cœur et qui reste persuadée que ce n'est pas suffisant – ne t'inquiète pas, maman. J'ai suffisamment de lectrices, il me suffit que tu sois ma cheerleader.

À Sophia, pour la couverture, et parce que tu me pousses toujours plus loin.

À Bethany, pour toutes les corrections et tous les salons du livre – tu es toujours là pour m'aider à prendre mon envol et pour me dire que je suis une belle personne quand je suis convaincue du contraire.

À mes premières lectrices et mes premières critiques : Lisa, j'espère avoir un jour autant de talent que toi. Jackie, tes virgules font de moi une meilleure écrivaine. Tristina, tes propositions sont toujours celles que j'ai besoin d'entendre. Tamara, quand tu me dis que je suis chaude, je me *sens* chaude, parce *tu es* l'incarnation de tout ce qui est chaud.

À mon agent, Bob DiForio, qui s'est chargé de tout ce que je n'aime pas faire afin de me l'épargner – sans rire, mec, quelle aventure, n'est-ce pas ?

À Stephen DiForio et Caitlin Greer pour la mise en page. À Julie, de chez AToMR Book Blog Tours, grâce à qui mes livres sont un peu partout sur Internet.

À mes meilleures amies du monde, The NAturals – Sierra, Sophia, Melanie, Lucy et Tamara. Vous êtes parfois la seule raison pour laquelle je me lève le matin, et vous êtes souvent la raison pour laquelle je me couche trop tard.

À Joe, qui aime appeler cette trilogie la série « F. you » – c'était bel et bien *notre* année ! Cependant, attends un peu de voir ce que nous réserve l'année prochaine.

À Kristen Proby, pour l'amour que tu portes à cette série et pour tes conseils, ton soutien, et l'inspiration que tu as apportée à la jeune auteure que je suis.

Aux WrHMs et aux Babes of the Scribes – vous êtes toutes des femmes merveilleuses. J'ai une chance inouïe de vous connaître.

Aux écrivaines avec lesquelles je suis devenue amie dans cette superbe communauté d'auteurs – vous m'avez toujours apporté l'inspiration dont j'avais besoin et vous m'avez aidée à m'améliorer, dans ma vie personnelle comme dans mon écriture. La passion que nous partageons est dévorante. Merci pour tout ce que vous m'avez appris et pour m'avoir laissé parcourir vos pages sublimes.

À toutes les bloggeuses et critiques de livres qui ont partagé *Fixed on You.* Vous êtes si nombreuses que je ne peux toutes vous mentionner, mais je voudrais remercier tout particulièrement Aestas, Schmexy Girls, The Rock Stars of Romance, Angie's Dreamy Reads, et That's All Ash – je vous suis éternellement reconnaissante pour votre amour et votre soutien. Je ne saurais vous dire à quel point votre aide me tient à cœur. JE VOUS AIME !

Aux fans qui ont adoré et relooké *Fixed on you* comme si le livre était le leur, surtout Jenna Tyler et Angela McLain – merci mesdames, pour tout ce que vous faites. Je suis honorée de vous connaître.

Aux lectrices, toujours – c'est grâce à vous seules que je peux vivre de ma passion, et je ne l'oublierai jamais. Je vous suis infiniment reconnaissante.

À mon Créateur, qui m'a dotée d'une vie si riche – que mes yeux soient toujours levés vers Toi.